Staread
星文文化

与狐说

萝卜药丸了 著

江苏凤凰文艺出版社
JIANGSU PHOENIX LITERATURE AND ART PUBLISHING

图书在版编目（CIP）数据

与狐说 / 萝卜药丸了著 . — 南京：江苏凤凰文艺出版社，2022.10

ISBN 978-7-5594-7189-5

Ⅰ . ①与… Ⅱ . ①萝… Ⅲ . ①长篇小说 - 中国 - 当代 Ⅳ . ① I247.5

中国版本图书馆 CIP 数据核字（2022）第 178629 号

与狐说

萝卜药丸了 著

责任编辑	王昕宁
特约编辑	澜　亭
出版发行	江苏凤凰文艺出版社
	南京市中央路 165 号，邮编：210009
网　　址	http://www.jswenyi.com
印　　刷	北京盛通印刷股份有限公司
开　　本	700mm × 1000mm　1/16
印　　张	20
字　　数	362 千字
版　　次	2022 年 10 月第 1 版
印　　次	2022 年 10 月第 1 次印刷
开　　本	700mm × 1000mm　1/16
书　　号	ISBN 978-7-5594-7189-5
定　　价	49.80 元

江苏凤凰文艺版图书凡印刷、装订错误，可向出版社调换，联系电话 025-83280257

『伴生鸳花，我的小花。』
这才是不可分割。

目录

这样的话，
你便不止有萤烛之光了。

原来现在已是阴月立冬。
而昆仑永远含春。

第一章 灯火

雪已经下了一夜。

昆仑终年覆雪，主峰顶映着黑蒙蒙的天，云雾缥缈的山巅，大雪呼啸而起，雪末像是松针，一根根扎在楚璠的单薄肩背。

她感觉不到冷，只觉得自己快要死了。

自炽渊封印被破，阿兄失踪，蜀山失守，已足十日。

十日前，她还像平时一般，替阿兄编织剑穗。

楚璠混混沌沌的，从胸口抽出一件物什，是一柄剑。

剑身冷光如水，青白穗子撞出一声轻响，白鹿游林的纹路微微泛光，那光越来越微弱，却依旧努力漾起一圈暖意。

剑灵还有神志，阿兄就没有死。

“白泽……白泽……莫再使用灵力了。”楚璠把剑收紧在怀，尖瘦的下巴压在剑柄白穗上，继续往深林中走去。

她已经唤不出声，声线干哑扁平，每呼一口气，都似在喉咙里结出一层霜。

“蜀山弟子楚璠，求见昆仑子微道长……”楚璠一遍一遍呼喊着，尽管声音微弱到几不可闻。

“弟子楚……楚璠，求见……子微道长。”

昆仑子微，不属于她的时代，是传闻中的人物。

早年三界初乱，炽渊出了一个举世无双的天魔之身，魔族被压抑太久，所过之处，无不是断臂残肢，疮痍满目。

战乱四起，魔族肆虐，多少天之骄子能人异士，都被虏获，成为掌下亡魂。

当所有人都心如死灰时，正是子微道长横空而出，一剑斩八方邪祟，仅凭一己之力，将天魔重新封印回炽渊之下，这才让人族有了重新休养生息的机会。

至于他为何会隐世不出，无人得知。

楚璠缓慢移动着，小腿没入雪中，已经没有知觉。深林中似乎有禁制，越往里走，威压便越发逼人。

胸腔似乎被什么东西扼住，她竭力呼吸，却始终喘不上气。

威压侵袭不断，仅有警告之意，却依然幻化成了实质一般，牢牢攫取着她的喉咙。

昆仑早已被称作禁地，子微道长更是在多年前就昭告天下，避世封山，不见世人。她此行，实在是有破釜沉舟的意味了。

但她必须要试试，蜀山失守，炽渊结界被破，阿兄也被天魔抓走，她思来想去，也就只有昆仑能救他了。

每当这时，她便无比痛恨自己为何是个凡人，为何不懂法术，为何护不住阿兄，为何是个废人！

若有灵力，就算仅是练气，也能触碰禁制，找明前路。而不是现在，像个走投无路、迷失方向的小丑。

雪越来越大。

理智告诉她，应该找个避风处，等大雪过后，能看清天边北斗，再重新出发。

可……楚璠摸了摸胸口，剑身通透的光在慢慢暗下去，比地面的雪光都要细了。

白泽快沉睡了。

她捂紧斗篷，将拐杖插进雪中，义无反顾地往前走。

“子微道长！子微先生！”

她顶着胸中剧痛，拼尽全力嘶吼，声音听起来比远处的鸦叫都要更嘲哳难听。

雪松高耸入云，楚璠继续往那边走去，凛冽寒风侵入她的骨头，耳鸣声阵阵，她快承受不住了。

喉咙一阵剧痛，她咳得声嘶力竭，一大股鲜血顺着下巴流在雪地里。

楚璠看着地上染得艳红的雪，视线逐渐模糊。

死生一线的关头，她竟拿手抹了一把下巴，将血覆在白泽剑上。

“这么多血，浪费了……”

说来可笑，她能以凡人之身待在蜀山，除了阿兄的庇佑外，全是靠着自己罕见的灵脉和血液。

血液聚集成一股细流，旋聚在一处，竟汇成一个道印的形状。

隐隐有破开封印的迹象……

楚璠心中猛跳，心底藏下了小小期冀，她颤着手臂拿剑在掌中划了一下，血顺着剑尖流淌得更快了些。

雪地处冒出些森然冷光，将她整个人笼住，织成纵横交错的白线，密密麻麻。

禁制反噬。

白泽剑猛然一亮，携她后退。

她到底慢了些，只见一剑迎头袭来，气势凛然，“唰”的一下，有星流霆击之势，瞬息间便停靠在她眉心正中。

堪堪一毫之隔，她甚至能感受到剑尖传来的微凉寒意。

来人身姿清逸，峨冠博带，左手虚拢成拳，右手缚着半臂白纱，二十四轮崆峒印在掌心凝结，缓缓推入地下。

印结重新归于原位，天光大亮。

她失去意识之前，听见了那人的嗓音，声如磐玉。

“昆仑不见客。”

昆仑山，退寒居。

居所宽阔，呈方圆形，墙壁上嵌着无数个玉镜，照不清人，只有模糊的落影，每一片玉镜都投出细碎的光线，照射在中间人的身上。

这人高鼻薄唇，眉心落一抹红痕，面色略有些苍白，眼睑很薄，垂下的睫梢极为纤密。萧萧寂风中，唯有点点斑驳萤火在他侧脸，忽明忽暗的，生出些幽诡之意。

头发衣衫凌乱，一身鸦青色的道袍，宽袖堆叠在白皙臂弯上，汩汩鲜血顺着指尖流淌，滴答滴答，坠向地面的干枯石板。

若楚璠还醒着，她肯定十分震惊。

石板冒出“嗞嗞”声响，那血呈红黑色，竟如硫黄一般，将石板蚀出一个不小的浅坑。

那人呼吸顿了顿，仅过一息，又开始躁动起来。

胸腔上的仙骨由内而外透出微弱的白光，白光扭曲而又诡异地蜷动着，穿透里面的血肉，将散发幽深邪气的妖魄缓缓包裹。

他生了一颗妖心。

外面传来敲门的叩响。

子微擦下嘴角血迹，轻声道：“进来。”

“先生，那名女子无由闯山，要如何处置？”毕方向来只对子微恭敬，他走近看到地上狼藉，果然更生气了。

他还年少，喜怒皆表于面上，愤愤道：“明明早早就昭告天下，您已经不再出关，怎么还有人前仆后继地搅人清净。”

子微道：“昆仑结界不该这么轻易被破，待我伤好一些，亲自去问。这些天，你先去照顾她。”

毕方甩甩袖子，不情不愿地“哦”了一声。

子微笑叹着摇了摇头：“莫要一直摆出这种姿态，她虽有剑气，却不像修士，不过普通人罢了。”

“凡人？”毕方怪声怪气地嘟囔一句，“凡人上灵山干什么，山门有禁制，路上有拦碑，连误闯的机会都没有，她肯定不怀好意。”

子微蹙眉，不喜他这般模样，沉沉斥了一声：“毕方！”

毕方眨了眨眼，视线往下一落，自知无礼在先，便蔫声蔫气的，不说话了。

子微平静道：“非责骂你，只是你应该懂得，自己体内离火凶猛，本就该淡泊明心，若还是如此轻率莽撞，要我如何向你族中交代？”

他上昆仑求学修道，是子微破格收纳，毕方平日里，言辞虽说不算庄重，心中却是一直很敬服先生的。

毕方稍稍顿了一下，最终连声道，“好吧好吧，我去看着她就是了。不过先生，您闭关被打断，心脉有损，更要好好调养。”

子微理好衣领，手掌贴近心口处抚了一抚，淡淡道：“小伤罢了，不妨碍的。”

妖魄发暗，在室内更显得孱弱涣散。

想想都知道有多痛。

实在是……

压制妖魄，泯灭本性，这种章令咒术施加在身上，连六觉五感都要遏制，毕方心里发怵，他甚至觉得，自己这辈子都理解不了子微这种做法。

他低头看着石板上的血渍，眸中不由得闪过一丝惘然。

毕方极其小声地说了一句：“先生，我觉得做妖挺好的。为何抑制妖魄，您修得千年道法，难道还要嫌弃自己的本体吗？”

子微面上依旧从容淡然，只付之一笑。

他弹指推开窗门，飘雪顺着冷风如絮一般涌进屋内，飒飒落在地面，和血液融在一起，最终被灵力冲走，不留一丝痕迹。

子微看着地面，温声道：“当妖很好，做人也是。”

“我只是……”

他说：“我只是和你们不太一样罢了。”

楚璠沉沉未醒。

她陷入混沌黑暗里，呼吸间尽是她独特的血腥气，被冷风灌涌，血腥气逐渐散去，只剩下隐隐约约的余香。

不知在这里待了多久，楚璠刚刚神志清醒，正巧听到一阵脚步声。

随之而来有逐渐清晰的话语。

“昆仑山上多久没闯进来生人了啊，这又是哪个胆子大不怕死的？竟还被先生带了回来……”那人悄悄念叨着。

声音听起来顽皮又稚嫩，很年轻，她下意识放松许多。

有微凉黏软的东西顺着她的指尖滑过手背，楚璠立刻开始挣扎，却发现自己连眼睛都睁不开。

“哟，为何又不装了呢？”那声音带着些轻蔑和高高在上，“真不知你哪来的底气，一丝灵力也无，居然敢试探镇山大阵……还要耽误我的工夫为你疗伤。”

他的语气，厌恶之味尤浓。

手上的动作却是轻缓的，禁制反噬的伤痕，慢慢愈合起来。

他似乎靠得越来越近，温热气息喷在她肘间，控制不住般，深嗅两下。

“啧，让我尝点血……也不过分吧。”

楚璠心念一动，白泽剑从腰间震出，闪出一段弧光，剑刃划过他的臂膀，警告之意十足。

“咝，没礼貌。”他退了两步，将灵力微弱的剑握进掌中，手指在楚璠额间停顿片刻，“醒来。”

楚璠睁开眼睛，发现自己躺在一个不算宽阔的竹舍中，身下铺着寒石，盖着她的旧斗篷，里面未着一物。

她蜷缩起身子，往墙根上靠了靠，把下巴藏在斗篷中，只露出一双明澈干净的眼。

那个说要尝她血之人年纪果真不大，十四五岁的样子，赤衣黑束带，长相偏稚嫩，但是已经有了些毕露的锋芒。

“白泽剑，还……还我。”楚璠刚出声，喉咙里就又冒了一些血，她小心咽入腹中。

那少年发现她的动作，嗤之以鼻：“你这人挺好笑啊，若我们有意，你能活到今天？”

说着便把剑随意丢给了她，楚璠伸出胳膊，快速把剑抱在怀里，她小声道：“我想见子微道长……”

传言昆仑山子微，雅正高华，有一颗仁德之心。

“先生是你想见便能见的吗？我说你这人怎么不晓是非，你自己闯入山门，自破禁制，还中断了先生的闭关，你闹了多少事儿你自己不知道吗？”

他哼了一声，抱臂而立，斜睨着她：“等你能下地了，就赶紧出山。先生仁慈，不责罚于你，哪儿来的回哪儿去吧。”

一个凡人，怎么都掀不起什么风浪，若真追究她的责任，倒显得昆仑小气了。

楚璠显然还没有缓过来：“下……下山？”

好不容易才到了这里，连道长的面都没见到，怎么能这么轻易下去呢？

楚璠捏紧手中剑，手臂隐隐颤抖，音调破碎：“抱……抱歉。可是，外界大乱，蜀山失守，炽渊魔物群出，只有子微道长能救世！”

毕方深深皱了眉，他低喝：“住嘴！”

少年直视她的眸子，一眨未眨：“你也是有所求？”

楚璠被这灼灼目光盯得难受，正要开口时，怎知这人又一个跨步迈开，整个身子凑到她面前，恶狠狠道：“谁派你来的？”

他掐住了楚璠的下巴，逐渐使力。

楚璠不明白为什么他突然如此恼怒。

楚璠忍着痛意，仰脸和他视线相对，一字一顿道：“没有人派我来。”

她握着剑，指尖攥得发白，艰难道：“我只是，想要求见子微道长……”

少年放下钳制她的手，退开几步，似乎在极力忍耐什么：“我就知道你不安好心。”

他自言自语道：“你们找他，不是利用，就是索取。”

“又是这样！你们怎么总是这样，百年前如此，今日还是这样！”他恨恨地转了一圈，眼里透出些许猩红之色，“他都被你们给折腾成什么样子了，我不许你去找他，速速下山！”

楚璠被他这副模样吓了一跳。

说着，他竟从身后亮出一双巨大的火红羽翅，眸中仿佛两枚墨玉相融，手握成爪，朝她这个方向抓取。

传说中的毕方，兆火鸟也，性情凶恶，怎么会在昆仑山这种冰天雪地里？

楚璠小小惊呼一声，还未来得及反应，只见红白光辉在她眼前碰撞，炸出一朵绚烂光影，少年伏地咳嗽，一男子立在他之前。

她又听到了那个如磐的嗓音。

“毕方，今日暴怒一次，后山领罚五鞭。”

楚璠的眼睛被光影晃花，很长时间才适应过来，看清了他的样子。

他背靠着光亮处，雪发蓝衫，腰间悬剑，双手笼进衣袖白纱之中，墨眉入鬓，眸如寒潭里浸透的棋子，清疏又淡然。

眉心凝一抹红痕，耳上缚着玲珑玉。

她少时在楚国皇宫之中，见过不少清秀不凡的男子，更别说去了蜀山，到处都是品貌非凡的修者，甚至她阿兄，也是独一无二的皎月高洁。

可是他仿佛有点不一样。

这人往那儿一站，就有一种别样的清远辽阔，让人沉浸在海一般的无边淡漠里。

楚璠回过神，听到他问：“可识字？”

她只得应声道：“识字。”

他垂下眼睫，冷然道：“昆仑界外，‘不可闯入’一碑，没有看到吗？”

那石碑几十米高，凛然立在山门前，她甚至还顶着明显的禁制威压走了那么久，怎么会不知道前路险峻？

来路不明，又擅自闯入，任谁都觉得她行事无状。

她知道此事行得不妥，也明白自己手中并没有什么底牌，可她不能害怕，她也已经没有退路了。

楚璠低头，把自己裹得更紧，怯怯地说：“看到了……”

她没给人回话的机会，从斗篷里伸出一只胳膊，露出半截肩膀，气息不稳，声若蚊蚋：“我想要衣服。”

肌肤雪腻，指节葱白莹润，臂膀上面覆着道道红痕，是被大阵反噬所伤，白红交错混在一起，显得荏弱无辜。

子微只看了一眼便转身，皱起眉，沉声道：“毕方。”

毕方被交锋时的余波震伤，心气不爽，虽不敢在他面前放肆，但也不想胡乱被扣上旁的帽子。

“又不是我干的，山下村妇给她脱的！”他梗着脖子念念叨叨，“身上都没一块儿好皮了，资质又差，灵脉晦涩，灵力输了那么久都不见好，不能穿衣服也怨不了我啊！”

子微叹了一口气，并不和他多言：“你近日定然又松懈修行，再记五鞭。”

毕方听见这话，差点没从地上弹起来，他张嘴欲骂，却发现自己被施了禁言诀，无可奈何，只得愤恨地闭上眼睛。

子微转身行至楚璠身前，印结瞬间凝结在掌心，荡起一圈圈繁复的波纹。

灵力输送的过程中，她悄悄抬头看了他一眼。

他气息沉静，神色如旧，凝视着掌心，眼底流露出清疏的光。

没过一会儿，楚璠便觉得身上的疼痛减缓许多，伤口也开始愈合。

可若是常人被他渡了灵力，一息辰光，伤口也该恢复如初才是。

子微神色微动，扫了她一眼。

墨发柔软地蜷缩在肩膀上，下颌小巧精致，侧脸镀着浅浅的一道柔晕，鼻尖冒了些细汗，一动也不敢动。

连呼吸都是小心翼翼的。

疗伤结束之后，女孩又把自己抱紧了些。子微默默转过身子，将她包裹里的衣物拿出来，放在床沿。

楚璠轻声问："您就是……子微道长吗？"

那人轻点下颌。

"昆仑早已昭告天下，不再管尘世是非。虽不知你是如何找到这里的，但是你不该来。"他淡然道，"你贸然闯入，已经犯了戒。谅你心系苍生，并无恶意，我会替你消除这段记忆，从此不得入昆仑。"

竟是两三句话就替她做好了决定。

楚璠也顾不得旁的，匆匆套上衣服，即刻便跪在地上，神色仓皇。

"子微道长，为何不再出山？若您也不管不顾……"她声音打战，带着无助的哭腔，"南海已抵挡不了多久了，龙族内乱，鲛人篡位，他们自顾不暇，根本阻拦不了魔物进攻。"

子微背对着她，面色丝毫未改，温声安慰："那还有青丘、方诸、蓬莱、不周……乱世起枭雄，你保全自身即可，不必慌张。"

可楚璠在意的当真是魔物当道，天下大乱吗？

她知道自己自私自利，费尽心思来昆仑，只是为了以"大义"引子微道长出山，救自己的阿兄罢了。

可是子微道长，似乎与传言中的仁德圣心、菩提转世，有些偏差……

她脸色越来越白，语无伦次："可千百年前，天魔就是您收服封印的，我不知道……不知道现在还有谁有这个能力。"

她的阿兄楚瑜，一念结丹，一息成婴，天生剑骨的绝世天才，也被那魔物一掌贯穿，白衣染尽红血……

楚璠已不敢再想了。

女孩跪在那里，小声啜泣着，眼泪不停往外掉。

子微暗叹一声，昆仑从来没有过女眷，他很少碰到这么没有分寸感的女子。

他听了会儿女孩子的哭音，终究没忍住，回头认真解释道：“并不是我不肯。”

楚璠双眸通红，仰头看着他。

子微解下右臂缠缚的白纱，露出皮肤上冰冷繁复的纹路，那纹理晦暗，一路延伸至衣袖深处。

“你也看到了，我修为被封印了大半，已不是百年前的那个子微道长。”他面容柔和，声音却无悲无喜，“俗世因果，贫道十年前已全数斩断，莫在我身上耽误时间了。”

他解释了这么多，已经仁至义尽，说着，抬手便要往她额上施法，消除记忆。

楚璠已心灰意冷，只下意识将双臂阻挡在身前。

薄光在她额前笼罩，她却觉得什么都没发生一般，消除记忆的咒术好像对她无用。

子微放下手掌，沉吟片刻，说道：“你体质似乎有异。”

毕方在一旁不停扭动，像是有话要讲，子微挥手破掉了他的禁言咒，只听他高声道：“先生！她的血特别香！”

一个妖族夸凡人姑娘血香，实在是很冒犯的一件事，毕方年幼，口无遮拦：“都快把我给香晕了，先生您闻不到吗？”

他还欲说些什么，突然看到子微严肃的目光，颇有自知之明地闭了嘴。

为了抑制体内的妖魄生长，他早已封闭五感，是闻不到气息的。

楚璠不懂这些，却也觉得有些难堪，垂头不语。

子微低头看她，沉默了好半晌，才轻声道：“姑娘可否让我看看你的经脉？”

他这个“看”，可能就不仅仅是看了。

楚璠索性直接把手递过去，一个忍冬似的花枝图腾，绕在她纤细苍白的手腕上。

“幼年时，楚国覆灭，母后别无他法，便将我和阿兄都送往了蜀山。”她敛衣起身，声音勉强，“可我是废灵根，连山上灵气都承受不住，眼见就快死了，阿兄找来了九重鸳花，我服下后就变成这样了。”

她好像已经很习惯，直接伸出手臂：“要喝吗，从前在蜀山时，很多人都会拿我的血炼药，挺管用的。”

男人微不可见地皱了皱眉。

不过相较于炼药一事，“九重鸳花”这字眼显然更让他在意一些。

昆仑为西镇神山，常年覆雪，连绵不绝，被誉为天下山脉之始，千年开一株花，这花便被誉为水脉之始。

也算是昆仑天山狐的伴身灵草，只可惜他是仙妖之体，他出生的那一日，并没有鸳花现世。

直到十年前妖气突增，仙骨压不住妖魄，他露了本相，昆仑山顶峰才开了小小的一株。

却被一个满身是血的小男孩儿夺去了。

天生剑骨的少年人，潜力很大，不过抢人东西时，那股不要命的劲头倒是挺疯魔的。

子微略微沉吟了会儿，问道："你的兄长，是叫楚瑜？"

楚璠瞪大眼睛："您认识他？"

他淡淡应了一声。

或许是楚璠的目光太过迫切，子微平静解释："曾有过一面之缘。"

他并没有想要告诉她前因后果，可躺在地上的毕方不肯，激愤道："先生，就是那小子偷抢了你的灵草，害你常年闭关，内力反噬。你快把她扔下山啊！晦气！"

子微当时因为妖魄第一次发作，灵力几乎微弱到只剩下一丝，说楚瑜是偷抢，其实不为过。

楚璠被这凶恶的声音弄蒙了，捏紧手心："我……我并不知道，这是阿兄抢来的东西。"

子微看样子是真的生气了，甩了一道法诀打在他身上，训斥道："毕方，还有没有礼数！"

一道光晕散开，毕方化作一个两掌宽的鹤鸟，火红翎毛蔫不拉唧地耷拉着，可怜兮兮的。

子微或许是觉得有些疲惫了，对楚璠道："你能进山门，应该是与昆仑同源的鸳花灵气起了效果。"

楚璠应了一声，垂下头，掐了下掌心。

她突然生出了莫大的勇气，拿小手拽住了他的宽大衣袖，紧张地问："子微道长刚才说，十年前已了却凡尘因果？"

子微感觉自己的胳膊都僵硬了，手甩也不是，放也不是，只微微点了点头。

少女的声音越来越小，带着些贸然莽撞的执拗："道长没有了却……"

"阿兄抢了你的仙草，又用在了我身上，我活到现在，这是因。"她似乎不好意思了，耳垂泛着点红，“那……我来找你，想用血为你疗伤，这是果。”

“子微先生，我们是有因果的。”

她跪在地上，子微顺着这个角度，正巧能看见她攥着衣袖的手指，还有那截白腕，描着细嫩的花藤。

不知怎的，他突然想起自己妖相显露，鸳花刚开时，这些枝叶也是这么浅浅圈住自己，伸出柔软的芽，触碰他的狐尾。

那个触感，很像她现在的指尖，纤长、柔软、温热，似乎透过衣物传了过来。

子微叹了一口气。

仙要逼他，妖不留他，就连自己的伴身灵草，明明生了灵智，却也百般顺从地跟了别人，并被吃下。

真是孽缘。

他伸手抚过去，把自己的袖子捞了回来，将逻辑捋顺：“花为因，你为果。”

他声音柔和，面容沉着冷静：“我结的因，但是我可以不要这个果。”

“况且，鸳花对我或许还有一些效果，但是你的血……”子微有些拒绝。

食血破禁，这确实不像传闻中子微先生做出来的事情。

楚璠想到这里，不免有些心灰意冷。

但是明明已经到了这个地步，万万没有后退的道理。

“可以试试吗？”她终究还是伸出了一根手指，鲜红的血在指肚上冒出来，晶莹剔透。

子微沉眼看着那颗红豆似的血滴，没有移开目光。

楚璠依旧在说着：“不周在最北，方诸已百年没出过天才，蓬莱不会顾凡人死活。”

南海离炽渊最近，可内乱频生。

她还是认为，能劝动子微道长的，唯有“大义”。

“先生，试一试吧。如果可以，不需要再等另一个枭雄现世，也不用丧失那么多无辜的生命。”

她言辞恳切，好似真的为苍生操碎了心，见不得生灵涂炭、天下大乱。

子微敛眉，神情如水一般平静，突然轻声打断她：“那你呢，你要什么？”

于是楚璠又沉默了。

她缩了缩肩膀，好一会儿，才绞着手指道：“阿兄和一些蜀山弟子被掳去炽渊，我想救他们回来……”

子微又问：“他们？”

“好吧，我想救阿兄回来……”她头垂得更低，眼看都要栽到地上了。

他摇摇头，轻笑了一声。

那滴血被她拢在指尖上，都快干涸了，呈现出一种微微凝固的浓稠。

子微稍弯腰，俯身含住了她的手指。

他重新开启五感。

四周的喧嚣突然涌入脑中，一切东西都开始放大——脆弱的喉咙、蓬勃的心跳、皮肤下鲜血的流动。

妖魄开始翻腾，反抗般怒涨着。

舌头一卷，那滴血液便顺着喉咙滚了下去。

一股细小的暖流隐隐从肺腑流入心腔，仅仅一滴，那颗不停躁动的心魄就安稳了些，带着略微餍足。

他五感封闭之前，曾在狂暴时闻过人血味儿。那种濒临绝境的失控、屈服于欲望的堕落感，他不想再试一次。

她的血却是清透的，带着点冷泉的甘。

很熟悉的鸳花味道。

看来鸳花是自愿认主，否则也不会融合得这么完整。

男人的身体很宽阔，把背后的光亮遮得严严实实，阴影笼罩着她，还有隐隐传来的松雪气息，她屏住呼吸，却也觉得那些味道从毛孔浸进了自己的身体里。

她抬起的胳膊已经很酸了，可还是僵硬着，不敢动弹。

指尖一阵湿润的软意，她心里微微一颤。

连说话都变得结结巴巴了：“有……有用吗？”

不知过了多久，两个人影才渐渐分开，拉出些距离。楚璠不敢抬头，只听见他的呼吸——绵长，安静。

她的手腕很痒，花枝图腾涌起一阵热意，丝丝缕缕的，好似在绕着肌肤攀缠，以前从来没有过。

它好像活了过来。

“原来，是鸳花选了你。”子微轻轻一笑，声音略低，有些沙哑。

“我会帮你的。”

楚璠得了他的回复，恨不得当场割腕取血，只是手上还没来得及动作，便被子微制止了。

他有些无奈，抓住她的手腕：“不是时候。”

真不知道是怎么养成的习惯，怎么一言不合便要割自己的血肉，拦都拦不住似的。

子微伸手轻点耳上缚着的玲珑玉，眉心红痕闪了一下，那个像耳饰的东西应势而落，漾着幽幽蓝光，恰巧停在她的手心上方。

他们修道之人所用的法术，总是让人眼花缭乱的。

楚璠有些迷茫，歪了歪头。

那人见她没动作，思索了一会儿，道："碰一下，默念你兄长的名字。"

他似乎已经发现她什么都不懂了，又解释了一遍："是替你兄长测测吉凶。"

昆仑天山狐，千岁即可通天命，虽然他仙妖一体，两者不能相融，能力被遏制住了七分，但要算清一个人是否活着，还是很轻松的。

楚璠听闻后，摸了下那个温凉的玉扣，心里默念阿兄的名字，紧张地看着他。

约莫过了几息，掌心玉石的光芒敛去，子微睁开眼，稍顿了片刻，面色有些凝重。

楚璠见此，心底更是一沉，摸着白泽剑，想着总不会是最坏的结果，便低声道："不管如何，求您还是告诉我吧。"

"我曾和天魔交过手，对他也有些了解，这人除了张狂无度，行事凶残暴躁外……嗜好也很奇怪。"

他顿了一下，声音冷冽了不少："他是体修，所以不喜修剑者，更极其嫉恨天才，早年甚至建了一个水牢，无数名门正派的仙家子弟，都被折磨得不成人样。"

他沉默了一会儿，才道："你的兄长，似乎是里面的佼佼者？"

这便暗喻着，他会是被折磨得最惨的那个。

说实话，子微有点无奈，他不懂如何哄姑娘，若是楚璠再控制不住掉眼泪的话，他可能真的要把毕方叫起来给她唱歌了。

可她没那样做。

一阵沉默后，楚璠站起来坚定地点了点头，轻声道："我明白的。可是我相信阿兄，他一定会等到我去找他。"

她倒是对自己的兄长有着非同一般的自信。

子微心里松了口气："跟我来吧。"

他转过身子，身姿挺拔，毕方鸟闻声立在他肩头，红眸紧紧盯着她，时不时发出两声不满的哼鸣，最终还是拿了尾巴对着她。

楚璠摸摸鼻尖，远远跟在他后头。

楚璠醒来的地方是客所，在半山腰，而子微住的是最顶峰，早年往来之人都是修为高深者，所以他们也未曾想过修建道桥。

现在就很是为难了，这姑娘不会御剑……

他仔细思索了一番毕方载人的可能性，终究还是怕这个顽劣的妖兽把人给抖下去。

子微诵咒，腰上长剑湛光一闪，平稳落在前方。

这柄剑向来清高孤傲，子微摸不准它乐不乐意载人，为保安全，他还是准备用法力强行夺回控制权。

却见他的剑微震几下，周身漾起春风细雨般的暖意，用剑柄蹭了蹭小姑娘的袍角。

楚璠轻轻“哇”了一声，先摸了摸手上的白泽，然后再去触碰那柄剑：“它叫什么名字？它是喜欢白泽吗？”

子微：“它叫昆仑神剑。”

楚璠又小小惊呼了声：“好厉害呢！”

好吧，昆仑的剑，喜欢昆仑山的鸳花，应该没什么问题。

她似乎也很喜欢剑，站上去的时候还一直低头看剑的纹理，甚至还小心翼翼地问：“我不会太重了吧……两个人它载得动吗？”

那一小块袍角又被她拽着，子微有些不习惯，便不留痕迹地拂开了她的手。

他直到开口时，才发现自己的声音那么哑：“没关系。”

原来他不喜旁人触碰。

楚璠微微一愣，察觉出一丝尴尬，她垂下头，抱紧怀中的剑，礼貌地往后退了一步。

她实在是有些过于高兴了，竟忘了形。

不是所有人都像阿兄一般对她无微不至、百依百顺。

毕方扭脸小小“哼”了一声，他化为原身，展翅开路。子微则载着楚璠跟在后头，放缓速度，念咒前行。

昆仑的雪虐风饕，踩在剑上，更是顶着暴烈罡风，他与毕方都有灵力护体，这肯定不算什么。

可若是一个凡人姑娘的话……

子微回头看了一眼，她果然颤颤巍巍地站在剑上，被风潮灌涌，斗篷上的绒毛都贴在脸上，鼻尖和脸通红一片，缩着脑袋抖个不停。

倒是没有喊一声不适。

子微想了想，隔着衣料牵住她的手腕：“不算太远，很快就到了。”

他手指修长有力，骨节凸起，手背上淡青色的血管很明显。

非常好看的一双手。

楚璠微怔之时，一股热流已经顺着手臂涌进全身，她放松了身子，小声道：“多谢道长。”

子微放下触碰她的手，向前御剑疾飞，蓝光刺破云雾，没多久就到了顶峰。

昆仑山的顶峰，更加寒冷。

远山连绵，风雪初霁，昼色渐渐湮灭，天际是一片雾蒙蒙的灰。起伏的山上，一座小楼立在那里，子微走在前面，楚璠看着他的背影。

清肃，穆然。

原以为这样一位身份高贵的仙长，住的会是什么玉阶云衢、仙气盎然的地方，没想到只是个竹楼，这般简朴，偏僻冷清。

洞府连接着山脉，牌匾上只写了两个字：退寒。

洞府内干净宽敞，构造巧妙，最深处有个闭关室，隐隐冒出来些寒气，像是镇压了什么东西一般。

子微让楚璠原地等候，他独自进去好一会儿，一直没出来。

楚璠抱剑坐着，观察四周，书架上全是些珍贵典籍，古老而悠远，她不敢碰，就这么仰头望着它们。

这些深奥的力量一直将她拒之门外，而她依旧保持着最初的向往。

毕方刚才去领罚十鞭，回来时恹恹的，翎羽失去了光泽，还一直掉，翅根隐隐有血迹渗出。

感觉到她的视线，毕方鸟转过头来瞪她。

楚璠挠了挠头，把地上的红羽捡起来。羽毛很长，外圈泛着一层淡金色，她夸道：“很漂亮。”

毕方看着自己的毛在她手上，心上更气，伸长了喙就要来啄她。

白泽剑看她被欺负，从沉睡中醒来，立马把她护在身后。一鸟一剑对峙着，气氛一时很紧张。

楚璠原本就有求于人，自觉理亏，根本不欲争执，连忙道：“白泽，别生气。哎，你先休息。”

她又扭头看向毕方，不好意思地说：“对不起哦，白泽不归我管，是阿兄的剑，有时候……不太听话。”

楚璠知道自己算是个大麻烦，语气更加卑微，她想了想，习惯性伸出手腕："要喝点血吗？"

毕方圆溜溜的眼睛盯着她瞧，眼神透着古怪。

其实是觉得她奇怪。

可是他确实觉得很渴，这血有种浓醇的甜香味儿，隐约还能嗅到与子微同源的灵气，实在是无比诱人，他喉咙已经滚了一下。

楚璠便舒了一口气似的："那我给你喝，不要生气了好吗？"

毕方觉得这人有点傻气，头扭到一边，不理她了。

子微不知何时出了密室，手上拿着卷竹简，腰间环佩撞出一阵轻鸣，看到毕方扭头后，依然淡淡地看着她。

他身形挺拔如松，长发披散，被那缕淡白的月华一照，有种遥不可及的清幽神韵。

子微忽然开口："你经常这样吗？"

楚璠不知道他在说什么："嗯？"

他走过来，将毕方抱在怀里，有一搭没一搭地摸着他的翎毛，复述道："经常这样给别人饮血？"

楚璠回过神来，声音变得细微："蜀山上都是一些有灵根的修道者。我一介凡人，总要做些什么有用的事情，才能待在那里的。"

这其实是幼时的习惯。

天才是需要成长空间的，楚瑜在年幼时，不过是谁都能捏死的一根杂草。他毫无根基，也没有世族支持，这般进步神速，很难不遭旁人嫉妒。

修道人当然是明月清风、心思端正者居多。可毕竟是凡人，爱恨嗔痴，不过人之常情。

而引发这个矛盾的，是她身上的鸳花。

当能力达不到一定的程度，身怀巨宝，就等于怀璧其罪。她数不清忍受过多少目光，怜悯的、审视的、阴郁的、躁动的、黏腻的……

没有办法，楚瑜不可能一直护在她身旁，为了不让她在暗中遭人觊觎，还不如将鸳花之事上报给蜀山决策者。

于是每月一次的奉血，成了她在蜀山上的任务。她顺从地接受这个事实，并且实实在在地为不再拖累阿兄感到欣喜。

人人都道蜀山首席弟子风光无限，可只有楚璠才晓得——阿兄几乎是无时无刻不在修炼，十年如一日地拼搏，不知下了多少秘境试炼，带了多少伤回来，才有今天这个成就。

子微听完后，垂眸不语。

他怀里的毕方扑棱了下翅膀，飞至楚璠面前，口吐人言：

“笨蛋。”

毕方趾高气扬地上下打量她，声音却是怜悯的：“你口中的阿兄，无一处不好。那他又为何非要让你献血，非要把你捆在身边，你去安安稳稳当个凡人，不也能快活一生吗，何必受这么多磋磨？”

“你那个阿兄，说不准就没安什么好心呢！”

楚璠骤然抬头，一反常态，冷冷盯着他：“不许这般说我阿兄。”

毕方也不示弱，双目圆睁瞪着她。

“好了。”子微打断了他们。

他把手中竹简摊开，唤楚璠上前，圈出上面的阵纹：“献血分为三次，明天是月圆之夜，你准备一下。”

楚璠冷静下来，问道：“那我们什么时候出发？我可以用多一点血，能不能快一些？”

“最短一月。”

楚璠一下子萎靡不振，皱着眉，神情很是不安。

“精血流失过多，你如今的身体状况，恐会有性命之危。”

楚璠忙不迭接话：“我可以……”

还未说完，便被子微温声打断了。

他的语气不容拒绝：“不必多言。”

“一个月，已经算很紧凑了，那时我功力应该会恢复七成。”子微叹了口气，又退了一步，“明天我开启昆仑封印结界，会有很多生人上山，我会和他们一同商讨此事，你不用多虑。”

“你兄长剑骨在身，没那么容易……”

他觉得“死”这一字不太好，特意换了种说法：“没那么容易出事的。”

楚璠恍惚地点点头，眉头紧皱，头垂得很低，目光不知落在何处。

子微将竹简收起，蓝色衫子垂在低处，微微一荡。

他声音如往常般温润，却也透出一股疏离：“你上山之时，当真不知道自己手中的鸳花与昆仑灵山有羁绊吗？”

楚璠下意识地摸上了自己腕上的花藤。

她没有摸准子微究竟是什么意思，质疑或是试探？

楚璠突然跪下，额头重重磕向地面，言辞恳切：“我个人所求，皆是为了阿兄，这九重鸳花是您的物品，此事我原本并不知情。”

“若……若先生需要，您也可以收回灵花，只要能出世抵挡天魔，救出阿兄，我别无所求。”

她面色略显苍白，嘴唇干燥，发丝微湿黏在脸侧。

她瘦弱极了，俯身弯腰时，脊骨一节节的，都能从单薄的衣物中隐隐透出来。也不知路上吃了多少苦，大概真是不把自己的性命当回事。

收回灵花？这便是把她的性命也交到他手里。

子微难免有些无奈。

天山狐一族，通晓先天六十四卦，可纵使他算术通上彻下，却参不透楚璠的命格，连是吉是凶都极其难测。

因为他们之间确实有一线因果。

得到九重鸳花认主，本是她的机缘，却被延误了十多年，如今看楚璠成了这般虚弱模样，他心里有几分惋惜。

她本应该是个灵透至极、聪明秀丽的女子。

子微觉得可惜。

楚璠跪伏在地上，石板寒冷刺骨，她的身躯渐渐僵硬，呵出的气成了一团白雾。

子微的声音从上面传来，没带什么感情：“鸳花既已认你为主，是你的机缘，便不是我的东西了。”

楚璠哆嗦着点头，似懂非懂。

“你身上虽有九重鸳花烙印，但这些年丢失的气血过多，经脉灵窍也迟迟未打开，若以后还想要修习法术，便不能再这样接连不断地取血。”

楚璠抬头，讶然道：“我也可以吗？”

子微问：“你不想吗？”

楚璠掐了一把自己的大腿，是有痛感的。

这不是梦，想到这里，她连声音都变得激动不少：“我……我也可以吗，我很想！我很想修炼法术的！”

“先起来吧。”子微看到她踉跄着站直，笑了笑，似是无奈，“二楼藏书阁，你自可以去找找有什么适合的功法。”

“今日先休息。”他特意多说了一句，带着恰如其分的温柔，“还有，以后，就莫要让旁人随意取血了。”

门外寒风瑟瑟，雪粒吹在脸上，凉津津的，在眼尾处融开。

楚璠揉了揉眼睛，没缓过来，甚至还觉得有一丝恍惚。

她没想到居然这般顺利，子微道长果然慈善，非但没有惩罚自己，还应下了救出阿兄的请求。

楚璠止住步子，下意识地回首看了一眼那栋竹楼。

它独立在风雪之中，似乎含有禁制，周边十分安静。外面没有装饰，这么一看，很不显眼。

天色真的很暗，什么都看不清楚。

唯有那栋竹舍，窗边挂了一盏灯笼，一团暖融融的淡橘色，倒映出浅浅摇晃的影子。

楚璠停住了呼吸。

沙沙。

是风卷起细雪，又扑在地上的声音。

就在这个抬头的瞬间，只见窗边的修长人影越来越近，而后伸出来一只手，恰好开了窗，拿起那盏灯。

手指干净齐整，长而白皙。

他挑着灯笼，那火光便一层层晃起来，半明半灭地荡开在眉眼间，衬得眸子乌沉发亮，如画一般。

二人双目相对。

楚璠愣在原地，她眨眨眼睛，慢慢把头垂了下去。

她心里……有一种极其微妙又矛盾的心虚。

子微怔了一怔，他温和一笑，看起来有些困倦："天色已暗，我让毕方送你，要执灯吗？"

楚璠搓搓自己的衣角，迟疑几息，才道："谢谢。"

子微颔首，门窗重新被掩住。

楚璠站在原地，等了一小会儿。

毕方衔着灯盏晃晃悠悠飞了过去，羽毛像是烈火，于风雪中显得十分漂亮，他在楚璠前面带路，尾羽闪着细碎的光泽。

楚璠的伤还没有全部愈合，步子跟不上，有些一跛一跛的。

这只鹤鸟真的不太开心，像是故意飞得忽高忽低，光源极不稳定，楚璠只顾着追赶，步伐急匆匆的，一不留神便栽在了地上。

她抱着白泽剑，膝盖又疼又麻。

楚璠呵了一口气，呼叫声被自己抑在喉中，她慢慢站直，拍掉身上的雪。本以为毕方已经飞远了，没想到刚抬头，就对上了那双不太善意的眸子。

毕方化为人形，少年模样，他蹙着眉毛："你真的好没用。"

楚璠僵在了原地。

不料下一刻，这人却直接拉她起来，把灯笼塞在她怀里。楚璠抱着暖融融的一团火，不觉得冷了。

"太没用了，好弱。"毕方背着手往前走，步伐慢了许多，他声音懒洋洋的，"不过还好，你不算太吵。"

他好像只是在叙说一个事实："你孤身前来，这样的身子……连御剑都撑不住吧，怎么去找天魔啊？更别提救什么人了。"

身后的人一言不发。

毕方"啧"了一声，有些不耐烦："你怎么不说话啊。"

"我，我……"她憋不出几个字，脸涨得越来越红。

她能力不足，费尽心机上昆仑求人相助，没有话语权，不能怪别人。更何况，这鸳花的一线机缘，是阿兄抢来的。

已经得到子微的保证，她应该感激了。

她低着头："我会……尽量不拖累你们的。"

毕方转过身，背手歪头倒退着走，仔仔细细打量着她："怎么个不拖累法啊？要我说，即便是来个天资卓越的，也没有几天时间就能筑基聚灵的道理。"他仰起下巴，"而且……我替你疗伤之时，根本没摸到你的灵脉啊。"

楚璠攥紧了手，面上有些发白，她有些艰涩道："但是……道长跟我说，我是可以修炼的。"

倒也是，毕方站直身子，嘟囔了一句："鸳花之主。"

天山狐道术独秀，这一种族生来就精通易经咒术，他们观天之道，执天之行，实乃万物宠儿。

可命数哪有完美的道理，《周易》说，大道五十，天衍四九，必定要走遁其一。

毕方皱起眉。

妖典确实有过记载，天狐一族因实力超群，被天道强行牵出一线，抽一缕灵丝化作仙草，这灵花所认之人，皆是他们的因缘。

不是吧，毕方瞅了瞅面前女孩颤颤巍巍的样子，就这，这么弱不禁风的，是他们家先生的缘主？

毕方绞尽脑汁回想了一下往年昆仑的缘主，时代太过久远，留下来的资料也极少，好像有几位成了人皇，也有不少世代大儒……

而大部分，纠纠缠缠，皆变成了伴随一生的道侣。

所以修真界常私下议论，说这九重鸳花是天狐一族的命定姻缘，给他们自个儿找媳妇用的。

毕方的表情可谓十分难看。

轩辕族供奉的离火认自己为主已经够离谱了，没想到还有下限更低的玩意儿。

他歪歪脑袋，百思不得其解："怎么就是你呢？"

这言语中的味道，确实有些过于直白。

"我是很弱。"楚璠垂着脑袋，若有若无地摩挲着手腕，"但阿兄很强，或许小花是看在阿兄的面上才……"

"呸呸呸！"毕方急忙打断她，摆了摆手，"那更不可能了，花有灵性，怎可认夺它之人为主！"

楚璠低低"哦"了一声，回道："那我也不知道……那晚醒来之后，鸳花就已经浮在手腕上了。"

毕方扭头哼了一声："再说了，你那阿兄都被天魔抓走了，看样子也没强到哪去啊。"

楚璠眉头一皱。

"还请不要这般说我阿兄。"她音色薄，在雪天中尤显冷清。

她可以被毕方的这种直言中伤，但是不喜欢阿兄被这般挖苦讽刺。

毕方原本就不喜十年前那个没礼貌的剑修，他双手叉腰，生气道："不过说了两句，至于吗？喂，你别忘了，鸳花是子微先生的东西，这么算，十年前可是先生救了你！"

"我知道。"楚璠加快步伐，面色淡淡，"我愿意付出代价，不管子微道长是要血，还是要我的命，我都没有一丝怨言。"

毕方听到这话，愣了一下，一脸欲言又止。

前面那么久都没生气，说了她兄长两句便不理人啦？

楚璠嫌这条路太长了，又不舍得拿白泽当拐杖，随意在雪地里捡了个枯枝当作拄杖，便磕磕绊绊地往前走，速度快了不少。

毕方清咳一声，默默跟上。

昆仑山甚少有生人上山，子微近年来总是闭关，他没什么人说话，语气不免尖锐了些，现在想想，有些后悔。

毕方心里纠结好久，刚欲开口，楚璠先看到前方的客居，抢先一步说话："到了，谢谢你。"

她顺势把灯笼也递了过去。

毕方没有接，僵硬道："先生说送你了。"

楚璠没多推拒，点了点头，拄着拐杖就要进门。

毕方硬生生把她拉了回来。

楚璠无奈扭头道："还有什么事吗？"

"我说你弱，并不是嫌……"他和楚璠对视很久，突然指了指自己的眼睛，迟疑道，"你不会是哭了吧……"

楚璠茫然地抬头，又茫然地揉揉眼睛："啊？"

毕方指着她眼尾的红印和水渍，语气复杂道："你真的哭了啊？"

他年龄还算不上大，目光澄澈，唇红齿白，一脸纯真的稚气，除了嘴毒一点，没什么不好的。

楚璠不知为何，突然有点想笑："真的没有，你看……"她把脸仰起来，雪花大片落下，在眼角和面颊融化成水珠，这么一看，就像是哭了一般。

她摇摇头，把脸上还未化掉的雪甩了下去，认认真真道："我从小热气就比别人足一些，但是又格外惧冷。倒没这么容易哭的。"

毕方尴尬地后退几步，面色通红，支吾着说不出什么连续的句子，最后强行把头扭到一旁，斩钉截铁道："我才没有关心你呢！"

楚璠点点头："嗯。"

毕方一脸羞愤，急忙转移话题："你们人族的体温，这么高吗？"

"高吗？"楚璠把脑袋重新缩进毛领中，"我还蛮冷的呢……"

毕方乃火象灵属，黑袍红带，打眼一看就热腾腾的，楚璠好奇地问他："你体温很低吗？"

"当……当然了！妖都是这样的。"毕方羞恼道，"你冷是……是因为你弱！春夏秋冬，灵气自成循环，我就算体温低，也不冷的！"

"真羡慕啊。"楚璠小声逗他道，"可不知冷热，不也很没意思吗？"

"哎呀！"毕方不想和她聊天了，跺跺脚，"我管你冷不冷呢，我……我先走了！"

他走之后，楚璠也笑着进了房间。

她觉得这小鸟有一出没一出，咋咋呼呼的，真是小孩子呢，还怪可爱的。

这间屋子像是空置已久，人气更是不足，简简单单的，没有窗，也没有灯火，任何照明的东西都没有。

楚璠把手里的灯笼放在床前的桌上。

她好好清洗了一番，躺在床上后，把白泽剑搂在怀里，一下一下地摸着它的剑柄花纹。

剑身冰凉，上面亮着淡淡弧光。

“白泽……”楚璠拍了拍剑鞘，轻轻念着，“好好休息吧。”

长剑暗了些许。

楚璠放下白泽，准备休息，她少时上蜀山养成了点灯睡觉的习惯，便下意识看向屋内唯一的光源。

那盏灯笼不知是什么做的，焰芯长而明亮，这么久也不见灭，透着朦胧橘黄的光，看起来很温柔。

这让她想起了晚上看见的，那提着这盏灯笼的人。

他笑得很温柔。

可楚璠在那温柔的脸上看见了一丝疲惫。

楚璠把脑袋缩进被子里，这种环境会让她觉得安心。她不能再想太多了，现在以血做交易，救出阿兄，才是她要做的事情。

第二章 滚烫

次日清晨。

与子微约的时间是月出，但她等不到那时候，也闲不下来，想再去看看。

楚璠打开房门，发现雪好似停了一晚，远没有昨日寒冷，天边有不少流光飞来飞去，她远远望去，看着像是修士的形迹。

子微道长昨日说要把昆仑解禁，没想到这才过了一夜，就已经有人闻到了风声。

她走到竹楼时，子微恰好正在见最后一位客人。

是位高瘦老者，身着玄色道袍，袖口文着炽焰尾羽，鹤发鸡皮，一双眼睛精明有神。

“看到道长渡完生死劫，老朽就放心了，不知毕方那个小家伙，有没有扰到您的休息？”

“谢长老挂念。”子微微微点头，温声道，“毕方虽年幼，但至情至性，不算顽固。他体内的离火凶性，已经散去八分了。”

那老者笑笑，有些试探之意：“不知道长功力恢复几何？近日天魔作乱，蜀山失守，我派了些弟子过去，可惜他们学艺不精，连炽渊的门道都摸不出来。”

这应该是轩辕山黄氏的长老，传闻中毕方鸟的居所和族群。

这些人，说辞都是一个样子，只派些外门弟子过去，都不愿意派精英，当然摸不到天魔的衣角。

楚璠攥紧了手指。

“是谁在那里？”老者一声厉喝，手中玉杖朝她的方向刺去。

“是我！”楚璠连忙出声。

那杖柱虽停，可威压仍在，楚璠有些受不住，喉咙里冒了一丝血腥气。

“我的侍剑者。”子微放下杯盏，衣袖浩然一荡，昆仑剑飞入楚播怀中，和白泽并靠，蕴着皎然辉光。

轩辕长老收起武器看着她，眉头收紧，眼神带着股审视。

楚播被盯得浑身难受。

侍剑者？远在上古时期，有些顶尖剑修为了给本命剑蕴养充沛灵气，会找一些少男少女滋养剑气，说是以身侍剑，还不如道是以身饲剑。

说得不好听点，就是剑奴罢了。

要是放在以往，子微怎会做出这等事情，看来传言他妖魄生长、妖气溢出一事，应该是真的。

这岂能让他不喜？轩辕长老露出了一个笑容：“原来如此，甚好。”

子微面色淡淡。

他先是看了一眼楚播，然后再对老者说：“天魔之事我已有耳闻，此番开启昆仑结界，也有这个缘故。”

轩辕长老看了眼他臂上的白纱，有些讶然：“道长功力已恢复了吗？”

子微只道：“快了。”

老者面上笑意更深：“那我便放心了，道长要注意身体，天魔现世，比上次更为强劲了些。”

他又嘱托了几句，看似不经意地扫了楚播一眼，这才转身下山。

他刚走，毕方鸟便从黑暗中飞了出来，闷闷道：“先生，这老头是不是又在讲我坏话？”

子微没有理他，对靠在墙角的楚播说了句：“过来吧。”

楚播走上前，将怀中的昆仑剑递给他。子微没收，只低声道：“你先拿着，它可以帮你蕴养神魂，不必惧怕旁人的威压。”

怪不得方才昆仑剑一入怀，那股心悸的感觉便消失了。

“可是……剑修的剑不是很重要吗？”

楚播常和蜀山那群修剑者打交道，按理说也算是阅剑无数了，可从小到大，碰过的剑还真的只有白泽一柄。

子微稍顿了一下，缓声道：“我并不算是剑修。”

楚播似懂非懂地点点头。

她抱着两把剑，沉甸甸的，心里却有些莫名的开心，撸袖子都轻快了不少：“可以开始了吗？”

子微眉头一跳，竟有些无言以对：“你这么急着取血？”

楚璠有些担忧道："可时间紧急……"

"时间虽紧，焦虑却也无用。"子微略略低头，声音平静温柔，"便是我把你吸干了，天魔不露风声，也救不回你兄长。"

楚璠想说：您可以把我吸干的……

可她大抵知道子微不屑于做这种事情，只能略显拘谨道："谢谢道长。"

子微无奈地摇摇头，带她和毕方去了二楼。

楼舍不大，只有两层，楚璠随着子微走上阶梯的时候，恰好又绕过那个最深处的闭关室，肉眼无法辨清，只感觉到让人汗毛倒竖的凉意。

她有些好奇，下意识地多看了两眼。

毕方加快步子走到楚璠面前，轻咳了两声，小声传音警告："别什么都看。"

楚璠默不作声地把脑袋摆正，老老实实点了点头。

她知道自己不该多问。

藏书阁内，满壁皆是书架，比楚璠在楼下看到的更多。明明开了天窗，周边明亮，她依旧感受到了一股沉凝古旧的气息。

很厚，也很沉重，夹杂着淡淡的纸墨香。

纸墨和竹简不易存放，修真界已经少有这种书籍存在了，大都是灵纹刻的玉简，可以直接映在识海中。

没想到昆仑山上居然还有这么多古籍。

子微让他们坐在蒲团上，去书架上挑了一堆书籍，一本放在毕方桌前，另外的全都递给了楚璠。

楚璠小心接下，顿感手臂一沉，那一摞书放上去，都能把她的头给挡个完全。

她从书后伸出脑袋，有些惊讶："这……这么多吗？"

她一手抱着两柄剑，一手吃力地抱着书，面颊憋得泛红，昆仑剑柄碰到了她的衣领，动作之间，露出一小块柔软而白皙的皮肤。

子微转移了视线。

他抿唇笑着道："是给你看，让你放桌上的，不是让你……抱着。"

"哦，哦！"楚璠连忙把书放下去。

毕方小声嘲笑："你是笨蛋吧。"

楚璠脸红，不好意思道："习惯了，在蜀山时，我常帮人搬书搬药草什么的……"

毕方品出些不对来："帮？他们难道没有乾坤袋、芥子囊吗，为什么要让你搬？这不是帮，这是使唤吧？"

他喋喋不休：“你那个好兄长呢？就看着你被欺负？”

“那是很久之前的事情了。”楚璠不愿意说，直接略过了这个话题。

她问：“道长是要教我法术吗？其实我在蜀山也和他们一同修习过，但是……没什么用的。”

毕方鼓起腮帮，抢先道：“先生和蜀山的那些老头子能一样吗？”

子微转身，用平静的目光注视毕方。

毕方脖子一梗，瞬间心虚认错：“先生……”

子微心如止水：“你的守壹清心诀今日要念多少遍？”

毕方垂下头，全身都写满了拒绝：“三百遍。”

“再添五十。”

毕方抱着子微刚给的书，一脸菜色地进了隔间。

原本想二人一同教习，现在看来果然不方便，子微又挥手给毕方的房间封了禁制，这才觉得安静许多。

楚璠还乖乖地候在那里，见他转身后，躬身叫道：“道长。”

姑娘家，果真是省心不少。

子微在书案后坐下，然后示意楚璠坐到他面前。

他抚过书脊，长指轻点：“先全都看看。”

蜀山剑法、方诸咒术、昆仑道衍，甚至还有南疆蛊法、阴阳丹道，楚璠仔细翻阅，一字不漏，看得眼睛都累了。

直到日光西斜，她才彻底放弃，合上了书籍。

她一本都看不懂。

那些字体连接的语句，在脑子里根本过不了半点痕迹，旁人说的丹田生热、窥探内视，她完全都感受不到。

本就不应该抱有期待的。

少时楚地国师说她命柱相冲，是极凶极弱的命格，这辈子都要漂泊孤苦、懦弱无依。

她经历亡母和亡国，如今连阿兄都遭遇不测，竟还奢望自己能修得法术，得天道垂怜。

天窗的光一圈圈投下，恰好落在子微身上。

子微闭目坐定，纹丝不动，他一身暗青道袍，长发如绸一般落下，眉目清绝，看不出虚实。

大概这才是被天道偏爱的人。

而她只是被抛弃的蝼蚁罢了。

渺小并不可叹，无能为力才最可悲。

楚璠手指发颤，她小心呼气，怕碰坏了这些脆弱纸张。

废灵根、凡人、弱者，这些词汇在她脑海中不停翻腾，几乎已经到了让人难以忽视的程度。

为什么偏偏是她呢？

突然，楚璠感觉额头上有一抹清凉。

子微伸出手指，轻柔地抵住她眉心。

他淡笑道："你也要和毕方一起去念守壹清心诀吗？"

楚璠颇感抱歉："道长，我可能真的……真的不太行。"

"我是让你阅读，不是要你思考理解。"他道，"别迈进了死胡同。"

楚璠一时有些无措："可……我没有看得懂的。"

"不是还剩下一本吗？"子微放下手，指尖还残存一点温热。

楚璠微讶，手捏着纸页一角，略显疑惑："可那是妖典……是妖修法术。"

"有何不可？"子微广袖拉开，白纱细腻地贴着皮肤，下面流动着暗红色的梵文。

"仙道不容，便要另择其法。"他的嗓音有一丝凝滞，顿了会儿，问道，"还是说……你对妖族，不喜欢？"

人妖两族宿怨已有千年，虽然各大门派已经开始慢慢与妖族融合，但前怨太深，现在依然有摩擦存在。

"没有。"楚璠飞速摇摇头，她觉得毕方还挺可爱的呢。

只是若修炼了妖族法术，不知阿兄会不会生气。

现在……罢了，她若要追随子微一起寻找阿兄，必不能连自保的能力都没有。

楚璠咬牙点头："道长，开始吧。"

天窗的风猛然灌入，二人衣衫被吹得猎猎作响。

子微提臂一点，纸张与手指相触，起落的章节像是种玄妙道印，浮跃起繁复的蓝色咒文。

楚璠觉得自己的手腕好痒，像是被什么在刮挠、刺破。

一籍妖典被传进识海中，她最先感受到的是一股霜寒凉意，经脉里似乎有灵光游走。

楚璠之前读的人族典籍有过记载，这是在开灵窍。妖修与人的修炼方式不同，但大体一致。她额上发汗，看到那股灵气游过死气沉沉的丹田后，凝聚在了手腕上。

有灵根的修士，都是由经脉生灵，然后存于丹田。而楚璠天生凡体，所以只能将鸳花作为引子，让花藤来吸收天地灵气，这种修炼方式，恰好和妖族把灵气寄托在妖丹上相似。

楚璠睁眼时，天窗中已经有星光洒下，明月挂在高空。

子微提了个精致的食盒，刚从毕方的隔间出来，他看向楚璠："饿了吗？"

楚璠怔怔地点头。

"先吃吧。"他缓步而来，环佩清脆，温声道，"确实要到时间取血了。"

楚璠没什么胃口，但是想想自己要当血包，若是晕在这里，也不太好，就准备勉强吃一点。

食盒在手上如同一粒尘埃，她第一次感觉到修道者与凡人截然不同的力量。

确实太不一样了。

楚璠下意识用力，一不小心就捏断了手里的筷子。

她一下子就愣住了。

楚璠惊慌失措地看着筷子，抬头又对上了子微讶异的目光，脸非常迅速地红到了耳根。

"对……对不起！"

漫长而尴尬的沉默过后，楚璠缩着身子，听到了几声略微压抑的朗朗笑声。

子微眼睛微弯，清寒之色减去许多。

"现在连练气都没到呢，若是以后筑基结丹了，还是要注意一点，再这样使力……"他开玩笑似的，"断的可能就不只是筷子了。"

楚璠恨不得把头垂到桌子底下，她硬着头皮整理好桌子，连忙伸出手臂，强装淡定道："道长取血吧。"

子微长睫一颤，笑容敛去，"嗯"了一声。

他往前倾靠，缁衣薄袍拖曳及地，发出轻柔的响声。

楚璠拉开衣袖，皮肤泛着莹白色，手臂很细，腕骨往外凸了一块，显得瘦弱无力。

鸳花藤一圈圈绕着皮肤，像是在攀枝而生，楚璠总觉得，花的颜色比上山之前亮了许多，并不是鲜艳，而是有一种——

血液涌动，迸发生机，下一刻就要活起来的感觉。

子微用匕首划破了那块皮肤。

即便这次的触碰非常短暂，他也能感受到那块细腻肌肤，扑涌出来的热意，一下子就沾染在指尖上。

子微垂眸，看着那苍白发青的手臂，慢慢渗出鲜艳的红色，黏稠温热。

他隔着衣服握住楚璠的手臂，视线一刻未离。

血液一滴滴落下，在白瓷上绽开深红的花，渐渐覆盖住瓷盏的底层。

子微放下楚璠的手臂，将碗拿到自己面前，又抽了根白纱缚住她的手腕，打成死结，眉头蹙得越来越深。

楚璠想抽出手臂，没抽动。

“道长，”她轻轻唤道，“可以更多一点的。”

楚璠面色诚恳。

子微沉沉闭上眼睛，放开了她的手。他一口饮下血液，有些难受地捏了捏眉骨，看起来十分疲惫。

他下了逐客令：“出去吧。”

楚璠回头看了他一眼，那染血的唇，红得有些不正常。

楚璠顿了一顿，抱紧怀中的白泽剑，将门轻轻关紧。

子微半伏于案上，长眉紧皱，额上红痕异常鲜艳，外衫半披半落，露出柔软的白色里衣，被风吹得微微鼓动。

楚璠关上房门时，下意识地往里瞥了一眼。

她想，这是哪儿来的风呢？

当然没有风。

那些微微鼓动、在地板上游移翘起的，不是衣衫，而是他的尾巴。

雪色长尾在衣袍下伸出，皮毛蓬松地绽开，然后轻柔地攀上桌面，渐渐弯蜷，卷起了楚璠捏断的筷子。

尾尖摇曳，在木质的桌案上缓慢摆动，灵活柔滑，像握拳一般捏紧。

衣衫和长尾上下交叠，他唇色透着异样的红，格外妖异。

他向来纠结对错。

天魔与他纠葛颇深，必有一战，若楚璠没有求上昆仑，他到最后只有一个办法，便是卸下仙骨，化为妖身。

偏偏鸳花与他缘分深厚，终是来了。

所以能迟一步是一步，能慢一点是一点。

妖，他暂且还不想当。

可那血液香甜无比。

也不知这到底是对还是错。

楚璠走到半路时，脑袋被什么东西拍了一下。

往后一看，原来是毕方在她头顶悬飞，翅膀火红缀金，尾羽胡乱扫动，看她呆着，又拿翅膀拍了一下她的后脑勺。

“先生又去闭关室受罪了。”毕方落在她肩上，闷闷道，“难道你的血没用吗？”

“闭关室？”楚璠想了想，面色愁苦，无奈道，“应该有用吧……可道长不肯多喝。”

才浅浅几滴，实在是太少了，平常蜀山取血，都是拿瓶子计的。

“还有，”楚璠扒拉他，“你快从我身上下去……”

毕方扑棱翅膀，爪子卡在她的肩膀处，疯狂摇头：“我就不，我就不！”

楚璠以诡异的姿势去揪他的翎毛，毕方脖颈一转，伸出尖喙就去啄她的手，场面顿时一片混乱。

鸡飞狗跳好一阵，几个来回之后，小鸟胜出。

“哼，弱小的人类。”毕方踩在她的头顶上得意扬扬，“你想打过我，还要再练几年呢。”

“怎么样，你那个好兄长可真的不太行，当我的小弟，以后跟着轩辕族少主吃香喝辣。”

楚璠抹了一把脸，面无表情地“呵”了一声：“我阿兄是剑修，你呢，只会用爪子挠人，拿鸟嘴喷火。”

“你阿兄还不管你，让别人使唤你呢。”毕方对那个剑修耿耿于怀，极尽所能地挑拨他们的关系。

“况且，我偷偷下山查了，你那阿兄声名狼藉，不少名门正派都对他嗤之以鼻，可谓臭名昭著啊。”

楚璠长长地叹了口气，又捏着手中羽毛，悠悠转了个圈。她双目沉静，瞳色如两丸乌润的黑水银。

“这是最后一次了，毕方。”楚璠平静地开口，嗓音清冷，“唯有阿兄，是我的底线。”

毕方愣了一愣，他睁大眼睛，视线往下移，雪末随风撒下，在她身上落了薄薄一层。

爪下抓着的肩膀纤细，甚至可以说是脆弱。

他一爪就可以将她捏死。

毕方落地化人，抬起下颌，冷笑道：“愚昧不堪，我才不要理你。”

楚璠回到房间，把灯放在床头，光芒十分细弱，她试探性地捏了一个法诀，看着火光逐渐明亮。

一丝丝影子倒映在地上，是她怀里白泽剑的流穗。

楚璠又想起了那双被捏断的筷子，还有子微说的“仙道不容，便要另择其法”。

她心里突然出现了一种热切的期盼，这种感觉她说不清，就像有什么东西在心上抓挠，又痒又热。

她想成为子微那样的修道者。

但她也知道，这样的话，阿兄会不高兴。

楚瑜凭借剑术名扬天下，又因为不近人情、夺人至宝，受修道者反感。

可这都是为了她。

若阿兄十年前没有找来九重鸳花，她早已死在那个寒冷的夜晚。

她被楚瑜所救，被他所养，所有人都有资格指责他阴戾狠辣，但是楚璠没有资格。

那些暗地里指使欺负她的蜀山弟子，皆在一次秘境试炼之后，失了一条手臂。

是楚瑜做的。

阿兄给她取名楚璠，“璠”与“凡”同音。

他说，璠璠是美玉，但是得藏起来，不能露光。

平凡一生才最好，这样才能一直和他在一起。

次日，天还没亮，楚璠就早早起来了。

妖族大都是体修，身体强悍，由血脉和自身的特殊体质，选择不同的功法修炼，譬如蛟龙的鳞片长尾，鸾鸟的音波，树叶的枝藤。

她的鸳花应该属于最后一种。

楚璠枯坐了一个早上，终于把妖典里的晦涩文字都背了下来。

她还是想快点筑基，这样就可以飞了。

可寻常修道人，除了她阿兄那种绝世天才，练气筑基怎么说都要十几年，她这短短几个时辰，只能摸到大道的边角。

楚璠叹了一口气，收拾完包裹，提上白泽剑，向退寒居的方向走去。

风声如诉，雪片翻卷。

昆仑山冷得不像话，少见天光，少见星月，白茫茫的一片，有时候都分不清昼夜。

这山扑面而来的气息，都像是孤独。

楚璠刚觉得冷清，前面就传来一阵爆响。

皱眉细听，上空烈风阵阵，风声夹杂着轰隆巨响，雪地都在隐隐颤抖，还有模糊的长鸣、振翅、呜咽。

她闻到了一丝血腥气。

楚璠飞速朝那边追赶，一路狂奔，被风雪吹得摇摇晃晃的。

风越来越大，厚重的雪块砸了她一脸，楚璠满目模糊，突然间，撞进了一个带着清香的怀抱。

楚璠抹了抹眼，看见接住自己的人，微微一愣："谢……谢谢道长。"

子微看她没有受伤，松了口气："不必惊慌，今日是十五，应是毕方的离火发作了。"

"离火？"楚璠有些愕然。

子微扶正她，顺势拉她上了昆仑剑，御剑而飞："你曾在蜀山学习过，可知毕方是什么妖兽？"

雪末扑面，风声滚滚，他的声音在这种环境下，很是深邃。

楚璠细细回想："毕方，状如鹤，兆火之鸟，见责其邑有讹火。"她极艰难地念完最后一句，"凶性极大，是为不详。"

她摇摇头："我觉得蜀山的书，说得不对。"

子微笑了笑，低声道："能这样想很好。"

"那你看到他的时候，控制好表情，不要太惊讶。"子微掩唇轻咳，"要不然，小孩子会伤心的。"

楚璠点了点头。

山峰高耸，剑光在空中划出一道湛蓝弧线，很快把他们带到了轰鸣声处。

高台之上，火红大鸟挥着翅膀，卷起飓风，它双目赤红，口中喷出黑红烈火，发出尖锐的嘶鸣，音浪滚滚。

楚璠抱紧怀中的剑，连忙问："为何会突然变成这副样子？"

她颇感惊愕，想到子微说的话，又极快收回了目光。

"这就是你们口中所说的离火吗？"

"轩辕族世代保存的离火，威力巨大。只是毕方尚还年幼，控制不住，极容易遭反噬。"子微聚阵起印，手中一挥一点，一圈又一圈无形的波纹荡开。

蓝色崆峒印散出道道弧光，从天空顶端没入，化作流光被毕方吸纳进去。

楚璠抬头看向半空，浩荡青云与那辽阔妖气翻卷不休。

子微站在山崖前，霜发飞扬，白得耀眼，广袖被风灌满，手中轮转印诀，暗红咒文显现，覆盖手臂。

他面容平静，一人却可抵万军之势。

妖与魔，以往总会被拿来一起谈论。其实妖并不嗜杀，只是因为拥有野兽本性，难以自控，便被人族轻易当作妖邪。

直到近年来，妖族才宣出条例，那些凶恶之兽，若违背了妖道规范，应视为堕为魔道，不再受妖族庇佑。

人妖两族在慢慢和谐，过程艰难，魔域的堕妖堕仙却越来越多，所以天魔才这么猖狂。

楚璠默默想，幸好还有子微。

是收了妖族为门生的，仙道巨擘？

高处的嘶鸣声已经渐渐弱下去，毕方垂下脑袋，身躯颤了颤，在将要掉落之际，被子微凌空接下。

毕方迷迷糊糊醒来。

他受伤极重，露出了点妖态，眉尾处隐含翎毛，发间夹杂了几缕红丝，圆澄的眸里像是嵌了颗血红的玻璃珠子。

以往妖族在人群之中，总要隐藏身份，露出自己的本相，是一件非常敏感的事情。

对毕方来说，无异于把自己扒光了放在人群中，更何况还是让楚璠看到。

"喀喀！"他看到楚璠在场，一口气没提上来，欲哭无泪道，"先生！你怎么能把她带过来呢！"

毕方抹掉嘴角的血迹，硬是不去看她，嘴里还在叫嚷："我可是凶兽！看到了吗？怕不怕，是不是很吓人？"

楚璠觉得他都快哭了。

毕方愤愤转身，背对着她，低下头去踹脚下的雪，他在想，怎么能在这人面前丢脸呢。

真烦。

可是突然，他听到了一声极浅的、毫无恶意的、低柔如春风般和煦的笑声。

楚璠说："小鸟，我头次见到你的时候便说过，你的羽毛，真的很好看。"

她捡起地上的红羽，用雪洗掉了上面渗出的鲜血，真诚道："现在也是。"

子微轻咳了一声。

场面陷入沉默，毕方半躺在地上，直接僵住了。

过了会儿，子微面露难言之色，低声道："楚姑娘，毕方还小呢……"

楚璠从子微身后探出一个脑袋："啊？"

“你……你说谁是小鸟呢！”毕方连忙站起身，把楚璠手里的翎毛抢过来，有些崩溃道，“你们人族修士，难道都这般……这般随心所欲吗？”

楚璠满脸茫然。

毕方面红耳赤，满脸尴尬，大声说：“我先走了！”

他转身离开，步伐歪歪扭扭，甚至在雪地上摔了一跤，而后又踉跄站直，跑了起来，转眼就不见人影了。

楚璠揪着自己的衣角，小心问：“我是又说错了什么吗？”

子微轻笑：“倒也不是。”

“只是鸾鸟一族，夸赞羽毛，向来包含着其他意思。”他语气颇郑重，“楚姑娘以后还是……不要轻易开口的好。”

楚璠品出一些意味，愣在原地想了一会儿，有些发窘。

她挠头，不好意思道：“他还是小孩儿呢，应该也……没什么吧？”

子微笑了笑，解释道：“他年岁不大，顽劣得很，若之前说了什么不敬的话，姑娘不要放在心上。我已经罚过他了。”

楚璠摆摆手：“没事，其实有些话……他说得挺对的。我这么弱，对谁都是一种拖累。”

“要是能再强一点，阿兄也不用那么累了。”她皱着眉，叹了口气。

子微发现，她说话喜欢低着头，看着畏畏缩缩的，总是自责，明明已经做得够好了，脸上却看不到自信。

她幼时成长环境应该不太好，只在提起兄长的时候，才显露出一种别致的鲜活。

她活得太压抑了，实在是非常像从前的自己。

子微将右臂的白纱缠好，袖底幻出湛色剑影，一柄长剑现出。

“妖族向来遵奉强者。”子微摸上昆仑，指尖感受不到温度，“因为弱者都会死掉。”

楚璠的步伐停了一瞬。

其实人也一样，她曾在逃亡路上窥见过饿殍遍野，人们易子而食，在乱世中，人与兽，没有什么区别。

不过很快，这种让人喘不过气来的氛围就被打破了。

子微转身，摸了摸她的头，动作轻柔，长袖拂过她的发丝。

他把剑递了过去，而后道：“轩辕山管教严格，这些年来，神兽血脉越来越少，他少时跟着族老吃了不少苦，若修为有一日不精进，就是上苦刑也是有的。”

楚璠老老实实地抱着两把剑，她手上摸着鞘身的缠花枝，指尖泛出点点凉意。

子微走在前面，他挡住风雪，长发如云一般垂在腰间：“他生来带有离火煞气，旁人皆惧，常常退避三舍，所以他实在不知道怎么说话，表达善意。”

“谢谢道长的安慰。”楚璠问，“您对妖族的事情，好像十分清楚？”

他突然停下步子。

楚璠垂首抱剑，跟得紧，一下子就撞上了。

“下次走路要抬头。”子微弯腰，把她散在眼前的碎发撩到耳后，“你很快就会知道为什么了。”

他指节修长白皙，带着种玉石一样的质感，绕过面颊，似是无意触到了她薄软微红的耳垂。

楚璠一颤。

冰凉的发丝滑落在她的手背上。

楚璠双臂微拢，长袖顺势堆叠，露出手腕上的白纱，内里含着一丝血迹。

那种微妙的味道，血腥而香甜，混着她脖颈的清香，一缕缕窜进子微的鼻尖。

源源不断，一直滞留在他的脑中。

子微喉口微滚，眸色愈深，眼睛里像是蒙了一层灰白的雾气，清凌凌的，不断蔓延开，生出一股冷感。

这让楚璠有种被野生动物盯上的错觉。

她额头发热，心头发怵，不自觉就胡思乱想起来。道长向来衣冠端正，也不知环佩被她撞散没有。

她睫毛微颤，欲要开口：“对不……”

“不用。”子微打断了她。

他静静站了半刻，纤长的睫毛颤了颤，顿滞很久，目光又垂落在楚璠的手上。

楚璠蜷起指节，将手腕抬起来，横在二人中间，询问道：“子微道长？”

她直白到像是在直接开口问他——你是要喝血吗？

子微怔了怔，终于在她的目光中，笑了一下，似是无奈：“你怎么，总是……如此不按章法来。”

他把楚璠的手臂按下去，声音缓缓低沉，气息微滞。

“应该是我先向你道歉。”

子微站直转身，重新向前走，这一路上，谁都没有说话。

退寒居里，灯火微掩，楚璠周身的风雪潮气，似乎都在进门的那一刻消失了。

寒意被阻挡在纱窗外，屋内只能听到呼吸声。

毕方从二楼下来时，恰好瞥见子微在给楚璠解袖子。

少女被他的身形遮掩，看不太清。

毕方视线往下移，看到楚璠下摆破碎的白色衣袍，和子微的道袍堆叠在一起，碧色环佩隐在其中。

没有风，灯火却摇摇晃晃，投落出纤长的影子。

他手里抱着的书不小心落在地上。

“当”的一声。

少女好像被吓到了，身子颤了颤，发出一声闷在喉中的惊呼。

子微把白纱放在桌侧，闻声后，轻拍了她肩膀两下，算是安抚。

“毕方下来了。”她小声开口示意。

看着桌上的瓷盏和匕首，楚璠突然有一种做了坏事被抓的感觉，手臂往内一收，赶在毕方下楼之前整理好衣袖。

毕方装作没看到，捡起书籍，默默走过。

子微看着她的动作，虽然觉得不必，但也没有阻止，只是将毕方叫住，柔声道：“这些天多有不便，你日后还是去别处研习功课吧，若有什么不懂的，来问我就好。”

毕方微微一愣，迟疑道：“可先生，您晚上……要是不方便的话……”

他当着楚璠的面，不好开口，吞吞吐吐地说：“您……您一个人可以吗？”

子微拿过一块白布，把匕首擦干净，听闻他说的话后，像是在笑：“以往是怕你回去之后乱想，还不如让你看着，难道你真的以为我会受不住吗？”

这倒也是，每次他都是穷关心。

毕方皱着眉，长长地“哦”了一声，刚欲抬脚，突然又停住，扭身对楚璠说了一句：“照顾好先生。”

语气极为严肃，好似交付了一个重大的责任。

楚璠捂着自己的手腕，看着他这么正经的模样，也严肃地点了点头：“好……好的！”

子微指尖微顿：“毕方，出去。”

毕方听闻后，停留很久，终究还是出去了。

先生定有权衡，这不是他该担心的东西。

他走后，屋内又陷入寂静。子微话不多，楚璠更是能不开口就不开口，二人目光交错一瞬，有些尴尬。

子微拿起匕首，看着她的手臂："姑娘可以……"

"哦……哦。"楚璠伸出手臂，有点谨慎地解释，"毕方还小，我怕他看到不太好。"

德高望重的师长去吸食一个女子的血液，知道还好，但真正撞见，看在眼里，就是另一回事了。

"这没什么，他从小便什么都见过。"子微低笑，"不会害怕。"

楚璠讪讪道："道长不是也说过，他还是个小孩子嘛。"

少女声音清越，她将宽松的道袍稍微一捞，白袍微扯，露出手腕里的白皙肌肤，还有一线细疤，传来血腥气。

手腕被袖摆的阴影笼着，只露出柔若无骨的一抹白，带着一丝软和透骨生香的甜。

她瘦小单薄，弱不胜衣，但是眼眸漆黑清亮，睫梢乌浓，向下弯，轻盈得像是羽毛。

子微垂下眸子，笑容却不减，轻声道："你也是个小孩子。"

他放下匕首，用指甲触碰她的肌肤，慢慢戳破那个没有愈合的伤口。

第一次是拿匕首划，第二次是拿指破，每一次的感觉都不太一样。

那股热意更加明显，鲜血溢在指尖上，温热的，然后流入掌中。子微怔了一下，低头含住自己的指根，伸舌舔了一下。

像某种动物一样，舌尖绕过指节，红唇白指，柔软鲜红，看着好生奇特。

楚璠被自己的想法吓了一跳，猛然一咳，把头扎下去了。

子微顿了顿，看着少女沉下去的脑袋："抱歉。"

喉头轻滚发出声音，嗓音发黏，带着磁，有些沙哑，自楚璠的耳畔掠过："我想要，再喝一点。"

楚璠默默递出了自己的手臂。

子微垂头咬住了她，吸吮的感觉很美妙，他控制着尖牙的滑擦，尽量不再弄伤血肉，然后慢慢地舔，一滴一滴地尝。

他的手掌覆在桌上，指尖泛白，似乎压抑着什么巨大的力量，手臂上有青筋浮现。

黏湿的水声，还有喷在手腕上的呼吸。

楚璠只觉得后脖子有根筋，一直麻到腰下面。

她强忍着不抬头，闭上眼睛，所以什么都没看到。

错过了子微泛着蓝的竖瞳，还有桌椅下面，悄悄现形，绕着后面裙纱轻蹭的，雪白的狐狸尾巴。

过了很久，楚璠觉得胳膊都有些僵了，这才结束。

血没失多少，倒像是被舔了很久。

她之前一直默认帮子微破障，和在蜀山当血奴没什么两样，顶多就是流的血多一些，她觉得很划算。

没想到……要这般磨人。

过了会儿，子微帮她重新把手臂包扎好。楚璠知道这是结束了，慢慢睁开眼睛，恍惚间看到一抹雪白的影子沿着桌角溜走，转瞬便不见了。

她歪了歪头，又眨眨眼："道长养了猫吗？"

子微不知道怎么说，耳根有些红，只能否认道："不是猫。"

楚璠歉然道："那……应该是我看错了。"

道长确实不像是会养小动物的样子。

子微衣冠端正，很多时候，神情甚至称得上肃穆。一副清冷皮相，冰肌玉骨的，总是让人觉得难以接近。

其实也不能这么说……楚璠觉得，道长真的蛮好说话的。

她摆摆手，腕上的白纱随着动作晃晃悠悠："子微道长，那……我明天再来？"

子微应了一声，他闭着眼，听见窸窣的脚步声，还有门被带上的声音。

他原地打坐，运转灵气的时候，口齿间似乎还有血腥味儿，在嘴里经久不散，一直洇进肺腑。

妖魄似乎餍足，安慰地蜷在心脏处。但是子微知道，其实这远远不够。

子微将右臂白纱褪下，又解了一层封印，暗红的咒文以缓慢的速度褪色，胸腔中的妖魄慢慢躁动起来。

每到夜间，便更难熬一些。

他走进闭关室，以玉镜为器，喉间渗出漫漫血液，瞬间淹没了属于鸳花的甜香，简直痛彻骨髓，让人求死不能。

等到这些痛楚散去，外面已经全黑了。

他散发走到窗前，夜色深而浓郁。冷风涌入，雪末顺着睫毛化在眼窝，头脑瞬间清醒了不少。

子微叹了口气，正准备关上纱窗时，突然在门外墙边的角落，看见了一团橘黄色的灯光。

朦朦胧胧的，映着人影，在摇晃。

他难得皱起眉，低声问："楚姑娘，你在干什么？"

他话音刚落，角落里的人影乍然一惊，站起来时，身上的雪簌簌抖落，抓拢灯笼的手指已经冻到僵硬发青。

子微眉头皱得越发深了："进来吧。"

楚璠进楼之后，总算缓过来些，她气息不稳，因此声音极小："子微道长。"

子微叹了口气，有些不知道怎么办。

雪末被暖意一浸，瞬间就开始融化。她浑身湿漉漉的，连指尖都在滴水。楚璠怕水沾湿灯笼，连忙把它放在桌上。

子微去屋内拿了巾帕，递给她："干净的。"

"还有，"子微敛眉，稍显严肃，"为何在外面等着？"

听到他的质问，楚璠手一顿。

"我走到半路，想起毕方说的话，晚上要记得看顾您。"她放下巾帕，揣摩着子微的神色，最终还是说了实话。

"原本是想看一眼就走，没想到我敲了门，没有人应。"楚璠咽了咽口水，紧张地问他，"我还听到了……听到了点不太好的声音。"

她隐隐听到，应该是什么重物落地的声音……还有压抑的呼吸声，总归是，挺让人担心的。

楚璠抬头望着他："您是发生了什么事情吗？"

她没有擦干，脸上还有晶莹的水珠，随着黑发流下来，微微遮住侧脸，皮肤白而细腻，耳垂没有孔。

干净，柔和。

水珠一滴一滴地敲在地板上，也像敲在心里。

"毕方真是……"子微喉头微滚，"你们是在胡闹吗？"

楚璠蜷起手指，稍显迟疑："我倒是，没有觉得毕方胡闹。"

她摸上腰侧的白泽剑，指尖贴着鞘身纹理，轻声问："毕方昨日问我，为什么您喝了血之后，还要每夜闭关。所以我其实挺害怕，这血液对您无用。"

"但是应该是有用的，所以……"楚璠的声音很低，"是不够吗，您太克制了，那些血是不够的对吗？"

血液可以当引子，取得少了，就只能是药引。可楚璠在外面听到那些声响时，又隐隐觉得，肯定不止于此。

子微朝她看去，四目相对，呼吸都渐低。

血液是可以止痛的，只是子微觉得没有必要。

她瞳孔很深，乌银一般的颜色，偏偏清澈见底，也通透到底。

子微笑了一下，无奈道：“坐着吧，先把自己擦干。”

楚璠披上毛毯，掌心里握住暖茶，橘黄色的灯笼摆在面前，光芒照耀着小小一角，她看到了书桌上的一局残棋。

“道长也喜欢下棋吗？”楚璠啜饮一口茶水，叹道，“我阿兄在皇宫时，最常做的事情，就是看书下棋了。”

因为没有别的事可以做，一眼望到头的日子，时间太过长久，难以消磨。

子微果然道：“不算喜欢。”

他只着一件单薄的中衣，银发微湿，衣领稍敞，露出小半流畅的锁骨线条，轮廓清晰，发冠也没有白日完整，因此显得有些平易近人。

不如往常清冷。

子微看到桌上的灯盏，这是他前些日子送的纱灯，没想到她一直带在身旁。灯上画着金鲤渔火，红黄交错，笔触细腻，暗含风骨。

是他少时的东西。

子微掩唇清咳，决定还是先聊正事：“你的血并非不够，血液如同药引，只有疏通之效，不是按剂量来算。”

“这件事急不得。”子微把棋子收回盒中，语气很淡，“你有空在外面蹲着，还不如多看看典籍，修灵筑基。”

楚璠哽了一下，以为子微嫌她不够勤奋，挠挠头，辩解道：“其实我有在努力的……”

她把桌子上的小灯笼抱在怀里，手上捻诀，灯笼里的火芯随着动作，一明一暗，忽闪忽现，谱出独特的节奏。

她才入道两天，天赋不高，能控制焰烛，对常人来说，私下里应该算是勤奋了。

楚璠抱紧灯笼，小声道：“我在外面蹲着，也没有耽误修炼的。”

她倒是真心诚意，子微居然在这话里品出了一丝自豪来。

她低垂着睫，发丝自脸侧流淌，在灯光下泛出莹润光泽。子微无端神思飘忽，想到她刚刚缩在墙角的画面。

满目大雪，还有蹲在角落的少女，斗篷逶迤垂地，冻到手指发青，原以为是在受罪，她自个儿竟然还有些自得其乐。

真倔啊。

子微笑了，道：“你居然还有这份心思。”

楚璠瞄他两眼，抿唇笑道：“道长没生气了吧？”

子微抬了抬眉，稍显诧异：“你是认为我在夸赞你吗？”

“啊？”楚璠恍然大悟，“原来不是啊……”

“当然不是……”子微不知道拿她怎么办，想了想道，“腕上伤口莫要沾水，把纱布换下来吧。”

其实可以直接耗费灵力帮她愈合的，可是愈了终究要再划，修复好后隔天就要破开，反反复复地疼，那还不如不帮。

楚璠酝酿了一会儿，点点头，把湿掉的白纱褪下去，露出沾着红丝的伤口。

她的动作不够缓，甚至有些粗暴，还未愈的伤口裂开，迅速流下一股血液，腥香散了满屋。

子微觉得她是故意的。

楚璠确实是故意的。她观察着子微的神色，果然看到他睫毛颤了颤，长眉一压，闭上了眼睛。

道长脊背挺拔如松柏，霜发扑了满身，无一丝凌乱，无一毫尘埃。

只是他的眉头在皱。

这血是有用的，或者说，伤害她是有用的。即便他多次转移渴血的目光，在吸血时压抑自己的呼吸。

他总是在控制自己，而楚璠觉得，这是没有必要的。

她心里藏着别的念头，若道长解封破障好过一些，她的罪恶欲也可以少一点。

子微忍着食血的念头，想着等她收拾完毕，快点把她赶回去。

可是她接下来的动作和话语，让人有些出乎意料。

空旷的房间里，楚璠的声音低柔，却又清晰：

“我幼时在楚国，见过不少人情冷暖。除了阿兄，我几乎不相信任何人。”她顿了顿，继续道，“其实不瞒您说，一开始在路上听闻您仁德名声在外，我是不太相信的。”

子微觉得那鲜血味儿更加浓了些。

楚璠的声音未停：“现在是真真实实地相信了，并且钦佩。只是我阿兄曾告诉我，人这一辈子，想要的东西太多了，有些可以放手，有些不能。在合理的范围之内，是可以自私的。”

子微睁开眼睛。

腕上的口子被她拉得更开，鲜血流了一臂，楚璠脸上没有一丝异色。

她看着子微的反应，慢慢把手臂送到他的嘴角。

他眼眸湛然清透，目下一片空明。

楚璠又说了一遍，认认真真：“子微道长，您是可以自私的。”

可以自私。

子微在心中慢慢把这四个字拆解拼凑，说不清是什么感受，只觉得那端放在眼前的血肉，腥香无比，像是带着某种罪恶的泉，却偏偏脉脉的，和那言语一起，一点一滴地浸进肺腑。

血液从楚璠的腕上流出，因着二人靠近的动作，滴落在子微的手指上。

温热的。

子微忽地一笑，不是那种往常般温和低柔、如春风和煦的笑。他淡淡扬唇，眉心红痕灼灼，颜色惑人心智，看起来很虚幻。

他慢慢地抬起手指，指尖与红唇相触，含上那一滴落下去的血。

喉咙滚动，吞咽声明显。

子微道："你知道吗，从来没有人说过，昆仑子微可以自私。"

半妖之体，本就比寻常妖族多了一分不可自控。即便他久居昆仑，不理人世，正道也对他多一分忌惮。

他不能出一丝差错，更不可以抱有私心。

"自私"一词，于他而言，是最不可能出现，甚至不能提起的东西。

"为什么不可以？"楚璠不喜欢这种说法，皱着眉，"凭什么不可以？"

"人都是可以自私的。"她道，"只要不越轨，不超出底线，在能控制的范畴之内，私心不是什么罪大恶极的东西。"

她有点心虚，声音渐弱："我求见您，想要救出阿兄，是有私心的。"

她如此主动奉血，当中掺杂着许多东西，也不乏愧疚。

可是她突然又劝服了自己："所以道长也不需要压抑痛苦，无须强忍欲望。"

"这是正常的。"楚璠又重复了一遍，"偶尔放纵，这是很正常的。"

子微沉默了很久。

其实他也曾迟疑过，为何自己的鸳花之主是个柔弱无依的女子，但是现在，他心里仿佛有了答案。

天狐一族知天命，却不能算自己。

一潭死水的生活要成为过去了。

伴生鸳花总是会指引他们，去寻找自己缺失的一部分。

"千年前，有个人曾说过，我是天生的恶者，是异物，注定疯魔堕落。"子微看着她，眼神平静。

"可是千年已经过去，而您依然是德高望重的子微先生。"楚璠很快反驳道，"那个人显然错了。"

她目光垂落："有很多人，总会拿自己的判断，用一句话替人斩断后路。"

楚璠看着桌上的橘色小灯："我遇到许多这样的人，他们的判定和预言虚伪至极，却又毫不负责地决定了别人的一生。"

子微道："可说出那些话的，是我的母亲。"

楚璠愣了一瞬，有些怔忡。

若是寻常人听到这话，必会有些惊讶，更何况楚璠这样的人，不像是会伪装的性子。

可她避开了这个话题，避开了母亲，没有讶异，肩膀塌下去，眼神里甚至闪过一丝张皇。

"是……是吗？"楚璠喃喃道，"其实母亲也一样。"

她显然不想谈论这些，二人之间陷入了沉默。

她的手臂还抬着，被晾了这么久，有些酸涩。楚璠神色落寞，刚刚想放下，就被子微拉住了。

他声音低沉柔和："闭上眼。"

子微指节修长白皙，扣住她的腕子，然后慢慢垂首，咬住溢血的伤口。

咬吮触感明显，牙齿探进血肉的摩擦感，也非常鲜明。

楚璠合住双眼，感受子微一点点贴近，粗糙、尖利、冰凉，说不出来的感觉，逐渐裹住楚璠的脊背。血液在流失，疼痛感并不明显，仿佛被麻痹了。

楚璠徐徐放松身体，等待着结束。

因为两人靠得太近了，她能闻到一丝不属于自己的气味，很轻很淡，像是松竹叶尖的一捧雪，始终弥漫在周遭。

所有味道融合在一起，让楚璠有点昏昏欲睡，恍惚间，手心似乎蹭到什么东西，滑而软，带着毛茸茸的触感，一触即消。

时间被拉得很长，这次更是久久未停，说不出来过了多少时辰，待牙尖松开时，楚璠已经有些迷蒙了。

未等她张开眼皮，子微率先捂住她的眼睛，音色沙哑："先别睁开。"

楚璠感受着眼皮上的冰冷指尖，微微点头。

"我想略显唐突地问问你。"子微拿起桌上的软裘，单手轻抖，然后盖在她肩上，"楚姑娘，真的一点都不讨厌妖吗？"

其实仙妖两族关系已经渐渐缓和，不像百年前那般截然对立，壁垒分明。年轻一代的修士，大多都不在乎这个。

楚璠甚至有些诧异他为什么问这个，她在黑暗中摇摇头："从没有过。"

“那没事了。”

楚璠感受到柔软的裘衣，绕着她的肩背铺开。子微放下手，轻声道：“姑娘明日再来吧。”

“好像有什么东西，你不太愿意讲。”子微把她散着的长发撩到耳后，“以后如果还有机会，希望你可以告诉我。”

“还有，下次……”子微低垂眸子，微微一笑，“我会在合理的范围之内，自私一点的。”

手掌缓缓移开，楚璠随着动作一点点看清了他弧度流畅的下颌，银发披在一侧，耳旁的玲珑玉幽光皎皎。

子微退了一步。

等到两个人的距离拉远，楚璠才回过神，她下意识地摸了摸自己的手腕。

“还……疼吗？”子微看到她的动作，略一顿身。

“没有，不是疼。”楚璠垂下头，小声说，“没什么感觉。”

她暗暗想，子微道长的牙齿有点尖，凉丝丝的，一咬下去，她整只手就麻了，也不知道为什么。

有点痒痒的。

“我明日会再来的。”楚璠抱起灯盏，略显窘迫地问，“要不要重新约个时间，白天夜里，各一次？”

子微递给她一段白纱，看楚璠双手不便，就低头替她系上：“日间午时，夜里子时，这两个时辰，是最有效的。”

皆是金乌与月色最满的时间段，只是略微有点不方便。楚璠在心里好好排了排日程，点点头：“那我每日读完课程便来。”

子微颔首，动作未停。

他绑白纱时很细致，指节弓起，掌心微压，虚盖在楚璠腕上，白纱在长指上很柔顺，被挽成一个双结。

蝴蝶结样式的，显得活泼。

楚璠松了口气，甩甩袖子：“上次您打了死结，我回去沐浴，好久都未解开呢。”

他第一次尝血的时候，食血念头太强，没有忍住，虽然取血甚少，但是氛围阴沉，动作其实有些粗暴。

子微忍不住看了她一眼：“你不在意吗？”

“在意什么？”楚璠眨了眨眼。

“被当作血奴一般予取予求，你不会觉得难受吗？”

饮血破咒是必须实现的一个步骤，而子微因为各种各样的原因，并不想成为完完全全喝血克欲的奴隶。

更何况，她还是一个柔弱无依的小姑娘。

他多尝饮几滴，不仅觉得是在放纵，甚至会有一丝负罪感。

肩背上的裘衣轻柔，暖烘烘的，楚璠突然有些不好意思了。

“我也是有所贪图的。”她说得磕磕巴巴。

“这不算什么的。”楚璠声音略低，由衷道，“我上山之时，真的以为自己会死掉。遇到您，已经是我的幸运了。”

“更何况，我来这里也带有目的。若以后救出阿兄，道长别说要我的血了，您是我的恩人，做什么都无所谓的。”

子微笑道：“你很喜欢提你兄长。”

“阿兄对我很重要。”楚璠垂着脑袋叹气。

子微视线扫过她的手背，抱着灯笼，捏得紧紧的，指尖还有些泛红，有点像是被冻伤。

她缩了缩脖子，小心问：“那……那我可以走了？”

“先等等。”

楚璠步子刚抬，还没来得及转身，就又停了下来。

子微示意她把灯笼端起来：“这样就好。”

楚璠愣了一下，伸直手臂，往前递过去。

昆仑日照很短，黑夜总是又长又寂。楚璠这几日大多时间都是靠灯笼照明的。

子微抬起手臂，单指结印，只在上面浅浅一划，灯笼的光渐渐澄明，越来越亮，直到盈满整个屋子。

那盏灯笼在楚璠手心发热发烫，火苗深红艳丽，犹如暖炉，散起镏金色的光辉，通明灿烂。

楚璠小小“哇”了一声，很轻，眉梢漾着喜悦。她现在还只能抖出小火苗呢。

子微慢慢把手放下去：“回去吧，路上小心。”

楚璠把“小暖炉”抱在怀里，一张脸在灯笼的映照下，十分柔和。

“谢谢道长。”

她披上软裘，毛茸茸的帽檐沾在颈侧，又道了声谢才离开。

一步一个脚印，簌簌飞扬的雪花，还有靴子落地的“咯吱”声，她抱着灯移动，像一个暖融融的小橘子。

楚璠走之后，子微推开门，外面细雪绵绵，末散下来，随风沾衣，不一会儿就落了满身。

昆仑寒雪，千年来都是如此。他与毕方不惧冷热，这么多年也算习惯。

而今，他居然猛地觉察，确实太冷了。

楚璠回到房间之后，给亮澄澄的灯笼遮了一层纱，这样灯光就暗下来，满屋淡淡的橘光，让人感觉很安心。

窗外沙沙细雪，屋里朦胧细火，混沌的长纱影子，晃来晃去，衬得此处安静极了。

楚璠手脚冰凉，尽力把脸挨近泛暖的灯，仿佛有幽幽的木质香，丝丝缕缕地窜进鼻尖。

梦里没有这般暖的灯笼，只有鹅毛般的大雪，化作冰凉的利刃，一下下淹进脖颈里，冰冷彻骨。

楚国皇宫里，大部分时间都是极安静的。

她与阿兄其实没过上多少好日子，她更是甚少有欢快的时候。

楚璠的亲母是掖庭的洗脚婢——那种旁人眼里最看不起，趁着皇帝醉酒，求主子一夜欢愉，以身换位，妄想一步登天当凤凰的女子。

老皇帝昏庸无能，皇嗣凋零，只有一位皇子，怀的时候不足月，生来带有弱疾，御医说他活不过十五岁。

人人都想给老皇帝再生个儿子，可惜全都是女儿。

楚璠的亲母也怀了身孕，皇帝大喜，封为淑贵人。可惜她粗鄙愚蠢，目中无人，那段时间里趾高气扬，得罪了不少人。楚璠觉得她那些日子应该很快活，所以之后才那么恨自己。

她没有脑子，觉得自己孕期嗜酸，生下来的定然是儿子。

可她欢欢喜喜整整九个月，却生出个女儿。

老皇帝荒淫无道，暴戾恣睢，转头就忘记了这个洗脚婢，投入下一个舞姬的怀抱。她一个没有身世地位的女子，旁人眼里鄙贱的下人，自然是众矢之的。

没过几个月，她就因行事过激被打入冷宫。其他宫妃笑话她，这辈子都只能是个端不上台面的婢子，能让她活着，就已经是天大的恩赐了。

楚璠心里真的觉得很对，给吃喝，冬天甚至还能有些炭火，日子这么过着，不好吗？

可她母亲不肯啊。

楚璠觉得，她是不能被称作母亲的。

别的女孩儿想到幼时，应该是脚上的鸡毛毽子，别在发髻上的小珠花，或者是某个大人给的甜蜜饯儿。

而她，是鞭子。

裹着牛筋的软鞭，打一下就能把瘀血凿进骨头里似的，抽在上臂和小腹，大腿和后腰，伤筋动骨地疼，一个小孩儿哪忍得住。

冷宫里是没有仆人的，她从小没人说话，沉默木讷得很，有老嬷嬷瞧着心酸，总会悄悄塞给她点东西。

有时是馒头，有时是些火烧芋头，只有很幸运的时候，才能尝到别人不要的糕点。楚璠还小，正是依赖母亲的年纪，看见她醉醺醺地卧倒在床上，很怕，但还是想亲近她，就用自己的小手握着掉渣的金缕糕，轻轻喂进她的嘴里。

楚璠说话都不利索，细声细气地开口："阿娘，起来吃点东西，今日有甜的。"

床上的女人还在梦中，翻了个身，不耐烦地挥手，浓烈的酒气扑面而来："小畜生，滚开……听着你说话就烦。"

梦里也在嫌弃她。

楚璠呆呆愣着，手里的金缕糕碎成渣，她舔了一口，又道："阿……阿娘，今日的糕点甜。"

她想说，您别再叫我小畜生了，可她不敢。

旁人都有名字，她没有，她只知道自己应该是姓楚的，老皇帝嫌她是个姑娘，连名字都没有赐。

冷宫，又称别宫，屋门由外倒锁着，只有一扇窗户是活的，和外面犹如隔了一道天堑，楚璠从小就知道，她们是被放逐的。

是被人放弃的。

有些心术不正的宫女，嫌冷宫偏僻，冷粥凉菜也没有油水可捞，每日来了，跟唤狗儿似的，阴阳怪气地叫她一声"九公主"，然后就用手遮住唇咯咯笑。

楚璠心里知道，自己不讨人喜欢。

但是她想，母亲，是生她育她的人，应该是不一样的。

楚璠用小手，扯了扯娘亲身上的被子，她想找人说话，像在外面看到的小宫女一样，有嬷嬷疼，有花毽踢。

被子一拉，冷风直灌而入。

淑贵人，哦不，应该称呼她原本的名字——春柳，她做着荣华富贵的梦，忽然惊醒，她才不管楚璠在做什么，她只是想找个宣泄的出口。

她气急，快速拿起了床边的鞭子："畜生！喊我干什么！别叫我娘！"

楚璠翻滚在地上，蜷起身子："阿……阿娘。"

春柳身子一抖，像是要摆脱掉什么脏东西，声音尖厉："谁是你娘！不许喊，听到了吗？不许喊！"

"畜生，垃圾，你怎么就是个女的，没用的东西，你怎么就是个女的！"她一边尖叫，一边挥臂，一下比一下重。

嗅着母亲身上传来的酒味儿，在激烈的骂声和鞭打中，楚璠护着肚子缩成一团，把碎成渣的金缕糕捏在掌心。

她不该是个女孩子吗？

她还那么小，却已经明白了"悲凉可笑"四个字的含义——被自己的亲生母亲打死，是不是这世上的独一份？

这么浑浑噩噩长到六岁，她没先死，施暴者却死了。她母亲在一个雨夜猝病而亡，但即使死了也得不到皇上的怜惜，被人用草席裹着扔了出去，没留下半点痕迹。

楚璠没有很难过，只在发髻上别了朵白花，旁人骂她没有孝心，她一点也不在意。

她勤勤恳恳地活着，某日清晨熬粥时，突然被老嬷嬷拽住，说小皇子在选近身玩伴，宫里适龄的女孩全去了，嬷嬷看她可怜，花了点儿银子，送她去试试。

她这一辈子都像是被推着走的。

楚璠跟那些公主一齐跪在地上，根本没想过自己会被选到。她营养不良，瘦得像棵豆芽菜，面黄肌瘦的，完全不似旁人粉雕玉琢。

那些人都很干净，这个房子也很干净。

熏香烧得浓重，盖着一层厚厚的药味儿，内殿的摆设非常精致，有一堵墙般的落地大屏风，绘着青鸟白梅，清幽寂静。

她和这里格格不入。

每年分发的布匹，母亲不是去换了酒就是去赌，她垂眼，看见自己裙摆上的暗黄污渍、能抻到小臂的袖子，只觉得自己跟别人不在一个世上。

特别是那位正中位置上的小皇子。

如珠如玉的一位小皇子，她只悄悄瞥了一下。没见着脸，看到他抱着镏金暖炉的一双手，修长如竹，有着病弱的苍白。

她那时怎么都想不到，这样的一双手，天生就是用来使剑的。

她也怎么都想不到，为什么那双手，浴着暮色的光，金灿灿的，伸直，缓缓指向了她。

清晨，楚璠是被外面的锉门声吵醒的。

昨日做了噩梦，身子都跟着酸，背上臂上好似还在痛，楚璠揉揉眼，带着点惺忪的睡意，外面的声响还在震荡不休。

她的手颤了颤，心口咚咚地跳，等了几息后才缓过来。

她披上衣服，开门探出一个头，虚弱得很："什么人……"

然后看到一只鸟扑棱着翅膀在外墙啄来啄去，尖喙长而硬，一捅一个准，墙内已经开始簌簌掉灰，泥皮落了一地。

"毕方……"楚璠倒吸一口凉气，百思不得其解，"你在干吗啊？"

毕方看她已经起床，就更加不端着了，长喙裹挟灵力，一下把墙面凿出个大洞来。

"昆仑的客房是百年前立起来的，大多都是闭关居所，黑而无光。"毕方懒洋洋道，"先生说给你破个窗。"

"我寻思你也不会那么笨吧，难道半夜还会摔跤吗？"毕方拉长嘴角，一脸闷闷不乐。

其实没什么不方便的，楚璠原想让他停下，可毕方速度极快，没一会儿就把洞刨好了。

她只能回答："我摔不了。"

过了会儿，楚璠又有点好奇："为什么昆仑到处都是闭关居所？"

她上山时确实发现，子微道长居在峰顶，沿小路而起的阁楼偏僻寂静，鲜有人来。于高处俯瞰，这些阁楼更像星盘，按照二十八星宿环列布开，像是阵法。

这几日读了昆仑的旧书，东方七宿的第五宿，恰巧就对应着子微的竹楼，是心宿，心月狐。

这种东西，都是镇压什么凶恶之物的异术。

"你问那么多干吗……为什么要建那么多闭关室，当然是因为先生需要啊。"毕方化为人形，给那个洞安上纱窗，别扭道，"你懂什么！"

他语气嫌弃，甚至夹杂着不耐烦，但是手上安窗的动作利落干净，也认真细致，倒是一直没有停。

昨日离火失控的样子被她看到，现在单独相处，毕方浑身都不舒服，连忙把子微布置的任务弄好，转身就要走人。

楚璠叫住他，声音迟疑："道长要经常闭关吗？"

毕方停住步子，怪声怪气地"呵"了一下："你上昆仑，破掉封山禁制之前，就没想过他身体不适，要经常闭关吗？”

楚璠握着白泽剑的手一顿，轻声开口：“旁人议论说，子微道长已经半步登仙，我原以为……”

毕方重重“哼”了一声，把她的话给打断：“别人说什么你便信什么？”

他提起这事儿，必要生气，面色难看得很，说话也捻着股尖锐的讽刺似的：“你们不过都是利用他罢了。”

他又愤愤道：“利用完之后，偏还要怕他。”

还好他这次刚挨完罚，痛犹在身，没起一时之气把楚璠给扔下山。

毕方凉凉瞥了楚璠一眼：“你知为何先生半步登仙，却依旧要避守昆仑？你知为何正道一派视他为杀器，却从不肯承认他统御天下之能？”

他一步步前进，楚璠一步步往后退。

“百年都过去了，若苍生依旧太平，你们还能想到昆仑有个避世的子微吗？你们人族，本就极其善变。”

楚璠仰头，透过雪末，看着毕方冷嘲的眼神，竟无言以对。

山风忽起，卷了一阵风来，二人的发丝飞飞扬扬。楚璠面目苍白，唇也干燥，睫毛颤了又颤，像是想开口，又放弃了。

毕方突然回想起，她这几日是一直被取血的。

这人被骂了不会还嘴，被讽刺也不吭声，柿子一样又软又烂，偏偏一张脸仰着，像是把这带着偏颇的话听了进去，不解释，也不怨怼。

好像他说的这些气话都是对的。

毕方突然就觉得有些没意思，无趣。

他忽然开口：“楚姑娘，你昨日看我显露妖形，前日遭我袭击，说来算去，其实按着我们妖的规矩，若要分个对错，我应该和你打一架的。”

“胜者，可以拨乱反正。”

毕方又摇了摇头：“可你修道不过数日，一身凡体，我怕给你撞碎了。”

楚璠抿了抿嘴角，不语。

“至于你私闯山门……”他下巴一仰，反身走了，“算了，反正也是迟早的事情，不是你，就是别人。就修道界现在苟延残喘的废物劲儿，还不是要让先生出来给你们收拾烂摊子。”

前路风雪盛，毕方踱着步子，慢悠悠向前移步。

“轩辕族，毕方鸟。”

毕方一顿，身子停下，扭头。

楚璠脊背挺直，目光清亮，从始至终都毫无怒意，只是这么看着他，非常平静，神色坦荡。

她音色柔和："我今拒战，是因为还需献血，若上不得峰，怕是会耽误事情。"

"如果可以，待此事完毕。"

她轻轻一笑，而后道："就按你们妖族的规矩，打一架吧。"

楚璠敲了退寒居的门，没过一会儿，里面传来了低柔的声音。

"进来。"

天光随着竹门开合的缝隙落入，子微背脊挺拔，白皙修长的手执着一册书，薄薄的光映了半张侧脸。

他先向楚璠颔首，而后视线又落在纸张上，似不经意道："你今日来得很早。"

楚璠坐在往常的位置上，点点头："醒的时辰早了些。"

"是毕方又任性了吧。"子微皱眉，指尖掠过书页，"确实该要好好敲打一番，这么多年了，还是如此恣意妄为。"

"和他没什么关系的。"楚璠想了想早上的情形，忍俊不禁道，"毕方清晨便来给客房开窗，还挺努力的。"

子微摇头，肯定道："他定不止说了这些。"

楚璠把白泽剑放在桌侧，笑了笑："我只是有些不懂，他们一族，妖身被旁人看到了，是要打一架的吗？"

"打一架？"子微微讶，"他来昆仑这么多年，没什么长进，还好意思和你比试？"

楚璠默默垂头："呃……"

只是很快，子微又稍显歉意道："倒也不是说此举不对，只是他修法时间和你比起来，实在是胜之不武。"

其实这话的意思楚璠也晓得，不过就是她入道太晚，至今还没好好修什么法术，和旁人切磋，一眼看去就没什么赢的可能性。

子微如此替她着想，楚璠还有些受宠若惊。

她便解释道："其实比试最终的目的，不是输赢。"

妖族更趋向弱肉强食，自由竞争，凡事若起了矛盾争执，各执己见，不用那么多弯弯绕绕，打一架便可分胜负，谁拳头硬就听谁的。

她边撸袖子边说："我知道自己会输，但阿兄从前说过，若只知难而退，畏缩不前，任谁都会看不起你的。"

又是她那个阿兄。

在楚璠口中，阿兄意志坚定，完美无瑕，可若当真如此，她怎会当了十年血奴，至今没有修得一丝法术?

真是怪异。

子微把书放下，揉揉眉心："你这么说，倒也没错。"

只是看到楚璠乖乖把手臂放桌上，一双眸子黑白分明，亮晶晶地看着他，子微又有些想笑了。

"莫要急切。"子微清咳两声，在桌上挑了本书递给她，"你今日来得早，先看看别的东西。"

楚璠翻开书籍，上面写的大都是观星勘阵之术，她翻了几下，果然看到了完整的二十八星宿图。

"月宿取白芷，尊皇夏肾堂。秋兰得相佩，闲视必凶藏。"她轻声念道。

又是二十八星宿，昆仑山的走势布阵，便是按照这个斗宿三星而成。而退寒居此处，正处于东方苍龙心宿中的第二段，名大火，连缀而成便是："天之四灵，以正四方。"镇压极凶极恶之魂。

而子微道长要经常闭关。

总觉得道长意有所指，楚璠悄悄往上瞥了一眼，从他翻书的手指慢慢移到面上，如白玉温润的肤质，眉心红纹灼而亮眼。

楚璠觉得他耳上玉坠仿佛闪了一下，发出荧荧蓝光。

又像是错觉。

"道长……"楚璠决定还是问他。

"昆仑的闭关居所，连绕山脉，缀成一段星宿，阵眼便是您的退寒居。"楚璠迟疑道，"您是要……让我知道什么吗？"

子微移开书册，将脸露了出来，微微侧首，就这么看着她。

"唉……"他低下头，长发顺着滑落在一侧，"你终于发现了啊。"

声音像是带笑："天下人道昆仑子微清正高华，至仁至善，所以你就被骗了过来，甚至连问都没有问清楚我到底是什么人。"

楚璠半晌没有回过神，不知道此话何意："您在说什么？"

"您是在……吓唬我吗？"她语无伦次，"可您实在不像是……"

如果道长心思不善，她在第一天大雪封山之时，就已经葬身于此了。

"嘘。"子微两指并在唇角，"你先过来。"

楚璠有些犹豫，身子颤了颤，然后像是下定决心，又慢慢凑近。

子微轻轻按住了她的肩膀："上山之时，我没有告诉你，但仔细想想，确实应该要让你知道了。"

他开启五感后，银发的尾梢染了一抹蓝，眉心红痕越发妖艳，双瞳泛着幽蓝异色，像是换了个人一般。

"这次会有些不同。"

他靠了过去，握住她的手腕，喉咙滚了滚："你会怕吗？"

他俯身，外层纱衣垂落及膝，缚着的白纱已经散了，露出了胳膊上的暗红梵文，浮动着流光，似乎深深扎在了苍白有力的肌肉里。

子微靠得很近，比尝血的时候还要近，与她对视，睫毛浓密得似乎要扑出来，眼梢向上勾着，动人心魄。

楚璠一下子就愣住了，看着他瞳孔里的一抹幽火，道出自己的猜测，轻轻开口。

"您……您不是人吗？"

第三章

渺小

楚璠听到他浅浅笑了一声，吐息温热，轻飘飘地烫在她耳郭上。

“你觉得呢？你原以为我是什么……”依旧是往常般淡然沉静的声音，却让人听出了些别样的、不外露的撩拨。

他开了妖相，似乎连神态都变了。

子微长袖扫过书案，昆仑剑落入手里，他把剑放在楚璠怀中：“先抱着，怕你受不住。”

白泽、昆仑，楚璠紧抱着两柄剑，手指蜷了一下：“我一直觉得，您是仙长……”

子微略略起身，蓝丝与他银色长发交织，迤逦及地，随着动作滑过楚璠的手背，很凉。

“十四州没有仙人。”他语气带了些无奈，“你兄长怎么什么都没告诉你？”

妖魄排山倒海一般地反噬，仙骨又簇拥上去压制，胸腔上阵阵闷痛。而身边的人味道很香，带着昆仑山上鸳花特有的清新，和女儿家特有的甜柔。

九重鸳花对天山狐的吸引力是致命的。

它们本就是相依相生的东西。

他们也真的很像。

楚璠觉得他说话的语气好像变了，不似原来那般从容和煦，反而有一股细微的意味不明。

不管是今日的破窗，还是那本书上描述的星辰阵法排列，都在告诉楚璠一个事实。

“您是妖吗？”她听到自己这样问。

子微笑笑：“算是，但也不全是。”

他有些忍不住了，把女孩儿虚虚笼住，鼻尖隐隐约约贴在她的后脖颈：“这次，我有可能会控制不住自己。”

楚璠听见这话更紧张了，往常就是割腕把血放进碗里的事情，现在却有了些别样的压迫感。

她僵硬地点了点头，甚至不敢回头看他。

子微忍着胸腔上的剧痛，试着安抚她：“不需要很多血，只是你在我身边的话，会好很多。”

楚璠依然僵硬着点了点头。

子微没忍住笑了笑：“我又不会吃了你。”

楚璠不敢说实话，她总觉得他是真的要吃了她。

楚璠晕乎乎地被他带进密室深处，只闻到淡淡的雪松味儿。原来他身上是热的，不似面貌那般如玉石冰冷。

妖不是凉的吗？他怀里居然有一丝暖。

楚璠攥紧手，视线内一片混乱，两柄剑被放在刚才的石桌上。她的怀里空落落的，没有安全感。

她勉强问道：“先……先生？”

这就是那洞府深处的禁地。

子微把她放在一个石台中央，头顶是一块块片状的玉镜，四周的墙壁并不平整，覆着一道道斑驳焦黑的痕迹。

像是被什么东西，一日复一日地撞上去的。

现在她可真的是有些怕被他吃了。

她又叫了一声，声音带着些紧张：“子微道长！”

楚璠觉得自己的后颈被摸了一下，那道温柔的嗓音从她头顶传过来：“怎么，现在就这么怕了？”

他这话说得，楚璠简直都快哭出来了。

她还要去见阿兄，不能就这么死了。

可能是她的表情过于难看了些，子微忍不住笑了笑，胸腔的震动让她面红耳赤：“说了很多遍了，不要怕。”

众多玉镜投射的光束下，几道铁链沾着黑血，周围画着繁复的阵图纹路，还有蓝色电光忽明忽暗，很有几分瘆人。

这怎么能让人不要怕？

楚璠不自觉地抓住了他的腰，圈得很紧，害怕道：“您……您是要把我放在那儿吗？”

献祭什么的，倒也不是不行，只要能救阿兄……

子微有些讶然，定定地看了她一会儿，失笑道："你在想些什么呢？"

子微将她放在一个玉台上，离那些沾着黑血的锁链很远："现在不需要那些东西了。"

他向上指了指玉镜聚光的窗格处，溶溶月色洒下来，照得玉台一片波光粼粼，仿佛化成了一片赤青色的星盘。

她被安置在星盘之上。

她慢慢缩起肩膀，把脑袋颤颤巍巍地垂下去，露出了一大片后颈，光洁无瑕，像是上好的薄透白瓷。

子微垂着眼，盯了很久，而后缓缓低下头吮了一口。

牙尖只是轻轻一触，便像是戳到了什么细腻的花瓣，其实更像栀子，柔润得让人想去掐上一个印子。

他的牙齿稍微一倾，便刺了进去，楚璠甚至感受不到痛，她只觉得自己像一个被薄丝覆着的茧，一下子就被戳开了。

她不知道是不是自己失血过多，好似有了幻觉，身上轻飘飘的，并不难受，但是有一种酥酥麻麻的感觉。

肩膀上压着的东西更沉了些，起起伏伏的鼻息打在她脖颈上，黏黏的。血刚冒出来一点，就被舔舐干净，柔软的唇瓣不停在磨蹭，舌尖甚至还在往涌血处顶。

上面似乎还有无数的小倒刺，黏湿温热又夹杂着一些尖锐而微妙的疼，让莫名她产生了一种被蛇芯触碰过的战栗感。

她现在真的相信他不是人了。

她看见了一条长而柔软的雪色尾巴。

一条毛茸茸的尾巴不知何时冒了出来，绕过她的脚踝向上伸，细软的绒毛扫过腿肚，却又像钢针一般剐破了她的裙摆。

楚璠吓得像一只被咬住的兔子，倏地低下头，却又看见了第二条、第三条……

她数了数，一共七条尾巴在她的裙摆里扫来扫去，甚至明目张胆地绕着她的腰缠到胸口。

楚璠连呼吸都停滞了。

她的身体越来越冰，子微感受到了什么，俯身将她抱起来，他刚饮完血，眉间红痕越发红，和染血的唇一样鲜艳。

温润和妖冶糅杂在一张脸上，他笑了笑，轻声道："吓到你了吗？"

后半夜里，楚璠就这么一直被他半拥着，尽管子微只是轻轻把唇贴在她的脖颈处吐息，但她依然不敢睡，只浅浅靠在他的怀里。

子微肩膀宽阔，脊背挺拔，胸膛并没有全部贴着她，有一种礼貌的克制。

这让楚璠没有那么僵硬。

当然，如果那些毛茸茸的雪色长尾没有绕着她的脚踝卷来卷去，尾尖也没有时不时蹭着她的腿肚，她应该会更轻松些。

“道长，”楚璠被挠得很痒，指着那些游动的长尾，没忍住开了口，“可以管一管吗……”

“啊……”他好似恍然般点了点头，尾巴松了下来，尖耸的尾尖漫不经心地摇曳，有一种很蓬松、很安分的形态。

“很久没这么放松过，冒犯了。”他抿起嘴角，冰凉修长的指尖触了下她的脖颈，一股暖流涌进她的经脉里。

“可以回去了，楚姑娘。”

楚璠松了口气，起身整理了一下破碎的裙摆，只稍微瞥了他两眼，便逃也似的跑了。

两柄剑被放在客座的石桌之上，她慌里慌张的，只记得带走白泽。昆仑孤零零地躺在石桌上，好不萧瑟。

子微眯了眯眼，长尾延伸过去，尾尖随意一扫，昆仑剑便被捞了过来。

“是你让我自私一点的。”他撑着额，修长的指尖沿着剑身抚过，有几分慵懒的神色，笑叹道，“怎么又被丢下了。”

楚璠走在路上，暗暗松了口气。

往常蜀山取血之时，阿兄在的话还好，若阿兄不在，没人为她疗伤，失血过多，总要头晕眼花几天。

子微道长吸的血，好像也不是很多。

或者说，蜀山取精血，吸食真气之力，而子微只吸鲜血，这两者是不一样的。

只是没想到他是妖……可妖又怎么能得昆仑神剑的传承？她不太懂，不禁想起了那些锁链和墙壁上的焦黑痕迹。

像是遭受了什么周而复始、无休无止的冲击，那铁链结实沉重，上面咒文凄冷，与子微手臂上的很像。

她或许知道那些阵纹是为了镇压谁的了。

到底要多痛，才能做出那等自残般的举动。

楚璠有些不敢再想了，这不是她该关心的事。

外面还黑着，只有淡淡的赭色从山脉处晕开一层光，金乌升起，是这冰天雪地里唯一的一抹颜色。

阿兄。

“璠璠。”是一道有些虚弱的男声。

楚璠吓了一跳，抱紧剑身，茫然四顾，紧张道：“何人？”

“璠璠，我是白泽剑。”那道男声从剑身传过来，带着些急切，“太好了，你跟着那位道长，果然能聚集灵气，可以听见我说话了。”

白泽没等楚璠回神，速速解释道：“那个子微身上有仙妖之气，妖魄仙骨不相合，应该是一直在用法力压制自己。主人给你抢来的鸳花正是他的伴生灵草，对他的妖魄有清明压制之效。”

楚璠听后，心里有些慌乱：“那如果是阿兄抢来的鸳花……我是不是不该用血来逼迫他出山？”

白泽告诉楚璠：“不是这个道理，当年主人搜寻各地天材地宝，只有鸳花是自认你为主，与你有缘。现在鸳花和你相融，他反而捡了个大便宜。

“鸳花本体对他来说，仅有清明压制之效，可他若想要在恢复实力的同时，平衡体内的仙妖之气，那么，你才是那个纽带。”

是她的血。

楚璠松了一口气，她并不怕子微要从她身上得到什么，相反，她很庆幸，只要她还有谈判的资格就好。

她还有可以利用的价值就好。

更何况，子微道长清正高华，应该不会欺骗她一个弱小女子。

青白长剑光华流转，通身都是银花缠枝的花纹，白鹿隐在其中。剑穗流苏摇晃，投下细细长长的影子。

楚璠的手指在剑穗上轻轻划过，她长叹了一声：“白泽……我好累。”

她看着熟悉的剑光，这一路的委屈便一股脑涌进，一想起阿兄，楚璠就忍不住流泪：“能不能感知到阿兄怎么样了……”

“主人可能不太好……”长剑发出朦胧亮光。

白泽的声音带了些沉重：“璠璠，我能看出昆仑神剑有浩然仙气，子微道长又与你有因果牵扯，你跟着他们，定然可以保全自身。”

白泽是上古神兽，有破碎虚空之能，楚瑜当时选了白泽这柄剑，便是因为他能随意扭转空间，可以在危险之时传送到楚璠身边，更好地保护她。

他这意思，是要走了……

楚璠听他这样说，心沉了沉，问道：“是阿兄出事了吗？”

“主人被关在水牢，但你放心，主人天生剑骨，入骨成鞘，天魔杀不了他。”

可所受的折磨不小，白泽隐隐有所感应，却不太敢告诉她，怕她伤心。

楚璠深吸口气，故作坚强道：“那你快去吧，阿兄更需要你一些。”

“璠璠……”

“嗯？”

那道温柔端正的男声停顿了片刻。

楚瑜那时年龄是小，可即便他当时不知道，这么多年过去了，定然也已经明白——九重鸳花是天狐的伴生灵草，若早点把楚璠送到昆仑，说不定她早就可以生灵根、聚灵气了。

楚瑜为什么不这么做？

白泽突然想起自己生出灵智的那个夜晚，楚瑜初进秘境，杀死了首领三头恶犬，浑身是血，胳膊都是碎骨，没有一处好肉。

他进了房间，第一件事情不是去包扎伤口，而是立在楚璠睡觉的床前，卸去衣冠，脱掉鞋履，只着中衣坐在她的床侧，黏稠湿热的血液，顺着他抬起的胳膊流至指尖。

又随着动作，落在楚璠的额上。

他做的第一件事，是去触摸自己的妹妹，仿佛在确认她是不是还存在着。

楚瑜慢慢擦掉妹妹额上的血迹，又清洗自己，包扎好伤口，让血液不再落得到处都是。

这个过程，他极其小心翼翼，甚至没发出过一丝声响。

楚璠睡得很熟。

小巧的下巴缩在被子里，只露出极其柔和，甚至称得上孱弱的半张脸。黑发长而顺，软缎一般流泻在枕头上。

她睡觉一向喜欢蜷起来，像小猫一样侧着身子，和楚瑜恰好面对面。

楚璠对此一无所知。

楚瑜先是闻了闻自己的手，或许是在感受血腥气还浓不浓烈，再慢慢靠近，把掌心贴在她的脸侧。

“璠璠，璠璠。”他轻声念，将头倚在另一个枕上，用指尖去缠绕她的发丝。

他们面容相对，皆黑发如织，皮肤白皙，却能感受到很明显的不同。

楚璠是偏细致柔和的长相，似桂如兰，少时还看不太出来，但是愈长大便愈明显，细眉弯目，精致秀雅，体态成型之后，总带着几分静谧。

这是普通人眼中，最适合被保护的女子长相。

而楚瑜不同。

他生在帝王家，纵使幼时羸弱，身材清瘦，但是细观他的容颜，便不难发现，他眼梢上翘，高鼻薄唇，气质更偏于风骨，有种藏而不露的锐利。

很端正的人君之姿。

他把妹妹保护得很好，至少之前是这样的。

白泽看到了什么呢？

他看到楚瑜低下身子，将额头放在妹妹的手背上，缓慢摩挲两下，面容苍白阴郁，一遍遍地念叨，声音嘶哑。

“璠璠，阿兄只剩下你了，阿兄会保护你的，你不能离开我，你不许走，你不能走……”

那时楚瑜瞳孔深处的无限偏执，让他一柄剑都觉得有些不对劲……

“白泽，你怎么了？”楚璠戳了戳剑上的穗子，一双眼睛还红通通的。

回忆就此停止。

白泽生而为剑，虽有灵气，却不懂人性，他只晓得陪伴剑主成长，不能过多干涉主人的生活习惯。

所以他只是轻叹。

“罢了，璠璠，记得照顾好自己。”

楚璠点点头，把剑平放在空地处。

青白剑穗里响起一阵清鸣，良久，白泽化作一道游鹿流光，破碎虚空，又化作虚无。

至此，楚璠一路颠沛流离，连最后仅剩的一柄剑，都没有了。

白泽剑离了身，天边刮来的风雪能侵到骨子里似的，楚璠昨日眼都没合过，方才想着阿兄又大哭一场，又疲又累，脸皱成了一团。

雪山辽阔宽广，四处皆是路，楚璠走了几步，又停下来，她看着这万年不化的雪山顶，有些迷茫，竟不知道该往哪儿去。

楚璠很清楚自己应该怎么做——回房继续打坐，等到明天再去献血，做好自己应该做的事情，不要有任何想法。

楚璠淡淡抿出一个笑，带着涩意。

只能如此了。

前日开窍聚灵之后，她的身子已经没有那么虚弱了，上山下山的路程，用两个时辰大概可以做到。

昆仑没有侍从，甚至也没有其他女子，楚璠看了看自己破碎的衣摆，叹了口气。

子微道长的尾巴实在过于锋利，她得下山去买些东西。

她其实很好奇，但是又不敢问，修者和妖族一向是各奉其主，如果子微道长真的是妖，他在人修的声望为何又这般高?

蜀山到昆仑的路途中，过程极其艰难，她既要掩藏自己的身份，躲避魔族追杀者，又要探听仙道虚实，很是小心谨慎。

她也曾去别的仙门请援过，有的直接把她拒之门外，有的看她奔波属实可怜，给了些吃食用具，却都在她提及天魔的名号时，摇了摇头。

蜀山乃名门大派，连他们都被天魔群突袭而崩，又有哪一方敢强行出头。

她从小便懂，世上没有至清的善处，皇宫是个残酷的地方，修真界也是，乱世之中，人人皆要自保，谁会管她一个孤女的请求。

所以她知道千年前天魔便是被子微道长所封印后，便毅然决然地离开阿兄为她布置的后路，孤身一人来到了昆仑。

能见到子微，已经是她不幸中的万幸了。

世上居然还有这般温柔和煦的仙长。

就算是要她的血液，楚璠也认了。

楚璠转了个身，准备下山去毕方一开始说的农妇那里换点衣物，还没走多久，前方突然现出了一个人影。

那人以凌风之势，力气奇大无比，一下子把她撞倒在地。

楚璠深吸一口气，强忍着痛楚，睁开眼睛，看到了那人的鹤羽袖角，是前些日子那个轩辕族长老。

那长老紧盯着她，负手而立，摸了摸胡子，阴恻恻地笑了声："子微多年不见外人，连南海龙女都被拒之门外，怎么突然间有了个小丫头似的侍剑者?"

他上下打量了楚璠几下，那目光让她很不舒服。

此人来者不善，楚璠深吸一口气，轻声开口："我的来历，子微先生知晓的。"

轩辕长老轻嗤一声，笑容有几分讽刺。

"一个凡人，怎么破了昆仑禁制，又怎会被他轻易留下。"轩辕长老掐住她的肩背，以手试探穴道，"小丫头，莫要挣扎，老朽并非是要让你死。"

他按住楚璠的头顶，从天灵盖划至天牖穴，而后在后颈一点，取了一缕经脉中的灵气，缠在手里慢慢捻动。

“倒也不算凡人。”

过了良久，灵气慢慢化作一缕丝藤，从他的指尖落到地上。

轩辕长老意味深长地“哦”了一声：“原来是他的妖花现世了。”

楚璠动弹不得，只能高声问道：“长老所为何事？如此行径，不像是正派所为。”

“正派？”长老细眼挑了挑，喉咙里冒出一阵粗哑的笑声，“我妖族若每个人都像子微一般自持清正，早就被人修蚕食得骨头都不剩了。”

这老头在子微道长面前缩头缩尾，在她这里可不顾忌这么多，绕着楚璠走了一圈，自顾自道：“你既是他的鸳花之主，他又为何没取你元阴？他仙不仙妖不妖的，难道还真的自持到这种地步？”

楚璠没听清他说什么，只听到“仙不仙妖不妖”这几个字，惊怕之下又不免感慨。弱者，会遭人欺凌羞辱，可即便已经到了子微道长那个程度的强者，竟也会有这些闲言碎语。

他们敬畏他，惧怕他，对他诸多评价，褒贬不一，甚至暗暗嫉妒他，却也仰望他，从心底臣服于他。

楚璠一下子忘了自己眼下所处的环境，反驳道：“妖又如何，他镇压天魔，以天下为己任，难道不该受人尊敬吗？”

轩辕长老看着她，满目嘲弄：“小丫头，你错了。恰恰相反，这世上唯有我们轩辕一族，才是真正奉他为主的。”

楚璠歪着头，不懂他所言为何。

忽然间，轩辕长老笑着，脸上的老皮都皱了起来：“你不是觉得子微好吗？那老朽便做件好事，如了你的愿。”

“他生来本就该是妖主，若不愿意做那沾了凡尘的污浊之人，那便让我来帮他一把。”说着，他便一杖敲过她后颈，将人打晕了过去。

退寒居。

吸血破咒一旦开始，便每日不能停歇，子微在洞府等了楚璠良久，直到皎月升起，还是没见到她来。

毕方被他派去找楚璠，刚刚才从外面回来，翎尾边缘都结了一层霜冻，着急忙慌地说：“我飞遍昆仑都未找到她，她究竟是去哪儿了？难道这些日子的乖巧沉稳都是装出来的，就等着这时来害您！”

子微这时法力最为衰弱，感知能力也变得混乱，唯有疼痛是真实的。

妖魄铺天盖地般地反噬，让他痛不欲生，子微躺在玉台中，勉强提起一丝力气：“毕方，把我放在镇妖镜下……”

毕方不可置信般瞪大眼睛，连忙道：“先前您身上有梵文压抑，还能忍受一二，可您已经去掉了封印，怎么可能再次承受镇妖镜的反噬！”

子微额上的红痕艳到极致，周身似乎燃起蓝焰，身后狐尾有如活物一般游窜绽开，“嘭”的一下炸开在石墙上，碎石滚落，溅起一圈飞尘。

毕方化为人形，匍匐在地上，感到阵阵心悸：“您……您控制不住妖相了……”

“对，所以别多话，按我说的做。”

月上中天了。

毕方将他放到玉镜之下，给他缠了道道锁链，子微这时看上去已经根本不像个人了——不管是身后不停翻腾乱窜的狐尾，还是他难耐喘息之时口中露出的尖牙。

他垂着头，额上全是汗，肌肤苍白，眼睫眉目都变成了霜色，若是不看眉间的一抹红，整个人便像是玉砌般，没有一点生机。

每当这时，那些难以言喻的噩梦便清晰了起来，母亲的哀号，族中人的哭喊，遍地的尸体，血流成河。

刺耳的声音仿佛还在他耳边号叫：“我苏霜怎会生出你这么一个肮脏的半妖。”

他带着恶血降生，他即是罪孽。

所有记忆似乎都在识海中崩溃，混沌扭曲，最后化作诡异的平静。

湖水起涟漪一般，清清淡淡、柔弱又青涩的声音在耳边响起，像是春晖里最温暖的一株枝芽。

“子微道长，我们是有因果的。”

楚璠醒来之时，后颈还在发疼，她扭动身子，发现自己被绑了起来，四周一片漆黑，唯有些许人声，窸窸窣窣的，透过窗格传来。

楚璠用额头砸地，企图弄出点声响，让隔壁的人听到。

“丫头。”轩辕长老燃起一支烛火，给她下了禁言咒。

“给我听着！”他低斥道，坐在桌子的另一头，神色冷淡，“看看你到底有多无知。”

烛台上跳动的火焰忽明忽暗，起伏跳跃在楚璠的眼中。

光芒一照，房间的构造就显露了出来，看摆设应该是个客栈，铜鹤立在案台之上，隔扇透雕，麒纹屏风，雅致整洁。

丹青仙鹤，碧紫麒麟，此处一看，便知是修道之人的地方。

楚璠闭上眼睛，凝神倾听。

窗外的交流皆被下了禁制，轩辕长老玉杖轻点，让那些声音渐渐明晰。

“魔族乱道，我人修难道就无可以抗衡之人吗？”

一阵唏嘘交错。

“千年前人妖大战，修真界本就千疮百孔，不过百年时间，又出来了个天魔之身，这……这连蜀山都败了，焉有我们小门小派的活路啊。”

“不是还有三大神山吗，不周、方诸、蓬莱……”不过那人刚说完，也叹了口气，“怕是都拦不住魔族。”

“不周山远水解不了近渴，方诸那些没用的咒师，早就快被神山除名了。蓬莱？蓬莱就更不必说，一堆冷血冷情之人，追求什么无情大道，祸不上身，他们不可能派人支援！”

有人说到急处，怒咳两声：“连妖都不如！”

另一人也压低嗓音，苦涩地说了一声：“最南防线，龙脉一带，竟也还是妖物在抵挡。”

楚璠不懂，为什么事实摆在他们眼前，这些人还要称妖族为妖物。

她皱起眉头。

他们似乎饮了酒，言语不再有那么多忌讳：“南海向正道求援，你们九阳峰派去多少？”

“三百名弟子，你们呢？”

另一位似乎有些不好意思：“也是百名。”

接着又是饮酒的声音，杯盏重重落在桌上：“修者人才凋零，确实……是无可反驳的事实。难道我人族复兴，竟是奢望吗？”

“天魔不除，人修何谈复兴？”

“难道我们又要去求子微先生……”那人停顿了两息，“可他毕竟也算是妖啊。”

“前些日子不是传来风声，他开启昆仑结界，难道不是为了迎战天魔？”他们好似知道这样私下讨论不够磊落，因此声音极低。

“可他虽身负仙骨，显然却更加亲近妖族一些，人族去拜师，没有一个能成的。那毕方鸟是何等凶兽，他竟敢收为门生。”

“就算身含仙骨又如何，就算仙家遗孤又如何？他怎么说都是个妖！天下人举荐他为正道魁首，难道不怕他帮助妖族崛起，再反攻人族吗？”

“道友，莫再多言，难道除了他，还能再找出一个可以和天魔抗衡之人吗？我们终究还是有求于他的。”

他接着又道：“毕竟子微先生，千百年来，无一丝错处。”

他们在挑拣什么？

都这个时候了，他们还在迟疑什么！

楚璠脑子里乱糟糟的，又悲叹又感喟，还有一股充溢在胸中、几乎快要喷薄而出的浓浓的不值。

替子微不值。

轩辕长老之前一直沉默，等到此刻，才讥嘲了一声，玉杖猛地敲击地板，发出一声沉且重的声响。

“哐当”一下，恰好落在她耳侧，楚璠的头发被劲风吹起，又坠下。

杖尾带着刺骨的寒气，犹如刀刃一般抵在她的额上。

“看看你们人修，一群贪生怕死、推诿搪塞之流，口口声声说着正道，满嘴仁义道德，其实刚愎自用，懦弱无能。”他冷冷笑着，视线落在楚璠身上。

“还自私自利。”

轩辕道长蹲下，声音凉飕飕的，刮人耳骨：“你和他们又有什么不同？子微与他的父亲简直是如出一辙般固执，分明能纵横天下，却偏偏安守一隅，还要被人算计。”

“你呢，小丫头，你千辛万苦从蜀山跑到昆仑，要算计什么？”轩辕长老解了禁言咒，阴恻恻地看着她。

楚璠艰难地坐正身子，直视他不掩厌恶的目光。

“我没有要算计什么。”楚璠低声道。

“我上昆仑时，就没抱着还能活下来的想法。您也看到了，我体内鸳花对道长有用，我不会挣扎，不会逃脱，我会安安稳稳地供血，给他疗伤，直到退散魔族，救出阿兄。”

楚璠虽然难堪，但说的都是真心话。

轩辕长老颇有深意地端详她片刻，掌心擦过手杖上的沁凉碧玉，再次启唇轻笑。

“十年前，他以为世间太平，无甚可留恋，妖魄发散，他便想着封印妖身，连伴生鸳花被夺了都没有半点儿追究。”

轩辕长老浓眉倒竖：“旁人当妖主，众妖还不服气呢，偏偏他是个与物无竞的性子，什么都不在乎。”

他重新坐下，枯瘦手指不停地敲打桌沿：“我今日就是要逼逼他，看看他是不是当真什么都不在乎，什么都不想要。”

楚璠沉默了，窗外投射进来一线窄窄的光，映得她瞳孔明亮，透彻逼人。

她大半个身子蜷缩在黑暗中，单薄无依，唯有眼睛，带着点幽暗的光亮，一眨不眨。

“子微道长曾说过，献血一旦开始，便一日不能停歇。那么，你把我绑来，时间久了必会反伤于他。”楚璠仰头，像是在质问。

“那您呢，轩辕长老，您在算计什么？”

不知为何，分明是个奇弱无比的小姑娘，这样说话时，轩辕炙却有种被看透的怔忪感。

但是很快，他便恢复了冷静。

轩辕炙一把捞过楚璠的身子，手指狠狠抵在她的后颈，不带一丝温度："算计？老夫为了他好，这称得上是算计吗？”

楚璠险些吸不上气，强行吐出一句话：“你若真的为了……道长好，就快些把我……放回去。”

“我当然会把你弄回去，但现在可不是时候。”

若一日不食血，子微道长承受不住反噬，最终是个什么情形，楚璠想都不敢想。

或许是她的眼神太过尖锐，轩辕长老盯着她，轻笑了两声，而后道：“你这个人族小丫头，上山之时，知道子微是妖吗？”

他逼问道：“你知道子微是半妖吗？”

楚璠咬紧牙关，没有说话。

“你看啊，正道有承认过他的身份吗？”

他说出来的目的，仿佛不是想让楚璠回话，而是轻慢地笑了一下，像是在回忆：“半妖混血，这在以前代表着什么？不被看好的杂种、废物，是最低劣的血脉，是谁都能踩一脚的东西。”

楚璠差点因为这些话，怀疑他的真实目的。

可下一刻，他话锋一转，嗟叹道：“可子微不同啊……他根本就不像妖。明明是妖身，偏生了颗慈悲心。”

“千年前，他父亲还活着的时候，名震一方的天山九尾狐，本可以和老妖主有一争之力，差一步便登上妖主宝座！唉……可他偏不，隐藏了身份，和仙家苏氏结为道侣。”他最后几句话，不乏惋惜。

“结果呢？有落到什么好下场吗？”

仙妖大战，两族都没落着好，算是两败俱伤。妖族天生地养，习惯了优胜劣汰，所以恢复得比人族快一些。

这都是千年前的传说了。什么苏氏仙魁、妖主宝殿、天山九尾，楚璠只在路上听到路人议论过几句，所知甚少。

时间越来越晚，楚璠焦躁不安：“你说这些到底是什么意思，现在已不复往年，恩怨散去，已不是人妖起争端的时候了！”

“即便子微道长是半妖又如何！谁会在意？”

“你目光短浅！”轩辕长老冷笑，“谁会在意？你问问仙山那些道士在不在意，你问问天下群妖在不在意！在不在意他胸中所含的仙骨妖魄，在不在意他摇摆不定的态度！”

“摇摆？”楚璠甚至有些口不择言，“天魔来战迫在眉睫，你们还在纠结子微道长到底站不站队，所属何方！”

“什么仙骨妖魄，你们分明是在逼他！”

“笑话！这是逼迫？”轩辕长老却像被侮辱了一般，“我妖族，若许诺追随一人，便永不食言！”

“千年前，妖主被子微父亲所杀，千年后，子微就该继承这妖主之位！”

楚璠高喊：“迂腐！”

轩辕长老头一次被一个小辈劈头盖脸训斥，竟还愣了一瞬。

他气急，反问楚璠：“你懂什么？你一个无缘仙门之人，阴错阳差得了他的鸳花之灵，苟延残喘至今，倒敢大言不惭地训斥别人了？”

楚璠不在乎他说自己是蝼蚁。

她义愤填膺道：“你带我来此，是要告诉我，或者确认，道门对子微道长的怀疑，此乃不公。可你做的事情是什么？你的目的是什么？”

楚璠的身子一点点变冷，她几乎没了法子，只能问：“我当真不懂，你既说追随道长，那把我抓来，势必会伤他，究竟是为了什么？”

“天魔谁来阻？乱世谁来救？”

还有她的阿兄，到底该怎么办？楚璠双眼泛红，几乎声嘶力竭：“你快让我回去……”

天色更晚，月光渐暗，话音散去后，房内瞬间陷入寂静，落针可闻。

轩辕长老忽然笑了。

他道：“丫头，你很有意思。子微是半妖，你没有一分惧怕也就罢了，竟然还求着我将你送回去。”

他敲着玉杖，曼声问：“你知不知道你将要面对什么？”

轩辕长老的言外之意，已非常清楚。

楚璠握紧拳头，睫毛颤了颤，却道：“我已经没有什么不能做了。”

她根本不在乎自己会遭受什么。

楚璠甚至觉得，如若她真的活不下去，可以自私地想，幸好子微道长是妖。

因为妖族最为重诺。

那样阿兄还是有救的。

她低声道：“子微道长已经答应救我阿兄，我还能有什么不能给……我可以用我的全部去换。”

这让轩辕长老有些吃惊，他盯了楚璠许久，忽然移开视线。

时间一点一点流逝，夜色浓厚。

楚璠隐隐有些发抖。

轩辕长老合了会儿眼睛，似是觉得到时候了，终于放下姿态，却又无比坚定地告诉她，音色淡淡：

“我要让他恢复实力，食你之血，尝你之气。你需要把鸳花之灵完完整整地还回去。”

“你可能会死，可这无所谓。”

“我要让他破了戒。”他目露寒光，“我要他重新做妖。”

楚璠脑子一炸，四肢骤沉，只觉凉意一下子渗进骨子里。

过了许久，天幕出现多重乌云，遮住弦月，远远望去，昆仑山峰黑暗如晦，炸起几道惊雷。

楚璠没说话，她忽然觉得手腕多了些力量，似细流一般涌入经脉。

很熟悉，这是昆仑的山灵之气。

就在这一瞬，楚璠突然向前翻滚一圈，绳子散落在地，她手无兵刃，尽管是螳臂当车，却也要冲上一冲。

轩辕长老一方大能，怎么可能被一个弱女子制衡，玉杖裹挟元婴之力，直接撞在了楚璠的后腰上。

不出所料，楚璠缓缓倒下。

他上前抓人，怎知下一刻，楚璠突然睁开眼睛，以臂挡杖，转身重重咬了他一口，血液顿时顺着指尖流出。

楚璠唇上染血，黏稠地顺着下巴滑落，滴滴答答，有一股残败孤寂的意味。

轩辕长老还未发怒，楚璠双目一合，晕了过去。

这卑贱凡人，轩辕长老暗骂："丫头牙齿尖利。"

他冷笑着拖住楚璠肩膀，突然被她身上隐隐冒出的蓝光灼了手。

有渺渺蓝光从楚璠的手腕间漫出来，渐渐将她裹起，似轻纱笼罩。

轩辕长老仰头看天，皱着眉捻了捻指尖："不过一个女子，他竟然发怒了。"

玉镜流光映在子微的发顶，他微垂首，银发如绸缎一般垂落，紧紧皱着眉，面色煞白，胸腔中似乎有红光蠕动。

妖魄渴血，或许并不只是渴血。子微知道自己压抑妖身太久，只要撕一个小口子，另一部分就会蠢蠢欲动。

他的身体几乎像是容器，在任由仙妖两气争斗翻搅。

疼痛在此时都显得不过如此，这两方交缠霸占，像在撕扯理智，几乎要让他崩溃。

阵痛间隙，他挥手捻诀，不知何处刮来阵风，吹散了手臂白纱，镇压妖魄的梵文纹理游动，顺着胳膊绕进胸膛，缓慢钻进心脉。

此等锥心之痛，只能是情急下的必要手段。

子微脑中轰鸣一片，他忍着剧烈痛苦，召唤了自己的妖令。

耳上玲珑玉顺势而落，狐尾如雪白巨蟒从身后窜起，它又径自绕过书案，卷来了昆仑剑，两方撞在一处，擦出一道暗波。

子微垂下眼睑，眉心红得像是吸饱了血，显出一股森凉冰冷的气息，甚至像另外一个人。

如此像妖。

玲珑玉并在剑鞘之上，冷光乍现，子微以天狐之身，算出了他们所处的地点。

他施法传音，声线寒凉无比："轩辕炙，无论发生了什么，我命令你，马上，把她完完整整地送回来。"

毕方化作赤色鹤鸟绕着昆仑山飞了几圈，灵气都快枯竭了，也没找到楚璠的影子。

他这边急得团团乱飞，差点撞上山峰的巨石，不知从哪儿伸出一双手，将他整个捞了回去。

轩辕长老坐在浮空的青色巨型葫芦上，葫芦后面有个躺着的人影，只露出了半截裙摆和白嫩小腿，是个女人。

毕方明白过来，气得双眼通红，险些控制不住体内离火："你把她带走干什么？你可知先生妖相已出，届时若出了乱子，是我们轩辕一族能承担得起的吗？"

轩辕长老捻了捻胡须："我是在给子微一个大礼啊。"

毕方连忙化为人身，身后羽翅展开，将楚璠拦腰抱起。她还晕着，面色苍白，鬓上全是冷汗，丝毫没有要醒的样子。

毕方看她这样，更是气到极致，抬起头，双目含着怒气，一字一顿道："长老，你是要和先生为敌吗？"

轩辕长老脸上挂笑，丝毫不觉得自己有错："鸳花现世，他就只吸了几口血，哪有这样的妖主。待他取了这女子的元阴，吸食完精气后，仙骨封印又能奈他何？我不过是帮他罢了。"

"你真是疯了！"

轩辕炙冷笑两声："毕方，你真是和他待久了，也养了一副人族性子。"

现在时间紧急，毕方抱紧楚璠腾空而起，临别放出一句："等先生醒来，无论如何，这笔账定要与你另算。"

"什么处罚，尽管来便是，只要他恢复妖力，好生生坐着那妖主之位，我当然不会有二话。"

轩辕长老眯起眼，又"呵"了一声："真是不懂老朽苦心。"

楚璠是被毕方半路摇醒的。

她睁开眼睛看到黑蒙蒙的天，心陡然一沉，连忙问："子微道长如何了？"

毕方加快飞行速度，呼呼风响中还夹杂着他的怒骂："死老头就是掐好了时辰把你送过来的。"

楚璠沉着嗓子问他："轩辕长老，或者说你们妖族，到底存了什么心思？"

楚璠不明白，利益交换罢了，这有什么不好启齿的。

毕方一顿，好半晌才回道："这并不是你该关心的事情。"

他振了振翅，仿佛一道赤色流星坠入地面。他把楚璠放下，还未等她站直，便丢下一句："先生需要你。"

楚璠掷地有声："我当然知道，我自会做好我该做的事情，希望你们也是！"

毕方粗暴地拉着她，快要走到门口之时，生生顿住，好似下了很大的决心般，回首问她："你当真愿意做任何事情？"

楚璠跟他对视着。

她细弯眉梢溶着月色，墨眸映着雪光，忽地一挑眉，竟生出几分凝然的冷肃。

"只要能救出阿兄，我这条命，都是你们的。"

毕方不知是该庆幸，还是该叹息。

“这样最好。”

退寒居深处，光芒微弱，里面隐隐有轰隆震响，力道之猛烈，令人心悸。

楚璠深吸一口气，强忍着心中的忐忑，推开门，悄悄往里看了一眼。

子微垂着头，被桎梏在玉镜之下。

他身上衣物已经褪了大半，露出光裸紧实的胸膛，昨日看到的锁链一层层缚在他身上，像是绕在白玉上的黑蛇。

子微貌若冰雪，高洁出尘。这画面残暴，却又美丽。

楚璠察觉到不对，快步跑到他面前，将手腕划开一道口子，血冒出来，凑到他唇角，可他像是毫无意识一般，湛色眼瞳一片空洞。

“道长……”楚璠问，“是要喝血吗？”

子微略微歪头，静静看着她，眼睛里像是蒙了一层薄膜，是一种淡淡的灰色，轻易让人联想到霜雪。

冰冷到没有情感。

毕方离火失控时，她只是在底下看着。

这次不太一样。

楚璠是第一次近距离接触失控的妖，她紧张到手臂颤抖，血液顺着腕骨流淌，滴滴沥沥。

鲜血没有落在地上。

空气骤然一颤，楚璠只觉得眼前有厉风涌动，锁链碰撞的清脆声荡在耳畔，倏忽之间，子微已经到了她面前，眼前就是他那清冷苍白的面孔，还有粗重的喘息。

有一条长尾从子微背后的衣袍下伸出来，上面满是尖锐的绒毛，全都偾张到几乎奓起。尾部轻甩，尖端接住血液，红白交映，犹如雪中寒梅，像有灵智一般悠然停伫在二人眼前。

子微垂着头，长发遮住眼睛，楚璠只能看见他的下半张脸，唇线锐利如刃。他张开唇，舔了舔尾尖上的血。

喝完那滴血，他抬起头，发丝顺面颊滑落，掀起薄薄的眼皮，眼珠呈现冷玉色，就这么一转，直勾勾地盯着她。

而后他又仰起头，竖瞳泛着一股妖异的灰白。喉咙滚动，好像发出了一声，类似于兽类微弱尖锐的嘶鸣。

狐耳长尾，尖牙利齿，所有被掩藏起来的、极具攻击性的妖族特征显露无遗。

还有阴郁的、令人毛骨悚然的氛围。

楚璠呆呆愣在原地。

子微看着玉镜与烛火的光影尽头，她愣愣地站在那里，眸子里倒映着他如今的脸，面色茫然无助。

“回去。”他说话了。

子微手握成拳，伴随着一抓一握，脖颈赫然浮起了刺目的青筋，那些青紫色的血管在胸膛上交错纠缠，绕着梵文封印，一路延伸至衣物深处。

他知道自己现在的样子，称得上可怖。

喉咙哑到极致，吐露的词语都是破碎的：“快回去……”

看楚璠没有动静，子微重重摔了一下锁链，高声呵斥道：“快走！”

声音很大，楚璠乍然一惊，下意识地退后了一步。

空旷的密室里，鞋履落地的脚步声如此清晰地刺入脑中。

子微缓缓低头，银白发丝下，长长的眼睫低垂，嘴角勾勒出一抹笑，像极了无谓的自嘲。

走吧，都走吧，他这个样子，吓到旁人就不好了。若是再靠近一些，忍不住把她吃掉，就更不好了。

昆仑子微，神仙一样的人物，日日夜夜受妖魄蚕食，连神志都不清明，这种事情，谁能想象得到呢。

她胆子本就不算大，看到自己这副样子，会不会害怕？

突然，阵痛再次袭来，蚀骨痛楚渗透全身，经脉里游动的血液仿佛都带着死亡的气息停滞。

子微额上全是汗，衣服破碎得不成样子，狐尾在身后翻腾，沿着墙壁寸寸扫过，遮挡的物品全被碾成粉末。

他闭上眼，脑海中全是尖啸声，好似断尾那日满目的血光，耳畔充斥着嘶鸣怒吼。

却突然，感觉脸上被轻轻触碰了一下。

干净柔软、白皙细腻的手指，在他眼前晃了晃。

“子微道长，”楚璠凑过身子上前，颤抖着声音问，“您是清醒的吗？”

子微看着她，小姑娘睁着通红的双眸，明明害怕到颤抖，却努力贴近，稍稍哽咽着问：“您是清醒的吗”。

他甚至不知如何作答。

楚璠又上前了一步。

此时此刻，或者说，当被那灰白竖瞳盯上时，她心里就已经百转千回了。

楚璠大概明白自己会经历什么，轩辕长老说了，她可能会死。

死之一字，对她而言，实在不是个陌生的词汇。说到底，她卑微渺小，能苟活至今，还有什么是不能舍去的呢？

活着，这样像行尸走肉一般活着，才是最可悲的。

子微和她对视着："为何还不走？"

楚璠摸了摸自己的脸，冰凉一片，她回答："我还不能走。"

她脚步有些虚浮，但是提着一口气，非常坚定地，慢慢往子微身旁靠拢。

她拽了拽衣领，一大截脖子露出在外，胳膊上的血也被她抹了上去，像开到极致的荼蘼花，这种姿态堪称献祭。

"道长……如果要血，没事的，快喝吧。"

她的声音很小，有股幼兽般的莽撞，只是颤抖着的声线出卖了内心的害怕："如果不只要血……没关系的，其他也可以的。"

"快点吧。"

脆弱软韧的喉管，还泛着热气，就在他眼前模模糊糊地晃着。

子微歪头，眼睫如雪洁白，吐息冰冷绵长："你不怕吗？"

我这个样子，你不害怕吗？

"我怕。"她很诚实，脸上甚至有种僵僵的冷青色，"但是您的命，比我的重要多了。"

楚璠心跳如擂鼓，说出的话语却冷静："子微道长，我要你立誓，如若今晚过去，我气血全失，化为尘土——"

子微愣怔一瞬。

楚璠突然捏住了子微的手臂，一个字一个字地加重语气："您一定要，一定要，记得救出我的阿兄。"

他这才望过来，像把她笼进了眼睛里。

楚璠扯着他的胳膊摇了摇，又问道："可以吗？"

子微轻声开口："我从不食言。"

他顿住，看着楚璠颤抖沾泪的眼睫："但是如若你非要一个约定……"

玉镜的斑驳光线，绰绰落在她的发间，子微低眸看着，看那发如松墨，像她的瞳色，一股浓郁的黑。

子微的眼前好像也变黑了。

他舔了一口楚璠脖间的血，闭上眼，声音朗朗："以心为盟，以血为契，昆仑子微在此立誓，绝不辜负楚姑娘所托。”

这是妖族至诚的血契。

话音将落，楚璠突然站直，直接勾住了他的后脖颈，这么一捞，脖子上的血液就恰好对上了他的唇。

手掌触到的肩膀，宽阔有力，楚璠用力握紧，指尖泛白：“谢谢您。”

子微歪头，鼻端是温热腥香的血液，他险些控制不住自己。

他还不想就这么糊里糊涂地、完完全全屈服于欲望。

子微几乎有些混沌了，可一条条尾巴还记得拥住她，方才躁动翻腾的狐尾缓缓移动着，几乎瞬间，就将她拖起来，下一刻，修长的身躯便重重压在她身上。

那些锁链就像已经枯朽到极致的木头，一下子就碎成了渣。

这些东西其实根本就挡不住他。

楚璠呼吸不上气，尽量让自己放松：“道长……”

她话没说完就被压住，双手也被狐尾架起来，束在头顶，子微将脸埋在她脖子里，双手牢牢压住她的肩膀，声音似呢喃：“因果……因果。”

“楚姑娘，该我问你了。”

楚璠茫然睁眼，玉镜下清光湛湛，使得这一块区域非常清晰。

毛茸茸的尾巴，很热烈地从她裙角里伸进去，尾尖似钩子一般绕着她的大腿蹭着，男人的呼吸很重，极暧昧地从她耳朵里面灌进去。

楚璠不敢动弹，呼吸也很浅：“要问什么？”

“你刚说自己要化为尘土，其实并不会。”子微拿指尖轻点她的眉，“你不会死，相信我，你会活下来的。”

楚璠只是喃喃：“没关系，没关系的。”

死掉也没关系的。

子微捏住她的肩膀，往胸膛处压近：“有关系的。”

他身上冷冷的木质香很浓，松雪味化成实质一般，鼻端遍是，楚璠逃都逃不掉。这香气让她昏昏沉沉，或者说，他们两个都不大清醒。

“让我问问你，你来昆仑，是为了救阿兄，这我知道。”他手上的力气加大，吐字好像也变得艰涩，“我很羡慕你的兄长。”

“她说半妖血脉注定成魔脏污，失去理智，我便用骨当冠，以血肉铺道，我要让她知道，她是错的。”

“昆仑子微是仙妖二界之尺，他不能有罪。”

楚璠的肩膀微疼，她突然在此刻明显地感觉到，子微道长的脆弱。

“您的母亲？”

“是的。”他在低叹，也在笑。

紧接着，子微反问：“你相信我吗？”

楚璠点点头：“子微道长，所有人都相信您。”

“不，我只问你，你相信我吗？”

明明是他的鸳花，如此赤诚的情感，即便只有一点，那也够了。

“你是我的吗？你是唯一一个，属于我的吗？”

子微压着她轻吻，从耳根吻到脖颈，拿齿尖抵在她的肌肤，下面是淡青色的血管。

楚璠被他衔住脖子，一丁点儿都不敢动弹，满目都是长而巨大的雪色狐尾，又痒又厚，她往外退，挤得往后塌下去。

他还没开始吸血，就好似已经把她整个人都吞吃干净了。

那些雪色的尾巴，尾尖上带着淡淡的光，锋利又柔软，暖和地粘在肌肤上。剩下的几条，就那么裹着她，用绒毛暧昧地摩挲，贴着她的腰滑动。

子微贴着她脆弱柔软的脖子，只蹭了蹭，哑着嗓子，声音还透出些怅然：“你是来救我的吗……”

楚璠的心口跳了跳。

“是的，子微道长。”她听见自己这么说。

子微低头看她，他露了妖相，连睫毛都是白色的，纤长柔软，目光湛然。缓缓睁开眼时，有一种霜雪般的剔透感。

这就是天山狐，无人能及。

楚璠在这种时刻，恍惚听到了外面风雪的低吟，更近些，是衣衫间隙的环佩叮当，他的长发落了自己满身，耳畔是二人交错的呼吸。

还有一句，很低很淡的：“谢谢你。”

子微放在她肩膀上的手臂松了一松，他慢慢贴近她，用手扶着她的额，从眉心亲至脸颊，而后又滑过鼻尖，直到下巴，最后才浅浅印上去一个吻。

一个温柔而细腻的吻。

子微压着她吻上去，用唇齿堵住她的舌尖，很细致地亲吻。楚璠偶尔喘不过气，发出几声呜咽，压抑到极点，又细又轻。

他慢慢地将牙尖刺入她的唇角，一股鲜甜的血腥味儿涌了出来，在二人唇舌之间弥漫着。他喉结一直在滚动，慢慢地吸，一声一声的，暧昧极了。

过了很久，子微松开她，最后一滴血还未来得及咽下去，从唇角渗出来，然后滴进下巴凹陷的美人沟里。

楚璠知道他不会停下来的，就像自己身下的那些尾巴，已经紧紧绕着她的腿缠了很多圈，越来越紧，越来越热……

她一个女子，虽然不怎么通人情世故，但是也并非愚蠢，她意识到了要发生什么。

楚璠顺从地接受着。

她甚至努力控制自己不要发出声音。

衣服被向下推，慢慢露出锁骨。

子微顺着她的唇亲下去，一寸寸向下，然后又刹那间顿住。

他喉结滚动的声音很明显，湛蓝的眼睛直直对上她，声音喑哑："楚璠姑娘……"

他眼眸的薄霜褪去，如清亮的蓝星，指尖微凉，但是身体还是热得惊人，能把人烫化了。

冰凉的指腹贴在腰侧，只是轻轻握着，他低低道："对不起，可是还不够……"

她似乎能看见那双幽蓝眸子里自己的倒影。

楚璠伸出手，覆在他面上，感受到手心有睫毛扫过，她声音颤颤："道长，可以别……别看我吗？"

子微垂下眼睫，仿佛好好思索了一会儿，最终弹指熄灭灯火，就连发光的尾尖也被控制着黯淡下来。

室内一下子陷入了岑寂的黑。

他又俯下身，吻着她的锁骨，安抚似的："看不到了，好不好？"

虽然视线里一片漆黑，可楚璠明明还能感受到，他的视线从自己的身体上滑过，停留在胸口正中。

好狡猾。

明明只有她看不到了。

"我会稍微轻一点……"他道。

身下的女孩儿很明显地瑟缩着，发出了几声无助的哼呜。

让楚璠难挨的其实不是被亲吻。

她感受到有条尾巴已经到了她的膝盖处，过分地揉搓肌肤，裙角被顶起来，那尾巴的绒毛太黏人了。

她双眼泛红，鼻尖酸了酸，终究是涌出几滴泪来，她小声哭着，抓紧了子微的长发："尾巴，尾巴……"

“尾巴在动，它在动。”

子微愣了愣，好一会儿才明白她说什么：“抱歉……我没控制住……”

“它以为你喜欢的……”

楚璠闭着眼，感觉膝盖处的长尾滑开了，她好不容易松口气，掌心瞬间就被一物塞满，她吓得差点甩开，一怔后，才发现是那条尾巴。

“它好像喜欢你，你可以摸摸它。”子微安慰她，柔声说，“不要怕。”

楚璠整张脸都红了，从耳朵到脖颈，耳垂也泛着薄粉色。

子微凑过去吻她的耳垂，轻声哄她：“摸摸它，楚璠姑娘。”

他怎么能用这种清越朗润的嗓音，说出这些话来。

那条尾巴很乖地待在她的手里，偶尔轻微动一动，细软的绒毛刮过掌心，很温暖，也很舒服。

楚璠渐渐不怕了，手指微微一拢，顺着尾巴摸下去，子微被她这么捋一下，几乎控制不自己的喘息了。

一念之间，别的尾巴也凑了过来，卷起她的腿，从膝弯处一拉。

子微看了一眼楚璠，她握着毛茸茸的尾巴，一双眸子微睁，只是看起来有些紧张，并没有拒绝之意。

她只是承受着，就像他承受自己的血脉一样。

子微极力控制自己的力气。

楚璠感觉自己连腰椎和肩背都窜起一阵电花，头昏脑涨，什么都看不清了。

他紧追不放，热意汹涌。

他们都没有机会退却了。

风雪在敲打墙壁，甚至还有锁链的震荡声，无休无止，把所有的罪恶全部带走。

子微像是感受到了那些鸳花枝柔软地缠上来，然后密密层层地包裹，一丝光芒都不曾透出，他们在最黑暗的环境，做着更黑暗的事情。

触感和嗅觉清晰到了极致，更何况二人还靠得这么近，她下巴靠着他的肩膀，那些丝丝缕缕的发便随着动作黏在她脸上。

楚璠嗅了一下，很清淡的松雪味儿。

那些尾巴就绕着她的腰盘缠，勒上了楚璠的脖子。

她差点以为自己要被绞缠而死，就像落入蛛网的小虫，被细丝一道道黏上，浑身包裹，最后窒息、死亡。

然后再被吃掉。

子微的瞳孔更加幽深，像是沉寂的海，终于迎来了一场盛大的狂风暴雨。

不过她是哭吟，他是喘息。

他喘得很闷，从喉咙里冒出来的嗓音，气息扑在她耳垂上，搔得楚璠很痒。身上全都是汗，发丝缭乱地贴在面颊上，像是从水里捞出来似的。

他脖颈的青筋似乎隐隐鼓起来，眉头压低，丹凤眼上扬，拉出一道深深的褶，眼角匀着薄红。

周围空气仿佛都变得黏稠。他几乎毫无理智，血液激涌，控制不住自己，视线里蒙着一层血腥的红。

直到听到楚璠微弱的哭声，这些恐怖的画面才逐渐淡去。

“道长，道长……”

他刚刚的喘息声让她害怕。

楚璠抓住他的肩背，没有忍住，哭着用指甲抓刮了好几下，眼泪滑到他的锁骨窝里。

漆黑一片的屋内，只有二人的呼吸，混着鲜血味儿，暗流涌动，滚烫而热烈。

铺天盖地的，像是要濒临没顶。

楚璠大口喘息，身体里的力气仿佛被抽空，浑身冰凉。她在这一刻，无比真实地感受到了死亡的气息。

仿佛置身深渊，又被一个声音给抓了回来。

“醒醒，接受它。”子微贴近她的额，眉心红痕微亮，他在楚璠耳边低语，“跟我念。”

楚璠睁开湿透的睫，看到漆黑暗色里，晕开了淡淡的蓝光，映出他锋利而清逸的下颌。

“天清地浊，天动地静。上德之体，抱元守一。”

楚璠跟着他重复，慢慢感觉到身体不再痛了，痛的是手腕。

一丝一丝的，像是什么从血肉里破出。

她强撑着倦意，抬起来看了看，发现手腕内侧抽出了细如发丝的藤枝，还在腕骨处开了一朵小小的、发着光的花。

是他们之间的联系，是鸳花。

楚璠抬起尖瘦的下巴，目露惑色：“子微道长？”

“是鸳花。”子微圈住她的手腕，轻轻拿指腹触了一下薄软的小花瓣，他施法将鸳花压回去，“若是它再长长，你便能聚灵筑基了，不要让旁人看到。”

楚璠微讶：“要多久？”

子微略思索会儿，道：“你勤加练习，便不是难事，若再遇到顿悟突破，也不过是一月的工夫。”

这是楚璠做梦都不敢想象的事情，她很惊讶：“这么快吗？我居然……真的还能筑基。”

子微皱眉，试探着问道：“怎么了？有人说你不可以吗？”

“我资质很差，阿兄……还有身边的人，都是这么说的。”她一边说着，一边觉得有种很诡异的拉扯感。

“别……别动。”子微很无奈。

楚璠愣住了，懵懵懂懂的。

身后的狐尾依次游移过来，垫在她背后，又把她推了回去，正好靠在子微的怀里。

他先前露了妖相，不只是眼睛、尾巴，还有狐狸种族的特殊生理性——成结。

她不通人事，所以才一点都不懂得。

子微并不想告诉她，这姑娘胆子看起来实在不大，若真让她看见，不知道要怯到何种程度。

罢了。

“楚璠姑娘，今夜就歇在这处吧……”他擦干手指，稍微整了下衣衫，将她揽起来，一同躺下，“你先睡吧。”

楚璠本就头昏脑涨的，在黑暗中静静睁开眼。她不知如何面对，只能往怀里抱了两条尾巴，很软和。

她今天经历了太多事情，各类繁杂信息涌入脑海，等到真的躺下来休息，却久久不能平静，甚至有种奇妙的愣怔感。

“我居然，还活着。”楚璠摸上了自己的手腕。

蜀山中会有一些高门贵族的天之骄子，他们身旁都伴着随侍，也不乏炉鼎。她看过那些可怜女子，脚步虚浮，印堂黑暗，如蒲柳一般，倏忽间就没了性命，最后的结果就是被扔在后山。

她原以为，自己的下场也是这样。

可自己不仅灵力充沛，甚至还有了可以修炼的能力。

子微将另外几条狐尾盖在她身上，凑近看到她不停颤抖的睫毛，轻声问：“在想什么？”

楚璠仰躺着，有些出神，二人发丝交织在一起，像沁凉的雪，蒙蒙散了她一脸。

子微道长的头顶，有一双很好看的狐耳，然后她的视线往下拉，看见他脸上略微担忧的神情。

楚璠道："遇到您，我很幸运。"

子微将下巴埋在她的颈间，尾巴的绒毛又长又密，她被熏得温温热热的，身体越来越疲惫，呼吸也越来越淡，沉沉睡了过去。

所以没有听到，他温柔的一声："我也是。"

窗外飘雪，梦里却不似冬夜寒冷，可能是因为子微道长的尾巴太暖，她贴着茸茸雪毛，回忆起了那年的冬日。

楚国的冬天也有暖阳。

但是楚瑜从小身子弱，不到九月就要发病，阁子里银炭"毕剥"响，屋子烘得热，兽炉中的袅袅香烟浓郁。

她往年都活得糙，这么精致起来反倒不适应。楚瑜躺在座椅上，闭着眼小憩，她就蹲在书桌下面悄悄打喷嚏。

"阿嚏""阿嚏"的，一声接一声，她胆子小，不敢放声喷，怕遭人嫌弃，用一条白手帕死死地捂住鼻子，闷得眼睛都红了。

他们那时候认识不到几天，小皇子话少，楚璠自觉愚笨小家子气，怕开口出错，他们之间没什么交流。

楚璠那时想，得安静点，听话点，再乖些。

皇宫里处理尸体很不好看，鸡鸣声刚起，草上还带着露珠，宫道上会响起车轮声，"辘辘"的，像人头落地时发出的声响。

她在冷宫时，每天都会听到这种声音。那些尸体大都是随意扔到外头的乱葬岗，若得了病，便只能火化。

楚璠不太想成为其中一个，她不想直到死了，还被锁在这一眼望不到头的皇宫里。

屏风外，一阵风袭来，宫女棠香进来送药，檀香味儿混杂着浓郁的药香，楚璠更受不住了，站起来，往外挪了挪。

没料到就这点动静，却把棠香吓了一跳，瓷盏碎了一地，热腾腾的汤汁溅落，满屋都是苦涩的气息。

这寝殿在以往冷冷清清的，没半点人气，宫女都忘了有个新来的小公主。

楚璠和宫女都愣住，宫女深吸口气，率先"咚"的一声跪下，颤颤巍巍地等着主子发难。

"太……太子殿下，奴婢该死，奴婢实在不知，九公主也在此处。"

躺椅上的人没说话。

楚璠抓紧自己的衣袖，也跪在地上，头伏得低低的，只道："我错了。"

于是宫女又磕头："奴婢方才进来，九公主突然动弹了一下……"

日头透过雕花的窗棂，洒了点点碎影，楚瑜撑起身子，俯视着她们，半张脸的轮廓都晕着光。

"不过是一碗药，日日夜夜地灌，没个用处，一个二个还都跪了。"

少年人最有朝气的年纪，他嗓音都是虚的："收拾收拾屋子，滚出去。"

楚璠差点以为这说的是自己。她刚抬头，就看见小皇子颔首："你过来。"

他下了椅子，目光扫过桌案，没说话，只是蹙着眉尖，先把兽炉里的烟给灭了，姿态甚美，形骨都像琼林玉树。

宫女收拾完屋子，默默退了出去。

楚璠在边上站着，小声说了一句："太子殿下。"

楚瑜看着二人之间的距离，笑意渐深："听不到。"

楚璠又往前挪了一小步，声量往高了蹦："太子殿下！"

可一凑近，他身上的药香和书墨味儿混在一起，更加浓厚，楚璠拿帕子捂鼻，又重重地不停"阿嚏"。

她打着喷嚏，楚瑜却在旁边笑起来，待楚璠缓了过来，他甚至因为笑得太多，牵到心肺，化作剧烈的咳嗽。

楚璠有些不知所措。

这个小皇子，面容苍白，乌眉浅浅蹙着，咳得脸颊泛红，浑身都跟玉雕似的，脆弱易碎，又漂亮惊艳。

这其实是他们头一回离得这般近。

楚瑜平复以后，看她傻愣愣的样子，嘴角抹开一丝浅笑："刚刚叫什么？"

楚璠回道："太子殿下。"

"你把自己当什么？"楚瑜摸了摸她的额头，笑问，"当奴婢吗？"

他的手常年抱着暖炉，连指尖都有热腾腾的余温，楚璠动了动喉咙，小声道："我觉得挺像。"

楚瑜坐在桌前，以手撑额，抬眸时不经意掠过她的眉眼。

"油嘴滑舌。"楚瑜先是笑她，又叹了口气，道，"怎么说也是个公主，怎生成了这副样子。"

楚璠垂着脑袋，不怎么敢说话。这一天一地的，她可从来不觉得自己是公主。

他突然道："看我。"

她身量非常矮，楚瑜坐着也比她高。

楚璠抬头，正对上一双乌黑的眼，他扬手抚上了她的脸，揪着不算圆润的脸颊肉捏了捏，打量片刻，疑惑摇头道："怎么和我一点都不像。"楚瑜有点犯难，"小姑娘长得——有点丑。"

楚璠突然瞪大双眼，遮掩不住一脸受伤的神情。

"好吧好吧。"楚瑜笑得温润，"看眼睛，还挺像的。"

他在桌上摸了个蜜饯，哄小孩似的："这个是甜的。"

楚璠吃了糖，也算得了好处，纠结很久，想叫皇兄，可就是说不出口。

她后来才知晓，世上有个词，叫云泥之别。

楚瑜身姿清雅，身板挺拔，他站起来，缓缓推开窗，冷风夹杂雪末瞬间一拥而入，吹散了屋内的浓郁药香。

其实这个场景，楚璠记了很长一段时间。

风大，窗纱微拂，楚瑜转过身，墨色发丝和腰间流苏晃晃荡荡，玉佩振出轻鸣，他睫毛好像沾了雪末，湿湿的。

黑褐的眸子，像水中琥珀，这么一弯，笑得也浅。

"以后要记住了，该叫我阿兄。"

——阿兄。

第四章 兄长

楚瑜毕竟是楚国最后的血脉，唯一有资格成为皇储的人，又生得聪慧异常，过目不忘，自是尊贵万分。

可他实在太过病弱，不过十三岁的少年郎，文雅俊秀，却沉积了一身暮气，大多时候，都没什么精神。

只有在看到楚璠时才会带着点笑意。

连她自己都不知道为什么。

楚璠年幼也就罢了，整个人还瘦骨伶仃，像个病猫崽子，照宫里的人说，她这样的长相，一看就是没有福气的。

命薄，能活到现在实属不易。

楚瑜特意吩咐太医，滋补汤药要熬双份，连吃食也都是夹杂着药膳，一日不停，亲自盯着她灌下去。

她体内沉疴不少，得慢慢养。

楚瑜除了躺在椅子上晒太阳，更多的时间是看书下棋，偶尔看累了，就对着窗外出神。

楚璠跟着他一起望，外头绿梅开了，一大片的玉砌雪雕中，梅花枝丫虬曲，结满碧色花朵，一瓣瓣绕成团，像撒了白糖的青团子。

她最近被管着，不能吃腻的，只能略带羡慕地道一句：“好香。”

然后又看了看手里黑漆漆的汤药，皱着眉，狠提一股气儿，“咕咚咕咚”灌下去。

“怎么看什么都像吃的。”楚瑜捏了捏她的脸，喂了颗蜜饯，看她馋得狠，就又喂了块糕点。

楚璠年纪小，腮帮子被塞得鼓鼓的，也有几分憨态可掬。

“这么能吃……”他不自觉地笑了一下，“还不长肉。”

而后摇摇头，叹道：“可不能再吃了，积食。”

楚璠看着那盘糕点被宫女拿走，目送一会儿，很可惜地点点头。

这个年纪的小孩儿，大多都喜欢闹腾，得不到东西就要哭，她安安静静的，什么都可以干，乖顺得不像话。

能猜到往年过的都是什么日子。

这深宫里，很多人过的都是这样的日子。

视线往下落，她蜷起的指头，裸露在外的手臂，也是羸弱枯瘦的。

楚瑜捏着她的脸，触手之处软糯温热，他不舍得松，时间久了，甚至有些出神，也不知道在想些什么。

直到一点冰冷洇在指根，楚瑜倏地看到一滴眼泪，抬了眼，才发现她的侧脸被自己捏到发紫。

分明没使力气，只是未控制而已。

有时候会这样，力气总比普通人大一些，可怪力乱神的东西，会被称作怪胎，这等秘辛，只有母妃和他自己知道。

楚瑜一怔，抹掉她脸上的泪，颇为愧疚：“别怕，阿兄错了。”

小姑娘仰着头，眼眶生红，泪蒙蒙的，眉目间隐有怯意。最令人暗叹的是，即便如此，她也没发出一点泣音。

楚瑜更觉心酸，把小妹妹抱在怀里，摸上了才知道，原来也是有肉的，团子一样的女孩，糯糯的像一坨软酪。

少年生涩地哄了很久：“是阿兄错了，往后再也不这样了……”

楚璠还是只掉眼泪，捂着脸颊，不怎么说话。

“给你吃好吃的？”少年看这个不成，挑着桌上奇巧玩具，“磨喝乐、七巧板、小纸扇，这儿还有皮影戏呢。”

他捧着小东西在小妹妹眼前转悠。

这都是他让宫女搜刮来的，只是楚璠没有动过。

其实照以往，楚璠自个儿哭一哭，没过多久也就罢了，可突然有人念叨着、劝着、哄着，眼泪却像止不住一样，哭得更厉害。

她揪住楚瑜的袖子，一直不松手，他身上的书墨香和药味儿，直蹿进鼻尖，熏得人眼睛酸。

楚瑜没法子，略一思忖，在桌前摊开一张纸，画笔涂抹纸张，发出“沙沙”声响。

手指弓起，在纸页上轻轻一按。他画了一张小像，年画娃娃一般玉雪可爱，眉眼依稀可以看出是楚璠的样子。

日光筛下的斑驳光影落在上头，画帘轻晃，纸面上的眼睛恍惚缀着光，一下子就有了神采。

楚瑜搁下笔："这个怎么样？"

她垂着头，扯了扯他的宽袍，过了好久才道："这个太好看了，不像我……"

楚瑜佯装愠怒，眉毛抬高："谁说的，你就长这样。"

小妹妹脸上还挂着泪珠，楚瑜用指腹抹掉，又熟练地拉开桌柜，取来一罐药膏，给她轻轻擦拭。

"姑娘家可不能留印子。"他取笑道，"本来就不是很好看了。"

药膏抹在脸上，又痒又辣，楚璠回过神，怔怔望着他。

"以后还会吗？"她嗓音像幼莺，甜中透着一股涩，"以后不要这样了好吗？"

她以为自己是故意的，楚瑜心中一沉。

"疼吗？"他含着疼惜，揉揉她的鼻尖，"以后不会了，我保证。"

"来给它落个名。"楚瑜揽她入怀，看着那幅小像，放低声音，"妹妹小字叫什么？"

楚璠看着那光彩照人的年画娃娃，怔怔开口，目光无神："阿娘唤我……烂货。"

楚瑜攥着笔，把掌心掐到泛红，强忍着，没有展现出怒态。

多亏那个女人死了。

"给你换一个。"他笑了笑，极力维持平静，温声问，"想要什么名字？花、木、雨、雪这类太飘浮，让我好好想想。"

柔、婉、惠这类都淑美，可是太温顺了，楚瑜私心不想要这些。

突然，袍袖又被扯了扯。

"跟你一样。"她小声道，"想要跟阿兄一样……"

楚瑜道："我的名字，也不好。"

她坚持："就想要像的。"

心神一转，楚瑜落了笔："那便叫璠吧。"

瑜和璠，皆是美玉，是君子之佩，玲珑剔透，意义深远。若说出个不好来，也就是易碎罢了。

没关系，反正他也能护着。

少年伏案书写，在画纸右侧落下名字，如行云流水，字迹清晰端正。

楚璠在旁边巴巴地看着："这是我的了吗？"

"是你的了。"他捏了捏女孩头上圆圆的发髻，"璠璠，以后你的小字，就叫璠璠。"

楚璠年幼懵懂，以往都是赖活着，可若旁人再多施舍些善意和关怀，她怎么会不接受、不欢喜。

她做了皇兄的跟屁虫，整日像个小尾巴一样在楚瑜后面叫阿兄。

楚璠气色渐好，皮肤莹白清润，头发茂密乌黑，缠了两道红色丝绦穗子，风吹微晃，轻盈俏皮。

小丫头声音脆，一声一声的，清甜热闹。

楚瑜不捏脸了，喜欢勾着她的垂绦在指尖绕。

她跟在楚瑜身后，每日抱一个花墩，乖乖爬上去，趴在书桌上，大眼睛滴溜溜转，看着阿兄读书写字。

璧水香砚，澄心堂纸，这些味道比花还要好闻。

她满足得打瞌睡。

可后来……后来，难得一场好梦，又很快被撕扯得七零八碎，纷纷杂杂。

闷雷响彻云霄，马蹄踏碎皇宫，路上尸体横陈，连观音土雕像都被哄抢。

楚瑜躺在污血里，满身泥泞，他从尸堆里爬出来，脸上没有一丝神情，血液顺着眼角流下，令人胆寒。

血液淅淅沥沥渗入土壤，他艰难地挪着步子。

这是暗夜，寒星夹杂薄雾，秃鹰在空中盘旋。

楚璠阵阵心悸，凉风灌入衣袖，忽然又见画面陡然反转，是蜀山仙岛春光，云雾缭绕。

仙山灵气充裕，灌入她的体内，却像是风漏进破洞，她喉中嘶哑，经脉痛苦不堪，每一处都像被利刃割绞。

恍惚间，楚瑜掐紧自己的肩膀，眼底是红的，逐字逐句，命令道："楚璠，睁开眼睛，活着，给我活着。"

各式各样的东西被喂进嘴里，灵丹妙药，仙族瑰宝，不管多庞大的力量，到她身上都显得那么徒劳无益。

楚瑜近乎嘶吼："不许死！璠璠，醒着！"

可她困了。

迷蒙中，看到许多凌乱斑驳的日影，倒映在窗帘上，木雕檐角，恍然有剥落的旧皮。

很像旧时的冷宫。

她开口，想跟阿兄说“对不起，不能陪你了”，却提不起一丝力气。

直到一丝丝细嫩的花藤被送进口中，这东西，似乎在心脏里扎根，沿着血管壁攀长，懵懂地圈在手腕上。

花藤浅浅勾勒手腕内侧，又小心翼翼散发着灵气，楚璠在那时，感受到了另一个人的心声。

他好像很难过，和她一样，心是沉寂的，一直说着对不起，又在道谢谢你。

她浑身酸痛，摸上了自己的手腕，那股热意从四肢百骸运转，直直流入心腔，楚璠全身闷汗，身体往侧一翻——

醒了。

密室中没有灯烛，黑暗里，唯有明明灭灭的湛蓝清光，像林中萤火，她开始吓了一跳，凑近才发现，原来是子微的尾巴。

悠悠荡在床沿，还有两条绕在她腰身上，毛长而厚实，她这才突然发觉，方才应该就是被它们给闷醒的。

尾巴绕着玉床慢慢游走，圈住她的腕子，越收越紧。

楚璠抬高手臂，吊着两条尾巴，满脸惺忪迷茫。

这下彻底醒了。

贴在脸上的一条尾巴，冲她摇了摇。

她微微愣住，下意识仰头，看见旁边的子微还是合着眼的，便松了一口气。

没有昨夜那种黏腻的感觉，应是睡着后被收拾干净了。只是还是很痛，酸酸胀胀的，几乎快没有知觉。

看她出神，毛绒长尾尖端一弯，又轻戳在她大腿上。

这些尾巴，真的比子微道长本人要热情很多。楚璠用手指摸了摸尾尖的绒毛，眼前虚影一晃，好几条尾巴都蹭了过来。

楚璠有些不知所措，只得一个个地撸过去，突然发现了不对劲的地方……

一夜之间，尾巴变成了八条。

他的功力应该恢复了很多。

楚璠潦草地拨开尾巴，揉了揉脸，沉默两息之后，试图努力放松自己，再从玉床悄然下去。她在这里总觉得不自在，还是自己一个人待着比较好。

她腿都是软的，脚步踉跄，几乎是扶着墙走到门口，经过客房时，想了想，又怕昨日之事重现，便将桌上的昆仑剑抱在怀里。

打开房门，正好碰到了候在门口的毕方。

毕方明显是待了一夜，靠坐在墙角，睫毛上覆有霜雪，看见她出来，立马站直身子：“先生怎么样了？”

楚璠歪歪头，想到那条多出来的尾巴，道：“应该很好了。”

毕方放下心来，沉默了会儿，脸上带着些歉意：“我族长老已去领罚了，昨日之事，是我们对不起你。”

本来就不知到底该怎么面对楚璠，现在更尴尬了，毕方努力站直身子，平视前方，还是觉得有些心虚。

楚璠点点头，面容依然是淡淡的，突然开口：“吸血和被当成炉鼎，应该是后者更有用些吧。”

毕方微愣了一瞬。

“话虽如此……”他挠了挠头，有些尴尬，“可先生不喜失控，也不会强求于人，应是从没想过用这种法子的。”

“可以的。”

毕方差点以为自己听错，怔了好一会儿，又听她重复了一遍：“只要能让道长快一点恢复，都可以的。”

楚璠说得很诚恳，毕方却忍不住看向她的颈间。

青青紫紫一大片，甚至还有些尖锐牙印，顺着雪白的脖子蔓延，罂粟花似的，一直开到锁骨，不知道内里是什么光景。

毕方有些无言，他甚至难以想象，原来如清风明月的子微道长……在这种事情上，竟也和普通男人一样。

甚至，比普通人更没有节制。

毕方语气略含怜悯，对她道：“你需要些什么吗？”

“嗯？”

“比方说衣服用具，或者吃喝什么的……”

楚璠看了看自己不成样的裙摆，点头说：“谢谢，要衣服，吃食的话，我不忌口的，放在房外就好。”

毕方真的觉得她挺好养活的，比族中的女眷好伺候多了，他也不多话，表示自己知道后，便转身化鹤腾空而去。

他在云端绕了一圈，几番思索后，又停下来，兜兜转转，最后敲开子微的竹门。

昨日的事情，说到底是他们轩辕之过，长老虽然在诫厅候着等待处置，可他也得来问问先生到底是怎么想的。

现在的妖族，已经不像从前了。

他得离火传承之时，曾在妖魄中，窥见妖族战乱的记忆。嗜血、怨念，好像是深深刻在所有妖类脑内的本能。

黑暗森凉，弱肉强食，到处是厮杀和死亡，鲜血浸满每一寸土地，大妖高举统治旗帜，弱小者只能被支配，他们和魔族没什么两样。

只是氛围环境如此，妖族只能走上这样一条路。

天下崇尚仙道，正派又要诛妖，你说自己没有作恶，好呀，他们哪会听？

剖了妖丹，再取血液，连筋骨皮肉都可以当作炼器之材，再扣上“奸诈残暴”四字，人修的所作所为就变得合情合理了。

正与邪，究竟如何界定，毕方至今还不知晓。

毕方只知道，自己这一辈子都和火焰息息相关，出生便伴有讹火，在哪里出现，哪里就会燃起野火，凡人说这是灾怪，妖兽也避他三尺。

他没有杀过人，也被当成是恶妖。

不过一方是厌恶，另一方是惧怕。

纯正的祖妖血脉，又是轩辕神迹，含异兽之精，年纪尚小便如此，以后定然是个张狂无度的大妖。

他刚出生时，所有人都是这么想的，连毕方自己都这么觉得。

直到子微出山。

毕方记得那年，他甚至还未化形，山海关分割阴阳，阴在妖域，阳承人道，两者之间大大小小的摩擦不断，妖族自身更是内讧不休。

夜间黑暗幽深，妖都弥漫起滔天大雾，黑沉沉透不过一丝光亮，断壁陡峭耸立，残垣上尽是紫红色的血，被黑雾吞噬，泛起沾满锈迹、像是猪肝色的红光。

那间隙若隐若无的影子，或高或瘦，在黑暗中屏气不息的，都是战争之后活下来的妖。

已经战胜的万鹏王，从黑雾中飞了出来，尖喉冲破妖群，炫耀一般展开了自己华丽巨大的双翅。

他绕着妖都飞了整整三圈，突然往下疾冲，在石壁中叼出了一个残存的尸体。

一具庞大的妖尸从他嘴里吐出来，“哐”的一声倒在地上，胸腔妖丹隐在其中。

万鹏王哈哈长笑：“这是吾赐予你们的血肉，吃了它，和吾共赴盟誓！”

周围的妖眼中爆发出令人难以理解的红光。

黑暗中，血肉被疯狂撕扯，炸出一串串暗红雾气，那妖丹被同类吞噬殆尽，抢夺中还伴有尖啸，他们争先恐后，密密麻麻，身躯犹如鬼魅，额上的妖印几乎变成了黑色。

轩辕族承接黄帝一脉，已经追随过两任妖主，自古就是王者的使臣，从不干涉，也并不参与。

他们展开了巨大的防护罩，族中子弟林立其中，只是沉默，冷冰冰地观察。

长老也强行让毕方看着。

长老扒开毕方的眼皮，制住他的羽翅，根本不理会他的挣扎动弹，强硬到不容置喙，让他直观这个人间炼狱。

这才是妖界的守则，这才是最直白坦诚的一切。

轩辕炙扬了扬手，正要带着弟子高呼："恭迎妖——"

突然，狂暴的呼啸声传来，天边扫出一道强横灵气，远处有一个长而曲折的巨影蜿蜒落下，顷刻之间，气氛陡然变化。

想要成王的太多了，站在权力顶端，俯瞰享受众人朝拜追随，好像是所有妖的目标和方向。

这种思想自古就深深扎根在他们脑中。

更何况，自仙妖大战之后，世上已经没了真仙，若有谁可以重登妖主之座，那么，一扫洪荒，君临天下，重新制定法则的——就是妖族。

这让他们疯狂，更让他们兴奋。

"又来了一个。"轩辕炙眯着眼，施法加强防护罩，"真是急不可耐。"

荣山玄蛇，在黑水以南修炼百年，对妖主之位虎视眈眈良久。

事实上，他所选择的时机真的不错，元婴后期的强悍修为，在妖域已经算数一数二。更何况两方大妖刚争斗完毕，万鹏王险胜，已经不是最完美的状态。

轩辕少主毕方刚见世，年幼得像个崽子，对玄蛇来说简直没有一点威胁。

咆哮声震耳，巨大的蛇影萦绕在妖都上方，蛇尾漆黑，鳞片反射雪亮的光芒，锋锐到极致。

玄蛇张开巨口，一嘴森白锐利的尖牙，直冲上前和鹏鸟撕咬在一起。霎时间，天边雷云阵阵，血雨腥风。

不知过了多久，雷声仿佛震了三天三夜，直到万鹏王扯出最后一道嘶鸣，他被玄蛇一口咬上脖颈，翎羽哗啦啦掉落，在空中纷扬。

毕方终于不再动弹了，他缩起身子，看见方才张狂无度的万鹏鸟眨眼间失去性命，有一种难以遏制的冰冷。

大妖的尸体被扔在地上，玄蛇目露红光，慢慢挪动身子，冷硬的鳞片刮在石板上，发出刺耳的响声。

玄蛇直冲着妖族宝座前去。

突然，玄蛇吐出细舌，紫红舌尖一卷，回首看向轩辕长老所在的方向。

轩辕炙心中一紧，正要开口，不料玄蛇速度之快，竟是预谋已久。

守护结界被漆黑长尾砸了一个口子，轩辕长老快速移动，手中玉杖横举，和鳞片相撞后爆出明亮的弧光。

轩辕炙咬牙："玄蛇！你若想得妖主之位，难道不要轩辕一派的追随？"

玄蛇桀桀大笑，忍不住狂傲起来："我已经赢了，为何还要遵从历来的妖族古法，你们轩辕一族袖手旁观太久，如今……"

他猛然上升，以闪电般的速度往长老身后冲去，蛇尾荡开人群，层层盘绕，张狂无比："就让我了结你们轩辕一族的传承！"

厚重的威压施下，族中有同辈已经咳出鲜血，轩辕长老强力抵抗，向弟子高声道："迎战！"

玄蛇仰头，张开鲜红巨口："万鹏鸟已败！我为妖主！众妖听我之令，若谁能抓到轩辕妖兽，灵材巨宝，妖丹血肉，应有尽有！"

轩辕弟子扫了扫众妖的眼神，皆有种蚂蚁爬过脊梁的细密寒意，让人毛骨悚然。

很快，一大堆妖从黑暗中爬出，防护罩的缺口遭到攻击，漏洞越来越大，毕方被族中的师兄青隼鸟护在怀里，忍不住抬头。

长老和玄蛇打斗，眼看要落于下风，防护罩已经岌岌可危，族中弟子在和群妖不停缠斗。

玄蛇的头颅突然分化，在众人惊诧的目光下，从侧边又伸出一个蛇首，泛着黏腻的水液，刹那间张开血红巨齿，直朝轩辕炙肩上咬去。

长老往后一仰，迅速躲开攻击，却恰恰露出了后背。

玄蛇下一刻便朝这个方向腾空而起。

原来他的目标，一直都是轩辕族世代承接的离火。

漆黑的蛇尾层层盘绕而上，青隼被咬住手臂，皮肉绽开，玄蛇又趁机叼着他整个身子，重重摔向身后。

毕方刚出生，纤弱无比，连扑动翅膀的机会都没有，就已经被凉滑的蛇尾绞紧了身子。

青隼摔倒在地，捂着肩膀上的伤口，向前伸手："毕方！"

"离火……"玄蛇露出古怪的笑容，金瞳闪烁，"是我的了。"

冰冷的鳞片一点点收紧，毕方能清晰地感受到身体似乎要被碾碎，胸腔内的灵气被源源不断吸走，连最后的温度都消失殆尽。

毕方看着天边朦胧的紫红苍穹，一点一点被遮住，然后消失，视线黑暗。

“嘭！”

轩辕炙长啸一声，荡开的音波如片片刀刃，直冲玄蛇的面门袭来。

就这一瞬的工夫，青隼已经从玄蛇手中夺回了毕方的身子，血液顺着他的指根汩汩流下，每一滴都烫得惊人。

每一刻都有许多妖在死去，脚下的血液似乎都要凝固，踩在上面，能感知到那种黏稠的拉扯感。

大多数妖的脸上，都有一种近乎冷漠的沉默。

毕方甚至感受不到一丝怒意，他仿佛也可以麻木不仁了，却还是忍不住问：“为什么？”

紧接其后，他又问：“凭什么？”

为什么像是习惯了？为什么对这些大妖的狂傲乖张没有丝毫怒意？为什么妖族就应该这样活着？

他盈满了眼泪，内心惶恐不安，稚嫩的声音在颤抖。

“因为我们也曾视他人为蝼蚁。”青隼的声音低沉。

下一刻，青隼用力将他抛飞，然后利落展开双翅，化为妖身：“所以也应当做好被屠戮的准备。”

毕方回头，只看到自己的师兄，整个身体从中央开始，一寸寸爆出灼眼的光，那光几乎笼罩他的全身。

青隼声音变得浑厚，却也像往常般平静：“毕方，记得要飞去更远的地方。”

他选择自爆妖丹来重伤玄蛇。

毕方目眦欲裂地飞过去，却被轩辕炙捆住了身子，他想冲破，疯狂挣扎，锁链勒在身上剐出道道伤痕，露出白骨，最终却无力地倒在地上。

“我不要！”大颗泪珠滚落，毕方悲愤欲绝，“回来！师兄回来！”

毕方鸟是山中火精所化，天地孕育，所以根本就没有父母。在他还是颗幼蛋之时，就被族中的老老少少轮流照顾。

可是，只有青隼会在照料之余，为那颗白雪般的蛋吟唱咒歌，会用羽毛为他搭建温暖的巢穴，然后低声祝福祈愿。

这么温柔的人，现在，他说自己要做好被屠戮的准备。

毕方难以理解，他甚至因此产生了怨恨，在这庞大的妖域里，所有妖都成了因为邪恶而蔓生的血茧，生来就代表着罪孽。

为什么？凭什么？

他疯狂挣动翅膀，爪尖在地上剐出血痕：“玄蛇！我把离火给你，放了……”

“闭嘴！”轩辕炙又捂住了他的嘴，焦草的味道漫在毕方鼻尖，“你现在有什么资格阻拦别人！”

毕方身子一顿，羽翅徒劳挣动，这姿态像极了飞蛾最后一次扑翼，一种压抑的、苍白的无力。

青隼伸长脖颈，竭尽全力张开巨翅，他双翅和身躯挡住玄蛇的冲刺，翅根已经被尖牙穿透了，竹根色光泽的羽毛被血液淹没，表面像是镀了锈迹。

轩辕长老抓着毕方的脖颈，族人跟在身后，他们已经准备在此刻逃出妖域。

而正是此时，浓重血雾转眼沉积，像是突然凝固。

一阵狂风，其势如雪龙相逼，所过之处风霜弥漫。

温度飞快下降，又迅速蔓延，血雾几近凝固，在空中结成一颗一颗的红色结晶，簌簌落在地上。

玄蛇和青隼已经变成了两座冰雕，他们凝固在战斗时，甚至连青隼的脸上，那内丹爆发时的狰狞表情，依然是生动的。

地表已经染出白霜，在这种浩大的灵气威压下，所有妖的动作都变得迟缓，连抬头都吃力。

远处走来一个颀长的人影。

道袍，白发，蓝如琉璃的眼睛，霜雪长发散在腰间，他一只手垂着，另一只手端在胸前，掌心幽光溶溶。

来人神情平静，目不斜视，若不是额上的妖纹，还有身上散发的浓烈妖气，他们差点以为这是哪个仙家道士。

轩辕炙感觉到了熟悉的气息。

他瞳孔收缩，不可置信道：“天山九尾狐，你是宴虚吗？”

那个大妖的动作没有停留，他步履轻缓，走到交战的地方，青隼和玄蛇已经被牢牢冻固住。

他像是撕开一张薄纸，拆散了玄蛇紧缠在青隼上的尾巴。

“来得还不算晚。”他没有回答轩辕炙的问题，只是叹了一口气，“我是什么人，很重要吗？”

玄蛇被他施法缩成一条黑碧色的环，潦草地扔进袍袖里，他再度抬手，却是一道精妙的治愈之术。

青隼不断流血的翅根渐渐愈合，这灵力如此充沛，修为最低也是练虚之境，更令人惊疑的是，这个妖所施的咒术，竟有些类似于仙门的卦影。

轩辕炙隐隐摆出了防御姿态："阁下究竟是谁？"

那个男人先是轻笑，继而开口。

他极浅地勾起唇，声色温润，和大多数的妖都不一样，是非常端正的腔调，却没有那种高高在上且倨傲冷漠的气质。

"如果你问多年前，和妖主同归于尽的那个天狐宴虚，"他顿了顿，继续道，"那大概是……我的父亲。"

"而此刻，站在你面前的我，名叫子微。"

毕方收了思绪，站直在门外，他心中有些忐忑，敲门的手欲抬不抬，这样连续落了两三回，不多时，门闻风而动，自个儿开了。

毕方顿时尴尬无比。

刚抬头，子微已经走到眼前："你来干什么？"

毕方半天憋出两个字："先生……"

他蓝衣清逸，身姿依然挺拔修长，只是细细看去，状态算不上好，额间红痕暗淡，眉目隐有倦色。

"长老在诫厅……"

子微揉了揉眉心："我知道，一起去吧。"

他步伐略快，只是和毕方交错的时候，突然问道："方才，看到她了吗？"

毕方一个激灵，拍拍脑门："她走前没告诉您吗？天还未亮时她就出来了，估摸现在正在别院呢，要……要把她也叫过去吗？"

"不必。"子微很快拒绝，又沉吟道，"不过轩辕族是应该给她道个歉。"

毕方蔫巴得像棵菜，灰溜溜道："我道歉了……"

他讪讪地摸了摸头，神情微妙："但是，这个人……先生，我不知该不该告诉您，她……她好像根本没把昨日的事放在心上。"

子微一顿，有些缓慢地问道："她跟你说了什么？"

一阵可疑的沉默过后，毕方闷声道："她竟问我，吸血或是被当作炉鼎，应该是后者效果更好吧？"

毕方这时候才觉得鸡皮疙瘩落了一地："你说她这……人族的姑娘家，这么不把自己当回事吗？"

子微听到后，一下子蹙起眉，他目视前方，凛冽的冷风袭来，吹得袍袖翻飞。

毕方看着他的背影，欲言又止。

一路无话，走到诫厅之时，轩辕长老已经在正堂候着了。

门随风而开，空荡荡的，传来冷气，轩辕炙没有回头，只是高声笑道：“子微先生，我等你颇久。”

他正对着堂前的香烛，深吸了一口袅袅升腾的檀香，叹道：“你还是一点都没变。”

“真是像你父亲。”

轩辕炙和宴虚，曾经是好友。

他们都是天之骄子，各自占地为王，因为一个契机，二人称兄道弟，把酒共饮，那时候是何等的潇洒自在。

他们两方合作，更是罕见敌手，不说名震天下，也是称霸一方的大妖。

可后来，轩辕炙因为妖主临世，重新回到族群，他本想着继续和宴虚一同处事，可宴虚和他争论良久，最终闹了个不欢而散。

宴虚还是过于理想化，他做事太过温和良善，与人争斗都要留一线，看不惯当时妖主的残暴风格。

他们分开之后，再也没有找过对方。

可下一次听到他的消息，竟是在仙门。

宴虚和人修在一起，他甚至隐藏了自己的妖族身份，只是为了一个女子，何等荒诞，何等离经叛道。

如今，轩辕长老长叹一口气：“我一直没想清楚，如果千年前，有人能劝动你的父亲，他是不是就不会死。”

过了良久，子微回道：“那些都过去了。”

轩辕炙慢慢转身，一双眸子紧紧盯着他，然后仰头大笑：“是，仙妖大战已经过去，天魔之乱也已经过去，那都是从前了。”

他突然顿住，又问：“那现在呢？”

“天魔冲破封印，人修虎视眈眈，难道妖族又要像从前那般，东躲西藏，一辈子露不得头面？”

子微面色毫无变化：“不会的。”

他声色坚定，让人不得不信。

确实，子微当年在妖主之位不过数十春秋，却重新制定了妖族的法则。

他出山数日，却轻松打败了祖妖玄蛇，接连击退数个死死盘踞在都域内的恶妖，成为妖史上的一个新传奇。

却依旧不乏质疑的声音。

譬如，子微分明是个妖，却未显露过本相，一身素衣蓝袍，连日常结印的法术都包含着北斗星、十二辰文的道家形式。

温和清雅，蔼然可亲，根本不像个妖。

再者，他上位便实施数道命令，妖族不得滥杀，不得同族相残，不得互食妖丹增强功法，也不许无缘无故和人修死斗。

他约束妖族，增礼治，修法度。

从古至今都没有过这样的条例，人妖本就两立，若要和平相处，怎么可能仅凭他的一面之词。

可他确实强大到让人没有反驳的理由。

妖族就是这样，只有相应的实力，才能得到相应的尊敬。

子微根本不在乎旁人的计较和说辞，他更多的时间都是在尽心尽力开设学堂，亲力亲为地授道于人，几十年过去，也算桃李满门。

小妖都很喜欢他，子微治学严谨，在课教上严厉，但是私下又温柔可亲，待人宽善。

历来的妖主，不是打打杀杀就是去追逐领地，哪里有子微这样，非但不藏私，还把一身学识教予天下的？

这令他们感到震惊。

震惊之余，谁不欢喜？

不仅是山海关的妖域，连南海龙族，蓬莱仙岛，都派人来陆续向他请教。

他久无敌手，可算来算去，声望最盛的，不是凶残的力量，也并非这个妖主的名头，而是因为清正廉明、高洁傲岸的品性。

这实在是令世人生叹。

可后来，平静的生活有了改变。

魔物群起十四州，甚至比妖族争战时声势更加猛烈。

玄蛇被他封印在妖都地牢，却死性不改，暗中筹谋，他知道自己修为不济，不敢强行动手，只在妖都暗中查探，煽风点火。

甚至在天魔来袭之后，趁着子微重伤，联合诸多党羽，策反谋划，强行取得对妖都的控制权。

玄蛇发现了子微的秘密。

为何能如此轻易被他发现，轩辕炙后来想，或许是因为子微从未真的想隐瞒。

当时他们是怎么说的？在子微为了苍生封印天魔被断一尾、虚弱闭关时，他们聚在洞口声讨，振振有词，一声比一声高涨。

“他不是妖主血脉！也不是某个大妖的遗腹，他可是个半妖，卑贱的血脉，混血的怪物，怎么可能凭借杂血接受万妖朝拜？”

“他在位期间，不扩张领地也就罢了，甚至处处为人修着想，不许混战夺权，妖族千年征程都被他给毁了！”

“让他滚，让他滚！”

尽管大多数妖仍然支持子微，这些言论也极端刺耳。

玄蛇只是跳梁小丑，大家原本都以为，子微是不会在意的。

他生来具有仙骨，又含着妖族的精魄血脉，应该是世上最完美的化身。怎么会为了这几个小小虫蝇，真的轻易放弃滔天的权势。

可他真的答应了，辞去妖主之职，久居昆仑，不理世事。他简直是找了个可笑的借口，因为妖族的体系已经重新建立，所以他退得轻轻巧巧。

轩辕炙甚至觉得，他是不是根本没有想要承认自己是妖物。

轩辕炙不由得问：“那你在干什么？说自己伤重隐居，这理由骗得了别人，可骗不了我。九尾狐能有什么伤重，你分明是自我压抑，自封修为！”

“解药鸳花都送给别人了，你当真把自己的前程放在心上了吗？”

子微却笑了：“我必须要登妖主之位吗？”

“不是你，那还能是谁？”

“除了我，还有很多人。”

轩辕炙强压怒火：“子微！如果天魔来战，你的鸳花散落在外，迟迟未回，那你又打算怎么办？”

子微姿态端正：“如果南海依旧不敌，四方顶尖修士全部战败，我自会剥去仙骨，以身迎战，重新把天魔江逢封印回炽渊。”

轩辕长老又笑：“那现在，你千算万算，没有算到鸳花依旧来找你了，你要让命运帮你选，结果呢，还不是要做妖？”

“鸳花已经重新回归，妖魄早晚会吞噬仙骨……”轩辕长老踉踉跄跄地站了起来，直视他的面容，他突然惊呼道，“你没有完全恢复？甚至还把妖族的……”

元阳给丢了……

给他送了个炉鼎，这人收都不收，竟然还……还与之双修？

子微忽然打断他：“轩辕长老。”

轩辕炙愤恨地摇了摇头。

“你以为把九重鸳花散在人间，就能不做选择，即便她没有死。”轩辕炙顶着巨大的威压，继续道，“可你依旧吸了她的血，取了她的气……子微，不要再怀疑了，你就是天生的妖主！”

“无须再言！”子微眸色渐冷，“你长我千岁，我便尊你为前辈，可如今你的所作所为，已经触犯了昆仑的法规。”

轩辕长老拄着玉杖，颇为不解：“子微啊，你不要名利，不要力量，你又在等什么呢？”

子微神色不动：“世上难道只剩名利欲望？轩辕长老，你着相了。”

轩辕长老道：“如果连你都要一退再退，那还有谁能担其责？”

子微不想多说，只道：“如今南海龙脉岌岌可危，处罚往后推迟，暂时搁置。待天魔一事过去，你自去云荒清修十年，此事不容置喙。”

他转身而去，徒留轩辕炙在原地无声摇了摇头。

子微跨门而出。

毕方在外头待着，内门设了结界，他没有听到里面的争执，但是看子微的面色，也知道他们谈得并不算融洽。

他左右为难，场面一时非常困窘。

正巧这时候，子微问他：“你是不是还有什么事情没做？”

毕方忽地记起什么，一拍脑门：“我……我下山一趟！”

那姑娘还惨兮兮地等着他呢。

楚璠在屋里慢慢歇着。

她以雪化水，烧热后，把自己泡进了浴桶里，这么长时间了，大腿内侧还是酸胀无比。

楚璠眼睫半合，面无表情地继续弄着，好久才把元阳全都清理干净，或许是时间太久，水有些冰，身体也越来越冷，她连忙爬出来，缩进被子里。

眉心抵在枕间，却越发觉得不对劲起来，身体好似有冰火在翻涌争斗，半身坠入冰窖，半身犹在烈狱。

几乎是深入骨髓的痛苦，她疼得大汗淋漓，控制不住在床上翻滚起来，“啪”的一下，摔倒在冰凉的石板上。

她不由得感到恐惧，寒凉的石地，透骨的疼痛，总让她觉得自己还在幼时，被鞭子一遍遍鞭笞着。

她蜷成一团，像脆弱的小兽一样，无声哭泣着，砸下来大颗大颗的泪花。

疼，真的很疼，阿兄，我好疼。

她神志不清，抱着昆仑，像抱着白泽一样，往常这般对着白泽说话，阿兄就会立马过来。

阿兄，疼……

昆仑剑晕开一道幽邃的弧光，不过三息，便有人踏门而来。

子微越过浴桶，扫了一眼，便朝她的方向走过去。

他踏着雾光，一身广袖深衣，绣着雾青色的云纹，衣衫环佩“叮当”作响。

像剑穗在轻鸣。

楚璠朝他伸手，声音带着亲近又稚嫩的吟泣，瞬间扑进他的怀里，将眼泪抹在他的衣领上，口齿不清地唤着：“阿兄……阿兄，璠璠疼……”

那人好像在无奈地笑。

他将楚璠的下巴轻轻掰正，俯身吻上去，把血渡进她嘴里。

幽然深邃的面孔下，连声音也是温和清朗的。

“还有，你睁开眼看看，我到底是谁。”

楚璠晕乎乎地被灌了一口血，恍惚地看着他，依然把脑袋往他肩膀上凑，说话时依恋的口吻生动极了。

“阿兄，璠璠疼……”

子微被哽住似的，叹了口气，问：“哪里疼？”

楚璠主动捞起他的手，放在自己的脖子上，迷迷糊糊道：“哪都疼，骨头疼，身子也疼，被咬的地方也疼……”

她现在的样子娇憨得很，和平常大不一样，连尾音都带着软意：“你来了后就好点了，但是还是疼，骨头缝里酸酸的。”

她估摸是把他当成了那位兄长……

子微知道她是魇住了，他明明可以让她清醒过来，却没那么做，反而轻缓地问道：“是谁咬的？”

楚璠在迷糊中以为是阿兄，如实答话：“一个把我当作炉鼎，但是人很好的道长……”

子微稍稍一愣，微笑着勾起嘴角：“他咬了你，还把你当炉鼎，人还很好吗？”

她神色认真：“可是他能救你的……”

子微笑容慢慢敛去：“你夸他人好，只是因为会救我吗？”

这声音听着有点冷，楚璠把小脑瓜抬起来，似乎仔细思考了一番，最终道：“他的尾巴也很软……”

子微开始觉得头有些疼了。

他暗叹一声，鬓间玲珑玉忽现，亮起一道皎皎清辉，子微低头，那银芒便缓缓推入楚璠的眉心。

他的嗓音如寒涧幽泉一般，直直传入楚璠的脑内："醒了吗？"

醒了。

楚璠默默垂首，小脸晕开一大片胭脂红，耳朵也红透了——她不仅醒了，还什么都记得呢。

她都说了什么呢？她胆大如牛，竟敢说子微道长尾巴软……

楚璠快把脑袋栽进地里了。

子微情不自禁地用手触了触她的耳根，笑道："我没生气。"

楚璠乍然缩了一下身子，他的动作就这么停在原地。

这种尴尬的氛围没有持续多久，子微很快放手，又退开一步，保持了一个较为宽松的距离，让她稍稍平静些许。

或许昨天的事情，对一个女子来说，并不是那么轻易就能接受的，更何况，那个时候她口中的愿意，也包含着各种各样的原因。

阿兄，天魔，这些事情层层积在楚璠身上，那个时候，她除了接受，还能干什么呢？

子微看着她轻薄的浴袍，体贴地移开目光。

楚璠裹紧被子，把头垂得更低，不知道怎么回，竟说了句："那谢谢道长不生气。"

子微便又笑了。

楚璠却是依然怕的。

本就离得近，因此身体瑟瑟发抖时，他能感知得很清晰。子微稍微俯身，把手放在她肩膀上，安抚道："真的没事的。"

她除了自己的阿兄，好似谁都怕。

子微心中有些说不出的晦涩，目光一转，终究是开了口。

他俯身贴在她耳旁，声音极轻："还有，我并没有把你当作……炉鼎。昨夜授你的法诀，本是双修秘法，以男女元阴元阳相融，才可成功。"

"但是你把那些东西弄出来了……"子微顿了顿，继续道，"我便只能以血替精，让你不再受双修秘法的反噬之苦。"

他如此谆谆解释，真的是头一回。

"双修？"她紧接着问了一句，"那样会消耗您的灵气吗？"

她直愣愣的，头次大声说话，问的竟是"那会消耗您的灵气吗"。

他有些无奈和怅然，可她的目光太过灼灼，如寒夜灯火一般亮，子微顿了片刻，略微点头。

“道长，您不用为我做那么多，也不必说这么多的。”楚璠扭了扭身子，又后退几分，言辞极为恳切，“您不必多关照我，因为不管怎样，我绝无半分怨言的。”

子微是真的有些看不懂她了。

“绝无半分怨言……”子微重复念了一遍，他咬字有些慢，声音略微沙哑，“我现在倒有些好奇你那个阿兄了。”

楚璠抿了抿唇，小声道：“他救过我很多次，我们是天地间血缘最为紧密的人了。”

子微平静道：“这确实是一位兄长应该做的事情。”

不同的，楚璠知道是不同的。

皇室亲缘淡漠，楚瑜更甚，无数公主中，他只把她当作妹妹。

就像皇城破灭之时，皇后以自刎吸引敌国目光，给了他最后一条后路，楚瑜却非要拖着她这个累赘，晚一步进密道，腹部正中一箭。

那时他们相伴两年，楚璠不过八岁，楚瑜将将十五，四周全是流民，她扶着楚瑜进了一条偏僻的洞巷，第一次解开他的衣衫。

少年体魄清瘦，有种病弱的青白，鲜血冒出来，刺目极了，除了这些，还有一道道长条形的疤痕覆在上面，是陈旧的、日积月累的疤痕。

楚璠再明白不过，这些疤是怎么来的了。

是鞭子，和她被打时一样的，裹着牛筋的软鞭。

怪不得，每次楚瑜去老皇帝那里请安回来后，她总觉得他更虚弱了，远远地，能听见皇后的呜咽泣音。

她是看到那些疤痕时才明白，楚瑜在那天选了她，是因为看出他们是一类人。她无母，他无父。

子微屈起长指，点了点她的额头：“在想什么呢，你兄长？”

楚璠回过神来，后退几步，不好意思地“嗯”了一下。

子微把手臂撑在桌上，雪发透着薄薄的光，像一轮月影，净如琉璃，却偏偏显出一种慵懒：“身上还疼不疼？”

是疼的，冷热在腹部交替，一阵一阵的，但是已经好很多了，可以忍。

楚璠摇摇头：“不疼了。”

又说假话，子微目光微斜，眼睛扫过她泛着红痕的手臂。

这个姑娘的某种倔强，让他有点生气。

一阵沉默过后，她悄悄抬头，看见几条雪白狐尾从蓝袍下伸了出来，随意地搭在椅子上，尾尖轻甩。

“那便过来吧，楚璠姑娘。”子微蓝眸深邃，露了雪白的狐耳，耳尖挂着一缕银发，妖冶极了。

他额上的红痕耀眼，浅笑道：“一次不够的。”

楚璠微愣，有些犹豫道：“现在吗？”

子微半垂着眼，面色似乎毫无波澜，轻轻点了点头。

楚璠看了看四周，想上前把窗户给合上，忽然腰间一紧，一条毛绒雪色长尾圈住她的腰，将她直接卷了过来。

她低呼一声，慌乱之际，手里胡乱抓住了一条毛茸茸的尾巴。

子微用手臂稍稍捞住她不停往后仰的肩背：“别再往后躲了……”

昨日她都没有这般脸红，但正是这样不深不浅的交流触碰，让楚璠有些难以启齿的害羞推拒。

只觉得肩膀上的手很热，那温度似乎要从薄薄的布料透出来，从肩膀渗进内里，烫得人不知如何是好。

楚璠动都不敢动，挑着话题往外抛：“道长……毕方曾说过妖族体温都温凉，您，好像和旁人都不一样啊？”

“不舒服吗？”子微没有拿开手掌，“很热？”

楚璠耳根通红：“没……没有。”

她抓着一条尾巴，掌心察觉到一股微弱的蠕动，眼神乱飘，到最后彻底不知道看哪儿，心一横，索性仰起了头。

“道长身体恢复如何？”楚璠又问。

子微回应：“还好。”

又是沉默，他们二人对视很久，直到子微凤眼稍倾，看着楚璠手上抓着的尾巴，忽地笑了：“软吗？”

毛茸茸的，很粗很长的一根，在她手里格外柔软顺滑，实在是，软到了人的心里。

楚璠下意识便开口道：“很软……”

说出来才觉得不对劲。

她被自己吓了一大跳，心“扑通扑通”的，悄悄看他的面色，没察觉出这人的不耐，才放下心来。

与楚璠猜想得恰恰相反，子微心情似乎好了很多，眉梢轻挑：“那你多摸摸。”

楚璠抓也不是，放也不是，只尴尬地垂下了脑袋。

她刚沐浴完，身上是澡豆的清香气，混着女儿家独有的味道，蕴含着一股淡淡的甜。她腹部的肉尤为软一些，子微揉捏着那一团儿软脂，问她："这里真的不疼吗？"

楚璠被他摸得痒痒的，总觉得他的语气有点不对劲，沉默了会儿，诚实道："其实还是有点疼……"

他手里的动作不停歇，长指顺着腰摸下去，揉了揉小肚子："这里疼？"

另一只手也摸了过来，轻轻掐住她的腰，往上滑，声音干涩："还是这里……"

楚璠的手蜷起来，身子有些抖。

"道长……"浴袍松散，楚璠深吸一口气，稍微一扯，便把衣领松开，露出大片青涩的锁骨，"需要的话，不用这么慢的……"

她想告诉他，直接一点就可以了。

子微听懂了，但并没有理会。

他施法，真气顺着指尖传入她体内，纯度比那口血更胜，如一股股暖流般，瞬间就将她身体里的反噬压制下去，连脖子上的痕迹都消除了。

楚璠摸了摸脖颈，蹙着眉毛，低声劝道："道长不必浪费真气的。"

真气与灵气不同，难累积，难修炼，楚璠不知道他恢复了多少，总归是不想让他耗费在无用的东西上。

子微摸着锁骨的手僵了一下。

他俯身照着那个地方吻上去，声音喑哑："你怎么连这都要管……下次，不要走那么快。"

他在她下床的时候便醒了，只是不知道该怎么拦。

楚璠突然被轻吮颈间，身子不稳，两手抱住了他的肩膀，踉跄间，下巴正好碰着那个竖起来的耳朵，鼻尖触到了柔软的毛。

像是精挑细选出来的细绒，雪白剔透，一股子松雪的沁香扑面而来，她没忍住，鬼使神差的，在他的耳根处深深嗅了一口。

很软。

几乎是同时，子微发出了一声突兀的喘息。

"轰"的一下，楚璠整张脸都红了。她简直不知道自己为什么要那么做，连忙道歉："道长，我……我不是故意的。"

是……是他先用耳朵凑上来的！

子微把脸埋入她的胸口，低低喘着气，宽松的道袍掩在膝处，他眼角匀着一抹薄红，深深看了她一眼。

“你……”他好像在笑，又好像生气了，“你从哪儿学来的？”

有尾巴伸过来，圈住她的手腕，柔软的长毛在掌心摩挲。

她想退开，又被子微握住了手：“别动，摸摸它……”

楚璠鼻息间的那股细绒触感挥之不去，心中耻意更多。

她红着脸把手放上去，尾巴蹭在手背上，软毛被撩得杂乱无序。

子微俯下身子，朝她的方向靠了过去，轻柔地掰过那细嫩的脖颈，牙尖在血管上要触不触。

他的动作很迟缓，过了好久还没咬下去，这速度让人焦灼，虽轻缓，却更让楚璠觉得有些无所适从。

楚璠用手掌包住子微的尾巴尖，茸茸的。

她能感知到温热的气息一直扑在颈侧，尖牙按在脉搏上，楚璠没敢动弹，只是悄声问：“道长……还不开始吗？”

子微听到声音，反而退了一步，缓声道：“罢了。”

高大的身躯退开，视线一下子就敞亮许多。

楚璠一脸惘然：“您不是说……一次不够吗？”

夕光暗淡，月亮悄然升起，朦朦胧胧，外面越来越黑。

他眉目深邃，神态清朗，下颌在皎皎月色映照下，显现出一种极浓厚的锋锐，让人不敢直视。

楚璠不敢再抬头了，她垂首看着光洁的地板。

子微沉默不语。

突然，她的头被什么东西抬了起来。

手指贴着她的肌肤，指骨长而匀称，这种风流姿态被他做出来，却有一种罕见的端正清雅，像只是跟她问好一样清白简单。

“你为何什么都不问？”子微有些不解。

姑娘家被取用了身子，都像她一样平和吗？

他昨日即便再温柔，可那样吸用了楚璠的元阴，就不是一开始说的药引子了，是把她当作最低下的人丹、炉鼎。

子微不相信她连这都不懂。

她从进昆仑那刻开始，就像是把自己给摒弃掉，顺从地接受，毫不犹豫被吸血，从不拒绝，连看到他妖化之时那般骇人场景，都尽量没有显露出自己的害怕。

如此任人摆布，如此言听计从，他本应该觉得侥幸。

子微皱了皱眉。

楚璠好似在明明白白告诉他，可以当自己是个物件，取用也好，吸灵也好，她完全不在乎，也不觉得这是错的。

或许对她来说，这些都是利益交换，这时的柔软、依偎，对她而言根本不算什么，没有情感的交流，仅仅是为了救自己的兄长而已。

仅此而已。

子微松开了捏着楚璠肩膀的手，面色沉静。

方才的缱绻柔情一扫而空，屋子里渐渐冷了下来，楚璠突然觉得气氛不太对。

她不知道自己该不该开口，只是用一双眸子望着他，扑闪着睫毛，像一只毛茸茸、颤巍巍的小雀儿，浑身上下都写满了手足无措。

她拉了拉子微垂落的袖子。

子微瞧见了这个举动，他轻轻笑了："还不是时候。"

"你把我当作什么了？"他甚至问了一句没头没脑的话，"我和那些俗世的登徒子……很像吗？"

楚璠的手僵了片刻。

子微确实有点烦闷。

可昨日是他先露了妖相，没什么理智地扑到姑娘家身上，再说这些话，不免显得有些虚伪清高。

楚璠犯起了迷糊，懵懂地摸脑袋，小声问了句："不需要了吗？"

子微站起身，放开她的手："下次吧。"

楚璠沉重地点了点头，琢磨了会儿下次的时间："明天？"

她直白得惊人。

子微定定地看着她，没有作答。

楚璠快把袖子绞成碎布，接着听到他说："过几日我们要提前出发，路上定会有阻拦，你要小心一些，做好准备。"

楚璠瞬间就把旁的事情丢在脑后，有些激动地问："是因为昨日取灵，你的功力恢复速度变快，所以才能加速进度吗？"

果然，只有提起这些事情，她才能露出些不一样的情绪。

子微默默瞥了她一眼："不全是如此。"

"没关系。"楚璠心想，他不想说也没事。

她抓抓头发，把遮眼的发丝拨在耳后："我相信您的。"

昨日二人在一起时，她的血液灵气从身上涌出，被子微粗暴地吸入体内时，楚璠好像也是这么说的。

道长，我相信您的。

子微真是有些不知道拿她怎么办。

他没有忍住，问道："随便一个人这么说，你都会相信吗？"

"怎么会？"楚璠现在才发觉，子微道长不对劲。

她想了想，认认真真回道："我只相信您的。"

子微不喜欢一退再退。

既然她开了口，子微也就问了："为什么？理由呢？"

楚璠回忆许久，把最近发生的事情细细想了一遭，不禁纳闷："子微道长似乎总是觉得，我应该是不愿意的、有苦衷的，甚至是在强行忍受的？"

确实如此，昆仑仙人，是应该有他的原则和骄傲。

子微沉默不语。

楚璠甚至有些想笑："您把自己和登徒子论在一起比较，实在是太妄自菲薄了。这怎么能一样呢？"

"分明是两个人的事情，昨日……我又没有把您推开。"楚璠喃喃道，"我心里真的没觉得有什么，您怎么就不信呢……"

她小声问："更何况，您都已经立了血契，我还要再怀疑什么吗？"

子微哑然，皱眉道："我们好像没有在谈论一件事。"

楚璠所说的交易、不在意，好像他们之间还算清白，此时过后，还能安然无虑地相处，不用留下什么难掩的痕迹。

她倒是真的……算得清清楚楚，明明白白。

自己还是太过急切了。

子微想，本不该在这个时候非要问她讨要一个约定。

反正，以后还有很长的时间。

他伸出手，宽袖落在楚璠的掌心，凉而软："跟我去一个地方。"

楚璠愣了两秒，最终还是虚虚揪上了他的袖角，二人一前一后，一直朝山脉的顶端前进。

她身上罩着随手拿的袍子，又宽又大，直到脚踝，袍边蹭着地，在雪上蜿蜒了一整道痕迹。

雪山浓雾厚重，天色难看，子微带她去了昆仑的最顶峰，这个高台是离天幕最近的地方，可以轻易看到星象。

现在还是午后，明黄色的日照破开云层，抖出一束束微弱的光。

楚璠还是有点虚弱，到了目的地依旧在喘气："道长，来这里做什么？"

子微看了她一眼："你这副身体，若想要和我们一同去寻找天魔，会很难。"

这话刚落，楚璠立马站直，挺起胸，半点疲色都不敢显露。

子微咳嗽几声，忍笑道："别慌张，你才入道多久呢。况且，你如今虚弱，是因为昨夜里还……"他没说完，顿住了。

提到昨日，子微实在控制不住想起自己尖牙白发，神志尽失，趴在楚璠的背上低头茹血的场景。

还有后来，她凌乱的细微叫声，压抑的呼吸，还有那顺着细长脖颈流下的鲜血，染透了衣衫上的云纹。

子微捏紧指根，强行压下了自己不合时宜的乱想。

楚璠没察觉端倪，用脚尖划了划雪地，有些踟蹰地说："那我跟着去炽渊，是不是有些太牵累你们了？"

子微回过神，嗓音有些沙哑："没有。"

他看了眼楚璠的腰侧，突然问："你的剑呢？"

楚璠怔了一下，从怀里掏出昆仑剑："您的剑在这儿。"

"不……"子微轻笑，"我是说白泽。"

楚璠轻轻"哦"了一声，抬手指向天空："那不是我的剑，白泽去找阿兄了。"

子微略有些诧异，不过很快就平复了，他拿起昆仑剑，微一抬手，长剑就荡开了一道浩瀚波纹。

真厉害啊，楚璠想。

"白泽神兽通虚空之能，那柄剑有神兽留影，这样的话，你兄长应该没那么危险。"

她点点头，又听到子微讲："你喜欢长剑还是短剑？"

楚璠一呆。

旁边是一片枯竹林，他凌空折来一枝竹子，削成了一把青剑："昆仑剑你暂且承受不住，先用这个吧。"

"您要教我法术啊？"楚璠一开始还挂着笑呢，眼看竹剑递过来，却不敢拿了。

她连忙摆手："用剑？不，不行，我不能使剑诀的。"

楚璠拼命后退。

子微目露讶色："练都没练过，怎可直接说不？剑道是万道之本，爆发力极强，也并不是剑修的专属，你以后若想学旁的，也可以继续深造。”

她的反应太奇怪了，子微眉头越皱越紧。

楚璠并起手指，指尖颤抖，想擦出火焰，证明自己五行术也可以学好，不料心里越来越着急，指尖刚冒出火苗，风一吹，立马熄了。

明明很好笑的场景，二人之间却流转着沉默，很久的沉默。

子微不解地问道：“为什么拒绝？”

不知道为何，此时此刻，他的语气像极了师长，有一股不容忽视的严厉。

楚璠自暴自弃，几乎快要把头垂到地上。

眼看气氛逐渐凝固，她小声道：“阿兄最讨厌我习剑……”

习了剑，身上沾上剑意，肯定瞒不过楚瑜的。

子微好不容易才听清她说了什么，险些气笑：“他不是个剑修吗，为何要限制你学剑？”

楚璠缩着肩膀：“其实他也不许我修习法术的……”

之前楚璠对修仙界一无所知，子微便想着，或许是因为她没有灵根，不通仙缘，她无计可施，才到了这个地步。

现在看来，明明是有人刻意为之。

“为什么……”子微压抑嗓音，问她，“你不是说过自己喜欢？”

她曾说过喜欢，变强之后，眼眸里的渴望和热度也是掩藏不住的，现在又频频后退，连拿起一把剑都这么艰难。

子微头一次觉得女子如此难懂。

风有点大，扑在脸上带着凛冽寒气，睫毛被冻成根根分明的霜尖儿，楚璠正感觉自己的心跳越来越快。

那种期盼感，和心里深深的空洞，互相糅杂，反复搅混。

她几乎要缺氧，脑中有画面不断回闪。

一只抓住光洁剑刃的手，倏然捏紧，指缝瞬间沾满了血，顺着苍白微凸的腕骨，滴滴答答落在地上。

他背对着光，影子倒映在光秃秃的墙面上，如细长鬼影一般张牙舞爪，“嘭”的一声，剑被扔在地上。

那张溅着血的俊朗面孔，眼中空无一物，阴郁诡谲。

他任由鲜血往下淌，慢慢走近，又将她抱在怀里，下颌藏进她瘦削的肩膀，又冷又硬，有汗水，也有眼泪。

浓郁的、湿润的泪水，轻轻坠在唇边，微咸，却冰凉。

少年声音滞闷，竟有一股无助的脆弱。

他满是不安：“璠璠，为何要偷偷去后山练剑，是被欺负了吗？阿兄错了，是阿兄没护好你……”

阴冷湿暗的房间里，眼瞳里是昏暗的烛火，两个交叠人影映在凄冷的地板上，他们只剩彼此。

他的语气倦怠苍凉：“璠璠，要听话，不要再让阿兄担心了。”

她睁着眼睛，呆呆愣了好长时间，慢慢抬起胳膊，摸上少年的脊背，掌下的骨头清劲，瘦而单薄。

“嗯，阿兄，我乖乖听话。”

楚璠现在依旧喃喃：“我乖乖听话……”

突然，一只手强硬地按上她的肩膀，涓涓暖流慢慢渗进体内。

楚璠霎时一歪身子，清醒之后，甚至有些恍然。

她微微抬起下巴，看到了子微长睫下的眼睛，可能因为身处黄昏的柔光下，眼瞳泛着润色，显得没那么冷淡。

“什么听话……”他靠得很近，声音沉沉的，稍稍弯腰，直视楚璠的眼瞳，“小小年纪，才入道三天，竟像是有心魔？”

楚璠怔怔回望他，摇了摇头。

子微按着她肩膀的手紧了紧，皱眉：“不说？”

楚璠咬住唇，睫毛颤了又颤，神情和目光都暗含恳求。

子微顿了一瞬，松开手，竟是要转身离去：“在这儿等着。”

他步伐很快，将竹剑挂在腰侧，顺手束起长发，耳侧的玲珑玉露出一角，清风吹过，发出“叮当”碰撞声。

楚璠的第一反应，就是道长生气了。

她跌跌撞撞地跟着走，甚至跑起来，在后面追赶：“道……道长！抱歉，我不是不识好歹，我学，我学！”

外衣太长，行动之间踩到衣角，楚璠狠狠摔了一跤，她连呼痛都不敢，慌里慌张站起来，又要往前面追。

子微停住了步子，他回首问：“追什么？”

楚璠抹抹眼泪：“您别走……”

“我哪里说自己要走了？”

她下巴沾着泥，黑乎乎的，连着襟边和膝盖都是黢黑一片，一点儿都不好看，像个皮毛打绺的狗狗。

楚璠一边哭，一边哽咽：“是我不知抬举、愚昧无知，您好不容易抽出时间让我学剑，我……我竟还拒绝。”

不要走，不要失望，不要不管她。

“我学，我喜欢剑的，喜欢白泽，喜欢昆仑，长剑短剑我都喜欢。”

子微长长叹了口气。

他走近些，把她脸上的泥擦了擦：“不想学剑就罢了，回去给你找几个称手的兵器，又不是丢了你不管，哭什么呢？”

楚璠努力忍住眼泪，眼眶还红着：“对不起。”

“不要一直道歉。”子微道，“你不愿意说，我就不会提。”

“时辰不早了，别再多想。”他把腰侧的竹剑递给楚璠，“跟着我练，不懂就问。”

他没有多安慰，等着楚璠自己缓过来。

子微并非纯正剑修，可昆仑剑一入手，剑势一起，整个人便有一种浑厚端庄、铮亮锋锐的气场。

楚璠潦草地擦擦眼泪，跟着子微一招一式地练。她处在一群剑修的生长环境之下，对剑道的感悟并不生涩，相反，她完成得很好。

但仅仅是剑式模仿得很好。

子微停下演示，在一旁指导：“剑是有意识的，你要思考，自己是为何执剑。先控制真气，游移心脉，再到神庭，用意念和剑交流。”

楚璠第一次正儿八经学剑，要达到人剑共通，还是太难了。

子微上前，从背后环着她，轻轻握住了楚璠的手背，些许剑意神念从他的指尖流出，温热的气息渗透进来，楚璠指尖一颤。

青竹剑是刚削的，材质很差，可被子微一握，马上就涌流出不同寻常的银光，散出斑斓美丽的幽幽蓝火。

鲜亮明澈，映得他眉眼通透。

好像他手中不是剑，不是兵器，是连接苍生的信物，是万物生长的起始。

楚璠第一次感受到这种剑意，锋锐无比，又淡然柔和。

两种交错的意念，竟完美融合在一起。

原来这就是子微道长的剑意，楚璠下意识看向他的手指，修长白皙，散出高洁浩瀚的灵气。她实在很难移开视线。

背后靠着他的胸膛，热度源源不断侵扰，楚璠有点紧张，不过很快，子微就退开了。

楚璠的手上恍然还残存着刚才的热度，她受益匪浅，牵了一丝神念，剑尖颤颤起鸣，最终漾起清光，稳稳停靠在空中。

青竹剑颤颤巍巍，流转的微光也断断续续，但至少，已经有了剑意的雏形。

子微一笑："做得不错。"

楚璠握住剑柄，继续按着子微方才所教的剑式挥舞，外衣已经被扔在了地上，她一点都不觉得冷了。

就这样，不止不休，一直练到夕阳西下，直到最后一道橘光也掖进了云层里，天色渐渐暗淡。

她浑身是汗，力竭的最后一秒，把竹剑往地上一插，然后整个人后仰，脱力一般瘫倒在雪地上。

子微在她身旁坐下，问："觉得如何？"

楚璠平复呼吸，无声地点了点头。

休憩片刻，子微道："回去吧。"

躺在雪地上的女子没有回话，她睁开眼睛，望向天幕，发丝淌在霜雪之上，眉眼清澈。

"你还未筑基，肉体凡胎，再躺着是会得病的。"子微又劝。

楚璠撑肘起身，望向天幕的视线却没有移开，她突然轻声问："子微道长，您知道荧惑的传言吗？"

子微好好看了她一会儿，回应道："大都是人君无能的借口，凡间流传的谣言，问这个干什么？"

"他们说，阿兄出生的时候，荧惑守宿，三连一线，是妖象，是灾星。"

子微皱眉："不要信这个。"

"我没有信过。"楚璠站起来，拍拍膝盖上的雪，"我从未觉得阿兄是灾星。"

子微沉默了一下："那你问我做什么？"

楚璠一怔，有些不好意思道："就是想问问您，想知道您是怎么想的。"

因为子微给人的感觉，淡漠超然，总是正确的。

子微温声失笑，他收剑入鞘，颇为自然地牵过她的右手："也罢，回去吧。"

楚璠和他并排行走，夜幕降临，小路漆黑。

她突然掏出了那盏灯笼，掐出一个火诀，光亮顿时变大，像是要炸开。楚璠把它抱在怀里，像一个行走的小橘子，圆滚滚的。

小姑娘伸出手臂，照着前路雪地。

"你竟还留着。"子微觉得有趣。

“我喜欢灯火。”楚璠踩着自己的影子，小声道，“可我是被灵气讨厌的人，以前从未奢望过，自己能发出萤烛之光。”

从未奢望过。

子微很不喜欢她自厌的模样。

“楚璠。”他头一次直接叫了她的名字。

楚璠有些紧张：“啊？”

她抬起头，恰好对上子微清淡的眼眸，那里倒映着雪光和月色，比深渊更沉，比山海更静。

子微看楚璠出神，略一弓身，轻轻点了一下她的手臂。

九重鸳花瞬间缠绕生长，藤蔓攀附而起，把二人的手臂包裹在一起，又继续展开洁白柔软的花瓣，鲜活得连叶脉线条都清晰可见。

只见无数光晕以楚璠为中心向四周蔓延，大片大片的蓝白清光，乍泄出浪潮一般的绚丽色彩。

与皓月争辉，与天地同色。

楚璠满眼震惊。

周围如同白昼，她甚至还没反应过来，下一刻，就听见子微笃定温和的声音，淡淡的，回荡在耳侧。

“这样的话，你便不止有萤烛之光了。”

连风雪声都震荡不休。

两个人的手绞在了一起，楚璠扯了扯和子微捆在一起的胳膊。

“嗞”——有点疼，还扯不动。

她只能用另一只手揣着小灯笼，脑中充斥着巨大的错愕，错愕之余又有一刹那突生的混沌，仿佛那细长的花蕊尖儿，钩子似的，在她心里挠了一挠。

楚璠低头一看，自己浑身都裹着盈盈的蓝泽，像被浇了一层蜜，更像是一颗坠在深林山脉里的星子。

她颇不好意思地想，幸好昆仑山上人烟稀少。

这可太丢人了。

她不喜欢一眼就被瞧到。

楚璠面色通红，微甩甩手：“您……您快把我给熄了吧。”

她以为自己是什么呢，一吹就灭。

子微牵着她的手，忍住笑意：“它刚刚开花，你这么嫌弃，鸳花会难过的。”

楚璠低头，看着仿佛透明的半只手臂，上面的鸳花枝叶熠熠生辉，依偎一般蹭着子微的手指摩挲。

它是子微的伴生仙草，却阴错阳差和她有了血肉相连的感觉。

“它好漂亮。”她的声音含着惊叹。

楚璠小声说：“我以前都不知道，它可以这么漂亮。”

以往，鸳花除了让她更适应仙山的灵气之外，更多时候，像个死物。

子微牵着她往前走，微顿住脚步，又伸出另一只手，摸了摸楚璠的额头：“现在知道也不是很迟。”

不过一会儿，住所就到了。

快到子时，天色黑得更浓郁，周围也隐隐传来往常不可能存在的、细小的虫泣声。

这都是被辽阔的光影吸引而来的。

而昆仑的风雪，会让这些幼弱无知的生命，在这个深夜长逝。

所以子微缓缓拉开楚璠的手，吸走她腕臂上的灵气，缠绕的枝蔓没有了源头支撑，光芒岑寂，叶落凋零。

鸳花恹恹地低垂着，只剩下一点微弱清寒的光。

楚璠连忙微拢掌心，让它尽量不掉下去。

她顺道看了一眼子微，略显迟疑道：“道长……明天再见？”

子微没有移动，连视线都没有转移：“你先别走。”

楚璠顿住脚步，侧过身和他对视。

他挡着大半雪末和月光，长发顺着淌下来，垂落成柔软的幕布，音色非常沉静：“楚璠姑娘，月快满了。”

楚璠努力地仰起头，她看不清子微的神色，只能看到他耳上玉饰闪烁的光亮，很清透。

子微往前倾身，他离得很近很近，几乎要贴上来，却没有感受到呼吸的温度。

她突然想起，白天他说，一次不够的。

楚璠怔了一下，仔细琢磨“月快满了”这句话，反应过来后，没有多少思考的时间，一只手已经抬了起来，开始默默地朝衣襟移动。

果然，那种灼热的视线越来越深了。

楚璠突然站直身子，撩起二人身侧垂下的银发，接着又向上探，月光一下子铺开，她看到了子微露出的脸。

弧度优美的下颌，还有微垂的眼睫，切割的光影轻轻晃着，一半明一半暗。

子微见到楚璠这么失礼唐突的举动，并不生气，只是微微侧首，又向前靠了一下，姿态像是某种动物。

但是他看起来很清醒，没有什么攻击性，和昨天不太一样。

楚璠轻轻问，她不觉得害怕，只是好奇："子微道长，半妖，都是这样的吗？"

"不止。"子微垂眼，长发遮住了神情，"你想知道更多吗？"

楚璠点点头。

子微好像轻笑了一下，他慢慢划破手臂，黑红色的血液顺着皮肤上的梵文流出来，滴落在她的掌心，比常人的黏稠很多。

九重鸳花瞬间抖擞枝蔓，变得血红无比，甚至带着有些污秽的黑色，纤细狰狞，不受控制地往旁边的雪地狠狠刺过去。

那边似乎传来了微弱痛苦的挣扎声。

楚璠被拽得差点倒下去，子微早有预料，弯腰把她捞住。

她呼吸急促，鸳花扎根进经脉，根系接着她的手臂和心脏，枝蔓却远远爬向雪中丛林，茎叶泛着紫红色，如活物一般呼吸起伏。

"咕咚"，"咕咚"。

吞咽的声音。

四周仿佛有薄雾聚集笼罩，温度渐渐变低。

一只雪兔被吸干了血，翻着白眼，四肢僵硬，潦草地瘫在地上。

欲望得到了满足，鸳花摆摆枝藤，又柔顺地钻回楚璠的手腕。

全身上下都涌起了别样的餍足感，让人害怕，又让人酥软。

"我吸食你的血液时，也是这种感觉。"子微体贴地回答了她心中的疑惑。

这感觉让楚璠沉默，让她惊讶，所以她愣在原地，一动不动。

"所以，如果鸳花在我这里，它就一点都不漂亮了。"子微缓缓贴近她的耳侧，声音低得像是耳语，"但是你好像一直都没有被吓到……"

靠得太近，他再低低头，这姿势就要接近亲吻了。

雾非常浓厚，楚璠眼前一片朦胧。

她一点都不觉得冷，掌心湿热，应该不是错觉，两条毛茸茸的长条软物，从她的脚腕划到腰间，微微勒紧，迫使她前倾。

力气不大，但是拉扯之间，她的下巴已经撞上了子微的胸膛。

有种不可描述的战栗感。

子微揽着她的背，轻轻往上抬。

楚璠的半边脸都埋在了他的肩上，耳畔传来的声线温柔："看到了吗？"

很近，她看得非常清楚。

他生了尖牙，唇似鲜血，眼眸变成湛色，眉心的红痕逐渐变暗，浑身透着一股若有若无的幽诡之意。

他的手指更加修长尖锐，和长尾一起，牢牢掐着楚璠的腰。

“非人非妖，孱弱嗜血。”子微弯腰，在她耳旁低语，“这就是半妖。”

楚璠半边身子已经麻掉，她甚至觉得，那獠牙似乎已经扎破了她的侧颈。

楚璠捏着他的肩膀，手指用力：“那我也是半妖了。”

她能很清晰地感受到身旁的身子一僵。

子微睁着湛色的眼睛，侧过脸，一眨不眨地盯着她。

“那时候，鸳花寄生在我的身体上，突然让我有了可以适应灵气的力量。”楚璠仔细回想，直接说道，“那么十年前，我就已经是个非人非妖的怪物了。”

反正，他们都是一样的。

闻言，子微把头靠在她的肩膀上，轻轻笑了笑。

他没有任何顾忌，直接咬上楚璠的脖子，鲜血冒出来，顺着下巴流向胸膛，还有更深的地方。

楚璠发出了很细的轻呼声。

他银发微荡，落在她的手背上，像是一撇凉凉的月影。但是他本人很热，身体很热。

楚璠觉得他们相缠的呼吸都快要烫起来了。

她不合时宜地开口：“明天吃烤兔子吧，我厨艺挺好的。”

子微吸血的动作顿住，过了好几息，倏地咬了一口她的耳垂。

楚璠猝不及防，他虽然没用全力，但是耳垂肉嫩，也是火辣辣地疼。

楚璠眼泪汪汪地看着他。

子微深深叹了一口气。

几条长尾从他袍下伸出，其中一条卷起雪地上的兔子，扔在门口。紧接着，子微又把她横抱起来，推开半掩的房门。

衫子斗篷散了一地，屋外狂风暴雪，灯笼被扔在地上，底下的穗子也跟着飘动。

长而雪白的尾巴，一下下绕着她的颈侧摇晃，楚璠鼻子里全都是清香的绒毛，身子热得不行。

月升，他只会更控制不住自己。

楚璠满脸是泪，心跳剧烈，忽然抱住了他，贴着他的胸膛，小声呢喃：“道长，停下来，求您了。”

子微低头吻着她的额，迷蒙地“嗯”了一声。

“对不起。”子微吻着她的耳垂，握住她的手，一起放在柔软的小腹上，那里微微鼓起一小块。

“成结了……”子微看了她好一会儿，哑声道，“现在还没法儿结束。”

毕方下山一趟，除了给楚璠带些用具吃食，也打探了些消息。

百年前子微封印天魔之后，以蜀山为基，南海龙族为印，一左一右，相当于双重镇压，非常稳固，本不该这么早被他逃了。

龙族抵挡炽渊的魔物，算一算，也过了十几天了，可都是些小喽啰，连天魔的脸都没见着过。

天魔早年行事张狂无度，所过之处，无不是万木凋零、万骨枯朽，如今被镇压几百年，却也懂得潜伏于暗处休养生息了。

毕方有一搭没一搭地听着茶楼的人胡侃，总觉得这事儿没那么简单，估摸还是和南海内乱一事有关，去了才能知道。

正好龙族昨日传来消息，已派使者来昆仑，届时倒可以好好问问。

临行前，他又打包了些女儿家爱吃的小东西，一股脑全装进储物袋里。

他先去了退寒居，没见到子微，而后又拿着东西去往楚璠所住的竹舍。

昆仑峰上接天穹，白昼过得很快，四周一片黑沉，唯有小径深处的竹舍里，透出一团赭红色的暖光。

他脚步一顿。

窗没关，往深处看，屏风上隐隐透出两个互相贴近的人影，娇小的那位，似乎一直在动，想把腰往上抬：“是卡住的……”

他还什么都没听清，一道印诀便劈头打了下来，眼前一片漆黑，毕方足足站了一炷香，才感到面前传来一阵微风。

子微站在他面前，道：“你来，是有什么事吗？”

他衣冠稍整，面容如雪，唇色略红，身后雪白狐尾环绕，风一吹，恍如月下琼花，簌簌落落。

毕方眼睛复明，见此后退一步，压下心中震惊，鞠躬施礼：“先生……”

这离上一次可没过多久吧……

他不敢多想，把手上的东西拿出来，示意道：“那姑娘还未辟谷，这是我下山买来的衣服和吃食。”

子微点点头，伸出手：“给我吧。”

他近日一直没有给毕方讲法施咒，见他神志清明，许久没露凶相，便夸赞道：“辛苦你了，做得很好。”

毕方挠挠头，不好意思地“嗯”了一声，默了会儿，又觉得待在这儿实在尴尬，便向他告辞。

回去的路上，毕方想，子微道长确实有些不一样了。

毕方为凶兽，生来便带着离火煞气，幼年时他控制不住自己，一出现，便时常带有火灾。那时人妖关系刚刚缓和，族里怕他遭旁人怨怼，便将他送来了昆仑。

子微心善，教导他清心法术，常年帮他压制离火。

他少时莽撞易怒，不太懂规矩，有次在正厅等了太久，不耐烦，直接进了子微道长闭关的洞府，一下子看到了许多封印的阵法。

而道长端坐在正中，身后伸出许多条狐尾，凌厉如长鞭，一下一下拍击墙壁，面容苍白，看起来痛苦非常。

那时他才知道，原来名震天下的子微道长，是仙妖之体。可他从不用妖法，为了压抑妖心，甚至不惜封印自己的修为。

毕方在心里悄悄想，就像他厌恶自己体内的离火一样，先生应该也讨厌自己的出身血脉，讨厌身体里的妖魄。

即便是高贵的天山狐。

因为他从不主动在外人面前显露妖形。

以前从来未有过。

楚璠终于知道昨夜里为什么会那样了。

她缩在被子里，仿佛还存在着刚刚的触感。

他抱着她的腰，不让人躲。

太羞人了……

子微刚进门，便看见她光着身子缩在被子里，只露出半边肩颈和脑袋，脖颈白生生的，耳根后一片通红。

他垂目，把毕方送来的衣物和吃食放在桌上，轻咳了一声，道：“姑娘起来吧，得用些东西了。”

楚璠吸了吸鼻子，没有回头，瓮声道：“我不饿……”

这一天都没机会填肚子，又折腾了这么久，她怎么会不饿。可她就是不想起来，楚璠把自己裹成一个球，悲愤道：“道长先走吧。”

子微端着碗走到床沿坐下："那我喂你？"

良久后，楚璠妥协了。

她露出一个脑袋，伸头看了一眼，瓷白碗里装着些碧粳粥，甜口的，上面撒了点金黄的桂花蜜，看起来暖热又清甜。

子微正要拿勺喂她，却发现楚璠眼眶突然一红，睫毛瞬间就沾了泪，一粒粒滚下来，鼻尖通红，神色迷茫又空洞。

"桂蜜粥，阿兄最喜欢吃了。"

楚璠坐在纱帘后，手握成拳，把头垂下去，肩膀战栗，极力忍耐着哭音，眼泪顺着尖瘦的下巴滴在床上，哭得沉默极了。

"你兄长会回来的。"子微略皱着眉，绕过肩头，缓缓抱住了她，放轻声音，"我向你保证，好吗？"

楚璠眼里又开始泛酸，这几日的漂泊孤寂沉沉压在心头，几乎找不到出口。

子微感觉肩膀上逐渐变得湿润，用手安抚着她的头，就着这个姿势，把她揽在怀里。

楚璠缩在他的胸膛上，一直都没有说话，只是不停地落泪。

一条狐尾悄然圈住她的手腕，茸茸的长毛摩挲腕侧的图腾，另外几条绕成圈，裹着她的肩背，有些痒，但更多的是暖。

在昆仑的冰天雪地里，唯一的暖。

她止住眼泪，下巴蹭在茸茸的狐尾上，说话带了沙哑的气音："谢谢道长，麻烦道长了。"

"不麻烦。"

两个人都很安静，没有分开。

油灯未燃，舍内只剩些微薄的月光，还有环绕着的狐尾亮起的淡蓝光泽。

楚璠看了一会儿，默默用手指揉了一下细软的毛，小声说："道长，我能问问您，还会长几条尾巴吗？"

子微有些讶然，顿了良久，楚璠都隐隐觉得这个问题是否过于冒犯了，她正不安时，耳边传来了他微哑的嗓音。

"共九尾，幼年断一尾，百年前与天魔大战时，也断一尾。"他咳了一声，缓缓道，"昨日取你元阴，被天魔断掉的一尾，已经长起来了。"

现在只有八条呢。

"那是不是，还能再长一条？"楚璠不知为何，觉得有些期待。

子微摸了摸她的头发，笑道："不能了。"

“为什么？”

“因为那一条，幼年出生时就被母亲斩断，还未有过灵气，不能恢复的。”

楚璠一下子愣住，沉默着，不知道说什么才好。

她偏过脸，感受着子微身上传来的热度，忍了很长时间，才低声道：“您的母亲……”

“已经去世了。”

楚璠心中一跳，由衷地觉得自己不会聊天，便又沉默了。

“千年前，十四州是有仙人的。”子微略略捏紧她的肩膀，低叹道，“那时妖主残暴，仙妖两族势同水火，战争不休，母亲为仙道中人，遭了暗算，身负重伤，无奈闯入昆仑，被父亲救了。”

“父亲帮她躲避追杀的人，隐瞒了妖族的身份，伴她左右。”

可带着秘密和欺骗的爱情，注定走不到最后。

他声音轻缓，眼中却已经泛起了阴郁的暗潮：“父亲隐姓埋名前其实也是一方大妖，手下亡魂无数。”

这是苏霜最不能接受的，即使他在她面前温雅谦虚、强大内敛。

她被当作下一代仙道魁首培养，长辈日日夜夜给她灌输“恶妖”理念，她根本不能容忍自己生出了个半妖。

子微一出生便有记忆，第一眼看到的就是苏霜厌恶愤恨的目光。

他总会想起很多东西。

想到染血的剑，给他断尾的母亲；想到为了救他，露出妖相，嘶鸣长啸的父亲。

最后他们都死了。

原来妖主早就知道苏霜产子，潜伏已久，就等着在她虚弱之时一举进攻。妖修屠城之时，血流成河，苏霜负隅顽抗，在死之前，也不肯向爱人投去最后一眼。

他永远温文尔雅的父亲，把他藏进洞穴后，几乎是献祭神魂，战了三天三夜，才将妖主头颅绞下。

自此一战后，十四州再无仙人，也再无嗜血恶妖。

他也再无父母。

室内很静，两人呼吸轻缓。

“子微道长。”楚璠突然出声。

他微垂双目，看见楚璠用手摸了摸那几条狐尾，而后抱了两条在怀里，声音温柔：“我幼年在皇城，而后又和阿兄一起随流民逃亡，最后去了蜀山，明白了许多事情。”

“有些人，即使她有诸多苦衷，也不能被称作是血亲的。”她轻轻亲了一口尾巴尖，看着它们，有点怜惜道，“而您，不管是血脉还是尾巴，都是没有错的。”

子微揽住她的手颤了一下，竟不知是因为她说的话，还是因为她落在尾尖的一个吻。

楚璠拿起桌上的桂蜜粥，先是自己尝了一口：“其实阿兄已经不爱吃这个了，我们流亡在外的时候，正临饥荒，差点饿死在半路上……”

她有些好笑道：“阿兄可能是饿怕了，蜀山明明功法无数，他第一个学的竟是辟谷，从此，就再没吃过东西了。”

桂蜜粥放得有些凉，她沿着碗边小含一口，在舌尖滚了一圈，才咽进肚子里，带着微微的甜，依然是记忆中的味道。

楚璠挖了一勺，凑到他嘴边，小心翼翼地问：“我也喜欢吃这个，其实是喜欢吃甜，特别是心里难受的时候。”

“道长要不要试试？”

子微没有说话。

他的目光一直落在她的唇上。

她刚饮了一口粥，唇部饱满柔软，嫣红熟烂，嘴角正巧沾着一粒桂花，说话时舌尖粉嫩，看起来香甜可口。

要不要试试？

他得试试。

子微俯身吻上去，微微张口，含住了她的唇，包括那粒小桂花，尝了一口的蜜意。

没过多久，他便收了回来，看着楚璠微愣的脸，笑道：“很甜，我很喜欢。”

楚璠觉得这一夜都要睡不好了。

床铺不算太大，她略微一动，就能碰到他的身体。有时是腿，有时是胸膛，更多时候是尾巴。

那些尾巴慢慢游移过来，缠在她的脚腕上——温热的，像今晚他吻过来的唇，干燥柔软，缱绻又温柔，带着清香。

现在这股香还挥之不去。

楚璠呼吸莫名沉重了些，觉得喉咙有些干涩。

过了很久，直到月上眉梢，她才缓缓睡去。

清晨，子微醒时床上是空的。他体内的仙骨封印已经渐渐褪去，这段时间会格外嗜睡一些。

摸上微痒的头顶，发丝清凉，有什么温软的东西探出来。他穿衣起身，面无表情地把钻发而出的狐耳给压了回去。

楚璠坐在石桌旁，侧对着他，手里拿着些月白丝线，指尖纤细，快速地交缠编织着。

“楚璠？”

他走近了，能看见日光打在她的脸上，镀着一层金边似的，连腮上的绒毛都纤毫毕见，像一团暖融融的云彩。

楚璠闻声，朝他看了一眼，把手里的东西举起来，浅笑道：“剑穗，给昆仑剑做的，道长觉得好看吗？”

月白穗子在她手里晃晃荡荡，更衬得指如青葱，嫩白莹润，子微只稍瞥两眼，便敛了睫，含笑点头：“好看的。”

楚璠自个儿又细细看了一遍：“阿兄喜欢轸穗，我每年都要帮白泽编一个，技艺应该是不错的。”

子微接过剑穗，将它系在剑柄之上，昆仑剑身细长，通体淡蓝，上面纹白珠桂枝，优雅非常。

“你抱着它，别人若问起你，便说是我的侍剑者。”他又把剑递给她，提醒道，“千万别忘了拿。”

楚璠“嗯”了一声，有些羞愧道：“好的。”

昆仑有客来，子微让她先行用饭。

他出门后，收起狐尾，双手笼于袖中，眼睛微合，睁开时发色便成了墨色，青白衣衫由浅及深，像是水墨画般层层晕开。

来者一男一女。

女子白纱覆面，眼角覆着些许湛蓝鳞片，眼眸深邃，衣饰皆缀珍珠，腰挂长鞭，体态轻盈优雅。男子高大魁梧，一直跟随在她身后。

见到子微时，女子面容略带惊讶与欣喜：“原来轩辕族说子微先生出世，竟是真的。”

子微略施鞠礼：“龙女远道而来，辛苦。”

龙女连忙鞠躬，一时情起，眼泪滚落下来，姿态楚楚可怜：“先生不知，天魔一事确实是因我们南海而起。鲛族想要夺权，双方交战起来，镇守天魔的龙珠便被趁乱偷走了。”

子微皱了皱眉，淡声道："有内应，或有歹人。"

他施的咒印，自己最熟悉不过，只要沾一丝魔气，龙珠便会启动大阵，怎可能会被悄然偷走。

不是天魔强行突破，那便只能是南海修士把他给放了出来。

龙女抹了抹泪，有些尴尬道："确实如此……所以族中派我来，是想恳请子微道长，再次镇压天魔。"

子微淡淡扫了她一眼，道："你们这些年来，又懈怠了。"

龙女不语。放眼十四州内，不论是不周方诸，还是轩辕蜀山，皆有后继能人，只有他们龙族，内乱不休，甚至连地盘都快保不住了。

龙女俯身，音调楚楚："静姝求求先生。"

子微后退一步，语气更冷了些："明日启程，我会跟在你们身后。龙女，不必如此。"

静姝跪在地上，却依然久久不动。

室内一片沉默。

毕方在旁边冒着冷汗，天下谁人不知，南海公主曾求过子微共结道侣，只是被他拒绝，现在场景如此尴尬，这该怎么办？

偏偏这时候，楚璠又出来了。

她抱着剑，从门缝里冒出了一个头，看了看子微，又看了看跪在地上的女子。

楚璠手里提着一只兔子，刚烤好的，表皮焦脆，肉质鲜嫩，昆仑没有什么香草调料，她只撒了点盐巴和孜然。

她打破了沉默："这雪兔小，来了客人，可能不够分。"

楚璠踩着阶梯跑下来，把手里的东西一股脑塞给毕方："你长得最矮，你吃。"

"谁矮了！"毕方气急败坏地瞪大眼睛。

又想着子微和静姝在这儿站着，他忍气吞声地接过兔子，跟她挤眉弄眼，小声训道："你出来干吗，快回屋里去。"

楚璠没理他。

她走上前，观察了下子微的脸色，斟酌一番，过去把静姝给扶起来，安慰道："姑娘莫要担心，子微道长已经答应去平乱了。"

龙女瞥了一眼她脖颈上的红痕牙印，垂目哽咽着："谢谢姑娘。"

毕方乐得差点笑出来。

子微顿了会儿，轻声道："楚璠，你过来。"

楚璠想了想，放下美人纤细的手臂，依言退至他身后："道长……"

“不要乱跑。”

楚璠摸了摸昆仑剑上的穗子，低低应声：“哦。”

子微无奈：“没有凶你。”

楚璠看了眼静姝龙女，小声道：“阿兄说过，也不能凶别的女孩子的。”

子微更加无奈，竟跟她说了一句：“你见过你阿兄跟别的女孩子说话吗？”

楚璠挠挠头：“好像也没有。”

子微暗叹，放缓了声音：“回去收拾一下，明日要启程，今夜早睡。”

楚璠讶然又惊喜，问道：“这么快？”

最后，子微轻声开口：“有人已经等不及了。”

子微看了她一会儿，扫过楚璠腰上的长剑，略一沉心，便转身走了。

毕方跟在后头，手里提着烤兔子，上面还嗞嗞冒油，焦黄色鲜香扑鼻，他不免嘴馋，哪料到刚准备咬一口，前面的影子就停了下来。

毕方险些撞上去。

他刹住脚步，好不容易站稳，在沉默的氛围中，看了眼兔子，又看着子微的背影，试探道：“先生，您要吃吗？”

子微转过身，低头看向那只兔子，没什么情绪：“既然是她给你的，便自己吃吧。”

毕方不敢当着他的面啃，把手一背，笑道：“好嘛，我先替您尝尝毒。”

子微笼袖站在一侧，眉眼似有笑意：“你回去吧。”

毕方迟疑抬头：“您要去哪儿呢？”

“我还有点事情做。”子微的目光落在窗后灯笼上，又嘱咐说，“你照看着她，让她过会儿来找我，别和静姝起冲突。”

毕方觉得无所谓，耸耸肩：“楚璠姑娘哪有胆子和龙女起冲突。再说了，她软绵绵的，又是个凡人，静姝可高傲了，没脸跟她吵吧。”

子微闭目凝神，音调淡淡：“你去就是了，莫要多舌。”

“好吧好吧。”毕方撕了块兔腿咬在嘴里，悠悠转身，“看在肉的份儿上。”

楚璠原先是跟在他们身后走，突然被一女声唤住，原来是龙女跟在她后面，细声问道：“姑娘叫什么名字？”

她有问必答，自然是停住步子，望了一眼前面的子微，又回头悄声说：“你要干什么？”

原以为是个笨妹妹，没想到也是有点防备心在的，龙女静姝轻咳了两声，笑道："姑娘莫要多想，我只是想问一些东西。"

楚璠随意应着话："嗯？"

静姝仔细看了看她的脸，特别是那双琥珀淡色的眼睛，细弯的眉目，然后视线又下移，盯住了她腰上的昆仑长剑。

剑柄上银纹复杂，桂珠环绕，荡出无形的厚重灵力。

最重要的是，昆仑剑上居然系了一个看似普普通通的穗子。

白穗精致，荡在剑身上，一下一下，给神剑添了一丝以往从来未有的灵动鲜活之气。

静姝曾经在某人的剑上看过一模一样的穗子。

她垂眸，长睫之下的眼神逐渐冰冷："蜀山剑修，姓楚名瑜，姑娘可曾见过？"

楚璠后退一步，警惕之意非常明显："你为何唤我阿兄名姓？"

她牢牢盯紧龙女。

岂料静姝还没有什么动作，她身后的男人已经提刀迎了上来，快如闪电，诡异的弯刀泛起红光，直直砍向楚璠的腰侧。

这刀带着极为凌厉的煞气，触一下怕是就要入体，楚璠拔剑出鞘，勉强挡了一击，已经被冲击波震得连连后退。

静姝在后面大喊："阿宴！谁让你动了，给我回来！"

阿宴顿了顿身影，脚步一刹，可他修的法诀极凶极恶，断没有收势的道理，刀身血芒乍起，已经不受控制地到了楚璠眼前。

静姝挥鞭卷上男子的刀，可他速度太猛，银鞭与之滑擦而过，"噌噌"冒出电花，却没有卸去刀身多少力道。

刀尖绽着光，转眼已经离她一步之遥。

楚璠横起胳膊，昆仑剑银芒倾泻，在她手中"嗡嗡"作响，好似要脱手而去。

谁知，兵刃还未开始交错，"当啷"一声，那男人手里的刀，就被打落了。

和刀一齐落在地上的，是一根骨头。

毕方站在楚璠身前，略一弯唇，笑眯眯道："我说龙女，这么多年没见，你越活越回去了啊。"

他拈着最后一根骨头，拿在手里玩："你以前可不会仗势欺人，以强欺弱啊。"

静姝愤愤收回银鞭，她呼吸起伏剧烈，显然是到了气头上，朝男人高斥道："阿宴！我有给你指令伤人吗？"

黑衣男人弯腰捡起刀，又紧紧握住，突然单膝跪在地上，正对着龙女俯首："公主，那个楚瑜，明明就是鲛人族发起战争的攻手！"

他几乎咬牙切齿，语气带有明显的恨意。

楚璠愣愣地看着他们，她的手背被刀风剐伤，鲜血顺着指尖往下冒，她没意识到痛，只是睁大了眼，不可置信地问道："什么发起战争……我阿兄，他怎么了？"

毕方察觉到不对，"唑"了一声，连忙拍一拍手，扇着翅膀飞到她面前："你快把血擦一擦，哎呀，可浪费了。"

他这极刻意的转移话题显然没什么用处和结果。

静姝回身望她，淡淡问道："他联合鲛人强抢我龙族不老药，你知道吗？"

楚璠当然不知道。

她待在楚瑜给她划定的一小方天地里，除了每月被取一些血，几乎什么都不用担心，也什么都不需要知道。

至少楚瑜是这么觉得的。妹妹就该活在他的羽翼下，当他一个人的菟丝花。

楚璠声音有些发抖："我不知道。"

静姝手指搭在白玉鞭柄上，深深看了她一眼："鲛人骗了他，龙族的不老药是假的。"

"所以呢？"

静姝略带着些怜惜道："龙族的不老药，早被天魔抢去了。"

楚璠愣在原地。

静姝仰起脖颈，姿态傲气凌人："优胜劣汰，成王败寇罢了，楚瑜是出类拔萃，天资卓绝。此番技不如人，我们龙族不会多追究夺宝之事。"

静姝颔首，示意黑衣男子站起来。

阿宴把刀往地上重重一戳，以此借力，走到静姝的身后，他脊背微偻，面容偏冷峻，有一道长疤竟然沿着额头贯入眼角。

看起来凶狠又狰狞。

毕方乐了，细"啧"一声："我说，南海二公主，你以前不都喜欢白面薄皮的吗，怎么，如今又喜新厌旧，换口味儿了？"

黑衣男人眉头一皱，手上的刀一拧，竟又有攻击人的势头。

毕方下意识拦在楚璠身前，身后的羽翅嘲讽一般抖了抖，他弯着唇，笑嘻嘻道："也不怎么听你的话啊。"

静姝先是看了男人一眼，又勾起嘴角，"嗤"了一声，回呛道："毕方鸟，这么多年了，你还是不长个子？"

她比了一个手势："依然这么矮。"

毕方挥起拳头："喂！你在先生面前做小伏低，在我们面前就换了一副面孔，呵，这是你上山求人的方式吗？"

"不过是子微的门生，你把自己和先生比，岂不可笑。"

毕方笑意更浓："怎么，百年前先生只选了我侍奉左右，你是不是很生气啊？呀，现在还在为这件事情斤斤计较呢。"

子微当年闭关隐居时，身边连一个弟子都没有，多少人抢着把子弟送到昆仑，谁能料到竟是排不上号的毕方得了青眼。

众人不服，他只往天下抛了个轻飘飘的理由，说是和轩辕族有缘。

真是可笑。

静姝怒气冲冲，眼里堪可冒火，满脑子想的都是把那只鸟的毛给拔光。

下一刻，静姝紧攥鞭子的手被微微一拢，阿宴站在离她不过两寸的位置，轻声劝道："公主……"

静姝甩开他的手臂，皱眉道："你别管我！"

男人身材修长，比静姝高了不少，却弓背低头，姿态甚低，连低哑的嗓音都像一头灰扑扑的狼。

"不要为了别的男人生气。"他语气低微。

"你身上都打了我的奴印，倒是还来管上本宫了。"静姝扬唇一笑，目露讥色，"你算个什么东西，方才谁让你动了？"

不过是长姐拿来牵制她的人，还处心积虑地讨她欢心，摆出一副受伤神色，让静姝看着就觉得恶心。

毕方看着男人不离身的刀，好好打量了一下，饶有兴致道："这不是南海倾尽资源培养的那位皇天嘛，怎么，二公主不喜欢啊？"

龙族向来是母系社会，培养一个男人，说出去简直是笑话，毕方显然也是抓住了这一点，就是为了硌硬静姝。

静姝冷笑一声。

"别以为你是轩辕少主就可以随便挑衅本宫。"她长鞭一扬，在空中甩了一个利落的声响，回敬道，"这么多年也没长点本事，是不是连喷火都快落下了？"

毕方顶顶腮帮子，呵呵一笑："怎么，要比试一番？"

妖族当真经不起语言调戏，这两个又是顶尖的骄傲，一点儿都不肯服软，真是快化作原身咬起来了。

楚璠抿紧唇，上前一步，揪了揪毕方的翅膀，蹦出几个字："别打架。"

毕方仰起的脖子乍然一缩。

倒不是听劝，可前面先生才吩咐过，他如若再冲动，先生肯定又要失望了。毕方想了想，输赢嘛，也不在这一时，犯不着意气用事。

毕方整整衣襟，把翅膀从楚璠的手里捞回来，长长哼了一口气："如今事态紧急，我不跟你计较。"

静姝一脸不屑，转过头："切。"

她也微微清醒了。

她上山是来求人的，不能太放纵，静姝转身走到黑衣男人身边，踢了踢他的小腿："跟我去屋里。"

男人提起刀，沉默地跟在她身后。

毕方叉着腰，等到静姝和那个叫阿宴的男人走得不见影子，才转身对着楚璠道："走吧，去见先生。"

他过了会儿才发现楚璠没跟上来。

毕方又转回去，凑过去一个脑袋："你还不走吗？"

楚璠脸上荡开一阵茫然，心里乱得很："我想再去问问龙女……"

毕方抓住她的手臂："你疯了吧，没看那个叫阿宴的恨不得直接杀了你吗？"

楚璠挣开他的手，在雪地上走来走去，自顾自念道："我知道，所以我不是乖乖待在你后面什么都没做吗？可他为什么要瞒着我，什么都不告诉我，为什么，为什么！"

都说了你那个兄长不是好东西了。

毕方心里是这么想的，可他不敢明着说出来，因为楚璠此刻实在是很不对劲。

这人真奇怪，一提起那个兄长，情绪就颇为激烈。

楚璠手臂颤抖，呼吸变得急促，眼眶止不住开始泛红："为何什么都不告诉我……"

毕方在一旁看着，吓了一跳："喂，你别在我面前哭啊。"

他可不会哄姑娘。

他好说歹说地劝："我带你去见先生，你到他面前哭嘛。"

楚璠眼睛红红，忽地站直身子："我没有哭！"

"好好好，你没哭。"

楚璠和他对视几息，好半晌才缓过来，她鼻音略重，垂下了头，轻声说："对不起。"

"怕了你了，别跟我道歉啊。"

楚璠垂着眼睛，语调轻浅："道长去哪儿了，找我有什么事情吗？"

毕方迟疑道："退寒居吧，他身上枷锁封印虽然散去不少，可也没有恢复到全盛时期，天魔来势汹汹的，先生要思考应对之策。"

"他方才喊我过去，也是怕静姝和你起冲突，没想到果然打起来了。"毕方拧着眉训斥她，"打不过就跑，刀都快架脖子了上你都不带动的，怪不得先生那么操心。"

楚璠抱着昆仑剑，手臂微缩，越攥越紧。

几息后，她抬起眼帘，轻声道："刚刚谢谢你，至于道长，我就先不去打扰他了，反正吸血也是晚上的事情。"

毕方摸不着头脑："那你要一个人干什么啊？"

"回去练剑。"她没磨蹭，转身跑得很利落。

毕方愣在原地，好一会儿才感叹道："这么用功的啊。"

楚璠练了一整天的剑，等到胳膊都直不起来，才回了房间。

她脱力地坐在椅子上，困极了，下巴磕着剑鞘，折枝纹冰冰凉凉的，就那么一下一下轻点，触感非常真实。

太弱了，她心里想，自己还是太弱了。

这怪不了别人。

从小到大，她都是被保护的那个。

国破之后，楚瑜从尊贵的皇子变成流民，像是从天上跌进泥底，受辱都变成了最不值一提的东西，活着才是最重要的事情。

那时外面阴雨绵绵，又夹杂瘟疫，老鼠在寂静的夜里窸窣窜动，满城都是腐臭的味道，他们躲进破庙里，连脸都不敢露。

可没想到，就这样也躲不过。

衣衫褴褛、面容灰败的男人们，都窝藏在一个地方，天是暗的，房檐在漏水，贪婪和邪恶开始慢慢滋长。

小孩儿和女人很少，不知道为什么就死在了路上。

长久的饥饿和黑暗，会让人变成阴森可怖的怪物，两个看起来瘦瘦弱弱的小孩子，是最可欺的对象。

那些人眼睛里闪着猩红的冷芒，他们疯了一般冲过来，连笑容都是狰狞的。

枯瘦的手张牙舞爪，像饿鬼，人性在此刻被诠释得淋漓尽致。绛丝轻绸制成的衣物被扯乱，他们更加兴奋，嘶着喉咙低声笑——

"是个有钱人啊！"

“以前这些贵族少爷，不是最喜欢把我们当狗使唤吗？哈哈哈哈，现在还不是要跟我们一样吃虫子，快，快掏掏他的衣服，说不定还有吃的。”

楚瑜身上还有未愈合的箭伤，连反抗都不能，他抱着楚璠缩在墙角，死都不松手，那些人踢打的动作便更加放肆。

他额头渗出了大颗汗珠，牙齿紧咬，没有呼喊，更没有挣扎。

一脚一脚的，不停歇，力道也极重，她数不清楚瑜挨了多少下，只记得他颤抖的身子，还有其他人张狂的笑。

楚璠吓得瑟瑟发抖，耳畔萦绕着粗重的喘息，她浑身直颤，无声流泪，又被楚瑜用手掌遮住脸。

他牙关处含着血：“璠璠，别出声。”

楚瑜低着头，唇角的血液不受控制地流出来，落在楚璠身上，甚至连她的耳侧、脖颈，都沾满了血沫。

楚璠的视线一片血红，却不是自己的血。她害怕，却更难过，她想翻过身替阿兄挨这些打。

楚瑜根本没让她动，甚至捂住她的眼睛，贴近楚璠耳朵，嘶哑得接近无声：“别让他们知道你是个姑娘。”

女子会承受这个世界最大的恶意。

楚璠又无声流了一串泪。

他从前是金枝玉叶、锦绣高贵的皇子，如今在乞丐手下苟延残喘，差点连命都没了。

楚璠哭得双眼血红，脸上抹的泥巴被眼泪化开，冲出一道道狼藉惨白的痕迹，她无声嘶喊，口型说的是：“阿兄，阿兄。”

楚瑜牵起嘴角，几乎是用尽全力，把她的脸埋在自己的肩膀里。

他们抱作一团，蜷缩地贴着，几乎连血肉都黏在一块儿。

直到最后，众人挑挑拣拣地翻找，才发现他们当真一无所有。

乞丐们大失所望，骂道：“看着细皮嫩肉的，一点油水都没有。”

走前还不忘狠狠踢楚瑜一脚：“狗东西，浪费俺们时间。”

过了很久，外面的雨还在落。

“滴滴答”，“滴滴答”。

楚璠屏住呼吸，手臂慢慢移动，顺着他的脊背往上摸。

湿漉漉的触感，黏稠温热，她抬头一看，满手刺目的血，和外面檐雨的节奏一致，一滴滴往下淌。

楚璠在哆嗦，脸颊上全是泪水。

消瘦修长的手指，颤颤巍巍抬起来，轻轻擦过她的脸。

楚璠也抬起胳膊，然后用手指触碰楚瑜带紫的眉骨，嗓子像是有一把刀在割："阿兄。"

楚瑜把嘴里的血咽进去，指尖贴在她的脸颊上蹭了蹭，又强忍着，露出一丝安慰的笑："不疼的。"

又惊醒了，凄凄夜色下，楚璠脸色惨白，汗水浸透衣衫。

她坐在空荡荡的房间里，还没有缓过来，视线透着一股朦胧的红。

踉跄起身，快步推开门，一大股冷风灌进来，她头脑骤然清醒，看了一眼天色，外面雾蒙蒙的，不知道是什么时辰。

楚璠回头，到处找灯笼。

她怕自己赶不上，子微还要取血。

哪还有时间伤春悲秋。

楚璠慌慌张张，神思都是错乱的，她踩到不知哪来的地毯上，不小心崴了脚，跌倒在床榻边上。

不想哭的，可是泪水不受控制地流了出来。

她怎么也想不通，阿兄为什么要抢不老药。

修仙之人，所求无非是长生久视，全性葆真。可他区区二十五岁，已达到旁人难以企及的顶点，有着锦绣光辉的坦途。

他不需要这种东西。

楚璠隐隐明白，是谁需要这种东西。

她的心一点点下沉，呼吸粗重，放在床板的手有些发颤。心腔又开始一抽一抽地疼，在悸动，在翻涌。

楚璠仿佛回到十年前刚上蜀山之时，不能接受灵气，每一次呼吸，都像刀子割入喉咙，狠狠撕扯肺腑。

若阿兄是为了她才落入天魔手里的，她又该怎么原谅自己？

"吱呀"一声轻响，子微推门而入。

他一进来便看到楚璠伏在床上，肩膀颤抖，额上覆着一层冷汗，小脸惨白，乌瞳无光。

怎么一个不察，就又变成这副模样了？

"龙女跟你说了什么吗？"子微走近，轻皱着眉，缓声询问，"还是哪里不舒服？”

静姝生在母系社会，性格豪爽直白，虽然急躁，却不会刻意为难女子。

楚璠把脸埋进掌心里，嗓子干哑：“不是龙女，也不怪其他人。”

子微弯腰，扶她起身，倾身捞过落在地板的乌发：“地上凉，先起来。”

楚璠拢起袖子，只露出半截指尖，剑被她抱在怀里，似乎眉睫都发寒。

子微伸手盖住她的手背，垂眼问她，直截了当：“瞒得过我吗？”

楚璠似乎僵住，在子微的注视下，默默把掌心摊开。

昆仑剑柄由霜银浇铸而成，本就不是她能掌控的，这么练了一天，磨得狠烈，指腹连着掌心的肉珠都泛红，隐隐渗血。

“我怎么跟你说的？”他看着那双柔软纤弱的手，声音比以往更清寂。

楚璠嗫嚅：“修炼之事，不可操之过急，若心志不坚，必伤其身，噬其苦，劳而无用，难进半分。”

“你记得倒清。”

在某些方面，楚璠很能认错，但是她不会改，像是蒙着头一脑袋撞墙上，站起来也不会转弯，拍拍脑门，要继续撞。

想到这儿，子微有些无奈。

原以为自己会挨骂，没想到子微的声音洌洌传过来，只是略冷淡些：“昆仑剑若知道自己沾了你的血，估摸就不让你碰了。”

他坐下来，微垂脖颈，把视线拉到和楚璠同样的高度：“我若知道你这般不爱惜自己的身子，说不定就不会教你剑招了。”

子微看着修长清瘦，实则腰肌窄实，身量宽阔，这么一压下来，更显得气势慑人。

楚璠呼吸一滞。

他凑得更近，睫毛长而密，微微一压，像是要扫到她的皮肤上。

子微伸手拖住了她：“你在害怕些什么？”

楚璠彻底服输，她摇了摇头，虚弱道：“道长，我不明白。”

她说话时，微凉的嘴唇不小心擦过他的喉结，子微一顿，放缓了声音，问：“哪里不明白？”

楚璠继续摇头，却不出声。

“白天的事情也不准备告诉我吗？”子微低声询问。

楚璠垂下头：“您都知道……”

子微笑了笑，又靠近些许，从袖中拿出一个手绳，红色的线缀上银丝，扭成手环，戴在楚璠的腕上。

“这是什么？”

“你下次再遇到白天的事情，就对着它唤我的名字。”子微握住她的手，多看了几息，“这样，我也不用那么担心了。”

他白日没有出面，就是忙着炼化这个法器。

原是想要楚璠过去拿，没承想还是要亲自来塞给她。

袖子滑落，露出洁白的腕骨，还有内侧的一片花藤，红白交织，像半截枯梅。

楚璠怔怔看着，觉得自己就像棵枯萎的草。

他拍拍她的肩膀，语气轻缓：“你知道，为何鸳花会认你为主吗？”

楚璠把视线转在手腕上，直直盯着，扯出一个笑：“我也不明白。”

子微用手描了描鸳花的图腾，掌下肌肤细腻，他轻声道：“我那时控制不住妖魄，想把自己永远封印在昆仑山下。”

不想活着，没有生机，旁人来抢他的鸳花，说要救人，他想，那便拿去吧，后来也没有多追究。

只是没想到鸳花生了灵，还认了主。

“我想活着的。”楚璠低低笑了声，嗓音嘶哑，“可阿兄为我搜刮各路天材地宝，今天断了手，明天又断了腿。我当时想，那我还不如死了呢。”

不想活着，不如死了。

子微没有说话，只是轻轻点了一下她腕侧的图纹，细嫩花丝由内向外绽开，纯白无瑕，蕊间一点淡蓝色。

慢慢地，狐尾移了过来，簇拥着那朵小花，和新开的花枝叠在一起，像是起舞，更似缠绵。

尾尖勾着花朵缠绕，绒毛扫过它的蕊，鸳花的花瓣开始一颤一颤地抖，蕴出淡淡的醉红。

子微问：“好看吗？”

她觉得自己像是那朵花，要被熏化了，也要被揉醉了，连思考都停滞混沌，只能由心道出：“很美。”

他笑了笑，把头凑到她的颈间，越靠越近，鼻尖贴着她的脖颈，气息很热，声音沉而喑哑：“楚璠？璠娘……我可以这么叫你吗？”

他抿住她的耳垂，狐尾继续揉弄她腕上的花瓣，花瓣在颤，她也在抖，将她整个人都融成了一摊水。

楚璠被他亲得很舒服，又有一种别样的罪恶感，她浑身软烂，骨头都似被揉碎了，听见他哑着嗓子说：“你知道吗，这才是真正的双修……独一无二的……我们之间的双修。”

他说完最后一个字，便吻了上来。

子微揽住她，用狐尾将她一层层裹住，把她藏在身躯下面，叼住她的命脉一般，舌尖探入她的嘴里，尝到甜美的汁液。

她这个时候总是格外乖，舌尖磨蹭，他身上的清香味儿总是很浓，特别是这样交融时，又炽热，又浓烈。

狐狸味。

楚璠在心里胡乱地想，这个道长有狐狸味儿。

子微握紧她的肩膀，慢慢放开她的唇，指尖隔着里衣揉弄，尾尖在她的身边徘徊。

“想吗？”

楚璠眉梢软红，有一股痒从手腕流遍全身，她不想回答这个问题，默默闭上眼睛，睫根微颤。

子微靠过去，从她的腮亲到睫上，舔着她的睫毛，语气黏湿，还要问：“想吗？”

楚璠抓着一条尾巴，用手握紧，不让它乱动。

子微最后问：“璠娘……想不想？”

楚璠用胳膊回拥住他，拿舌尖堵着他的嘴，流转了满嘴的松雪香。

别问了，想的。

子微觉得她太瘦了，可能是来昆仑的路上太劳累，吃得少，腰肢纤细，肩背也瘦削，一臂就能抱住。

她缩在他的怀里，一汪暖玉一样，微微仰头，舌尖细细勾画他的唇舌。子微闭上眼，任由她动作。

氛围变得潮热，清透的雪香把楚璠的脑子都熏醉了。楚璠喘着气退出来，唇被磨蹭得湿红。

这副样子，实在是糜烂极了。

子微眸间一暗，翻身把她压在下面，狐尾缓缓交缠，顺着她的胳膊小腿缠绕。

绒毛一寸寸扫过她的肌肤，越勒越紧，把她完完全全禁锢住了。楚璠睁开一双迷蒙的眼，泛着潮热的水汽，就这么望着他。

子微甚至想用力一点，再用力一点，用尾巴将她绕起来，圈成一个网。

直到楚璠看着他，目光似乎飘得很远，说了句："道长为什么对我这么好？"

她从小到大，没经历多少善意，不懂为什么会有子微这样的人。对一个有所求、有所图的人，也可以这么好吗？

子微强忍欲望，舔弄她的脖颈，洇出一道湿漉漉的痕迹。

这姑娘还小呢。

不到二十岁的骨龄，还没长开，肌肤柔嫩，面皮也薄，不小心揉得用力点，就会泛出淡淡的红，人也懵懵懂懂的，什么都不知道。

笨笨的。

他声音低哑："你猜是为什么？"

楚璠眼神空空，低喃："您别让我猜，我猜不到的。"

她连阿兄都猜不透。

子微笑了，他心念一动，一条尾巴伸了过来，尾尖绒毛挠了挠她的鼻子："你问我呢？"

细软的绒毛有股清冽干净的味道，她猝不及防被挠了一下，打了个小喷嚏，迷迷糊糊"嗯"了一声。

子微将她整个人按在床上，由上而下俯视她，眼中那圈蓝色的柔光，好像海一般波澜起伏。

狐尾缭绕在二人身侧，顺着床沿轻晃，然后垂落在她身上，姿态暧昧地摩挲着。

他垂下头，银发流泻如水，有些散在床铺上，更多的落在她的小腹大腿，铺了满身，又滑又凉。

楚璠颤了一下："道长……"

子微喉结微滚："别这么叫我。"

他俯下身子，宽大的偏衫突然落下，带着一股惑人的香，轻轻蒙上楚璠的脸。

"道长……"她的声音多了一份惊愕。

子微将脸贴近，靠在她的小腹上："都说了别这么叫我。"

楚璠浑身都热，但觉得有一种莫名的放松，做这种事情，好似飘在了云端，能忘记脑子里堵塞的闷意。

她满身是汗，将脸埋在掌心，尾巴又跟着缠过来，楚璠心中一急，直接将脸埋进了大尾巴的绒毛中。

子微失笑，尾巴传来丝丝缕缕的快感，他哄道："七情六欲，人之常情罢了，璠娘。"

楚璠声音细细小小，含糊不清道："道长不要叫我璠娘。"

璠娘……这种称呼，实在是，暧昧极了。

会让她有种错觉。

"那叫你什么？"他嗓音滞闷，像是跌进了一团热酪糕里，软极了。

楚璠抱紧了他的腰身，摸到他腰腹处硬邦邦的肌肉，脑子里空荡荡的。

子微扶着她，战栗又充实的快感沿着脊椎攀爬交织，他忍住剧烈的欢愉，去嗅她白而嫩的脖颈。

"你说，我可以叫你什么呢？"

楚璠嘴里只有呜咽声，睫毛微湿，像是答不了话。

子微笑了笑，抬起她的下巴，眉心红痕微闪，有种蛊惑人心的味道："不是你说，我们是有因果的吗？"

他衣衫没全褪，半露着矫健的肌肉纹理，银发如瀑披散，蓝眸中似乎有幽幽火光，山林精魅一般，惑人心智。

楚璠看着他的脸，只觉得魂都要没了，抽泣着说了句："道长，您可以叫我璠璠……"

子微听她这么说，不知怎的，被惹得有些想笑。

楚璠听见他低沉的笑音，闷闷地传到她耳朵里，略一歪头，又将脸埋进床上铺着的尾巴里，耳根红红的，不说话。

"我若是叫你璠璠，"他压着她，轻咬着她的脖颈，吐息热热地熏出来，"那……实在是会多想。"

总觉得像在叫一个小孩子，但她可不就是小姑娘吗？

子微默默想，他们年纪确实相差甚远。

楚璠还是不说话，抱着他的尾巴把脸埋进去，连鬓发都湿了。

他的尾巴都能感受到女孩子的唇里在吐热气。

子微默了会儿，道："这东西哪是给你这么用的……"

楚璠听不懂他意思似的，反而直接翻了个身，"呜"了一声，拿后背对着他。

子微俯身上去，手臂从她腰上掠过，温热的掌心握住肩头，又将她抱紧了一些。

楚璠已经意识昏昏。

最后，子微将她翻过身子，吻着她的眉心，声音低沉微哑："璠璠，记得念咒语。"

楚璠沉沉睡过去之前，只觉得这个道长念她的名字时，声音真好听。

他们子夜出发，毕方特意从族中搞来了个飞天船舫，上面附着无数的机关阵法，牢不可破。

子微出来时，毕方连忙迎了上去，刚想问楚姑娘在哪儿，便在他怀里看到一个人影。

楚璠裹着厚厚的被子，连一丝肌肤都没露出来，子微将她牢牢抱在怀里，生怕被人看到了一样。

毕方嘴贱，没过脑子，问了一句："楚姑娘？"

被子里好似有人动了一下，半梦半醒的，迷迷糊糊"嗯"了一声，听着娇憨可怜。

毕方一愣。

子微皱了皱眉，双臂下意识收紧，只给他留下个背影，稳稳踏空而上。他径直走向前，低语道："龙女呢？"

毕方跟在他后面，心情难以言喻，回道："龙女跟她的随从已经在上面等着了。"

"我出关一事，瞒得还好吗？"

毕方斩钉截铁："除轩辕和龙族上层，绝无一丝泄露。"

子微又为飞舫施了一道隐印，还是有些担心。飞舫并不安全，甚至有些显眼，可南海距这里有万里，没日没夜御剑而行，他们倒无所谓——

只楚璠怕是有些顶不住。

子微将楚璠放至里间，不过片刻便出来，和他们一道商讨些事宜。

静姝痛改前非，姿态端正了不少，主动说："天魔素来忌惮先生，为保稳妥，我们可以轮流值守。"

子微笼袖而坐，点了点头："天魔出世才十多天，力量定没有全然恢复，是不敢派本体前来的。"

他语气一转："但仅是分身，你们也要小心一些，他一手幻术了得，擅长蛊惑人心，引起恶念。"

子微特意提醒了毕方一番，他尚年幼，体内又含离火，心智不坚，最容易被引诱。

静姝听着他温润的嗓音，在一旁想，或许他们这几个人对子微来说都是拖累，其实他最适合一人前行。

毕竟在她的记忆里，昆仑子微是没有弱点的。

龙族生性开放，以母为尊，她身为公主，有无数爱慕者。

静姝从小崇尚力量，一眼就瞧上了名震天下的子微。

最后当然没成。

静姝生性高傲，幼时南海势大，从没想过会有人拒绝她，可子微拒绝她，又好像是理所应当的。

他从不与旁人有过多牵扯，天山狐通天命，所有因缘际会，都能巧妙避过。她之前一直觉得，子微是害怕情爱的。

静姝琢磨着，舫内的那个姑娘，怕是他的漏算。

她有些想笑。

子微早已走了，阿宴看她笑得比花还艳，觉得心烦，闷声开口：“公主，您还想着子微先生呢？”

静姝懒洋洋打了个哈欠，娇媚地瞥了他一眼：“我想什么？我在替子微道长可惜啊。”

看那姑娘的样子，子微道长千年元阳，怕是浪费了。

多可惜啊，都不知道该心疼谁了。

第五章 天魔

楚璠在子微怀里醒来时，已经是晚上了。

有条白软狐尾缠在她腰间，剩下的卷曲着垂落在地，她放轻手脚，把几条尾巴铺平放好，披上斗篷，抱着昆仑剑推门而出。

床上之人一动，有薄光透过他高挺的鼻梁，子微睁开眼，嘴角露出了道浅弧。

飞舫之外，一片澄净之色，夜幕星河，犹如一场迷梦。

这便是修者的世界。

毕方化为红鹤立在栏杆上，用鸟喙梳理羽毛，看见她出来了，问道："先生呢？"

这一声把她给惊醒了。

"还在里间。"楚璠走过去，把它落下的羽毛捡起来，总觉得太浪费，"毕方，你把毛攒起来，我帮你做个羽衣吧。"

红色洒金，可好看了呢。

做个羽衣要多少毛这个女人到底知不知道，这是要把它薅秃？毕方冷着脸，让她想都不要想。

楚璠"哦"了一声，权当没听见，默默把红羽装进袖子里。

龙女正好过来轮守，见到这幅场景，掩唇一笑："楚姑娘是个妙人。"

得美人夸奖，楚璠嘴角弯弯，想回话，突然又想起阿兄帮鲛人攻打龙族，有些为难，便不知道该怎么寒暄了。

她本来也不太会说话……蜀山上的人都不怎么喜欢她，阿兄也不许她和旁人多交流。

静姝见此，微鞠一礼，爽朗大方："昨日我没拦住手下，向你道歉。"

楚璠连忙摆手，甚至有些受宠若惊："不，龙女不用如此，我没有受伤的。"

黑衣男人站在她身后，像一道冷寂的影子，他抬起头，特意摘下了斗笠，露出一张冷酷的脸，有一线疤自眉骨划下，显得更加锋利。

楚璠觉得这个人长得很凶，那把不离手的刀也很奇怪。

阿宴一同鞠礼，声音沉沉："抱歉。"

她摆手，有些紧张："不用。"

静姝爽快笑道："姑娘不必放在心上，他不敢再咬人了。"

楚璠尴尬一笑。

龙女谙熟人情，更何况楚璠和子微的关系实在让人深想，静姝知趣，坦白道："龙族早年奢靡高傲，安于现状，被鲛人攻打夺权，其实怪不得旁人。"

怪她那个声色犬马、麻木迟钝的长姐，还有那些以血统为尊、迂腐陈旧的拥趸。若血统本源仍是衡量强大的标准，那为何天道第一，直到现在，依然是昆仑子微。

是龙族还一直停留在原地罢了。

"更何况……"静姝邀她坐下，有意缓解气氛，"是你兄长所为，跟你又有什么关系呢。"

楚璠坐在露天石椅上，晚风吹过眉梢，听到她这么说，反而愣了一下。

她没说话。

毕方扑棱翅膀，在一旁添油加醋："你别和她提兄长，挺温和一个人，一提那劳什子就跟吃了炮仗似的。"

他上次提了一嘴她兄长，就被她梗着脖子凶了一通。

这次显然也是。

楚璠转头，沉默地盯着毕方："你别讲话了。"

毕方生气，毛都奓了："你看！我还什么都没说呢！"

静姝被逗乐，看着他们笑了好一会儿，等二人静下来，又递给楚璠一个茯苓饼，让她垫垫肚子。

美人送的东西似乎都更香一些，霜色的薄饼，匀着蜜饯松仁，其形如满月，白如雪，满嘴生香。

楚璠小口吃着，道了句谢。

静姝不敢邀功："这是子微道长准备的。"

果仁碎在齿尖流转，楚璠想着子微道长那张脸，莫名觉得这吃食更甜了一些。

她以为大家都有，点点头："子微道长人确实很好。"

静姝挑了挑眉，笑笑："姑娘这么说，倒也不错。"

楚璠用完东西，把袖子里的鸟毛掏了出来，准备给毕方也做个穗子，她速度快，没一会儿样式形状就出来了。

昆仑剑在她怀里散出一股弧光，一阵风拂过，她手上的红羽“唰”的一下就被吹走了。

“哎？”楚璠疑惑地叫了声。

毕方垂头，低声暗叹：“你可放过我吧。”

楚璠还以为昆仑剑不喜欢这个，握住剑柄，思索了一会儿，问道：“我之前能听到阿兄的剑灵说话，为什么……昆仑剑不行呢？”

静姝在和阿宴喝酒吹风，听到这话，细眉微拧，转过头来，一直盯着她看。

楚璠依然不解地看向她。

她听到静姝声音有些干涩，艰难问道：“你能听到剑修的剑说话？”

楚璠确信自己是听过白泽讲话的，缓缓点了点头。

静姝简直不能用言语来描绘内心的惊惧。

剑修是何等物种？以剑为心，用剑传神，她所认识的剑修，无不嗜剑成命，别人莫说是听剑音了，就连碰一下也不行的。

这是关乎道心的事情。

楚璠居然能与剑灵对话！还是旁人的剑！

静姝顿了片刻，实在震惊，抛下他们转身而去，敲了敲子微所在的房门。

“进来。”

子微坐在椅子上，修长手指拈了一枚棋子，不疾不徐地将黑棋落在玉盘之上。

静姝深吸口气：“先生，楚姑娘能听见兄长的剑音？”

子微又落一枚棋子：“我知道。”

“您知道？”静姝的声音几乎有些颤抖，“剑修的剑音……除了结为道侣之契的二人之外，还有谁能听到吗？”

子微直接说：“不能了。”

“先生……”

“别问了。”

子微站起来，睫毛微敛，眼底流泻出清疏的光影，声音沉重。

“可显然，剑是不知道的，她本人，也是不知道的。”

楚璠不明白为什么毕方一直盯着她。

她用昆仑剑柄戳了戳他的尾巴毛：“你们怎么了啊？”

毕方还在盯着她，翎毛晕出一道火光，气焰几乎要从眼里蹦出来。

他认为楚璠是个骗子，而且这种心理愈演愈烈，完全控制不住。

楚璠有些害怕。

她抱紧昆仑剑，后退两步，只见毕方疾飞而上，周身燃起巨焰，朝她铺天盖地淹没过来。

她惊呼一声，倒在地上，往后翻滚一圈："毕……毕方？"

火焰再次袭来，似刀刃一般冲向她的面门。

昆仑剑极快，一道雪亮的剑芒划破天际，几乎要掠出残影，稳稳将毕方的离火拦截了下来。

楚璠趁这个时机往后跑，刚刚转身，便落入一个带着清香的怀抱。

是道长。

子微将她放至身后，并指一划，飞剑出鞘，却不是攻击毕方，而是往他身后的虚空所在处凌然一刺。

星河欲晓的天空，转瞬便成为层云堆叠、雷声轰鸣的炼狱。

天上下起了血雨，被飞舫的机关挡在外头，子微左手施诀将毕方缚住，他摸了摸毕方的额头，从太阳穴处拉出了一道血丝。

是一条细小蜷缩的虫子。

它被扔在木板上，不过瞬息，蠕虫立即破茧成蝶，扑闪着翅膀，朝子微扑面而来。

剑光沿着弧线斩下，蝴蝶变成破碎的残肢。

子微仰头，广袖拂动，声音清冽沉静，如水波荡开："天魔，别藏了。"

"你还是那么无趣……和讨厌。"那个声音怪异，黏腻得像是含了血，带着讥讽，"昆仑子微，竟龟缩于一舟之中。"

子微面色淡然："我本以为你不会这么早露面的。"

天魔握拳，看着他手中的长剑，指骨不断缩紧，笑了声："你依然以为……自己可以算尽天命，无所不能？"

他的声音全是恨意和讽刺："本座知道你是引我前来，可是这又怎么样呢，我就是来了，我在炽渊里被关着的每一天、每一刻、每一秒，都在想，我们那神通广大、高高在上的子微先生，如今是什么模样。"

天魔挥开魔云，仔仔细细地盯着子微瞧了好一会儿，忽而轻笑："不进反退，子微啊，你也不过如此。"

子微眉宇微皱，神色非常冷淡。

天魔垂眼，他声音似鬼魅："我懂，天地间可只有我最懂你了。"

他放低声线，音波荡出来，环绕在众人耳侧："你也不过一个半妖杂血，怎么样，半妖的心魔关，是不是异常痛苦难挨啊？"

子微神色没有泛起一丝波澜："被关炽渊百年，思想却没有分毫长进，江逢，你为何还在堕落？"

静姝知道，天魔此人，最是怨恨天才，嫉妒强者。

对子微尤甚。

他早年之事也是众人皆知。因为天魔并非生来就是魔，他也是一位杂血，是个半妖。他的父母很是相爱，为他取名为江逢，意在纪念他们初逢之时的一见钟情。

只不过他们刚生下江逢便被人妖两族发现，他们没有反抗，用自己的性命换了孩子一命。

那些人把他遗弃在深山之中，无人管教，他是被母狼养大的。

所以说，越被歧视、被忽视的人，就越渴望力量。他长大之后，成了一名剑修。

剑道，永远被誉为至强之道，剑修一生所求，除了剑心之外，还有神剑的认同。是荣誉，也是强大的象征。

十四州三柄仙剑，依次镇在昆仑、不周、蜀山之下，他一个个试过去，三千台阶都被他的膝血浸满了，可就是没有一把认他为主。

他性格阴郁，残暴无度，竟也想征服神剑。

那时人妖关系并未缓和，旁人笑话他再怎么执迷不悟也打动不了上苍，杂种就是杂种，怎么可能会得神剑青睐。

谁都是这么认为的，直到子微拿起了昆仑剑——他甚至不是一名剑修，他所学的更多是道术。

可他就是被神剑认了主。

他们的遭遇如此相同，却走向了截然不同的人生道路。

最后江逢堕魔，废了全身功法，再不碰剑，却也是子微，用昆仑神剑将他封印进了炽渊。

或许这就是宿敌。

子微打断了静姝的回想，他直视天魔的血眸，再一次回复："我从未觉得自己无所不能。"

二人沉默对峙着。

毕方晕了过去，龙女和阿宴垂首沉默，只有楚璠仰着头往天魔处瞧。

他面容憔悴，鼻梁高挺，狭长的眼里嵌着一对血红的眸子。身着黑袍，衣衫宽大，身形藏在云雾之中，却也看得出来极为瘦骨嶙峋。

比起英俊，更适合他的词语是古怪。

就是他抓走了阿兄。

楚璠控制不住想问他，嗜血如命的感觉究竟是什么样子。

她垂下头，抓紧了自己的袍角。

天魔最善玩弄人心，他看着楚璠缩起的肩膀，心念一动，无数血蝶涌了过去，嘲弄道："让我看看，如今你身边又跟着哪些废物。"

子微皱眉，左手持剑，右手翻转崆峒印，将血蝶挡在飞舫之前。

静姝把毕方收入兽囊之中，快速说："先生，这些蝴蝶我来对付。"

阿宴挥出血刀，他和静姝的功法似乎相合，连在一起，实力非常强劲，那些诡异的蝴蝶越不过半分。

子微又施一道阵印，将蝴蝶困在里面："看着它就行。"

天魔身子微倾，手握成爪，朝楚璠抓来。此时昆仑剑寒芒倾泻，与他的爪交错对上，溅起一阵电花。

顷刻之间，楚璠闻到了天魔身上的味道，有皮革、鲜血。

天魔显然也是。

"你身上……怎么一股狐狸味儿。"他蓦然发现什么好玩的似的，双眼和血蝶一般猩红，张狂笑着，"子微，你居然也敢有弱点！"

他再次向楚璠抓来，只见一剑飞来，万古寂然，清光剑辉刹那照亮夜空，将他震出了十尺之外。

天魔后撤。

他舔了舔指尖上不存在的血，紧盯着楚璠，慢条斯理道："昆仑剑都让女人碰，看不出来，你还挺护着她的……"

子微拧起眉尖："你的话变多了。"

"话变多了……"江逢低着头，肩膀耸动，一边笑一边道，"是啊，你怎么会知道被封印百年力量全无是什么滋味，你怎么会知道万人唾弃是什么滋味！子微先生尊贵高冷，常人看见都要跪拜，怎是我一小小魔族可以企及谈论的……"

他越说越激动，雷云划破深空，狂风左右乱窜，宽大的罩袍被吹动，雷雨交加，使得它猎猎翻卷，东飘西扬。

而子微依然静谧。

这种安静不只在神态，连子微周围的氛围也是。

他甚至衣袍垂平，眼神毫无波澜，一丝不动：“你为何觉得我不懂？你又从何得知我向来高贵？江逢，你被嫉恨迷了眼，你明知道自己有错，却不敢承认。”

又是这样，又是这样。他愈激狂，子微就愈平静。

江逢咬牙问道：“我有何错！你又有什么资格评判我？”

“我没有。”子微仰起头，目光清寒，“可从前被你屠村的一乡百姓有，为了护山而牺牲的蜀山弟子有，还有千千万万死在你手下的无辜之人，他们有。”

“人命而已，不过是最卑贱的东西。你说这些话，不觉得自己可笑吗？”江逢高声笑，“你跟我一个魔提人命，死就死了，本座会在乎？”

子微冷冷道：“你还是不愿回头.”

江逢怒道：“谁要回头！子微，我问你，为何要回头？”

“你问我无用。”

子微执剑挡在众人身前，袖袍如云流轻拂鞘身，昆仑瞬间染上一层白霜，剑刃闪出泠泠蓝光。

他心中复杂，最终也只是叹道：“你该问你自己。”

静姝在楚璠身边解释：“江逢简直跟个甩不掉的癞皮狗似的，追着先生咬，这都过了百年，怎么丝毫未变。”

楚璠扭头，一脸求知地看着她。

静姝在她旁边小声道：“先生收伏神剑，江逢一直怀恨至今，我猜想这只是其一。”

龙女往楚璠的方向靠近几步，声音更小：“他原身是一只普普通通的红蝶，由虫破出，比一般的半妖更加孱弱。和我们都不一样……”

楚璠知道，她近日接触的妖，如子微、毕方，还有静姝、阿宴，全都是在外赫赫有名的强者。妖族对血脉本源极其在意，天山狐、毕方鸟，还有南海龙族，无一不是祖妖血脉、上古神兽。

他们有先天灵力，生来就比别人强，是得天道眷顾的。

而天魔竟然是一只毫无一丝特点的——红蝶？

“普普通通？可他灵气如此暴虐强盛，哪里一般平常了？”楚璠不可思议地喃喃。

“谁知道呢？”静姝嗤笑一声，自嘲道，“我龙族一脉相承多年，甚至被凡间喻为帝象祥瑞，还不是出了那么多废物。”

静姝叹道：“可半妖血统卑微，连出生都是逆天而行的事情，数量极为稀少，若父母灵力不足，就是死在降生的那刻也是有的。”

“天赋血脉虽不能决定一切，可确确实实是不平等的事实。”静姝沉默片刻，继续说，“他嫉妒，他不甘心。”

“这不是他横行不法，肆行无忌的借口。”楚璠拨开被风吹乱的头发，眼睫低垂，“他跟子微道长，根本不能相比。”

“我也觉得是。”静姝挑眉，将脚下还在扑棱的蝴蝶踩碎，甚至踝了一踝，“修为再高，也不过是个欺凌弱者的鼠辈，我瞧不起他。”

楚璠格外喜欢龙女的处事态度，凡间女子大多柔顺羞赧，静姝高傲却不自大，风流也不失潇洒，实在很让人钦佩。

不远处的江逢恰好相反。

他脸色越发阴沉，几乎要和身边的浓雾融为一体，声音也透着一股腐朽的潮气，他问子微：“你也是半妖，跟我一样的东西，凭什么就能高高在上，满口仁义道德？”

子微凭什么能白衣如雪，不染纤尘，依旧立在云端？而他江逢又凭什么生在淤泥，和草芥为伍，被众人唾弃？

凭什么这世上要有霄壤之别，他为什么不可以妒，为什么不能恨？

不过都是半妖，是渴血的怪物，是噬人的魔徒。日日夜夜的钻心之痛，他没抵挡得住，别人凭什么可以。

子微凭什么可以。

子微沉默很久，终究无奈一笑：“江逢，路是你自己选的，怎么能怨别人。”

江逢拉扯唇角，衣袍随着风的流速翻折，成了近乎扭曲的姿态：“我偏要怨你，偏要把你拉下来，偏要打败你。”

他轻轻笑，而后声音慢慢放大，身后浓雾犹如恶鬼，张开巨口，往子微的方向席卷。

江逢高声呼喊，伴着惊雷声一道劈下来：“昆仑子微，迎战！”

这股浓厚的魔气挟着瘴毒，中间卷起无数狂潮，凝聚成瘦长的形状，翻着红眼，衣衫褴褛，是饱含怨气的魔尸。

浓郁的红雾凝成了一具身形颀长的魔将，一身漆色冰冷盔甲，手持长枪，身后跟着许多低等的人形物体。

静姝倒吸一口凉气：“这么多……”

魔将的长枪锋芒森然阴郁，和江逢的灵气有诸多相似之处。

是一柄毫无神志、充满不祥之气的杀戮之枪。

昆仑剑冷光盈盈，随着子微一声轻喝，环绕浓雾半圈，在空气中发出尖锐的剑鸣，打散了诸多魔尸。

阿宴迎身而上，挡在魔将的身前，长刀和银枪你追我赶，竟打了个不相上下。

静姝挥鞭断掉一个魔尸的手臂，高声道："别让他们妨碍到先生。"

就连楚璠也拿出青竹剑，偶尔帮帮他们，斩得几具低等的魔尸头颅。

苍白的残肢散在甲板各处，指根上尽是黏腻的灰血，他们已经抵御了大部分的攻击，可楚璠依然心跳剧烈，频频往上空看。

子微在和江逢作战。

令人不安的是，她依旧不知道子微道长究竟恢复得如何。

飞舫上空。

江逢倾身而至，他的右手是钢银制成，握爪时坚硬无比，就这样抵住昆仑剑尖，竟和子微相持不下。

他红色眼珠一转，从喉中滚出丝笑："你果然变弱了。"

江逢的目的显然不是在此刻就与他们一决高下。

他召唤魔徒桎梏静姝等人，单独和子微作战，果然是听说了传言，来试探子微如今的修为。

子微皱眉，剑势顺着往下一划，气息开始暴涨，冰刃颤鸣不断，和钢爪交错的地方火花四溅。

江逢指套之下红光闪现，却不料子微一边以剑抵御他，一边单手结印，蓝白符文蕴含轻灵道家仙气，直直灌入江逢眉心。

这一触，二人的衣衫瞬间鼓胀起来，江逢额头爆出炸裂一般的剧痛，他捂住双眼，怒吼："子微！"

他弓起脊背，下一刻，庞大的金纹红翅展开，蝶翅急抖，上面的鳞粉朝子微扑去，这东西含着剧毒，子微退后几步，拧眉道："你到底又杀了多少人？"

对净坛咒的反应如此之大，只能代表着他恶念缠身，业障无数，已经快没有回头的机会了。

"人不人妖不妖的怪物。"江逢清醒过来，并不回答，反而吐出一口血沫，牙关紧咬，"又拿仙家的封印之术对付我。"

他召出一道魔气，子微持剑相击，直接把他的攻击打散，再问："你又杀了多少人？"

子微攻势不减，眸色寒凉，眉心妖纹如火燃烧："你常觉得天道不公，可被你炼化诛灭的普通人，又何其无辜？"

江逢冷笑："事到如今，我们的子微先生竟还想着感化我？"

子微摇头，斩钉截铁："我会杀了你。"

钢爪锁住剑刃，江逢笑意更冷："本就该这样。"

子微周身如同笼罩在一团冰雾之中，他袍下白尾裹挟着可怖妖气，骤然发动，又极其迅猛地缠绕过去，某种磅礴的力量破体而出，瞬间锁住了江逢的脖颈。

纤长的绒毛轻而易举刺破了他的皮肤，黑红的血液汩汩流出。

江逢额上青筋暴起，眼角染上一种阴冷的暴戾。他直直盯住子微，艰难道："你妖力怎么变得如此之强？"

翅膀的鳞粉附上狐尾绒毛，毒气侵染，那雪白的狐尾竟然生生被蚀出一道黑烟。

子微纹丝不动，像是感觉不到痛。狐尾收紧，缠绕的力度接近绞杀，江逢面色惨白，身后翅膀犹如红色利刃，两相交错散出灵力波动，这才将将脱身。

江逢呕出一口血液，他摸上自己的脖子摩挲片刻，歪了歪头："让我猜猜，你半妖之身，妖力却突然强盛，是怎么做到的，啊，是不是喝了人血？"

他笑得透不过来气，连喉咙里一直冒出的血液都不管，瞬间已糊了满身。

紧接着，他又用一种讥讽又夹杂狂喜的可怖语气说道："是不是跟我一样，以他人之血养己身，以他人之命蕴己气。子微，你都这样了，还怎么做仙，还怎么敢当正道之首啊？"

子微沉默不语，视线往下扫。

他看见混乱的飞舫甲板之上，那道慌张匆忙却努力保持镇定挥舞手中青剑的小小身影。

小姑娘成长得很快，即便身体还僵硬颤抖，但手上所使的剑诀却没错过分毫。

子微突然笑了，极浅，镌在那张皎然的面孔上，衬得此时的气氛少了一丝紧张。

江逢暴怒道："昆仑子微！你到底有没有听我说话！"

他佝偻着背，却伸出一只手，把那条断掉的狐尾高高扬起，一字一顿："我迟早要把你的天狐之尾，一条条拔断，一个不留。"

长剑锋芒毕露，蓝光斜指高空，子微身子舒展，衣袍在冷风中猎猎而飞："随时奉陪。"

飞舫上，静姝用长鞭卷掉一个魔尸，"嘭"一下炸开，她一个不察，被灼伤了右臂。

火辣辣的痛楚顺着臂膀直接攀上脊背，像乱糟糟的电流一样，炸得人头皮发麻。

静姝暗骂了一声。

飞舫的甲板已经有些破损，这是轩辕族的灵器，只有毕方可以驱使，静姝拍拍兽囊："喂，还在晕？你再不起来，家里人给你做的窝都要被端了。"

兽囊里依旧毫无声息，只偶尔冒出点点火光，起起伏伏如吐息，证明他还活着。

阿宴的刀法大开大合，横冲直撞，可谓是龙族精心打磨的一把杀器，斩了不知多少魔尸。他挡在静姝身前："公主，我还在。"

静姝考虑两秒，退在他身后，她施法给毕方传送了几道南海水灵之气，一边念念叨叨，险些要骂人："臭鸟，你又不是凤凰，用得着睡这么久吗？"

楚璠抹掉剑上的鲜血，看向高空中还在缠斗的子微和江逢，眉目间隐含担忧。

正在此时，前方一尺之远的船板上，尸体横七竖八堆叠着，在同一时间爆炸，血花四溅，场面极其混乱。

充斥着各种诡谲的怨气，几乎要冲破天际。

阿宴在最前方，虽然刀法凌厉，但是这个爆破猝不及防，静姝又在他后方，若要躲，必会伤到公主。

于是他没有闪避，硬生生受了这一波冲击，被炸得头晕目眩。

魔将趁此机会，手腕一拧，裹着阴郁魔气的长枪直接狠狠一击袭来。

阿宴避之不及，眼看魔将首领的长枪要趁机戳过他的胸膛，腰上忽然被一条软鞭卷起，用一个巧妙的力道给他拖了回去。

耳边方听见静姝咬牙切齿的声音："我什么时候要你方方面面护着了？"

栏杆断成一截一截，静姝忙用长鞭固定住桅杆，抬腿扫倒一个迎面而来的魔尸，那魔尸鬼泣森森，眼眶惨白，她愤愤道："真是丑死了！"

她又从胸口抽出一把软刀，利落插进左边扑来的魔尸眉心，向身后道："楚璠姑娘，小心，他们会爆炸。"

阿宴咽了咽喉咙，没说话，又闷头往前挥刀。

这样打不是个办法。

楚璠突然把剑收进鞘中，臂上鸳藤发动四散，一角挂在高处，一角勾住腰身，她顺着长杆攀爬上去："让我试试。"

妖雾间的魔尸无休无止地涌出来，临死之际还要自爆伤人，根本难以躲避。

阿宴额上流的血以及身上的伤越来越多，热血涌在眼角处，晃得人头晕眼花，魔将却像没有消耗似的，一枪比一枪激烈。

他身上多了大大小小不知多少个伤口。

行动速度变慢，魔将一枪捅过去，阿宴胸膛瞬间多了一个极大的窟窿，“哗哗”往外冒血。

静姝臂上受伤，蓝色血液摇摇欲坠，她不仅忙着禁锢幻蝶，甩开围上来的群尸，还要分心照顾楚璠。

眼看就撑不下去了。

楚璠想，自己不能再这么无用下去了。

她默念心经，从高处散开无数枝藤，柔软的枝叶仿佛化作钢刺毒鞭，打飞了一片片魔尸。

可她灵气太弱，这种强盛挥霍之法，根本撑不了多久，很快，经脉变得无比干涸，鸳藤也渐渐枯萎。

楚璠满嘴血腥味儿，额上全都是汗。

静姝抬腿踢飞走近的魔尸，反身看她，有些紧张道：“楚姑娘，灵气不是你这般用的！”

她根本没学过几个法术，全凭着一股莽撞，很容易反伤自身。

突然，魔尸有一点反常。

是她的血液，一滴一滴砸落在木板上，湿漉漉地散发着腥香气。高空中的江逢突然闻到什么，鼻尖深嗅，眼风扫过那道瘦弱的身影。

“这么香的血……”江逢咧嘴轻笑，那一瞬间，红眼中似乎闪烁着细碎火花，他兴趣大增，“她到底是你什么人？”

子微往右一靠，挡住了他的视线，剑光交织绚烂，招式几乎快辨不分明。

江逢继续问，恶意满满：“是你的仆从？还是鼎器？”

剑身爆出蓝光，子微狠狠撞开他，繁复的咒文从指尖晕开，那光华姿态，宛如将月亮凝在手心。

紧接着，庞大的灵气重重揿进江逢的胸口。

“住嘴。”子微回答，喉音浓重。

他动用了还没有解开的封印之力，已经接近力竭，但幸好，江逢现在的状态也很差。

黑浓雾气翻腾的速度变慢，江逢额头青筋一根根几乎暴出，他捂住前胸，指缝漏出点点蝶影，红色的，像血一样。

“果然，”江逢低低说，“你喝的是她的血呀。”

“就是我的血！”

这声音不大，在狂风呼啸、雷声轰隆中，更显得微弱轻盈，于是那人又高喊了一声："是我的血又怎样！"

楚璠还不会御剑，她不知什么时候，爬上了桅杆的最高点，长杆上缚满枯萎枝藤，细叶随风飘漾，她眼神直直盯着江逢："你在嫉妒吗？"

"还是说，你也想要喝我的血？"她继续引诱。

楚璠扬手，划破自己的腕子，任由黏腻的血液滴落，月色下，她面颊上仿佛裹了一层瓷釉，有种异常薄凉的柔感。

所有魔尸都停住动作，他们咽了咽喉咙，跟江逢的姿态非常相似，像某种动物一样歪头，去寻找腥香气息的来源。

"你们来啊。"楚璠挑衅道。

子微捏紧剑柄，手背甚至浮出一根极淡的青筋，轻斥道："楚璠，往回躲。"

江逢轻轻笑了声，带着一股明显的放肆，他毫不掩饰地释放自己的恶意："她是不是不太听你的话？"

子微把长剑横在胸前，剑刃投出影影绰绰的光雾，像混着薄冰，他冷冷陈述："你这具身体已经快散了，最好不要轻举妄动。"

"你听听自己现在的语气。"江逢抬手，指套上的银饰随着动作"丁零"作响，五指尖利锋锐，"子微，你在怕什么？"

尖细的钢爪上沾满了血，有些是江逢自己的，有些是子微的，但全都是黑红色，黏附在一起，怎么都辨认不清。

江逢轻轻一笑，一截宽袖垂落及膝，倏地从中抖出了个长白的软物。

雪色冷芒自动绕着昆仑剑缠上去，"嗞嗞"轻烟一股股冒出，萦绕着阵阵黑气，猛然朝子微袭面而去。

子微侧身歪头，又被自己的同源之力震开，那条法器被拿出之时，他就已经感知到了那是什么东西。

曾被江逢斩去的一条狐尾，现在已经和他没有丝毫的灵力相连。

他几乎有一瞬间不知所措。

雪白色的狐尾缠住他的腰身，穿其肩颈，在腋下缠绕，长毛如毒刺扎进衣袍里，瞬间便染了满腹的血。

他被控制住，被自己的东西给困住。

"怎么样，是不是很熟悉？"江逢阴阴笑着，擦了擦唇边的血，"这可是你九尾天狐的象征啊。"

江逢犹如一支飞箭，更像是一道转瞬即逝的红色烟火，刹那间就消失在子微身侧，只在原地留下丝丝细风。

子微一顿，银发被风拂开，脸上的表情瞬间凝固。

他回头，看见了难以接受的一幕。

楚璠从飞舫上高高跌落，衣袂被流云吹散，裙摆飘浮扬起，仿佛停滞一瞬，然后又极速下坠。

子微的大脑瞬间空白，他哑声高喊道：“楚璠！”

但他只能眼睁睁看着江逢裹着楚璠扎进万丈深渊。

身子腾空的瞬间，或者说，被江逢紧紧掐住喉咙的那一刻，楚璠的内心里，几乎是无悲无喜的。

耳畔是激荡开的风声，如滔天巨浪般汹涌，而微睁双眼，离她最近的，是江逢满面恶意的笑容，似血的红唇。

在他身后，是子微追过来的身影。

他半个袖子已经撕裂，露出爬满了黑红咒文的胳膊，苍白皮肤上，繁杂纹路密密麻麻地流动，像要穿透他的骨骼。

楚璠想让道长不要担心，但是自己的喉咙已经痛到开不了口。

嘈杂窸窣的风声倏然停止，连周围的云雾都已经没有了流动的痕迹。

时间在江逢跃下的那一刻起，应该就已经静止了。

楚璠眨眨眼睛，看见江逢背后的金纹蝶翅，还有巨大的创口，血液流出来，里面夹杂着纷纷碎蝶。

他被道长重伤，分身已经开始破碎了。

这么庞大的结界阵法，再加上天魔如今苟延残喘的身子，她已经没剩下多少时间了。

楚璠仰起头，感知到江逢极具压迫性的力道，钢铁制成的爪子，质地冰冷，银缕镶边，能轻而易举地割断她的脖子。

他恰恰也是这么想的，用指尖上的银钩微微摩挲掌下肌肤，非常随意，像是某种玩弄临死前雀鸟的逗弄作势。

江逢微微眯眼，卷曲的发丝黑红交杂，连睫毛上似乎都有血红烈色：“你说，我要是现在把你杀了，他会不会难过？”

银钩染着黑红的血液，牵连之中，沾在她的下巴上。

楚璠摇摇头，嘴唇微动，像是要开口说话。

江逢慢慢移下身子，可刚倾身，目光瞬间就冷了。

因为楚璠唇齿开合，说出的话带有微弱气流，隐含着轻柔的讽刺：“你真可笑。”

她吐息轻缓冰冷，眼里有被光照亮的暗色。

下一刻，楚璠用尽全身力气扬手，腕上的红绳牵引着一束蓝色清光，剑影升起，有一道变幻莫测的轨迹，正正插入江逢胸膛。

“扑哧”——长刃破入骨缝。

她手指白皙细长，腕上的花藤紧紧缠住剑身，暗红色泽，攀在银色的剑上，显得妖异非常。

江逢面上的表情随着这一剑变得僵硬，他不可置信道：“什么？”

江逢掐住她的脖颈，正要发力，却发现她的皮肤上，不知何时已经爬满了暗红的藤蔓，如玉石一般坚硬。

剑芒乍泄，剑光如流水涌开，浮在高空之上，像虹光一般贯天通地，破开了江逢的时空禁制。

风声渐起，流云开始缓慢游动。

江逢瞳孔微微扩大，声音寒得似乎要凝成冰：“你这么个蝼蚁，为何可以使用昆仑剑？”

他此刻被冰剑穿心，却丝毫不在意伤口，甚至还要耿耿于怀，问神剑为何能被一个凡人驱使。

楚璠觉得简直可笑。

楚璠冷冷问他：“你把楚瑜关在哪儿了？”

岑寂平缓的空间一片片碎开，如琉璃蓝瓦一般，龟裂的痕迹蔓延到天幕上，“哗啦”碎成渣滓。

魔尸发出凄厉尖叫声，震天动地的咆哮声响彻天际，江逢停滞在高空，垂头散发，背后的翅膀一点点化成碎末。

他眼眶深陷，眼尾天然下坠，血红玻璃珠子似的眼睛，看人的样子像是在看死物：“那个天生剑骨？呵……是你什么人？”

楚璠瞳孔微缩，反问：“你将他怎样了？”

天魔的视线黏在她脸上，让人很不适，声音也带着某种调戏的嘲弄：“你插子微一剑，再跟我走，把本王伺候好了，我自会告诉你。”

风吹开乌云，露出一道曙光，带来刺骨的寒冷。

楚璠冷着脸，轻轻开口，吐出两个字：“恶心。”

天魔阴冷一笑，站在浓雾之上，往后一倒，化作无数血蝶，红光湮灭，而后在空中慢慢消散。

楚璠疾速下落。

时间又开始流动，光与影似乎都在周边交错，风如刀刃一般迅疾，割得人眼睛都睁不开。

“呼呼”破空之响荡在耳侧，楚璠抱剑迎风，欲要找清方位。

突然，仿佛有个人拨开了厚重的雾，撕开一线光，黑沉却温暖的身子压了下来，手臂修长有力，紧紧搂住她的腰。

动作之间，楚璠的额头抵上他的肩膀。

衣衫的质地很好，绸缎软滑。

她眼皮沉沉，意识消失之前，闻到了一股淡淡的松雪清香。

魔尸灵气随着江逢的离去变弱，有几具甚至跟着楚璠一起跳了下去。

静姝心中狂暴之气瞬间涌起，她目光紧盯着楚璠坠下去的身影，额角青筋暴起，龙角隆起，湛蓝鳞片暗芒乍现。

阿宴紧紧抓住她的肩膀，焦急道：“公主，此地非南海，不能化龙！”

龙脉真源已经被侵染，龙族水灵之气岌岌可危，她化为本相，本就是危险至极的举动。

静姝不听，瞳孔缩紧：“她掉下去了！”

阿宴只能忍住胸口的痛意，把她的腰箍住：“子微先生已经追过去了！”

静姝咬牙，甩开他的拥抱，恨恨转身。

潮水般的魔尸随着红雾的消失也逐个破碎，只有那个黝黑衣袍、手持银枪的将领，没有跟着江逢像雾一般消逝。

说明只有他还没有被江逢炼化成毫无心智的邪怪。

银枪将军迟缓地歪了歪头，没有听到指挥，准备撤退。

静姝气上心来，哪容他这么轻易走掉。

软鞭从腰间一松，骤然闪起“噼里啪啦”的电光，她甩开阿宴，冲到浓雾之中，一钩一起，挑落了那个漆衣魔将的斗篷。

面具掉落在地，“咔嗒”一声脆响。

静姝神色僵了一瞬。

视线往上移，和他瘦高的身形不同，这个魔将的面孔并不吓人，跟那些眼白带黑线的魔尸一点都不像。

细眉淡目，五官轮廓柔和，甚至称得上文雅，即便睫毛沾满黏糊的鲜血，眉眼也似乎含着一股慈悲色。

但是少了一分清冷，多了一分质朴，更像乡间的教书先生。

可他脖子上戴了一个颈环，四肢上全缚着铁链。

若不是亲眼所见，看到这副长相，真是很难想象这人手持银枪大杀四方的样子。

静姝甚至还没有缓过来，天际的一线光就落了下去，魔将的身形和江逢一样，不过顷刻，便如泡沫似的散开。

她立马挥一道鞭子，没来得及，只拽下了魔将腰上的小挂饰。

是一只很粗糙的小香囊，上面绣着点点桂花，针脚很丑，但是很细密，能看出缝线之人的仔细和真诚。

静姝愣住了，她扭头去看阿宴。

阿宴伤势太重，他以长刀借力，半跪在地板上，胸口上的窟窿不断流血，面容更是惨白无色。

他稍仰头，表情也是如出一辙的诧异。

静姝想骂人，又硬生生忍住。

她过去扶他，脸上却满是不可思议，深吸一口气道："你说……刚刚跟你打了那么久的那东西，是不是长得有点像先生？"

好半晌，阿宴才缓过来，他靠在静姝的肩上，目光有些异色："是有点像……"

龙女衣衫单薄，脖颈上有凉爽的海风气息。

阿宴的耳根悄悄红了一大片。

静姝没放什么心思在他身上，只略一扬唇，嘲讽道："那当然，先生是什么品貌容止，江逢费尽心思也就只能搞出个赝品，谁知道他到底安的是什么心。"

阿宴深深看了她一眼，心里又是一阵阵的醋劲翻涌，身上伤痛交加，终是没撑住，狠狠倒在静姝的怀里。

一个大男人压下来，力道还不小，静姝的肩膀往下一塌，险些被他撞倒。

她"嗞"了一声，仔仔细细打量了阿宴好一会儿，没看出他是装虚弱昏迷。

静姝"哼"了一声，把他背起来，不情不愿道："仅此一次，下不为例啊。"

她把飞舫停在原地，背着阿宴化成光前行，在低空的山峦间寻了会儿，也没费很多工夫，就看到湖泊中央，有四道拔地而起的光柱。

是一个显而易见的大妖结界，静姝顺着光源追寻，果然看到了中间两道交错的人影。

足尖刚刚落地，光柱就应势而散，子微在湖边负手而立，并没有转身，只是轻声问："伤势如何？"

静姝低着头，思索一下，回道：“我还可以，但是阿宴……”

“过来吧，我方才采了药，给他敷上。”子微转身，递给她一瓶丹药，一株灵草，“轻些，莫擦太重。”

她接过药瓶，旁的话一句都不敢多说。

平日里，南海龙女可甚少这般小心翼翼、老实谦虚。

静姝时不时去瞄几眼那地上躺着的青衫女子，四肢缠缚着纤细藤蔓，颜色并非柔和泛白的鹅黄，而是略显惨淡的血红暗色。

枯萎梅枝一样攀在楚璠的脸上，仿佛都要从耳鼻咽喉里冒芽长出来，泛着混沌的妖气，让人觉得狰狞又惨厉。

子微在她腕上凝聚灵气，指尖慢慢缠绕着一圈圈的红线，漾着粉光，和楚璠手上的红色绳结不太相似。

看着像是某种命契。

静姝讶然道：“这不会就是她和楚瑜的那个道侣之契吧。”

子微眼眸微垂，最深处仿佛有暗流涌动，没有回答，这就是默认了。

他心情一看就不愉快，静姝神思一转，不去犯那个忌讳。

她又仔细看了看楚璠身上的伤口，心下一沉，眉头皱起来：“楚姑娘是怎么了？灵气反噬会这么严重吗……”

不料子微只是轻轻笑了一声，声音称得上是涩然：“这不是灵气反噬，这是妖气和灵气冲撞的后遗症。”

静姝以为他在开玩笑，顿了顿，有些傻眼：“楚璠姑娘一个人修……怎么可能会有妖力？”

“我给的。”子微弯腰，身姿清越，在月照下恍若透明，“原只是让她自保，没想到她宁愿反噬自身，也要问江逢那句话……”

——你将他怎样了？

满心满眼都是兄长，可这兄长当真是兄长，亲人真的只是亲人吗？

“楚瑜此人，绝非楚璠姑娘口中所说的那般美好。”静姝顿了顿，又道，“要告诉她吗……道侣之契的事情。”

子微摇头：“不行。”

不是时候。现在只能维持一个微妙的平衡与稳定，不是开口的最好时机。

静姝揉揉额头想了会儿，思绪万千：“当时情况紧急，南海水域被污染严重，我这几年修为越发下降，方才飞舫之上，若没有楚姑娘帮忙，我或许……”

让静姝承认自己的不足，真的是一件极为羞耻的事情。

她因为血统尊贵，高高在上惯了，越长大才越知晓，天赋是最不值得一提的东西，或许能有一时之利，但终究不能大道通途。

静姝战斗途中，额上龙鳞在皮肤上浮开，鳞根微张，隐含血迹，现在还未恢复。

子微看了她一眼，面色平静，并不怎么惊讶：“多年前便劝过你，静心潜行，莫自得，莫张狂。”

他视线落在楚璠的手腕上，有些无奈地失笑：“你们怎么全都不放在心上。”

又被训导，静姝垂头闭眼，脸上是恭恭敬敬、受诫于心的姿态。

子微挥了挥手，静姝体贴地转过身。

她走上前，去给阿宴擦药，粗暴地扒开他的衣服，连丹药都是直接往嘴里倒着塞。

子微叹了口气，没说什么。

他弯腰拿起昆仑剑，左手移过去划破指尖，长剑以冰灵铸就，易结霜，刃上泛着淡蓝色，有血液在上面凝固住。

挥剑指天，真气从手中灌涌的瞬间，剑锋蒸腾出热气，剑尖滴着血，水珠似的一串串滚落。

修长指节如梅枝一般，反扣住剑身，剑尖在楚璠额上不足两寸停住，血珠滚落在她的皮肤上，没过几息就吸收完了。

楚璠额头滚烫。

困意深沉，四肢犹如在火上烘烤，唯有左颊仿佛贴了一个冰冰凉凉的物件，她挨过去，用脸去蹭。

像玉一样的东西，没一会儿就暖热了。

楚璠觉得不舒服，又换了个姿势，把烫红的脸贴在冰冷石地上，翻来翻去的。

子微原本用手指去试探热度，被这么一甩开，还有些愣怔。

她把脸磨得灰扑扑的。

子微没忍住，不等了，直接轻声唤道：“还不醒，快些睁眼。”

楚璠的睫毛扑闪了一下，好像有个凉津津的声音在唤她。

沾了水的湿帕子，贴在她的额头，摩擦着肌肤，楚璠一直在出热汗，枝蔓从衣襟深处冒出来，顺着脖颈的皮肤往上爬，有点调皮恶劣地舞动着。

子微捏住一根，长指一折，暗含警告。

鸳花灰溜溜地蔫下去了。

楚璠嘴唇干裂，她喉咙涩疼难止，四肢酸软得不像话，强行睁开眼睛，温凉的月色就这么晃了下来。

她撑起身，瞅了一眼身旁的男人，讷讷道："道长……"

果然，看她醒了后，子微勾了一个极淡的笑，凉凉道："你是不是真的从未把自己的性命放在心上？"

楚璠瞬间就了。

她像腕上的鸳花一样蔫巴，磕磕巴巴地解释："我知道自己修为弱，应该好好躲在后面，不犯错就行了……"

但是，她知道这些劝服不了自己，也不能让道长相信。

她有些紧张，吞吐许久，最终还是说了实话："道长，我现在已经有点厉害了。"

她已经没有那么弱了。或许不用缩在大家身后，偶尔也可以保护别人呢？

"我当然没有拘着你战斗护法……"

子微点燃篝火，红光跳跃，他面上的表情依然淡淡："但是你挑衅江逢，使用了自己控制不住的妖法。"

他一针见血，不给楚璠丝毫回避的机会。

楚璠手指攥紧衣袖，正紧张无措时，又听到他说："你知不知道这很危险？"

"若只是要吸引魔尸的注意，又为何要挑衅他，引他痴狂。"子微冷淡地问她，到最后，语气称得上低叹。

"上次让你融合我的妖力，让九重鸳花沾到妖魄的暴烈之气，甚至杀掉雪兔，是要让你对这股力量畏惧，可你非但不害怕，还要使用它。"

她怎么知道自己就能控制得住？

"为何要如此着急？"他目光一转，直直看着楚璠，肃然问，"一步步来，不行吗？"

楚璠干涩回答："只是有些……太慢了。"

他停顿了一下，语调稍缓，却也含着失望："你做这么多，其实……只是为了知道兄长的下落。"

"你看你自己。"子微拉过她的手臂，图腾呈黑紫色，晕染着一股难以形容的妖气。

他问："疼不疼？"

楚璠没动，只是视线飘忽，不怎么敢看他。

直到子微又轻声问："值得吗？"

夜色深沉，沉默蔓延。

这种语气会让楚璠害怕。

值得吗?

为什么不值得?她所做的一切,行的每一步路,都是愿意与否,怎么能去衡量值不值得?

尽管这是夜晚,但子微还没有暗示要喝血,她面对道长,更多的是尊重和畏怯。过于多话,过多解释,都会让人感到不耐。

她深知这一点。

于是楚璠盯着篝火冒出的红焰,略垂头,诚心诚意道:"如果道长不高兴的话,以后我就不会再用了。"

湖泊上飘来一阵风,清凉微冷,吹散了楚璠的发丝。

"不……"子微手臂微顿,摇摇头,复又轻笑,"我没有资格阻拦你使用它。"

他继续道:"我只是担心。"

只是担心。

会不知如何是好,到底要怎么教导她?

他原以为,只要做到适当的保护,适当的趋利避害,把她护在身后,像教导后辈一样,在不同的阶段,去做不同的事情。

但是现在的情况,既不能做到万无一失,他也没资格对楚璠多加管控。子微怕自己保护不好她,顾忌之中,又忧心将她护得太过。

而楚璠也未必愿意去走那铺好的路。

子微只是一阵叹息。

他一袭蓝白二色道袍,耳上的玲珑玉随风晃荡,长剑横在膝处,鞘内露出几丝水色银光,光芒雪亮,微微笼在四周。

楚璠突然感到讶异,为他这些话。她缓缓转了转脖子,可稍微瞅了子微两眼,就不敢再看了。

她觉得这人像是神仙,多看几眼都是亵渎。

尽管他们什么事都做过了。

楚璠不知道到底该怎么回复,二人之间,沉默如夜幕一般蔓延。

篝火声"噼里啪啦"的,河床边的两个人,身形交叠,靠得不近不远。

交谈声不太清晰,静姝歪头侧耳认真倾听,手上敷药的动作漫不经心,突然听到一阵微沉的闷哼,才发现阿宴已经醒了。

被她粗暴的动作戳醒了。

"公主,偷听不太好。"阿宴忍痛,小声道。

静姝被发现，一点都不尴尬：“别这么大声，你就不好奇吗？不过……你看看子微先生那个样子，追姑娘哪是这么追的。”

她带着不加掩饰的闷笑：“脸阴得快滴水，跟训弟子似的，哪个姑娘受得了。”

阿宴不予评价，只是反问道：“公主知道该怎么追姑娘？”

他的眼神热烈，大剌剌地盯着静姝，犹如火炬一般明亮。

静姝的脸一下子冷了，讥讽似的勾勾嘴角：“不是南禹凤凰、丹穴玄鸟也就罢了，我静姝的情缘，再怎么不济也是世族子弟，怎么可能会落到一个侍卫身上。”

阿宴顿住，感受到静姝突然倾身，于是身子更加僵硬了。

龙女掰正他的下颌，手指顺着眉弓的疤痕磨了一下，有种天然高贵的漠然：“我知道你是长姐派来监视勾引我的东西，再警告你一遍，安安分分的，少说些不该说的话。”

她压了过去，衣饰上的珍珠银缕微微摆动，随着姿势落下，衣衫交叠，恰恰覆在阿宴的胸膛伤口处。

这种靠近，于某人来说，真像是在施舍。

阿宴身上起了莫名的战栗，呼吸变得急促，连眼睛都泛开湿润微红的色泽。

静姝眸色一暗，立马站直身子，狠狠唾弃道：“被掐都能这样，你怎么这么恶心。”

“公主……”阿宴握紧刀鞘，指尖有些发抖。

静姝高声道：“不许叫我！”

不远处，楚璠听到那边传来的争执声，心中有些忐忑，她抬头看了一眼子微，有些迟疑到底要不要去劝。

没想到，子微率先开了口：“妖类族群里，脉系纠葛颇多，即便是一母同胞的亲人，也会因为各种争夺，转身变成恩怨仇敌。”

他挑开篝火，将枯枝剥落出灰烬，溅出些火星：“不要掺和他们之间的事情，就算你喜欢静姝，也不能。”

楚璠把这话在脑子里过了一圈，有些理解了，她沉沉“嗯”了一声：“我会记住的。”

其实，她觉得人和妖之间也并没有什么不同。譬如皇位争夺，世族交锋，一切以利出发，有时连牺牲都是必要的。

楚璠很小就知道，自己是被牺牲的那部分。

只有阿兄将她捡起来，小心翼翼护在羽翼之下。

可现在，多了一个师长般的人，谆谆劝导，温柔和善。

“真的记住了吗？”子微听后，侧首看着她，笑笑，“那我让你照顾好自己，小心行事，不要冲动，你怎么就记不住？”

楚璠动作一僵，十分心虚地低下了头。

她想了一会儿，嗫嚅解释道：“可……那是难得的机会。”

“道长，”楚璠突然就想问他，“您活了近千年，这么长的日夜里，向来都是一个人的吗？”

子微顿了顿：“何出……此言？”

楚璠有些尴尬，慌张道：“哦……那个……毕方不算。”

毕方对子微，明显是仰望多于依赖，更何况子微向来严苛，身为他的跟从者，他们更像师徒，绝非挚友。

楚璠歪头看了一眼静姝放在河边的兽囊袋，心想这些话可别被那个暴脾气的鸟听到了。

这一路上，不管是轩辕长老还是静姝，和子微交流时都有一种距离感，非常明显，甚至连楚璠都能感受到。

她极轻地问道：“您不觉得孤独吗？”

子微先是沉默，过了良久，又温和笑道：“从前不太在乎，但以后……”

他垂下眼睫，没有再言。

楚璠抿了抿唇，回忆道：“我年少时，母妃长年酗酒，我们被关在冷宫里，没什么人说话，那时候，我甚至连名姓都没有。”

她用手浅浅比画了一下：“这么小的馒头，要分成三顿吃，很多时候都是酸臭的。但还好，宫人至少不会让我饿死。”

“再后来，母亲身逝。”楚璠语气变轻，“尽管她对我很差，可她真的死了以后，死在我的面前——我还是浑浑噩噩，不知所措。”

“阿兄是第一个对我好的人。”楚璠叹了一口气，“可我总是……我一直在连累他。”

“从前一直很孤独，直到遇到阿兄。即便后来皇城破灭，尸横遍野，饥荒路上寸步难行，我也不觉得特别难挨。”

“可上了蜀山之后，实在是发生了太多让我和阿兄都无能为力的事情，那时候，我孤独得不能自已。”楚璠伸出手臂，把鸳花图腾露了出来，“在死亡之际，我听到了它的声音。”

静姝她们还在不远处。

于是楚璠挪了挪身体，悄悄贴近，把声音降到最低："子微道长，您说自己从前并不孤独……"

她问："真的吗，如果不觉得寂寞，那鸳花到底是为何要扎根在我身上呢？"

天边的雾要散了，分割出一线光，落在二人身上。楚璠的发梢被晨露润湿，镀着一抹淡金。

子微看了会儿，突然倾身，距离无限贴近，冰凉的指尖点在她的额心上，甚至没等她反应过来，又向下滑，挨蹭在楚璠的唇角处。

"嘘——"

楚璠仰着头，眸子睁大，有些怔然地望着他。

过了两息，子微放开手，含着笑似的："别再说了，璠璠。"

宽大的袖袍落下去，楚璠揉了揉发痒的侧脸，然后也轻轻笑道："嗯，那我就不讲了。"

子微起身行至舫边，而后抬起右臂，掌心阵法凝结，给飞舫阵眼处传送数道灵力。慢慢地，破碎的地板浮木渐渐飘起，依次回归原位。

楚璠沿着小河边走，寻到了被静姝放在一旁的兽囊。

她解开灵绳，果然看到一抹灿金带红的翎羽，毕方变得小小一只，体态脆弱纤细，连眼睛都没有睁开。

平时一戳就要奓毛，这样乖顺的样子实在少见。

她探着头，扯开它的眼睑悄悄看了一眼，一抹带着黑气的红浮在眼底，这么一观，实在有些可怖。

楚璠把它放出来，守在一旁护法。

"快醒醒。"她抱着膝盖，小声念道，"给你编的穗子还没好呢。"

相处了几天，她原以为自己已经被接纳了。

可闭上眼，好像依然能感受到那滚烫的怒意，还有擦着脸颊划过的汹涌火焰。

这么恨她吗？为什么呢？

但转念一想，她来昆仑的目的本就不算纯粹，因此被针对怨恨，倒也怪不得旁人。

只是还是会有些难受……

楚璠以前是不在乎旁人看法的，蜀山弟子人才繁多，每日都要晨读早练。偶尔有路过的，对她这个凡人指指点点，多难听的话都说过。

她那时觉得无所谓。

现在……楚璠心里一阵涩然，长长嘘出一口气。

忽地，一道厉风掠过耳畔，直直往河床砸去，水面上顿时涌起一片波涛，银浪滚滚，几条鲤鱼随之弹出，在草地上翻腾出噼里啪啦的两声响。

静姝走上前，嫌弃似的捏着两根细指，随意挑拣了一会儿，找到一只最大最肥的，张开红唇，二话不说就要往嘴里塞。

生吃啊？

“龙……龙女？”

静姝动作顿住，回了头：“楚姑娘？”

“或许，我是说……如果你想的话，”楚璠默默举起手，“我……我给你烤成熟的？”

静姝顿了顿，她咽着喉咙，擦掉嘴角的血迹，提鱼走到楚璠身边。不远处，阿宴靠在大树旁，用一块软布擦拭沾满血的刀柄。

楚璠没有多问。

她袖间滑落出一把小刀，利落地刮鳞取脏。鱼肉剖开后，楚璠从包裹里取了些剩下的粗盐，抹在皮上，腌上半刻，就能烤至皮脆肉嫩了。

静姝拊掌，连连赞叹：“姑娘好手艺。”

她思忖片刻，又从储物袋里掏出瓶酒，在耳旁晃晃，而后扔在了楚璠怀里：“剩得不多，不要嫌弃。”

楚璠回报了一个腼腆的笑，顺势将酒放置在火炭上烫热：“怎会。”

她的视线又落在毕方略带暗淡的尾羽上。

静姝也扫过一眼，她低头撕开鱼尾，劝慰道：“不必过于担心毕方，离火耽他心性多年，也不能总是这般不尴不尬地压制。与其害怕被侵染，不如试着让他接受习惯，甚至掌控。”

楚璠略显迟疑地点头：“那应该没什么大碍对吗？”

“当然。”静姝道，“轩辕族的毕方鸟，不至于折损在这个关头。”

鱼骨架扔在一旁，静姝拍拍手，撑起腮，朝着楚璠挑眉笑道：“楚姑娘，你猜，子微先生知不知道江逢今日会来袭啊？”

楚璠看着龙女的脸，老实开口：“道长应当是算出来了。”

“他料到毕方会煞气入体……”静姝勾唇，继续凑到她的耳边，“但我觉得，他肯定没算到你会不计生死地跳下去。”

“我看他的样子，可是有些气坏了。”

楚璠想着子微的样子，有些心虚道：“应当也没有那么严重……”

静姝又笑，这次多了些疑惑：“我很好奇，楚姑娘，你怎么可以使用昆仑剑呢？”

楚璠把火堆扑灭，神情没什么变化：“真巧，天魔问了和你一样的问题。”

“你可以选择不回答我的。”静姝饮了口酒，说出自己的看法，“我初时觉得，应当是因为你和子微先生的特殊关系……”

她顿了顿，继续道：“但大家都知道，其实昆仑从未认主，子微先生并不代表昆仑剑，他只是可以使用它。所以……先生也没有能力让昆仑供你驱使。”

静姝沉吟道：“那你是如何做到的呢？”

“静姝姐姐，你竟也用了‘使用’这个词。”

龙女微一愣怔：“有什么不对吗？”

兵器而已，即便是有通天之能，最终也只是取决于掌握者是否强大。如若昆仑剑在一个无名小卒手里，它就算是神剑，也不足以威震天下。

楚璠站直身子，把毕方抱起来，抚摸它身上柔软的羽毛：“剑是不一样的。”

“不一样？”

楚璠严肃地点点头：“剑道是与众不同的。”

龙女望着她，沉默两秒，又哂然笑道：“虽然有些丢脸，但不得不承认，你兄长楚瑜，确实是个身负剑骨的绝世天才。那么，你是有别的看法吗？”

疏星投下点点微光，刚才的浓雾已经变成丝丝缕缕的水汽，楚璠拾起方才放在草丛里的灯笼，看向草丛间飘忽的影子。

“大道三千，而执剑者，走的是大道之巅。”楚璠低叹，“但是许多用剑之人，都把自己的地位看得太高了。”

“修剑者，要先修剑心，很多人都偏离了本质。他们不听不看，不追求和剑心念相通，反倒是把压制命剑当作天经地义，理所当然。”

静姝皱眉：“你都说了执剑，是执在前。如若不压制，怎么驯服？”

“你错了，剑不需要被驯服。”

“它们不需要被驭使。”楚璠再次强调，“甚至很多时候，是剑在指导修士成长。”

静姝摇头道：“这和我们所学相悖。”

楚璠把毕方往怀里揣了会儿，用身体的温度捂热，继续说道：“养剑时就用错了方子，那么剑意就会不稳，剑心也杂乱。”

“昆仑乃镇山神剑，有目空一切的底气，是它来挑选剑主。有些剑，会厌恶旁人想要得到自己。”楚璠沉思道，“江逢上昆仑拔剑时，到底抱着怎样的念头？”

她自顾自回答："我猜测，他只是想用神剑证明自己。他没有对剑道报以一丝一毫的尊重。"

江逢太极端，也太急切。

静姝有些讶然，她抬起头，突然笑了："这是你自己的悟解吗？"

"有些是。"楚璠微垂眼皮，小声道，"也有一些是阿兄告诉我的。"

静姝曾经和楚瑜交战，知道他的招式算得上阴狠、暴戾，甚至不留情面，会把对手逼入死境。

在她看来，楚瑜实在不算温和良善。

这样的人，居然能低下头颅，说出兵器不需要被压抑驯服的话。

实在令她惊讶。

过了几息，风吹动衣摆。

楚璠怀中的毕方鸟，羽毛如焰火明亮。手中提着的那柄灯笼，也随风摇起，恰好漾出耀眼的光。

她双眸平静，眉眼未加粉黛勾勒，一身简洁的素袍，是放在人群中可以被埋没的平凡。可这时，静姝分明看到她身上与众不同又令人心动的澄澈。

静姝略一沉默，好像是在思考什么。

她实在忍不住多嘴道："你应该早些去昆仑的。"

楚璠愣了一下："嗯？"

静姝叹息道："太可惜了，你若十年前就上昆仑，由子微先生亲自教导，在道途上的成就，定比今日多出不知凡几。"

静姝是真的觉得不解："你那个兄长把你桎梏在蜀山上，楚姑娘，你心中当真没有丁点儿怨气吗？"

"怨？"楚璠的手一顿，睫毛微敛，而后回道，"我最不能怨的就是阿兄。"

"你是想说，如若十年前我上昆仑，会有不一样的人生，是吗？"

楚璠浅浅笑着，声音里却带着苦涩："可我们当时，连活着都做不到。"

"其实我真的很羡慕你。"

"但我不是你。"楚璠放低声音，"或许是我的眼界太浅，又或者是我行的路实在太少。我远不及你们见多识广，阅历多，通达世事。"

"我只知道，如果少时没有遇到阿兄，我这一辈子，也就只能在冷宫那一小方天地里，待到老，或者死。"

她望着灯笼里的芯烛，眼前飘曳着细火："你可能会觉得我愚昧，但是在我眼里，阿兄的性命，真的，远远比我自己的更重要。"

因为静姝没有经历过，所以她不能感同身受。

静姝郁闷极了，她实在不喜楚瑜，可是在楚璠眼里，他的确称得上是好兄长。

做兄长，当一个避风的港湾，庇护妹妹不受到伤害。在这件事上，或许楚瑜是做到了，也没什么错处。

但是——

静姝又觉得她可怜，因为她知道的东西实在太少。

静姝都要忍不住告诉她真相了。

她转了转手腕上的玉镯，开口欲言："楚姑娘，你知不知道……"

楚璠歪了歪头，正要仔细倾听之时，怀中的毕方突然振动翅膀，力道很大，翎羽长而厚，外层有些稍硬，瞬息就从她的手臂上滑开了。

毕方飞不起来，无力地扑腾两下，没一会儿就掉在了地上。

楚璠小声惊呼，想低头把它捞回怀里，恰在此时，一双修长无瑕的手按住了她肩头，在楚璠愣住的那一刻，先行捡起了毕方。

她回头，视线往上扫，正好看见子微的侧颜，他鼻梁挺拔，弧度非常明显，眼窝里盛着暖橘色的碎光。

那光来源于她手上的灯火。

楚璠微顿，然后轻声唤了他："道长，毕方是快醒了吗？"

子微已经将左手从她肩头放开，只是余温犹在。

他面色淡淡，垂眸看了楚璠一眼："嗯，飞舫也已修好，停歇一日，待毕方醒来就起程。你……"

子微按住她的手腕，慢慢从她的掌心抽走那柄渔火灯，声音温和得有些低哑："你跟过来。"

指尖交触，楚璠无知觉地屏住了呼吸，直到子微放下手，走远了，她才塌下肩膀，慢慢放松。

静姝看了她许久，才道："再不过去，就看不到人影了。"

看楚璠不吱声，静姝又笑道："怎么，怕他啊？"

楚璠终究是没忍住，她抱头蹲下去，十分羞愧："我好像……又说错话了。"

静姝无言以对，她望着天，心虚得很，又在心里暗暗想，还好自己没有把道侣之契的事情说出来。

静姝拿起火灰旁的酒盏，凑到楚璠嘴边："壮壮胆？"

琥珀色的液体，热气腾腾，闻着都格外惹人沉醉。

楚璠不敢喝完，只是浅浅尝了一口，辛辣味蒸腾而上，直直熏到耳根，浑身都暖起来了。

静姝把从魔将那儿抢来的小香囊递给她，顺势拍了拍她的肩膀："快去吧，把这个也给他。"

毕方醒来时，看见子微端坐他前方，目光落在指尖的红蝶上，云纹蓝袍落了一道圆满的弧。

他想起了自己向楚璠施法的事情，连忙下床问："楚……楚璠呢？"

"我明明没有那么想！"毕方慌里慌张大喊，"我……我分明没有想要弄伤她的。"

他额上落了一道冷汗，手指蜷缩起来，紧张到有些发抖。

"天魔致幻的功力越发强盛了。"子微问，"你昏迷之时，都看到了什么？"

毕方嗓音有些干哑，仔细回想道："有个声音，不停地在告诉我，面前的人十恶不赦，阴险狡诈，一言一举皆是欺瞒谎言。"

"所以我就很生气，朝她喷了离火。"

毕方有些后怕："她没事吧？"

子微把蝴蝶收入袖中，安抚道："她很好，甚至没有怪你。你也无须自责，这次虽露出破绽，但也将天魔从暗中揪了出来。"

毕方总觉得先生好似什么都明白……

"好吧。"毕方摸了摸额头，思索了会儿，又说，"您知道楚姑娘已和旁人结了道侣吗？"

子微轻轻叹了口气："你们不要在她面前提及这件事。"

"我就猜她那个兄长定然有问题！"毕方忍不住叫道。

哪个纯正的剑修会把自己的剑整天交予旁人？又有哪个妹妹会依赖兄长到如此程度？

他们的关系从这隐隐一角中就可窥探出来，是略显扭曲的。

那先生又怎么办？

毕方想起子微将楚璠拢在怀中，女孩儿缩在他胸膛上，先生看她的眼神，那般暧昧含混、缱绻缠绵的味道……

他有些担忧。

"先生……"毕方低声。

"不必多言。"子微站起来，目光微沉，"我自有考量。"

毕方向来是相信子微的。他强大如斯，仿佛独立于世间之外，没有羁绊牵扯，从未耽于过爱憎。

可，情之一字，真的能……自有考量吗?

毕方不懂。

这时，外面响起了敲门的声音。

楚璠在门外小声问：“道长，毕方怎么样了？”

毕方打开木门，赤红色的眼瞳一滞，跟她对视了一会儿，突然道：“对不起！”

他是在为攻击她一事道歉。

楚璠迟疑着说了句：“我没事的……你还好吗？”那条血虫从他脑子里被拉出来的时候，其实也挺吓人的。

“我……也没事。”

子微还在屋里，毕方不欲多留，内心挣扎了一段时间：“我以后会把羽毛攒起来的，全给你。”

说着，他便走了。

楚璠愣在原地，抬手绕发，想着刚刚毕方别扭的样子，不自觉笑了。

这便是朋友吗?

她刚缓过神，便看见子微站在前方，身材颀长，白发如霜胜雪，烛灯微光勾勒，整个人半明半暗，眉眼空明。

楚璠走过去，却不知道该说什么，就低低叫了声：“道长。”

子微看着她，兀自笑了：“怎么教不会呢？”

道长，道长。

床上这么叫，床下——也总是这么叫。

楚璠不明白，问了句：“教什么？”

她刚刚被静姝喂了点酒，脸上微醺，胆子也大了点：“道长刚刚听到了多少？”

子微眉梢一落，看向她的眼睛：“全部。”

楚璠肩膀缩了缩：“我知道您不喜欢我说那些话……”

那些，别人的性命，比自己的更重要的话。她知道子微不喜欢自己这么讲。

楚璠耳朵有点红，解释的话憋在嘴边，硬是吐不出来半句。

子微声音低沉：“你过来。”

楚璠踱着步子，一点点移到他身前。

子微想摸一摸她的眉心，不料刚弯下腰，就从她滑落在颈间的发丝上，嗅到了沾染的缕缕酒气。

他皱紧眉头：“谁给你的酒？”

楚璠抿住唇，努力保持镇定："大家都喝了。"

子微在她脖颈处停了两秒，喉结一滚："你在龙女面前怎么那么乖？她让你干什么就干什么？"

楚璠小声说道："您让我干什么，我不是也都做了吗？"

"哦，对了。"楚璠低着头，从袖中掏出那个香囊，"静姝姐姐让我给你的，她还说，江逢手下的那个魔物将军，和您长得很像。"

子微一点都不讶异，把香囊放在手中端详了一下。

他无奈地笑道："你知道他为什么这般恨我吗？"

楚璠眨了眨眼："您在说江逢？"

这世上没有无来由的恨意。

但很多人，只是借着恨意来发泄自己的不满足。

子微从腰间解下昆仑剑，放在楚璠怀里："你说得对，有些剑，不喜被人掌控，就比如昆仑。"

江逢一开始就走错了路子。

子微初次见江逢，没想到他们以后会针锋相对。

那一年，剑宗门派挑选了三十个弟子来昆仑剑冢寻剑，江逢便在其中。

昆仑是天山狐的故居，也是天山狐避世藏匿之所。只是仙妖大战过去，世人以为九尾狐已经灭绝。

正巧，子微并不想让修士发现自己，他算准时辰，调整作息，恰好和那些弟子相错。

剑冢在后山峰顶，他鲜少去看，自师父去世后，更是从未涉足过。

子微并不执着于剑道，对外面的事情也不怎么关注。但那些弟子，偶尔几个，吵闹的声音实在太大。

"半妖""死妖怪""杂血"这些话，实在是吵得子微头疼。某个阴寒的雪天，他出了洞府，去看到底是谁在被欺负。

一只小蝴蝶啊。

后来才知道，他叫江逢。

他应当没有学过正统妖术，所以连化形都用不完善。他瞳仁里是刺目的红黑色，死气沉沉，面颊上的蝶鳞花纹也未散，和数道红色狭线一起裂进脖颈深处。

江逢那时年纪不大，四肢瘦长纤弱，神色冷肃得不像少年，更没有以后张狂邪佞的气质。睫毛也长得过分，黑漆漆的遮了半个眼窝。

不讨喜的、阴郁的长相，太妖太艳，连魅色都是阴鸷的。

几个稍微年长的弟子把他绕起来围成圈，用剑去戳打他背上还没有缩回去的蝴蝶翅膀。黑色黏稠的血液刚流出来，就被冻成一道冰花。

“好恶心。”领头的人露出嫌恶神色，一只手掩住唇鼻，“这翅膀这么破，他是哪个族群，连血都这么臭？”

那个锦衣少年抓了一把雪，厌恶似的擦擦指尖。

江逢蜷缩在一边，紧紧抱着怀中的剑，脖颈青筋一根根鼓起，呼吸紊乱又急促，双瞳也开始接近涣散。

看样子，是被谁喂了可以激发妖气的血液。

另外几个人也嘻嘻恶笑道：“你看，他的翅膀跟破布袋子一样，软塌塌的，真够没劲的。”

“怪不得是杂血呢，连翅膀都只有一半。”有人拍手，“你飞一个啊，怎么不飞啊，飞一个啊！”

江逢抬起眼，红色眼瞳里雾沉沉的，直勾勾盯着那个人。那眼神，就像是连绵的阴雨，湿答答的，黏上就甩不掉。

那人被吓到，又不敢表露出来，虚张声势地拔剑：“狗杂种！不许看我！”

这……

子微在一旁看了会儿，神情严肃。

他很久没有下山了，不知世俗。按理来说，能被送来昆仑剑冢求剑的弟子，都是一宗之长，已经算是佼佼者。

现在的修道年轻子弟，这般资质品行，也能称得上佼佼？

子微皱起眉头。

而江逢在原地等血气激发的痛苦过去。

喉咙干涸到炸开，像有无数细小爬虫沿着经脉游走，后背的整页翅尖被剑戳破，没有痛苦，却满是侮辱。

这些贱人！

黑血一股股从残缺的地方涌出来，他浑身都裹着一股快要腐烂的味道，连江逢自己都觉得厌恶。

等他取了神剑……定要把这些人，抽筋拔骨，碎尸万段。江逢指尖攥到发白，牙齿紧咬，血丝蔓延到脸上，心里满是怨毒。

混乱中，江逢半昏半醒，恰巧看到有个人凑近，要来试着拔他的翅膀。

嘴上还说着：“这蛾子，把翅膀砍了是不是就真的会变成虫啊？”

有人接嘴狂笑，直拍大腿。

江逢神情麻木，闭上眼睛。

他因为天资不高，所以在众人之中，只称得上是勤奋。

半妖本就低微可耻，更何况是一个修剑的半妖。

别人会觉得那脏血碰了剑，是对剑的侮辱。

愚昧无知，很可笑的恶言，在那个时候，却是最为伤人致命的。不管有多勤奋，在当年，江逢也依旧得不到大家的尊重。

甚至把他无时无刻不修炼的拼搏态度，想要争赢的信念，也当作茶余饭后的笑料。

江逢把手指抠进雪地，刺骨的寒意已经让他失去知觉，他只能忍着，他知道自己会把这些侮辱千百倍地还回去。

他屏住呼吸，等待罪恶的铡刀落下。

不知何时，风停雪静。雪花铺散下来，像柳絮，掩住口鼻，他的身躯已经接近麻木，连寒冷都感知不到了。

吵闹的声音像是消失了。

江逢勉强睁开眼，睫毛和黑血黏在一起，视线模糊不已。

恍惚间，有一个银发蓝衫的人，弯下身子，用指尖去触碰他的鼻息。

江逢僵硬地移开脸："不要、不要碰我。"

"他们晕过去了。"子微按住他的额头，手指点在他眉心轻叩，默默念道，"叫什么名字？哦……逢？"

普通的人血都会让还没有成长完全的半妖产生应激反应。子微在他怀里找到那把不离身的剑，划开手指侧腹，黑红色血珠冒了出来。

一滴滴地落在江逢的唇舌处。

江逢愣了一下，然后猛觉喉咙干渴，仰头接着，喉结一滚一滚，急促仓皇。

直到血珠不再滚出，江逢神思回归了些，才看到那个人，弯着的眉，还有清冷深邃，逐渐明晰的脸。

他拿出一把伞，苍青色的纸面，辽阔草原一样遮在江逢头顶。

"送你。"看到江逢神色越发呆滞，于是子微又笑道，"不用猜了，我和你是一样的。"

一样的半妖。

楚璠听完后，细眉紧皱，又激动又不解地问道："您救了他，他凭什么还要恨你？”

子微看着她：“你觉得，我是救了他？”

“一开始，我也是这么想的。”子微闭上眼睛，“可我说错了话。”

他脸色苍白沉重，神情疲累，月白色的褂子披在身后，在地上落下一角，绸缎似的银发也搭在肩头。

楚璠担忧地望着他：“道长……你怎么了？”

“过来……璠璠。”他朝楚璠勾勾手，“让我靠一靠。”

楚璠愣了一下，然后顺从地靠了过去。她垂着头，把发丝拢到一旁，只露出还有牙印痕迹的颈侧，她安抚道：“道长，喝吧，没关系的。”

子微捏住她的肩膀，越来越用力，彻彻底底压了下去，可在即将要触到时，又顿住了。

鼻尖浅浅点在皮肤上，子微突然问：“之前，咬你的时候，会疼吗？”

楚璠诚实道：“都还好。”

子微的视线太沉，压得人心跳有些迟钝。楚璠长呼一口气，又点点头：“麻麻的。”

“麻麻的……”子微的声音有些黏热，问她，“是痒吗？”

温热的气息传到耳畔，楚璠浑身僵硬：“有点。”

突然，一簇毛茸茸的东西从他发间陡然冒出，一下子就顶在楚璠的耳侧，擦出细碎的火热，又茸又痒。

“耳、耳朵……”楚璠心神仓促，差点滚到旁边去。

子微把她拉回来：“别动……”

紧接着，袍下又伸出两根狐尾，无声探出，顺着楚璠的胳膊缠卷，如花藤般蜿蜒而上，尾尖落在她的掌心。

腰侧似乎也有什么攀援而上，牢牢卷在她背部，厚实而紧密地裹紧了楚璠全身。

楚璠手臂一颤，下意识抓住那一段尾尖。那尾端微一摇晃，往上扬，恰巧勾住了她的小指，微微摩挲，擦出透入骨髓的绵意。

更、更痒了。

视线逼仄，四下也寂静无声。

楚璠感觉到细长的牙尖在她脖子上滑错，但是迟迟没有咬下去，问：“子微道长？”

到底，是谁喝了酒……

一股热意从脖颈处蒸腾而上，楚璠下意识憋住自己的呼吸，连声音都不敢往外冒。

子微倾身向前，月白褂子彻底落在地上。他肩膀微沉，气息紊乱，擦过楚璠耳畔："抱歉，有些控制不住……"

楚璠"嗯"了一声，然后努力放松，两人的呼吸声悄然交织。

子微道长给人的印象，一直以来都是深不可测、藏匿于云端之中的。取血，甚至双修的时候，楚璠也没有看到他这种样子……

脆弱。

这两个字在楚璠心尖落下，重而深，沉甸甸的让人不舒服。

他的喉音极重："你上昆仑的第一天，我与你说，以后莫要随意被旁人取血了。结果……却是我一直在吸取你的血液。"

楚璠肩膀微挣，正要说话。一双大手却覆了上去，掩住她的唇："我当时救了江逢。"

子微回忆道："我对他说，只要心志足够坚定，道法殊途同归，半妖也可以走到大道之巅。"

"我对他说，他有拿取神剑的资格。"

"我守在昆仑百年，从未去开启过剑冢，也没有修习过剑术。"子微的嗓音干涩，"那群弟子进剑冢之时，我也跟了进去。"

江逢拔不出昆仑剑，任何人都拔不出。

"他眼睁睁看着……昆仑，自动飘在了我面前。"

"你知道为什么他总要弄一个与我相似之人吗？"子微苦笑，"因他最嫉恨，我这般自视正义、虚伪清高、自以为品行高洁之人。"

话音落下，恍如破碎的玉珠落地，然后气息沉寂，将静未静。

楚璠觉得，她现在很有必要说些什么。

"简直是……无耻至极！"她生气极了，喘息都变得剧烈，"他凭什么觉得昆仑剑就是自己囊中之物？剑不管是选主人，还是选随者，都是剑自己的意思！"

"您进剑冢，是不是怕其他小人又使手段？您原本是要保护他。"楚璠转过身，拽着子微的袖子不停拉扯，"对不对，是不是？"

子微摸了摸她的头，嗓音沙哑："嗯。"

楚璠手上攥着他的尾巴，音调比以往高出很多："您已经是我见过，这世上最温柔的修道者了。"

她激动到何时流了泪都不知。

“很好吗？”子微放低声音，“比你的兄长还要好吗？”

“我阿兄？”楚璠张张嘴，好一会儿才道，“和我阿兄有什么关系吗？”

子微纹丝不动，一双眉眼深邃通透，霜发丝缎一般在二人之间牵扯。离得太近，呼吸声此起彼伏，似乎还能听到沉稳的心跳声。

“阿兄是亲人。”楚璠听到自己这么说。

“那我呢？”子微用尾巴环绕住她的腰，“我是你什么人？”

楚璠沉默，然后咽着喉咙说：“现在，是恩人。”

子微轻轻笑了，他抬起手，袖中红蝶顺势而飞，轻动翅膀，有气无力的：“那我再施一次恩吧。”

“你想，看看你的兄长吗？”子微问。

楚璠肩膀一滞，先是愣住，而后迟疑道：“您要不要先休息？”

子微看着她，摇了摇头：“我要去确认一件事情。”

楚璠有点紧张：“怎……怎么看呢？”

“过来。”子微放下语气，音色轻柔，“离我近点。”

要多近？楚璠挪了挪凳子，靠在他身边，手指隐隐能挨到他冰凉的袍角。

“再近些。”他低叹着，没等楚璠自己动，直接将她拉了起来，揽在怀里，下巴靠在她的发顶上。

“是这么近。”他道，“抓紧我。”

楚璠的手撑在他的胸膛处，摸到微硬的肌肉，不知道到底是因为快有阿兄的消息，还是因为道长的身体实在灼热。

她脸烫得吓人。

楚璠侧靠着子微，说话时的气音会吐在他的脖颈上，温温热热的。

“嗯。”

子微拉过她的手，指尖相交在一起，停在蝶翅上方：“这是天魔的幻标，你进去之后，记得不要发出声音。”

他顿了顿，又道：“也不要害怕，我在。”

楚璠点了点头，紧张又忐忑，顺着子微手掌的力道，一起将指尖靠了过去，摸到蝴蝶微颤的翅膀。

一阵昏昏沉沉中，她好像跨进了一个梦境。

梦里有着一片枫树林，还有一望无际的湖泊，密集的蝶群，都是红色的。

满眼的红。

楚璠牢记自己不要发出声音，低头看向水面，发现自己也变成了一只蝴蝶，她吓了一跳，差点没掉下去。

一只稍大的蝴蝶扇动翅膀，落在她身下。

楚璠知道这是道长，一下子就觉得安全许多，她趴在这只蝴蝶上，被他载着飞向湖泊深处。

湖面荡漾着微风。

她隐隐约约看到有个人影，被架在湖泊中央，身量高瘦，墨发垂在水面，脊背上好似插着一道枪，白袍染血。

他们越靠越近，楚璠一直没眨眼睛，直直盯向他袍角的图案，绘着薄白双玉，意味一璠一瑜。

她的心一下子沉入谷底，如坠冰窟。

楚璠艰难地抬起头，看向他背后，那脊背上的不是枪，是他的骨头。

楚瑜以身为鞘，以骨为刃，那是阿兄的剑骨，被挑了出来。

子微之前所说的话，其实不假。

这是个乱世，但也是枭雄辈出、天才闪耀的时代。

短短数十年，有鲛人得南海圣水，修真灵之体；有凶兽出世，却懂得规训自身，抑制离火；更有天生剑骨，身有剑心的绝道天才。

别说还有远方的蓬莱、方诸、不周……众星闪耀。

即便天魔现身，也不妨碍，这是一代新生的盛世。

毕竟这天下，永远都属于年轻人。

即便他们的弱点，也是年轻。

楚璠用力扇动翅膀，朝楚瑜的方向飞过去，想落在他的发上，可又碰不到实物，于是发现这只是一片幻境。

“是记忆。”子微的声音传进她脑内，莫名有些冷淡。

楚璠已经在意不到这些了，她颤着翅膀围在阿兄身旁转悠，几乎要落下泪来。

清瘦公子，三尺白衣被血染成泛着铁锈的红，高高吊在空中，让人生寒……

阿兄……

楚璠觉得自己已经泪流满面。

那人似有所觉，抬起头，眸子是琥珀色，眉似淡墨，眼底有蒙蒙的猩红，更显出凤目泛着浮光，夹杂着一抹轻慢。

这轻慢是对着她的身后。

他轻嘲道：“天魔，你还有何手段？”

刹那间一阵红雾涌动，有人影从中慢慢走出来，江逢笑了笑，声音里的恨意和嫉妒却怎么都藏不住。

“你的骨头，还可以再硬一些。”

楚瑜直直盯着他，流血的唇角微勾，讽刺道：“活了八百年的老怪物……杀不死我这个，区区二十五岁的人修？”

“我自拿剑起，便知道，这世间没有我收服不了的剑。”

他脊背被压得很弯，骨头都被剥了出来，却很傲慢地笑了，讽刺着：“而你，不过是不被剑承认的——”

“废物。”

楚瑜真的很懂怎么惹怒他。

江逢一直听着他说，突然僵硬地歪了歪头，目光滞住，抬手按在楚瑜的骨头上，猛然一拉——

楚瑜身子一抖，干咽着喉咙，脊背的痛苦传遍四肢百骸，他咬牙忍住剧痛，喉结在薄白的肌肤上滚了一圈，连呼吸都变得微弱。

“天生剑骨？”

江逢掐着他玉制似的骨头，抹掉上面的鲜血，自顾自喃喃道：“你的剑心是什么？”

楚瑜若这么容易死，他从小到大，便数不清会死多少次了。如白泽所说，天生剑骨，入骨成鞘。

剑便是人，人即是剑，不泯灭他的剑心，没有人能让他死去。

楚瑜闭上眼睛，忍耐着漫长的痛苦，沙哑道：“你个杂血半妖，还妄想，懂得剑心吗？”

“你可以一直这么牙尖嘴利……”江逢掐住他的脖子，带着妒意，每一个字都很清晰。

“你最好不要让我找到你的弱点。”

此时的楚瑜，一双眼睛血红得骇人，声音嘶哑无比，却有一股令人心悸的锐气。

他忍住剧痛，直视天魔。

“我告诉你，我根本没有弱点。”

楚璠看到这里，心腔像是被刀绞一般。场景在这一刻开始虚幻，一切又变得混沌，她仿佛坠入深渊，一直在下沉、下沉……

飞舫的屋内，灯火微笼，她脸上全是冷汗，墨发一绺一绺贴在颊边，身子不停打冷战，牙关交错发出咯吱声响，竟不知是冷还是热。

子微把她往怀里按了按，轻吻了下她的眉心，接着将她放置在床铺上。

这是进了天魔幻标之后的反噬。他已经带着楚璠进了一次，理智上来说，再进一次，应该会受伤。

他要不要为了这个以身涉险?

室内一片静谧，只有女孩儿的轻声梦呓，迷迷茫茫，柔声细气地叫着阿兄。

阿兄，阿兄。

子微在棋盘旁静坐良久，闭着双眼，唇线紧绷，脊背挺直，月华镀着一轮淡光，双手笼于袖中。

明明依然温凉，却沉默得可怕。

他动了动，从袖中又拿出一只蝴蝶。

这只蝴蝶上充斥着诡异的金纹，双翅上仿佛生了墨眸，一道道地散开，仅用双眼一观，便觉得危险至极。

还很鲜活。

子微叹了口气，用同样的手法，指骨微拢，指尖轻轻点了一下它的翅膀。

这次显然换了个场景，没有满眼的红，更加清晰明朗一些，是现实正发生的一切。

这一次，被架在湖泊中央的男人，明显好了很多，因为天魔得知子微出山的消息，心思已经不在他身上了。

白泽剑穿梭虚空回来，安置在他的脊骨之中，蕴养神魂，散着淡淡的晖光。

楚瑜默默修炼心法，神经一直处在极端的紧绷下，他猛然睁眼，望着湖面上的一点涟漪，厉声问道："谁？"

他先是看见映在湖面上的一身道袍，绣着折枝云纹，越往下袍角颜色愈淡，几乎要和水面连为一体。

楚瑜抬头，看见了这人的脸。

他吃力地挺直脊背，额上汗水打湿长睫，喉结一动，神色遽变。

好久不见。

"昆仑子微。"

子微现在是神魂之体，悬在湖面上方，银发倾泻，眉心红痕如朱砂一点，衣袂飘然，容色出尘。

反观他，浑身是血，伤痕累累，竟似十年之前的初见。

他偷了子微的仙花。

子微轻声说着，感慨似的：“你长大了。”

楚瑜干涩地问：“你不是把自己封印了吗……怎么会来这里？”

子微很平静道：“我可以救你。”

楚瑜呼吸急促很多，显得非常焦虑：“我不需要你救，你快回你的昆仑去……”

他很紧张。

木架上的锁链被他震得起了一阵脆响，子微按住他的肩膀，轻声说：“你的剑没有告诉你吗，楚璠已经去找我了。”

白泽因他剑骨受损，只道了一声“璠璠安全”便陷入沉睡，他们至今还未交流过。

楚瑜愣住了。

他咬牙切齿，几乎是在低吼：“你不能跟她在一起，昆仑子微！你都对她做了什么！”

子微看着他，怜悯道：“你在害怕。”

他接着说：“楚璠与我的鸳花有缘，你为何不让她上昆仑找我？”

“你身为兄长，竟宁愿她月月献血，经脉滞涩，游离修仙界之外，也不愿意让她来见我。”

他摇头低叹，对楚瑜道：“我观你是走向了歧途，也不配当兄长。”

楚瑜反驳他：“别以为我不知道，你的伴生仙花认她为主，是代表了什么。”

因缘际会，天命良缘，他一点也不信。

楚瑜骤然抬头，眼眶通红，压制着怒意：“你根本不懂，她对我来说代表着什么。”

子微声音一下子冷了下去：“这不是你骗她的理由。”

“昆仑子微！”楚瑜含着怒意低喊。

微风轻漾，却胜寒针刺骨，些许的血从他脊背上流出，有些触目惊心。

子微一下子就觉得没什么意思。

“璠璠很担心你。”他缓缓道，声音沉而稳重，“但看你没死，我便也能给她个交代了。”

楚瑜握紧拳头，压低声音，嘶哑着说：“你怎么敢叫她璠璠？”

子微定定看了他一眼，声音明明是平缓的，楚瑜却听出了些嘲弄：“有些东西，不是你能阻拦得住的。”

楚瑜重重摔了一下锁链，“哐啷”作响，他怒不可遏：“我警告你，离她远一点！”

子微摇了摇头，嗟叹一声，化成光离去。

楚瑜时常会怨恨自己不够强大。

幼时在皇城，被老皇帝鞭笞打骂时；逃亡路上，和乞丐抢食、和野兽搏命时；到了蜀山，被众人嫉妒，无形孤立时。

他太年轻，他急着想长大。

当他看到她腕上的疤，便知道他们就是一类人。

楚璠是柔韧坚强又很懂事的姑娘。一个快要覆灭的皇城，他是旁人眼中的亡国之子，总有人会暗暗骂他病弱无能，除了母亲，只有楚璠诚心待他。

但他知道了天大的秘密，从皇宫逃出的那天，皇后临死之际，塞给了楚瑜一道手札。

那个以往妆容精致、姿容得体的女人，终于卸下面具，悄悄拉着他的手号哭："我就知道！我就知道这天下终究会毁在他手里！"

带着脂粉的泪珠滚落在楚瑜的手心，凉凉的。他望着自己的母亲，眼尾发红："母后，叛军要挟天子以令天下，我可以跟着他们走。但至少——您一定要把璠璠送出去！"

"不！"皇后咬着牙，发丝凌乱，神色接近痴狂，她一下下摸着他的头发，"你不属于楚国，你不用把一生都交付在这个让人恶心的皇城里。"

她从胸口掏出一封信来，重重塞进楚瑜的手心："好儿子，记得要掩藏身份，往西逃，到蜀山去！他们可以收留你！"

楚瑜彻头彻尾僵住："母后，为什么……什么叫我不属于楚国？蜀山？蜀山不是那些修道人士待的地方吗，我去干什么？"

"乖……"楚后鬓发散乱，无声地笑着，涂着蔻丹的指尖艳丽，轻柔地抚摸他的侧脸，像是透过他在看另外一个人。

楚瑜瞳孔张大，不可置信地摇头："母后……"

楚后凑在他耳畔，嗓子拉得细细的："我知道你是个聪明的孩子。可惜我不是。"

谁能想到，当年那个出身高贵、端庄优雅的崔氏嫡女，和一个不知从何而来的游方剑客一晌贪欢。

那个人说要和她一起走遍四海八荒，怎么可能呢？她一个世族女子，簪缨世家推出来供人欣赏的"玉菩萨"，明珠在掌，待价而沽。

她哪里有自己的选择?

“拿上这封信!”楚后推搡他的胸膛，厉声道，“暗门在后面，快走!”

楚瑜跪在地上，声音嘶哑：“即便我不是太子，也不该做个出逃的废物……”

“可你没有选择。”楚后笑得珠钗掉在地上，凤袍的颜色被霞光一照，似鲜血一般的红，“你要是死了，你那个小妹妹怎么办呢?”

“阿娘是个狠心人。”楚后指向他身后，眼中仿佛有刀光乍现，怒笑道，“你要是死了，我必须要让她下去陪你。”

楚瑜猛然一僵，回首望去。

有亲信过来，高高大大的男人，一只手拉住楚瑜的胳膊，另一只手抱着个小女孩。贴着冰冷的盔甲，那个小小的身体不停打战。

“阿兄……”她在哭，眼中尽是茫然，看见他就像幼鸟归巢，“这是怎么了啊?”

还没长大的小女孩，他唯一拥有的东西。

追兵在后，乱军要来赶尽杀绝。楚瑜抱着楚璠往外逃，听到后面人声嘈杂。宫人们被乱箭射中，一个个躺在地上。

到处都是血，他们在尸堆上跌倒，又爬起来。楚瑜死死捂住楚璠的眼睛，尽管自己的指缝里已经全是污血。

他不停地喃喃，一遍一遍重复道：“不要看，璠璠，不要看……”

密道就在前方，正在此时，一点寒芒对准楚瑜的后背，竟是要将他一箭穿心。

楚璠从指缝中看到了那道箭，抬手狠狠推了楚瑜一下，二人一同倒在地上，那从高处射来的箭歪了方向，“刺啦”射入他的侧腹。

血液喷溅，霎时落在楚璠的脸颊上，热而浓稠。

和天上一起掉落的雨点混在一起，让人分不清是水还是血。

楚瑜不知道自己撑了多久，他浑身热烫，脑海混沌一片，大多时间都没有意识，只凭着身体的本能前进。

楚璠的手热而温暖，紧紧攥着他不放。

那是他心中最后一抹热意，是楚璠掌心的温度。

他腹部被插了一箭，几乎半死，楚璠去别处偷了个板车，拉着他这个废人走了半个月，肩膀全是绳子的勒痕，浑身没一块儿好肉。

就这样也坚持下来了。

他是爱着她的，一开始只是亲情。

他把这心思和秘密藏起来，依旧和楚璠形影不离。到后来，这种感情什么时候变成了占有和欲望，他也分不清楚。

他们之间简直有太多亲密依偎了。

可惜楚璠都不知道。

她不知道老皇帝暮年广收城里的童女炼丹，甚至满口胡言，说是至亲之血最为有效。是楚瑜遭了一顿打才将他拦了下来。

她不知道逃亡饥荒时，所有人都饿得受不住了，楚瑜怕他们死在路上，去偷偷吃了死人肉，而后趁她睡着时把自己的血喂给她。

如此这般过来，他再也吃不下任何东西。

这怎么能不是爱呢?

她不想死，他就去给她找长寿丹，她不想老，他便去给她求不老药。

楚瑜觉得，璠璠怎么能离开自己。她就只能对他好，只能对他笑，一生吊死在他这棵树上。

所以他偷偷学了道侣之契，璠璠多乖啊，看他全身都是伤，二话不说便把精血渡给他，他骗她互相喂血也信，让她念咒也信，眸子里全都是依赖。

楚瑜突然就得到满足。当她的血在他体内流转时，当道侣之契在心中隐隐生热的时候，他就知道这一切对了。

这样多好。

可惜他太年轻，可惜这世道不太平。

楚璠身上全是冷汗，是被冻醒的，她刚睁开眼睛，便下意识将自己缩进墙角，沉默着打哆嗦。

她真的很害怕，觉得脊骨好似也跟着一齐断了，浑身没丁点儿力气。

深呼了口气，下意识想找道长。

然而四处没有人影，楚璠来不及深想，光着脚丫就准备开门找人。

她实在不想再一个人待着了。

急匆匆披上衣衫，提了床边的灯笼，行动之间却发现脚趾好像碰到什么软绒的物体。

楚璠低下头，看见了两条巨大的雪白尾巴，从屏风深处蜿蜒出来，还有落在地上的残蝶，边缘泛着灰色。

有鲜红偏黑褐的血迹，蹭在蝶翅上方，把地板腐蚀了几个坑。

不像是她碰到的那只蝶。

楚璠心下一沉，走近几步，拨开帘帐，看见其他几根雪白长尾从男人的蓝袍下伸出来，散在地上，缓缓地游动。

楚璠慢慢走进，低低喊了一声：“道长？”

子微背对着她，声音微哑：“出去……”

她鼓起勇气问：“您怎么了？”

子微皱起眉，将嘴角流出的血咽下，声音冷冽了许多：“出去。”

他不太想让她见到自己这般样子，楚璠梦里一直喊着阿兄，实在伤了他的心。若只是亲缘也就罢了，可显然楚瑜对他的妹妹，心思不一般。

修仙界，哪有那么多人族忌讳。

这姑娘面皮薄，被凶两句大约就走了，子微闭上眼睛，压了压泛疼的额角，竟觉得有些累。

不知过了多久，恍惚间，身旁凑过来一个软软的身子，子微睁开眼，看见楚璠偎在他身旁，指着腿上绕着的尾巴，小脸红红的。

“道长，不是我不听您的话。”她颇不好意思道，“是尾巴不让……”

子微愣了一下，欲言又止，最后还是揭穿了她：“是你自己绕上去的吧……”

楚璠吃惊：“道长原来知道自己的尾巴在干什么吗！”

子微没忍住，低声笑了笑，胸腔又被震动，他将脸扭到一旁，咳了不少血出来。黑红的血冒着热气，蚀穿了木制的床板。

子微垂下眼睑，遮住了楚璠的眼，声音滞涩：“不要看。”

“不能看吗？”楚璠眨了眨眼，睫毛蹭过他的手心。

“很脏。”他回道。

楚璠皱眉，偏头躲过遮挡眼睛的手掌：“一点也不脏。”

子微长睫一颤，而后勾起嘴角。

他起身擦血，下巴不小心掠过她的腮边，触感细腻柔滑，她鼻尖通红，嘴唇如嫩花沾露，显然是刚哭过。

心蓦地就软了。

他松开手掌，看见她弯眉下的一双清眸，眼眶微红，还是泪蒙蒙的。

子微缓声问：“为什么哭？”

楚璠拿袖子擦了擦眼泪：“我不太想让您受伤……”

“还有阿兄……”楚璠心里惴惴不安，仰着脸问，“他能坚持下来的，是吗？”

子微看了她好一会儿，才道：“白泽剑已经去蕴养他神魂了，天魔分身又被我打散，你兄长应无大碍。”

这是个好消息，楚璠一下松了口气，面色也好上不少：“昨夜看到的实在把我吓坏了……”

子微叹息。

她吸了吸鼻子，又睁大眼睛问他：“那您呢，您有大碍吗？”

真是心都被她给扯来扯去的。

子微皱眉，往后退了退，他也不知道自己在心烦什么：“不要……罢了，你先出去吧，让我静一静。”

他觉得自己已经够冷漠了。

可楚璠还是不依不饶地靠过去，把手腕抬起来：“道长喝点血吧。”

子微心烦，用手抵着她凑上来的脑门，闷声道：“你把我当什么……当成你阿兄吗？”

这话实在说得颠三倒四，楚璠愣愣看着他，疑惑地“嗯”了一声：“跟我阿兄有什么关系吗？”

子微顿住，只能说：“没有。”

他把身子斜着，尽量离她远一点，楚璠够都够不到他，只能恹恹地缩成一小坨。

雪白长尾卷曲垂落，上面的绒毛被二人蹭得乱糟糟的，楚璠把它抱在怀里，顾忌着子微的眼色，用手一下下捋顺。

他依然偏过头不看她。

楚璠慢慢从尾尖捋到中段，然后摸到下面，突然圈住尾根揉了一揉。

子微猛然颤了颤，闷声喊了一句：“你干什么？”

“我以前养了只小狗……”楚璠小声开口，又揉了一遍毛茸茸的尾巴根，“它就最喜欢被摸这里了。”

子微生气了，将尾巴全都收回去，训斥了声：“放肆！”

以前可以随便亲亲摸摸的……楚璠惴惴不安，低声道：“您是受伤了，不开心吗？”

室内沉寂了很久……

子微沉默着抬起她的下巴，从细腻的腮摸到耳郭，楚璠被揉得皮肤泛红，他俯身舔了舔她的唇珠，直视她，缓缓问：“你知道怎么让我开心吗？”

楚璠略显疑惑：“您是想吸血……还是想把我当作炉鼎呢？”

看，笨蛋。

子微仰卧在屏风后的小榻上，衣襟散开，双眼合着，头往后仰，微笼的烛火碎碎地打在胸膛上，脖颈长而优雅。

只是眉毛浅蹙，显得心情不太好。

楚璠心情其实也不太好。

她偎在子微腰侧，乖巧地伏在他膝上。

如冰似雪的仙长，也有这种样子。

楚璠悄悄抬头瞥了道长一眼，只能看到挺拔的鼻子和薄而微抿的唇。

一只手突然伸过来，干燥温暖，圈住了她的手腕，食指指腹压在指根处，不轻不重地握了一下。

楚璠机警地歪了一下头，去看他的神色，只是被另一只手臂覆盖，看不清。

其实在她的心里，依旧觉得这是交易，譬如献血，或者说做这种事情，楚璠一开始只认为是互利。

子微可以获得灵力恢复修为，她能救出兄长，至于以后的事情，她没有想那么多，也不敢想。

但是这么久了，她也没看出来，道长得了哪些利……反倒是自己，似乎获益更多。

不想从她这里得到什么，怎么可能呢？这会让她觉得没有安全感。

但如果这个人是子微，好像就没有那么令人无所适从了。

白皙的手指绕着裙摆打转，她琢磨了一会儿，还是倾身覆了上去。

楚璠胆子大了些，不解地问道："道长您究竟要什么呢？血和元阴已经有了，难道是我身体里的鸳花吗……"

子微的声音传来，依然冷淡："继续。"

楚璠好像知道自己要干什么了。

"璠璠……最后一次好不好？"他道歉，说着对不起，却越来越激烈急促，理智和欲望相博弈，最后将道德都燃烧。

子微俯身把她抱在怀里，楚璠好久才缓过来，看见他银发微湿，睫毛下的蔚蓝眼睛，暗沉又可怖。

她第一次看见他这副样子。

子微摸了摸她沾湿的睫，喉头滚动，吻了一圈，吐出温热的气息："你知道吗？这样子，是没有用的。"

他摸着她的发，直勾勾地看着她："不能疗伤，不能修灵，不算是把你当作炉鼎，更不能说是双修。"

“那你说，我为什么要这样对你？”

楚璠头昏昏的，摸着腰上的尾巴，问道：“为什么呢？”

为什么？因为鸳花之主与他有缘，因为妖魄发动那晚她的一句“我来救你”，因为他突然想起幼时凄苦——

而她落在尾尖的那个吻。

子微什么都没说。

他只是突然倾身含住了她的唇，灵气化水而游，只剩下二人的唇齿脉脉相融。

楚璠觉得舌头像是被拥抱住了。

银发倾泻而散，柔顺清香，迷蒙又陶醉，像昆仑山顶峰的轻雪，连尾巴上的绒毛，都是这股味道。

很软。

楚璠很会破坏气氛，趁着间隙道：“我幼时在蜀山养的那只小狗，也是这么软……”

子微顿住了。

楚璠却顺着他的脸亲了上去，扒着他的肩膀，仰起小脸慢慢啄吻：“可是那只小狗，我养了两天，便被阿兄送走了……”

之后她再也没养过小狗，因为她知道，阿兄把小狗扔下了山崖，她只捡到些带着皮的血肉。

楚璠从子微的唇吻至胸膛，声音细而柔软，还有一丝脆弱：“所以我害怕。”

她真的能再拥有小狗吗？

楚璠知道，她和阿兄，是纠缠在一起又攀扯不清的藤蔓。这么多年过去了，已经说不清楚，到底是谁绕着谁而生。

就像互生相绕、一齐生长的花藤，连皮肉都要融在一起了，能完完全全将另一根剥离出去吗？

那得多鲜血淋漓啊。

“你的兄长，”子微目光晦暗，修长的手指摩挲着她的唇，勾画描摹，“他都对你做了些什么……”

指尖微凉，剑茧粗糙地磨过肌肤，有种丝丝缕缕的轻疼。楚璠无端觉得，道长现在给人的感觉，有些难以言喻。

有点危险。

楚璠干涩地咽了一下喉咙，接着道：“阿兄不许我和旁人说话，不喜欢我养活物，也不许我学习法术……”

子微把手滑下去，拉开她的衣服，轻巧白腻的锁骨处，挂着一条浅红的兜绳。

子微不动声色，压低声音道：“你觉得这是对的吗？”

楚璠其实觉得不太对。

但他们生死与共，流淌着相同的血液，经历过无数绝望和悲剧，她能理解阿兄的脆弱和不安。

楚璠迟疑着点了点头。

她竟觉得对。

子微立马把她抵在墙上，从她的脖颈开始，顺着锁骨窝一路咬了过去，吸出了大片红印。

他在楚璠的耳旁轻笑，语句清晰：“你连一只小狗都不可以养……居然还这般心甘情愿，任他所为。”

楚璠闭上眼。

“那我告诉你。”子微凑近，声音暗哑极了，“这根本不对。”

楚璠嘴唇动了动，声音微弱：“这些那么重要的吗？对和错，有这么重要吗？”

子微失笑：“什么叫对错不重要，你不承认也罢。那我这样问你，你被他约束在蜀山，什么都不能见识，看不到，听不到。这样的日日夜夜，你很自在？”

楚璠被问得一哽，没有回答。

“你方才在外面，说自己羡慕龙女。”子微低着头，眸色深沉晦暗，眉心红痕衬得面容愈加灼灼，“你告诉我，你羡慕她什么？”

似乎有什么在暗中发酵。

楚璠觉得自己被他看得彻底，心里像是缺了一大块，声音也干哑不堪，她想要偏头：“您别再说了……”

子微按住她的肩膀，不让她躲，直视楚璠一双清而泛红的眸子：“同为公主，你幼时颠沛流离，静姝从小到大锦衣玉食，被人万般宠爱。你羡慕这个？”

楚璠眼睛红透，觉得羞耻：“不是这些！”

她欲要从榻上起来，动了动肩膀，只是双手已经反握在他手里，轻而易举就被子微反压下了。

“你生气……”子微匀着气息，轻声问她，“是怪我太过直白？”

“您今天和以往都不太一样。”楚璠眼角湿润，“是故意要让我难堪吗？”

子微霎时一松手，沉声道：“你是这样想的吗？”

楚璠没了性子，索性直接把头贴在他的肩上，嗡嗡颤颤道：“道长明明知道，我不是在嫉妒龙女。”

磨了这么久，终于让她开了话头。子微心尖一麻，终是一股怜惜之情涌上，不免叹息。

“对，不是这些。”子微温柔地笑了，抚着她眼角的湿润，语气放得柔软，“你可以说出来，告诉我。”

楚璠的眼泪收不住，被子微一点点抚去，她低声道：“静姝姐姐，她肆意张扬、率真浪漫，跟我是完全不同的人。我、我很是羡慕。”

她知道自己自卑懦弱，更与“浪漫潇洒”四字沾不得边。楚璠小心翼翼维持着一切，不敢放松一丝一毫，谨慎惯了的人，又怎么敢坦诚自己的内心。

子微抱住她，逐渐收紧手臂。他低头，看到楚璠紧紧闭着眼睛，睫毛颤个不停，乌发凌乱地铺了满身，散在苍白的脸上，像拉了一道深痕，显得她脆弱又可怜。

“璠璠。”子微低声叹道，“无须羡慕。”

他揉了揉楚璠的发顶：“也不必厌弃自己渺小。”

昏暗灯光下，他蓝衣暗纹，白睫深瞳，眉目上笼着一层疏离的光，分明是凉极淡极的面容，却从轻缓动作中透出几分温柔来。

他怀中抱着窝成一团的人，子微轻轻拍打她的肩背，缓声念道：“大道三千，万人追矣。众生百相，每个人的路都不同。璠璠，这个世上，唯有自己才不会辜负自己。”

“但是……你也可以稍微相信我一点。”修长手指弯曲，拢上那片乌云一样的发丝，“想做什么，便去做吧。”

“道长……”楚璠把小手轻轻放在他的肩膀上，“谢谢。”

子微侧着头，把牙尖抵在她的脖子上抿唇吸吮，每一下都烙印开一朵暗红的花，带着克制压抑的粗暴。

血液从她的身体注入子微的经脉里，然后又化作灵气，一同蕴养他们两个人。

她被吮得满面潮红，长发散乱，落在子微的发顶上，黑银发丝交织在一起，难舍难分。

子微按着她的腰，双臂微拢，将她紧紧抱住。

不过，现在这人在他怀里。

子微托起她的后背，把她放在榻上。

温热的气息激得楚璠一个劲地抖，口齿不清地喊着：“道长、道长……”

酥麻从吻落的地方瞬间蔓延至全身，她额上有汗，呼吸乱成一团，也不知是想躲还是想继续。

她咬住自己的手腕，眼眶含着泪，身子止不住地战栗。

一条尾巴从她的腰间游过，贴着她的脖子慢蹭，手腕被毛绒长尾圈住。

她一下子弹起身子，不自觉捏了一下尾巴。

子微凌乱地闷哼一声，喑哑含欲，让人心都要跟着湿了。

“舒服后就不认人了吗？”子微问她。

楚璠看了他一眼，这人身量高大，肌理分明，银发遮住面孔，只能看见宽阔的胸膛……还有滴水的下颔。

楚璠脑子一轰，身子顿住了。

他翻身压住她，将女孩整个儿抱在怀里。

他贴着楚璠的小腹轻按，哑声道：“是这里。”

楚璠一怔。

“别哭……”子微去吻她的眉心，“以后会更舒服的。”

结束后，楚璠疲惫地睁开眼，看到子微眉心红痕发亮，清寒幽邃，面容似霜雪生晕，就这么凝视着她。

“快长大一些，璠璠。”他轻叹。

这么稚嫩、柔软，让人觉得自己在犯罪。

楚璠轻喘着，慢慢合上眼睛，有长尾轻扫过她的睫毛，细绒尾尖蹭了蹭她的腮。

很软。

次日清晨，外面鹤鸣不断，似有鸾凤和音。

楚璠从头到脚都有尾巴绕着她攀缠，浑身暖洋洋的，舒服极了，只是有些累，她微睁开眼，看见面前流畅而紧实的胸膛，还有被银发遮住一半的下颔。

昨天……

她喉间微滞，叫了一声：“道长。”

子微醒了，缓缓睁眼，深邃的眼梢歇着缕春晖。他耳上的玲珑玉，像是剔透的枝丫，和银发勾扯在一起。

楚璠觉得胸口有些热。

她拨开脸上的毛绒长尾，想起身，才发现不对劲。

楚璠的表情有一瞬间的崩裂。

子微突然圈住她继续按压的手腕，施了清洁咒，手指不经意划过她的腿：“现在干净了……”

一直这么下去的话……

楚璠穿好衣服，忽然问道："这样会生宝宝吗？"

子微愣住了，半晌无言："你现在倒想起这个了。"

"天山狐不像其他物种，幼崽……是由母体的心意来的。"

他的视线落在她唇上。

子微低声道："看你想不想了。"说完便出了房门。

楚璠微愣，仔细品了品这话的意思，放心了不少，反正她现在肯定是不想的。

她跟在子微身后，抱住昆仑剑，一起出了房门。

南海有万里水域，是龙族栖息之处。

既然天魔已经露面，他们便也不遮掩行藏了，飞舫撤掉御障咒全力出发，这样算下去，不出三日便可到达。

龙女伫立在阑干旁，用手撑着看向远处。她的指尖绕了许多珍珠饰品，随风穿梭在流云之中，震出细碎的叮铃响声。

她听到动静，歪头看了看来人，挑眉笑道："楚姑娘，昨日还好吧？"

楚璠看着她戏谑的神色，不知为何有些脸红："还、还好。"

"害羞什么嘛。"静姝今日的穿着更加艳丽，眼尾高高挑起，"告诉姐姐，先生他如何？"

楚璠瞪大眼睛，连连摆手。

静姝捂唇轻笑，接着又把她拉到栏杆前："你看前面，已经能望到南海的边缘了。"

楚璠感慨道："真羡慕你，静姝姐姐，我还从没有见过海呢。"

不止深海，如若她没有孤注一掷登上昆仑，她这辈子也许连雪山都看不到。

静姝先是惊讶，然后又沉默，过了很久才将心里话讲出来："楚姑娘，不瞒你说，我是公主，幼时南海势大，什么嚣张的事情都做过。你去问毕方，也是一样的，他们轩辕族难道还能短了他？"

"可你不一样。"她叹气。

"你说我们多见广识，说来惭愧，是因为地位特殊，族中愿意给予资源调动，让我们能俯瞰别样的风景。"

"这其实是一种上位者的冷漠罢了。"

"而你，你看到的是什么呢？宫墙碧瓦、暗无天日，还是饿殍遍野、尸枕狼藉？我们是不一样的，你也无须羡慕。"

过了很久，楚璠回答道："我没有羡慕，我只是心生向往。"

静姝又问："那你后悔吗？"

楚璠笑了："我知道，我明白的。但是静姝姐姐，你错了，我并非难过，和兄长相依相伴的日子，也不是后悔。"

"和阿兄在一起的时光，我从未后悔过。"楚璠感受风的流速，轻轻闭上眼睛，"但你们说得对，待此事结束，如果有机会的话，我确实应该要往前看看了。"

子微从后面走来，用剑柄轻轻敲叩她的手背："看高处。"

她远远望着，看到桅杆之上，有一红色鹤鸟和两只白鸾绕着云彩展翅，吐出一声声的清音。

她觉得有趣，问道："毕方在干吗呢？"

子微抬头看了会儿："毕方为了压抑体内离火，除了每日的清心诀外，还要学习鸾凤和鸣曲。"

他笑了笑："这都是他引来的鸟，你若是觉得喜欢，以后还可以让他给你唱歌听。"

话音刚落，云彩上的红鹤便展翅而来，冲到她身前，用喙啄了啄她的脑门："想飞吗？"

楚璠捂住额头，脸上出现了类似惊讶的表情。

子微还未阻止他们胡闹，楚璠便已经抬腿骑上了红鹤，毕方展翅为鹏，两下就飞上了最顶层。

他无奈地笑了笑。

两条白鸾盘旋而飞，看见红鹤身上骑了个娇小女子，都围了过来，轻啄着楚璠手腕上的忍冬图腾。

毕方载着她，声音裹挟着风的流速："小心被它们咬出血去。"

楚璠知道他是开玩笑，心里早就开心坏了，手上拽着微硬的羽毛，大声喊道："我在天！我骑着鸟在天上飞！"

"不是。"毕方急转了个弯，摆得她身子一晃，也喊着，"你也太没见识了吧！"

楚璠乐不可支，看着两只白鸾在她身边翩翩飞舞，一个手痒，就忍不住去抓它们掉下来的羽毛。

"你什么毛病啊……"毕方又转了个弯。

微风轻荡，晨雾还在弥漫。

天空遥远湛蓝，毕方展翅而飞，从云层往上拔，在浩瀚深空里，世界上的一切都变得渺小。

不必厌弃自己渺小。

是他说的。

“毕方……”楚璠深吸了口气，感受身体充盈的力量，视线紧紧盯着自己的手腕，“我要下去了。”

毕方说：“你等等。”

不过她只迟疑了两秒，便起身拥抱云彩。

这么坠落下去，双臂高展，像一只轻旋的鸟。

毕方突然感受后背一轻，整只鸟都吓傻了，回身高喊道：“楚璠！你要干吗！”

衣衫荡起猎猎风响，四周嘈杂，她呼吸起伏自然，灵气通过周身毛孔进入，手腕发痒，似乎有什么要破皮肉而出。

从没有这么感觉到，要和天地融为一体。

有白色枝丫，以她的腕骨为干，沿着肌肉纹理展开层叠黄白的藤花，色泽莹润，枝叶似有千钧之力，钩住了舫的桅杆，将她荡了起来。

她甚至觉得自己能轻而易举把桅杆掰断，楚璠想抬手向子微和毕方示意，刚扭到那边，便被揽入了一个泛着松雪香的怀中。

这都不知道是第几次了。

子微将她带了下去，皱着眉叹气：“你这是要把谁吓死……”

毕方也飞了过来，急得团团转，看她没事之后开口便骂：“你怎么像个猴！”

楚璠扑哧一笑：“你才是猴呢！”

“筑基了？”子微看了看她腕间的花藤，肯定道：“木属性。”

楚璠摸了摸手腕，又摸了摸心口，感慨了声：“我从未那么快意过，好像能平地而起似的。”

“你能不能不要这么没出息。”毕方瘫在地上扑棱翅膀，“这才刚开始呢。”

楚璠抬头问子微，诚心诚意地问：“真的吗？”

“当然是真的。”子微轻轻一笑，声音低沉柔和，“你还可以拥有更多。”

楚璠这一路上都在琢磨自己手腕的花藤，它由心而动，树枝坚硬如石，又柔韧异常，能化鞭，也可以做锁链盘缠绞杀。

倘若说，鸳花血藤一开始只是寄生在她身上，从她身上汲取养分，进而壮大自身。那么现在，她已经可以逐步掌握它。

子微特意嘱咐她少用控制不住的妖藤，一切都要慢慢来。

慢慢来，可楚璠最缺的就是时间。

原本还忧心忡忡，这毕竟不是属于自己的东西，直到子微说，这花他再拿过去也不过是死物，只有在她身上才能存活。

便放下心了。

她整整两天都在琢磨这个，抱着法术典籍硬啃，学得头晕眼花。

子微既要教导她，还要每天叮嘱她认真用膳，不可过度劳累，也是操碎了心。

楚璠初学阶段，时常一片混乱，把花藤甩得到处都是，子微来帮她，她一个紧张，直接将他的尾巴捆住了。

子微怕挣开会伤到她，只能站着由她哭唧唧地解开，又无奈地敲了敲她的额头："你这样的徒弟，若放在以前，我是定然不会收的。"

楚璠"哼哧哼哧"把毛茸茸的尾巴剥出来，委屈了："您是嫌弃我笨吗？"

子微随意拈下挂在房梁的一朵鸳花，笑道："我这不是教你了吗？"

"那我是不是也可以叫您先生了？"楚璠摸了摸凑上来的尾巴尖，"是要叫先生还是师父呢？"

子微凝眸看她一眼，直接拒绝："不能叫。"

叫了师父，做那等事的时候，难道也要这么叫吗？胡闹。

楚璠觉得可惜，"哦"了一声，默默帮他把尾巴上的小花挑出来，捋顺，她发现道长的狐尾，最外面那处，像是缺了一块。

是那条断尾。

含着爱意而生的幼崽，真的只为了血统的纯净，就可以斩掉爱意，做出断自己孩子尾巴这一暴戾举动吗？

她有些不忍……甚至，觉得很是心疼。

楚璠在那处断尾的地方，又揉了很久。

过了会儿，子微拉过她的手，轻声说："够了。"

飞舫极速前进，比预计时段还要更早到达，南海岸缘连绵耸立，有一望无际的碧海蓝天，从中隆起一峰，意为龙脉。

龙脉如一条天堑，阻绝了由魔物构成的黑色洪流，似围栏一般将海下的炽渊隔开，保障南海族群的安全。

子微担心楚璠不能承担封印之地的魔气，便一个人去了龙珠处查探。

静姝白衣翩翩，御鲸将楚璠他们带进龙脉中。

"我还以为你们是住在水里呢。"毕方缩小身形，停靠在楚璠的肩膀上。

"住龙宫？"静姝不屑，"早就过时了，只有鲛人还喜欢住在水域里。"

"不过龙族和鲛人现在暂且议和共同抵挡魔族，他们也来龙脉休养生息。"

静姝把他们带进一间上房，特意叮嘱道："如今南海形势严峻，两族估摸都要全力攀附子微先生，你们也会被人暗中关注，要小心为上。"

楚璠在房门向她送别。

静姝临别前，还摸了摸她的脸，凑过来一阵香风，悄声耳语道："你看你颈子上青的紫的，在床上可不能惯着男人，下次来和姐姐学学。"

她连忙捂住脖子，然后又支吾着摆手，满脸通红。

可静姝已经走远了。

她原地捂脸好久。

楚璠提了提衣领，缓缓心神，问毕方："道长什么时候回来啊？"

毕方趴在蒲团之上："先生估计要被那些妖缠上半天呢。"

他打一个哈欠："人人都想让他当妖主，也不看他自个儿乐不乐意。"

楚璠喃喃重复了一遍："妖主？"

"人界有人皇，修真界有仙门魁首，妖界肯定也要有妖主啊。"毕方声音恹恹的，像是困了，"不过先生没那个心思，众妖也不服别人。"

"妖主……"

道长的父母就是被前任妖主所杀，他又怎么可能会去当妖主呢？

日光渐渐下移，楚璠看了会儿书，练习法术，有点没精神："毕方，陪我练一下捆锁咒吧。"

毕方那边传来了呼噜声。

好懒的鸟。

楚璠给他披了个小毯子，又挑了几根落下来的羽毛，下意识就开始打穗子。

每当这时候就会想起阿兄。

她其实明白，普通兄妹，并没有他们这样的浓烈情感。阿兄至今没有一位交好的女子，和她也有一点关系。

但是她不敢往更深处想，他们之间，本就是生死与共的亲情，是不可分割的一部分，但也只能是如此了。

楚璠编好了一个羽穗，红色洒金，她悄悄挂在了毕方的尖喙上。

门外传来清脆的敲门声。

半斜的光晕下，走近一名男子。

银发蓝衫，耳缀玲珑玉，眉心红痕微闪，他勾唇一笑，唤道："楚姑娘。"

楚璠不自觉握上了腰间的昆仑剑柄，往毕方所在的地方靠了靠。

"子微先生。"

这位男子走了过来。

他一下子就按住楚璠的手腕，用那张俊逸的脸，歪头笑了笑：“我很累，想到床上去。我们一起吧。”

他笑容一如往常，温和端正。

靠得也很近，楚璠嗅到了他身上的味道，皮革、鲜血的味道。

她一开始就觉得，这怎么可能会是道长。

瞬息之间，她腕上暴起数根枝丫藤蔓，朝男人面门冲了过去。楚璠回头喊毕方醒来，却发现毕方的额头已经被种了一只血蝶。

楚璠心中猛然一沉。

她的小家子法术根本不足为惧，江逢撤下伪装，黑袍墨发，斜着锋利的眉眼，轻轻一笑，指尖停靠了一只蝴蝶。

他慢慢逼近。

楚璠怀里抱着昆仑剑，越收越紧。

“别叫他。”他制止了楚璠的举动，胜券在握似的，“你不想知道你的兄长被我关在哪儿了吗？”

江逢看到她顿在原地，愣了神，像是凝固的雕塑。

他知道自己猜对了，轻笑着，背光坐在檀椅上，声音有种黏稠的质感：“过来吧，楚姑娘。”

一束光线从窗棂洒下来，屏风上投出了两道影子。

楚璠摸着微痛的心口，倒在地上，面无表情，仰头看着他：“我阿兄在哪儿？”

江逢撑着腮，墨发晃悠地飘着，像冰冷滑腻的蛇，垂在她的脸上，他慢条斯理道：“我更想知道，你怎么一眼就认出了我。”

他长指落一只蝶，冰凉的指骨沿着她脖颈的青蓝血管游移，蝶翅如刃，划破了肌肤，晕出一道血线。

“道长不会叫我楚姑娘的。”楚璠淡淡道。

道长也不会一回来就要跟她往床上躺。

江逢慢悠悠地舔了舔沾血的手指，喉结长滚一下，轻嘲着：“他那般衣冠楚楚的人，不叫你姑娘……难道叫你情妹妹？”

“血真香啊。”他的脸上出现了类似迷醉的神情。

楚璠缩紧了身子。

“也对，你浑身沾着他的味儿，估摸什么都做过了。”他狭长的眼轻眯，暗红无光，笑着跟她说，“让我看看你有什么好，能勾得昆仑子微都欲罢不能。”

楚璠依旧沉默着。

江逢捏住了她的下巴，她脸憋得通红，长睫之下，眸色极清润，似玉石般透亮，确实有一副好颜色。

“原来他喜欢这口的。”江逢上下打量她，扫视着挑了挑眉，“嫩生的？”

语气实在是戏谑、轻佻，又嘲弄。

楚璠觉得屈辱极了，不仅是为自己，还为了道长。

她有一瞬间，想要反抗。

但下一刻，江逢便松开了她的下巴，从袖中掏出一根细长的玉色烟杆，吸了一口，缓缓吐出一口烟气。

然后在她的脸和脖颈上慢慢晕开。

“你的阿兄，叫楚瑜？天生剑骨的废物。”他慢悠悠道，咬字却带着浓浓的嫉妒和嘲讽，“骨头忒硬，没意思，看到我连腰都不弯，那我肯定不能放过他，对吧？”

江逢看到她捏紧的指尖已经开始泛白，觉得更有趣了些：“你知道吗，我原本是想把他的骨头掰断的，可是太硬了，没办法，就只能用锁链穿过他的肩胛，整个人钉在木架上。”

楚璠纹丝不动。

“哦……你觉得没意思，是因为这些都看过了，子微带你进了我的幻场。”他用指尖轻点着烟杆，发出“叮当”脆响。

“那这个呢。”他从袖中拿出一个沾了血的剑穗，青白色的，绘有游鹿纹。

他忽然笑了一声，血眸凝视着她带有恨意的眼：“你知道，天才的悲鸣声，有多好听吗？”

楚璠身子在颤抖，她突然扑了过去抢他手中的东西。江逢将手高高举起来，揽住她的腰往里一带：“小姑娘，别着急啊。”

他很享受这种感觉，得到子微在意的东西，比打败子微本人更让他觉得快意。

“你只要别出声，我就告诉你，你的阿兄被我关在哪儿了。”

楚璠用手扯住他的袖子，仰着头，脸上苍白到了极点，眼泪也不受控制滚落，打在他手上的血蝶上。

蝶翅震了震，鳞毛被细碎的水珠溅湿。

“呀。”江逢轻描淡写地叹了口气，冰凉烟杆顺着她的下巴滑过，声音微哑，“怎么这就哭了，我还没干什么呢。”

楚璠艰难地喘着气，手攥得极紧，艰涩道：“阿兄到底怎么了……”

“别害怕。”他在檀木椅上磕了磕烟杆，清脆的响几乎要敲击在楚璠的心脏上，不以为意道，“你看过了，他又死不了，不是吗？”

那个剑骨小子他早就觉得没意思了，江逢更想在她身上琢磨子微的影子。

昆仑子微，幼时被弃，在深山独自修行，和自己差不多的经历，江逢怎么都不明白，凭什么就是他，得了神剑的青睐。

这个人，无欲无求，高高在上，像是游离在世间之外，怎么会对一个不出挑的凡人，另眼相待。

江逢挑起了楚璠的下巴，指骨顺着她滑嫩的颈间摸下去，喃喃道：“让我也试试，到底有什么好。”

他一凑过来，身上的那种阴冷气息就往外渗开一般，虚虚压在楚璠的皮肤边缘。像湿答答的沼泽，不经意往前一靠，就要陷进去。

让人不喜，让人又厌又惧。

“你真像个疯子。”楚璠把头一点点抬起来，冷声讽刺道，“一辈子都在追逐别人的影子，不觉得可笑吗？”

“可笑？呵……”江逢猛然倾身，一把掐住她的脖子，似笑非笑道，“你和你那个兄长一样，一张嘴倒是硬。”

楚璠剧烈咳嗽，说不出话来。

“你觉得什么不可笑？”江逢看着她几近濒死的状态，恍然怪声道，“哦……那个子微不可笑对吗？”

“可他不过比我多了个半仙之身，连话都不用说，只站在那儿，什么都可以拥有，什么好东西都向他怀里送。”他慢条斯理地说道，声音虚而凉薄。

楚璠嘴角溢出一丝鲜血，瞳孔渐渐扩散，失去焦距，挣扎的力气也微弱很多。江逢看了她一眼，轻笑着，好心松开手，让她得以喘息。

在无人窥伺的角落，楚璠袖中红绳又倏然暗下去。

楚璠喉咙疼到像要裂开，她捂住脖子，喘息声未定，每个字都像是带了最大的力气：“你不过是，嫉妒而已。”

“你还是住嘴吧。”江逢凉凉地弯起嘴角，“毕竟我是个疯子，行事可没什么准则，我要是不开心了，你那个兄长不就要出事了吗？”

江逢继而凑近，气息扑在她的耳侧：“你可不想这辈子都不知道他在哪儿吧……”

楚璠牙关紧咬，僵在原地很久。

江逢吐出一声嗤笑，他摸上去，一下下往里伸。楚璠像是在冷水里泡着，眼神黯淡无光。

直到江逢俯身，黑发飘到她衣领里，想要把头凑下来亲吻。

楚璠猛然退开一步，腕上的藤蔓绞住了他的手臂，坚硬无比，江逢没料到她会突然袭击，被绊住了一息。

就这一息也够了。

楚璠拔出昆仑剑，剑光映在她脸上，唤着："子微道长。"

昆仑出鞘，剑身弧光一现，锋芒照亮满屋，直逼江逢面门。他反手荡开飞过来的剑刃，歪了歪脖子，恼怒冷笑："你猜，他过来要多久？我可以直接杀了你。"

楚璠的手臂下意识地抖了抖，但很快平息，再一次抬头，两道藤鞭向他冲了过去。

江逢直接挥手抓断，步履生风，向她迎面扑来。

楚璠差点以为自己就要死了。

一条火焰"嗖"地擦过她脸颊，离火张开巨口，向江逢咬去，霎时间，整个房屋都燃起了汹涌的火焰。

毕方从她身后飞来，嘴里还骂骂咧咧："我怎么能一个招数中两次！"

他知自己打不过天魔，变大身形提着楚璠的肩膀腾空而起："快跑啊！"

窗户被撞开，屋内一片混乱，毕方展翅为鹏，一息纵横百米，却没想到又直直撞在了江逢布下的禁制屏障中。

暗红雾罩如一方玺印，罩在房屋上方。

江逢头发微乱，拍了拍身上的火，火焰瞬间熄灭，却也烧焦了些衣摆，他显然很生气，眼神压制着暴怒。

"毕方鸟，外加一个小修士，你以为你们逃得掉吗？"

楚璠感受到毕方在颤抖。

"毕方，不要怕。"

楚璠咽了咽喉咙，举起手中的昆仑剑，剑尖一指，整个屏障内都被锋芒笼罩："我们还有道长。"

肩膀上的爪松了松。

江逢扬手挥袖，从里面涌出无数红蝶，想要再度扑来。

楚璠已经将鸳花全部凝聚，从面孔到四肢，都覆盖了一层坚硬如玉的枝丫。

至少不能死，至少毕方不能死。

"江逢。"

楚璠手中长剑抽身而去。

清朗如玉的声音伴随着一道雪亮剑芒而至，浩渺清辉瞬时照亮整个天穹，红蓝光辉相错，江逢闷哼一声，眼睁睁看自己的手掌被横插一剑。

势如破竹的一招，长剑挂了一串血珠，又滚落在地面。

子微凌空而来，衣袂猎猎，持剑向前，面色暗沉无比。

他眨眼便到了楚璠面前，将他们护在身后，劲风匆匆，衣摆如春水吹皱。

楚璠落地，将缩小的毕方抱在怀里，小声唤了一句道长。

子微点了点头，眉头微皱。

“你共有三具分身，炽渊被毁一具，飞舫失了一具。”他语调平和，毫无波澜，“你这么急不可耐，最后一具分身也要丢了？”

江逢最见不得他这种平静淡漠的样子：“不过是分身罢了，子微，若我本体而来，说不定是谁胜谁负。”

他接着又道：“你不是也曾被我斩去一尾？”

子微摇了摇头，淡然回答他：“你不敢了。”

江逢猛然与他对视，眼里藏着灼热的怒意。

而子微依旧神光高寒，目光干干净净，湛然遥远：“我可以接受自己被你斩掉一尾的事实，而你却害怕被我封印在炽渊之下，已经不敢与我再战。”

江逢紧紧握拳，开口沙哑：“你不过是，装作不惧，枉做好人……”

子微叹息着摇了摇头：“你不该如此。”

他说罢，便凝聚真气，手上翻转一道崆峒印，直接朝江逢盖了过去，江逢闪躲不及，手臂血肉模糊，渐渐化成细密的蝴蝶。

他直直盯着子微，从一开始的满脸怒容，到后来的嘲弄轻笑，也只过了一会儿。

他趁着分身消散之时，慢慢开口：“你的那位楚姑娘，倒是挺听话，也很甜。”

最后一眼，江逢只看到雪亮的剑刃，迎头斩向他的面门。

楚璠看到江逢消散后，便晕了过去。她这一觉睡得昏昏沉沉，神志不清。

子微拂去了她额上的汗珠，眼神落在她脖子的血线上，眸间一暗，用法术替她抹去。

未果。

含着魔气，只能等它慢慢恢复，估摸还要在脖子上待个几天。想到这里，子微的眉头便皱得更深了。

视线往下落去，她衣裳宽松，衣领像是被什么人扯了个口子，脱落在肩头，露出梨花般软嫩的肌肤。

子微按了按眉心，甚至有些不解和微怨。

为何不早些叫他？

门外传来了敲门声，子微替她拉上帘帐，前去见客。

静姝是带人来请罪的。

南海龙脉，夜晚之时，波涛汹涌，海鸟和风浪的声音在耳旁响起，微咸的海风扑面而来。

子微笼袖而立，银发随风荡起：“我之前猜测应该是龙族，却没想到竟是鲛族公主。”

那个被捆住的鲛女，以诡异的姿势弯着腰，长长的头发如海藻般柔顺，声音清和优雅。

她轻声问好：“妖主。”

子微明显已经不耐烦，他敛眉：“你既然已经拜魔王为尊，又怎可称旁人为妖主？”

鲛女垂头：“我臣服于您，但我需救一个人。”

“谁？”

鲛人捂住胸口，慢慢诉说：“我骗了一个剑修，让他帮我们攻打龙族，而后抢夺不老药。”

静姝翻了个白眼：“不老药早没了。”

鲛女笑得有些苦涩：“这是我们没想到的，可我明明有更好更多的珍宝给他，他却不屑一顾，要与我们割裂协议。”

她声音凄凉，像极了哀伤的少女：“其实封印早有缝隙，只是我和他在炽渊边缘打斗时，惊动阵印，才导致天魔提前出世。”

鲛女掩面而泣，地上滚落粒粒珍珠：“我爱上了他，所以只能暴露你们的位置，让他少受些苦。”

静姝听着，觉得这鲛女简直和她皇姐一般蠢笨，也不知是怎么修成了圣水之体。

子微觉得头疼了，他问道：“他名唤楚瑜？”

“是。”

楚璠半梦半醒间，隐约觉得有人将自己的衣服剥开，拿细帕擦拭了会儿，又在脖子处流连很久。

她沉沉睡了过去，时间错落开，一下子便到了夜里。

她睁开眼，顺着帘帐望过去，看见了道长的侧脸，灯火昏黄，疏淡的光晕开在他眉骨间，风姿独秀。

楚璠没说话，下意识捂住自己的脖子，把头垂得低低的。

子微轻点了一下她的额头，拆穿她："我都看到了。"

他叹气，又不忍指责："你知道自己哪儿错了吗？"

楚璠吸了吸鼻子，难过极了，泪眼蒙眬："可阿兄的剑穗在他手上……阿兄绝不可能将这个东西给旁人的。"

子微想说你那个阿兄可太多人惦记了……

他沉吟片刻，最终叹气："那我呢？"

子微垂眸看她："我不是你可以相信的人吗？"

楚璠小脸哭得皱成一团，肩膀一缩一缩的："我不是、不相信道长……我只是觉得，让他碰一下可以换取阿兄的消息，也没什么不值的。"

她脸蛋通红，埋在膝盖里，委屈极了："可是他凑过来的时候，感觉不太一样，我觉得恶心，实在是受不了……"

子微靠了过去，把她的脸抬起来，抹掉上面的泪珠，又问了一遍："那我呢？"

他用下巴轻轻摩挲少女泛红的脸蛋，然后顺着肩颈细细啄吻，柔声低语："我碰你，你会觉得恶心吗？"

蜻蜓点水一般的吻，细密落在颈子上，楚璠一怔，连哭都忘了，连忙用手捂住脖子，小声说："他亲过……"

"我不喜欢。"楚璠推开子微的胸膛，呜呜叫着，"我想先沐浴……"

"用过清洁术了。"子微有些无奈，"这个时辰了，哪有沐浴的地方呢。"

楚璠揪住他的袖子不放。

子微妥协了。

他抱着小姑娘，在龙脉中心的密林处，找了个温泉，把她放了进去。

楚璠狠狠地搓身子，就差拿个丝瓤了。

温泉坐落在山涧间，四周高立山崖，中心灵气充沛，水清可见底，氤氲雾气中，能看见她白皙泛红的身体。

子微撑额垂眸，银发浸在温泉里，高鼻薄唇，容色如雪，眉目仍未舒展。

他不禁想，第一次时，她是不是也是这么洗身子？

要把自己搓烂似的。

子微将她捞进怀里，看见她散乱的鬓发，和微微泛红充血的脖颈，觉得胸中隐隐有些热意流淌。

他捏了她的腰一下，看着她迷茫的脸，不知哪来的气，放出尾巴，特意汲满了水，往她的腿根处缠。

黏腻湿滑，还有些冰凉的长物，像蜕了皮的蛇，蜿蜒至腿上。楚璠吓了一跳，要往后倒，子微把她从水里捞出来，笑道："怕了？"

楚璠这才发现是沾了水的尾巴，睇了他一眼。

她脖子被自己刮得通红，没有愈合的血线在白皙肌肤上格外刺眼。

子微将她抱在膝上，略略俯身，一点点舔过去，尝到点血腥味儿。然后下巴抵着她的锁骨窝，圈住楚璠后脑，按着她接吻。

柔软的唇相碰，楚璠明显还愣着，呆呆地微张小口，就这么被他含着，抵着上颚轻吮。

子微亲了会儿，突然感觉到面上沾了些微凉的泪珠。

他顿住，将手覆在她的肩膀上："不愿意吗？"

楚璠本来不觉得有什么的，她自上山起，就是沉默顺从地接受着，因为这是她该做的，没有难过，也不觉得委屈。

甚至今天被江逢毫不掩饰地讥嘲讽刺，露骨地挑拨玩弄，她觉得自己也可以坚持下来。

但是这个时候，子微轻轻拢着她，音色缱绻，这样一句温柔的"不愿意吗"，她就觉得心上泛酸。

她想靠在道长的怀里哭一哭。

楚璠勾住子微的脖子，慢慢把脸放在他的肩膀上。

"璠娘……"子微的声音微哑，浅淡的雪松香晕在她鼻尖，他圈住楚璠的身子，"他还碰哪儿了？"

只是划了个口子的话，她不会到现在为止，都还在低迷难过。

她没说话，默默贴在子微的怀里，二人抱在一块，听了很久独属于南海的浪涛鲸鸣声。

之后，是楚璠先动了。

楚璠睫毛微湿，轻轻咬了咬他的肩肉，伸出小舌舔了舔，啃出了一点红印。然后把他的手掌，慢慢移到自己的胸口。

"他摸这里了吗？"子微问。

楚璠缩在他的颈窝，点点头，眼泪打湿了他的衣襟。

子微把她推开一点，然后俯身去亲吻她的眼睫。

"他还摸哪儿了，你告诉我。"他的声音很沉。

楚璠鼻尖通红，水眸泛酸，摇了摇头，然后将脸扭到一边。

“有我在。”子微缓声道，“以后不怕了。”

他声音微哑，头垂下去，银发顺着滑落，掩住了半张脸，然后慢慢凑近，贴在楚璠的耳侧。

她身子渐渐热了起来，在他怀里无措地扭着，腰肢贴着他的肌肉摩挲，然后又被他双臂箍住，抱得更紧。

子微抬头，呼吸沉重了些，唇色嫣红，给他这张玉砌的脸添了丝人气儿。

楚璠不自知地咽了咽喉咙。

她突然看到道长的狐耳，从银色发缝中透出来，耳尖还挂着一缕银发，子微挑了挑眉，那耳朵便跟着他的动作颠了一下。

她心中一颤。

银发尖耳，雪茸茸，内里还是粉色的。

“想摸吗？”他突然开口。

楚璠“嗯”了一声，眼睛亮晶晶的，耳朵连着脖颈都红透了，想要抬手去摸他的耳根。

子微拦住了她的动作：“现在不许。”

楚璠发出细微的喘息

“璠娘……乖一点。”他低头吻她的侧颈，轻声哄着，“马上就让你摸耳朵……”

“还可以让你亲它。”子微和她打着商量，狐耳稍倾，又动了一下，看得楚璠心痒不已，“好不好？”

楚璠点点头，她越来越热，脑袋都晕乎乎的，只能凭着本能动作，格外好骗。

她慢慢解下子微的腰带，垂着眸子，细长的睫挂着水雾，看起来惹人怜爱极了。

腰间的环佩碰撞出轻鸣。

最后什么都没有剩下。

子微掐住腰的手渐渐用力，勒出了一道细白肉脂。

楚璠脑子嗡嗡的，她现在根本没心思去揉耳朵了。

楚璠抱紧他的身子，下巴搁在他的头顶，感受到耳朵上的柔软绒毛，柔滑中又带着些许的暖。

她鬼迷心窍，悄悄对着耳根亲了一口，舌尖舔过去，勾到了软韧的耳根，她甚至想把它含在嘴里。

狐耳几乎是陡然颤了颤，耷了下来，擦过她的唇角。

子微顺着颈子舔上去，几乎是咬了，流连下来，满是青紫的红痕，堆出了花来，遮住那条血线。

他喘着粗气，揉着她的耳垂：“你怎么敢舔……狐狸的耳朵？”

楚璠有些紧张，怔怔看着他：“会怎么样？”

子微抬眼，眼眸中映上睫毛的倒影，他银发微湿，清清冷冷，恍若堕入林间的鹤羽。

楚璠贴着他的胸口，能感受到他说话时的震动，气息喷在自己的耳郭上。

楚璠把头歪在一边，汗水顺着鼻尖滚落。

外面风愈大，楚璠灵气不济，冷得把脸往他锁骨处缩。雪色长尾缠了过来，上面的水像是荷叶滚珠而过，尾巴瞬间就变得干燥柔软，将她裹了起来。

过了会儿，楚璠被风吹得有些清醒了。

她眼巴巴地看着子微。

子微摇摇头，按住她的肩膀：“多待会儿。”

结束之后，楚璠缓过神，苦着脸问：“为什么会卡住呢……”

长指勾着她的软发，子微好笑道：“你怎么不问为什么会长尾巴呢。”

楚璠沉默了会儿，突然说：“我还没有好好揉揉耳朵……”

子微已经将狐耳收了起来。

他声音沙哑：“你要是再摸……估计就又要来一次了。”

子微强忍着心中无休无止的念头，替她擦了擦身子，接着才收拾自己。

楚璠已经完全走不动路了，蜷缩在他怀里，脑袋靠着他的臂弯浅睡。

月上中天，海风轻拂，他缓步而行。

南海，上古神龙栖息之处，现如今，却连半截龙脉都快陷入了暗红的雾气中。

一丛落叶随他衣袂扫动，悠悠着地，晶莹的水珠挂在叶尖，淡蓝色，像是某种生物的鳞。

子微停住身子，将手掩在楚璠的耳旁，施了听障术，而后沉声道：“出来。”

小路的尽头，鲛女现形，她持着长长的鲛绡，淡白柔软，如绸绢绕在肩膀上，面容比水晶还剔透。

子微知道，她手中的鲛绡，是鲛族最珍贵的法器，可以在修士毫无察觉之时，禁锢灵力。

她的目的竟是楚璠。

子微眯眼，气势迫人：“我没有追究于你，一是因为这乃龙族之地，二是因为，你还有退路可寻。”

鲛女却柔声开口：“妖主，我名唤月织。”

他皱眉，不语。

月织抬手，指尖晕出微光，一颗珍珠似的湛蓝水滴，凝聚着强大的灵力，停靠在上面：“我可以用南海圣水，换您怀里的那个姑娘。”

“您知道的，这枚圣水，可以帮您恢复那断掉的第九尾。”

天山狐九尾之身，是常人望其项背的存在，可子微毫不在乎，甚至已经拿起了昆仑剑。

“不……”月织无奈地摇摇头，面色沉了沉，“我并没有想要与您为敌。”

子微淡淡道：“那你便离她远一点。”

月织皱眉。

她将圣水收入额中，站直身子，缓缓开口：“您既已经去封印被破之地查看，应该已经知道了水牢的所在之处。”

子微抿唇，声音凝成一线，冰冷无比：“所以呢？”

“水牢以关押人的精血为阵眼，只要至亲之人的全身血液，流注其中，便可以强行从外突破。”月织阐述着，音色同样冰凉无比。

子微俯视着她，神光毫无波动，只说了三个字。

“你休想。”

眼见子微转身要走，月织忽然失去了优雅姿态，刺耳叫喊道：“妖主！您怎能眼睁睁地看着天魔夺取剑骨之身！”

她是被爱冲昏了头，才如此关心意中人的安危，须知剑骨之身，没有剑心，又怎能夺走。

子微完全不为所动。

“道长。”细弱清软的声音，是楚璠说话了。

子微微愣，摸了摸她的额：“什么时候醒的？”

“一直都听着呢。”楚璠仰着粉白的脸，诚实道。

他真是被搅得乱了心神，才忘记自己的普通咒术，比如屏声这类，对伴身鸳花是无效的。

子微脸色很不好看，四周一片寂静，三人中，只有楚璠敢开口。

她轻声说：“道长，我如今已经筑基，就算抽了全身血液，应该也不会死吧。”

子微把她放了下来，深深凝视着她，眸中幽深，乍一看竟有些森然。

他知道，楚璠已经在内心做好了决定。

他看着她道："我曾跟你说过，你阿兄不会出事。"

楚璠点点头："我相信道长的。"

她不知道从哪摸出来了那个青白剑穗，上面带着锈渍般的血迹，斑驳凌乱，却被她保存得很好。

她磕磕绊绊地说："可是……我真的很害怕江逢又对阿兄做什么，抽血这个事情，我真的很熟练了，现在也有了修为，一次两次，真的不妨碍的。"

"更何况……道长您可以重新长出第九根尾巴啊。"这句话倒像是补充似的。

她断断续续说着，眼看子微脸色越来越沉，她有点不敢吱声了。

她最后道："道长，求求您了，如果有捷径可走，不如就试试吧。"

子微沉默不言，银发在月光的映照下，镀了一层奇异的通透感，让他看起来很高深，遥不可及。

"就十几天也等不了吗？"子微说，"待我设好阵印，魔群退潮，吸引江逢来战，你兄长自会完完整整地回来。"

他的声音坚定有力。

不管是天下太平，还是她的约定，楚璠觉得，道长好像永远都能把任何事情，做到最好。

她轻轻摇了摇头，将剑穗收入袖中："我不仅是怕阿兄受到折磨。"

楚璠默默上前，拉开了子微的袖子，曾经被白纱掩盖的手臂，封印纹路犹在，只是从深红变成了淡色。

天魔与子微本平分秋色，可道长因为避世，已极少出剑斗法，而他们现在，甚至不知道江逢本体的踪迹。

这条路本危机重重，只因为子微给人的感觉太过安稳，恍若神佛，才让众人觉得有所倚仗。

可楚璠知道，他一直在受伤。

在昆仑时仙骨与妖魄不容，墙壁全是挣扎的痕迹；闯入天魔幻境两次，反噬仍在，现在还会偶尔吐血。

他温柔强大，但并非坚不可摧。

楚璠后退一步，轻声道："是我非要把您从昆仑唤醒的，可是子微道长……"

黑软的发丝垂在她的肩头，被风吹得荡起，仰起小脸，目光漾着盈盈水色，是同样的坚定有力。

"我不想再看到您，被天魔断去一尾了。"

第六章 旧事

南海潜渊，万里水深处，有一座幽深的水中楼阁，被施了密术，可以自由吐息。

周边弥漫着红雾，内里布置无一不精致，物件摆放皆有讲究，蝴蝶在水中扇出细密的泡沫，然后轻盈停靠在一个男人的指尖。

几名黑衣男子跪在下面，依次汇报近日战场的情况。

“这些天妖族士气大涨，龙脉处又被子微施了上古咒印，所以……”

说到底，就是节节败退。

江逢高坐着，听底下人的汇报，轻轻拨弄蝴蝶的断翅：“若戏刚唱便非要本尊出场，那要你们到底有什么用呢？”

“魔尊……”

“废物。”他将蝴蝶放飞，拍了拍手，“现在没你们的事了，没用的东西。”

地上几人瑟瑟发抖，闻言却不敢离开，连声磕头求饶，凄凄惨惨，哀号一片。

江逢后靠着毡毯，视若无睹。

他伸手，刚准备收取这些人的魂魄，突然想到什么，嘴角勾起一抹诡异的笑，吩咐道：“罢了，给你们找点活计，把那个剑修带过来。”

几人逃过一劫，将楚瑜押过来。

楚瑜白衣单薄，散发微微遮眼，下颌轮廓柔和，锁链穿过肩胛骨，泛着锈红血色，如此折磨人的手段，他依然未吭一声，没求饶过一次。

江逢走了下来，绕他转了一圈，似笑非笑：“呀，不愧是蜀山的剑修。”

“呵……”楚瑜勾起一抹讽笑，露出冷峻清朗的眉眼，眼底泛着暗光，“你对剑修如此执着，看来真是心结不浅。”

江逢用力扯动肩胛锁链，换来楚瑜几声闷哼：“不要试图惹怒我。”

他掐住楚瑜的脊骨，用力握紧，流出来的血慢慢洇向衣领，红得刺眼。

他猛然被什么东西刺了一下，灼烧着指尖，几乎烫出疤痕：“什么东西！”

楚瑜愣了三秒，发出几声大笑，而后冷笑道：“你一个曾经的剑修，甘堕魔道，怎敢触碰白泽剑？”

白泽剑灵乃上古神兽，通万物之灵，是至清之剑，被魔物触碰，只会觉得脏。

这恰恰惹恼了江逢，进一步说明他是不被剑承认的废物。

他怒极反笑，从袖中涌出细小蝶群，密密麻麻钻进楚瑜的伤口处。刺痛感一下从肩胛深入骨髓，大半边身子都陷入了麻痹之中。

不能让他死，但可以让他痛苦。

楚瑜肤色苍白到发青，双眸紧闭，被墨发遮挡，高瘦的身躯微微颤抖，忍耐到极点。

江逢欣赏着他这样子，嗓音蛇蝎吐芯一般幽冷，又添了一把火：“我好似见到了你妹妹。她的身子，跟剥了壳的鸡蛋似的。”

“唉……”他对上了楚瑜惊诧的目光，极愉悦地笑了，“可惜啊，没得手。”

楚瑜一怔，而后拼尽全力，嘶哑骂道：“天魔，你个废物，下贱如此，居然连弱女子都不放过！”

而后换来的是骨髓深处更用力的啃噬，心肺处痛不欲生，刺骨的锐意传遍全身，连神经都开始抽搐。

楚瑜用力挣了几下，而后缓缓倒了下去。

“拉回水牢。”江逢讥笑道，“看看谁才是废物。”

楚瑜又被拖动，重新锁回木架。

阴凉的水域深处，他沾血的睫一片荫翳，缓缓睁眼，琥珀眸下，暗藏着剔透又破碎的美感。

他动了动背部，肩骨锁链处顿时血流如注。

楚瑜浑然不觉，轻声道：“白泽，看到了吗？”

长剑与脊柱相连，剑柄指向天空，流淌着灵气，散出淡淡青光，在和他对话。

原来他故意惹恼江逢，就是为了让他触碰到剑身，让恢复剑气的白泽连接天魔意识，破他障魔。

楚瑜垂目，望向水面的倒影。

待十五那日，借月光之势，阵眼显露，以精血灌注，便能破牢而出。他不需要任何人来救，楚瑜想，他不欠子微任何东西。

楚璠和子微的因果，由他牵成，也理应由他斩落。

璠璠，等我回来。

南海龙脉。

近些日子，魔族攻势愈加猛烈，子微和众多首领一起去了南海前线，已经好几天没有回来，甚至没有消息。

楚璠知道，道长是生气了，那天晚上，算是不欢而散。

他依然很不赞同她的做法。

傍晚，月织照例来取血。

她把手伸出来，月织在腕上划了一道痕，鲜红的精血落入瓷白玉碗中，渐渐填满碗底。

这是第五碗，也是第五天了。但是时间紧迫，远远不够需求，月织皱了皱眉毛，平静问道："姑娘可多承受些？"

楚璠缓缓点头。

于是又接了第二碗，第三碗……眼看楚璠已经肉眼可见地苍白虚弱起来，月织才放下手中的匕首。

月织的性格就是这样，对外人一向冰冷，她看着楚璠将头无力地靠在桌上，突然道："我以前，从未听楚瑜说过，他还有个妹妹。"

楚璠不知道这话该怎么回答，只沉默着。

"不过现在想想，他应该是为了保护你。"月织将血液收进细颈小瓶，反问，"你知道他在外树敌多少吗？"

楚璠觉得这个姐姐有些莫名的敌意，轻声解释："阿兄从不告诉我这些的。"

"楚瑜虽强，但风评不太好。"月织深深望着她，"他十年前夺众族之宝，人界妖域得罪了个遍，应该是为了你吧。"

楚璠默默垂下脑袋。

月织走后，她对着手腕发呆。

她失血过多，灵力虚浮，用尽全力也只开了一小朵，缺水似的，还颓靡地向下弯着。

毕方原也嫌她不争气，好几天不理她，最后看她实在可怜，狠不下心教训，便时常来陪她聊会儿天。

这岛上也就他们两个闲人了。

她实在是虚弱极了，闭眼微眯，突然听见门外的毕方大叫，从窗户直接冲了进来，木茬子落得到处都是。

毕方揪住她的衣袖，急忙道："楚璠！快点跟我来，今日江逢现身偷袭，先生受伤了！”

她和毕方连忙跑去道长休憩的卧室，才发现里面有这么多人，不周修士，方诸咒师，四海八荒的能者，竟全都齐聚一堂。

楚璠挤开人群，踮脚看到被簇拥着的子微，他坐在木椅之上，面色略微苍白，神情淡漠，墨蓝道袍宽大，看不出身上有无伤痕。

她想上前去扶他，但是看到他身边围绕着的人群，又有些退却了。

周围嘈杂，人群聚集在一起，和她都是同一种神色，这时楚璠才发现，原来天下间，竟有这么多人都如此敬仰子微道长。

子微远远看了她一眼，又很快敛去目光，推辞了龙族长老送来的仙丹灵药。

毕方站在她肩膀上，啄了啄她的发顶：“为什么不上去呢？”

楚璠心中忐忑，小声道：“道长好像还在生气。”

毕方气没消，不仅不帮她说话，还赞同道：“先生定是在生气。”

他完全不顾楚璠的苦瓜脸，喋喋不休：“你这么在乎你的阿兄干吗啊，不就是被天魔抓了，这算什么。”

“想当年我幼时，凡人把我当作凶兆，在火里烧了整整三天，要不是族中人救了我，肯定成烧鸡了，这不是也挺了过来。”

毕方觉得自己很有道理：“这都是修仙之人必经的磨难，谁还没受点苦呢？”

楚璠摇摇头：“毕方，你还有族群呢，可阿兄只剩我了。”

毕方心中冒火，没忍住瞪着她道：“你到底知不知道你那个阿兄对你干了什么啊！”

她有些无所谓：“干了什么呢？”

“他可是给你结了道……”

“够了。”子微突然开口，打断了众人的问候，“时辰不短了，大家退下吧。”

见子微发话，他们也不好多留，众多前辈长老面面相觑，终究还是告退了。

楚璠还在心里纠结了一番要不要走，就听到子微朝着她的方向说了一句：“毕方，出去。”

她心中微沉，刚转身，就又听到一声。

“回来。”

最后毕方一只鸟灰溜溜飞出去了。

“道长……”楚璠有点紧张。

子微静坐在案前，面容清寒幽邃，鬓侧玲珑玉生出晕光，像一轮清寒弯月，让人觉得不忍亵渎。

他闭眼假寐，缓声道："近日在做什么？"

楚璠觉得道长好没道理，明明知道自己在抽血……还要这么问。

于是楚璠低着头，闷闷地说："在吃饭、睡觉、撸毕方……"

子微没料到她这么说，半晌无话，最终开口："拿些纱布过来。"

楚璠翻箱倒柜找了会儿，然后凑到子微身前，细声问道："道长伤到哪儿了？"

他缓缓睁开眼，眸色通透清澈，睫毛纤长，眼梢向上勾，有疏光流转。

楚璠和他的视线相碰，怔了一下。

子微放下怀中的昆仑剑："手拿过来。"

楚璠愣愣伸手过去。

"另一只。"

"哦。"

直到一道道薄纱缠上手腕，楚璠才发现，自己割血的伤口忘了包扎，一直露在外面，还在渗血。

温暖修长的手指，用白纱将自己的手腕伤口绕起来，和他以前缚在手臂的白纱一样。

楚璠突然就想看看道长的胳膊究竟还有没有封印暗纹，实力若没恢复的话，这些天还好吗，伤在哪儿，为何看不出来？

她最终还是什么都没问。

包完手腕，子微又把桌上的一碗汤递给她，淡声道："气脉虚弱，只能食补，吃了吧。"

楚璠点点头。

白脂清润，尝在嘴里有种软烂的口感，甜丝丝的，胶质微黏，入口就化了，她猜这应该是深海里的东西。

喝完后，觉得身子有点力气了，楚璠又尝试发动灵气，在手腕上开了小小的一朵淡白鸳花。

这次成功了。

楚璠把花摘下来，放在碗边，往子微在的方向送了送。

子微神情幽静，目光下垂，看着那朵花，却道："不早了，回去歇着吧。"

她微怔，拽上子微的袖子，下意识摩挲了一下上面的竹纹，轻声开口："鲛人公主已经答应待十五那日，就会把圣水给我。道长……"

不要生气了好吗?

子微很快将她的手扯开了，声音略带疲惫：“九尾对我来说，根本不能证明什么，也不是打败天魔的必要条件。”

“我不需要那断掉的第九尾。”

子微看向她缚着白纱的手：“你看了那么多典籍，并非不懂，精血全失，那这一辈子的法力，就只能止步于此了。”

他拿起了那朵纤细柔软的鸳花：“你曾说过自己想去更远的地方，现在呢，已经甘心这样了？”

楚璠觉得胸膛有些疼，是那种丝丝缕缕、牵扯到心脉的微疼。

她沉默了很久，口中干涩：“道长……我一直觉得，我和阿兄是有些连接在的。”

楚璠捂了捂胸口，感受到那颗跳动的心脏。

“咚”、“咚”、“咚”，很清晰的泵血触感，传进手掌。

“以前，即便阿兄浴血而归，我也没有过这种感觉。”楚璠放下手，“但是我冥冥感应到，若我此行不去，阿兄定会出事。”

她不知道是道侣之契。

“实在是对不起道长这些天的教导，但是阿兄的性命，远远比我自己的更重要。”

微风吹过檐灯，光照恍惚。

子微银发掩面，看不清神情，最终道：“罢了，你走吧。”

他的指尖在轻颤。

楚璠这个样子，说不准，其实是真的会接受楚瑜的。

或许是他挡了这兄妹俩的路呢。

楚璠走在长廊之上，碰到了行色匆匆的静姝。她最近忙于魔族入侵，汇报战况，时常见不到人影。

静姝看她一脸难过，往子微所在的楼房瞥了一眼，然后才问道：“先生受伤，你没有去陪他吗？”

楚璠绞着手指，有些无奈：“道长应该是生了我的气，不太想理我。”

子微从没有对她那么冷淡过，让人有些心生退意。

“好吧，不过……”静姝指了指她的手掌，“你手上的是什么东西？”

“嗯？”楚璠低头，这才发现有些黑赤色的血，沾映在掌纹之中，都快干掉了。

她只摸过一个东西。

静姝以为她受伤，翻着乾坤袋："要丹药吗？"

"静姝姐姐。"楚璠止住了她的动作，"你之前说，我可以和你学学？"

楚璠抱着一个极精致的小箱子，贴着银缕花纹，晃一下，里面就有"叮当"的清脆响声。

龙女眯着眼笑，把这个东西递给她，说男人和女人之间，所有的问题都是小事情，看到子微后，把这个递给他就行了。

楚璠觉得有些不靠谱。

但她还是有些忐忑地转了身，悄悄开了门，溜进道长的屋里。

子微脱了上衣，露出半裸的上身，正在闭眼打坐。

他皮肤冷白，但是并不瘦弱，肌肉紧实流畅，肩腰线条匀称，矫健有力，很有压迫感。

她的视线往下扫。

宽阔的胸膛下，侧腹连着腰胯部分，有几道层叠的割伤，密密麻麻的翅印，每一条都深可见骨，翻卷出里面的红肉。

他一袭墨蓝道袍，绣竹根暗纹，血洇透了都看不出来，若是她没去碰袖子，根本察觉不到他伤得多重。

为什么不给自己包扎一下？

楚璠把怀里的小木箱抱紧了些，银缕冰凉，有些硌手。

她的心也硌得疼。

"怎么又回来了？"子微睁开眼，随手披了件白袍，有些无奈了，"站在那儿干什么？"

面面相对，明珠亮起来，映得她面庞忽明忽暗，肩头单薄，薄软的耳垂透着光，含着股脆弱似的。

真的是，子微暗暗想，跟她又置什么气呢。

楚璠上前一步，指了指他的腰腹："这里？"

还在流血呢……

子微松松系上腰带，大片胸膛露在外面，闻言稍顿，只是道："小伤而已，天魔也中一剑，暂时休战了。"

那应该是天魔伤得重些了。

他明显不想多提战场的事情，缓了声色，问她："这么晚了，还不去睡吗？"

楚璠听懂了他的意思，但是这次就是不想走。

她迈着碎步，凑到子微身旁，心里紧张得要命，丢出一句：“我不回去。”

倒是开始犟了。

她想了想静姝对她说的话，把小箱子放进被子里，然后解衣往床上躺，拍拍枕头，神情坦然：“道长，我不会对您做什么的。”

子微有些想笑。

他喉结微动，走到床边看着她缩起的身子，有些好笑道：“你还能做什么呢？”

楚璠把头埋进软被中，靠墙缩着，耳朵根红红的，嗡声道：“您要是嫌我烦，就赶我走吧。”

有时候，楚璠真的很机灵。

就像现在这样。

她听到男人微叹的低笑声，然后感受到床铺一重，知道他也上来了。

露在外面的手背有一丝丝微凉的滑意，她猜想应该是子微的银发，倾泻在她臂上，质感像落地的绸缎。

楚璠脸有些红，往里挪了挪，悄悄抬头，看见子微坐在床边打坐，身姿清逸，面容空净无瑕。

怎么能只打坐呢……

她摸了摸微红的脸，思索一会儿，又觉得道长好像不太生气，到底要不要听静姝的？

应该……也不需要了。

楚璠把小木盒藏在身下，遮得严严实实。

她想睡，可软被单薄，南海气温很低，体内灵力又枯竭，风从窗口的缝隙吹过，寒气冰凉。

以前不是这样的。

楚璠抬起头，突然靠了过去，悄声说：“道长……”

子微抬手将银发绕至耳后，取下环佩，微微靠过去，声音渐渐低柔下来：“你到底……要干什么？”

要折磨他多久？

楚璠却答非所问，忍不住问道：“道长，今天为什么没露尾巴？”

子微蹙了眉，压低身子，鼻尖快贴到她的腮上了：“你老想着摸尾巴，不知道要拿东西来换吗？”

他要看到诚意。

清疏的香味随着他的吐息传过来，她觉得喉咙有些干，悄声问："用什么换？"

肌肤相贴，热意熏陶，浇得人昏昏沉沉。

子微突然咬了一口她的鼻尖，惹得楚璠低叫一声，还未等她反应，子微便低头埋入了她的肩颈。

"不许装傻。"他低叹道。

子微用手贴着细软的腰肢上游，伸进里衣，慢慢往里蹭，然后继续上移。

指节顶住绵软的胸口，感受到了那股心跳。

"用这里换。"

散乱的银丝慢慢融进她的黑发里，子微嗅着她的脖子，在锁骨上咬了几个印，语气微黏："你总说，你和阿兄有不可分割的理由。"

子微拉过她的手，修长的指骨攥进去，十指紧扣着，然后放在二人缠在一块儿的胸间。

心脏在剧烈跳动着。

他身后涌起无数条狐尾，从她的小腿、肩膀，腰肢，完完全全绕上去，收紧，让她连呼吸都快窒住了。

"听到了吗？感受到了吗？"子微低声问她。

楚璠紧紧贴着他的胸膛，手腕发热发痒，几条细嫩的鸳花，伸出了枝藤，绽开娇弱的苞，自觉去啄吻他的尾尖。

她侧耳，听见了他们一致的心跳。

急促、强烈，回荡在脑海里。

"懂吗？"他低语，舔了一口她软嫩的耳根，"伴生鸳花，我的小花。"

这才是不可分割。

楚璠感受着长尾圈在她的手腕，和枝叶缠绕，沉默了很久。

她慢慢，回拥住了子微。

"子微道长，我现在不能回答您。"楚璠往子微的怀里靠了靠，沿着他的锁骨，吻向喉结，伸出舌尖轻轻点了一下。

凸起的喉骨，很明显地滚了一圈。

"但是，给我点时间好吗？"楚璠目光微暗，低垂着眼皮，"不会太久。"

其实她什么都懂。以前是不想懂，现在是不敢懂。就像做了一个很混沌的梦，虽然漫长，但她是清醒的。

子微捏紧了她的腰，下巴抵着松软的发顶，看向她颤抖的睫。

于是他俯下身子，去轻吻她的眉眼。

宽厚的手掌从身侧穿了过去，绕过后腰，覆在她的胸口上，感受到心跳，他听了一会儿。

“那这里，有过我吗？”他温声问。

他又问了一遍。

“有吗？”

楚璠忍不住发出一声嘤咛，握住了他的腕骨：“道长……”

子微靠着她的额，低声道：“你一直问我，有没有生气。”

他轻轻笑了一声，却不显愉悦：“那我现在告诉你，很生气。”

气她的进进退退，游移不定。

但又无可奈何。

子微坐直身子，看她慢慢靠过来，有些拘谨地抱住他的胸膛，腰上缠着条雪色长尾，像白蛇蜿蜒攀过。

有种危险的美感。

“你现在还不会吗……”他低咳一声，“把我的也脱掉。”

子微看她拽自己腰间丝绦，笨手笨脚的，有些忍不住，便用尾尖戳弄她的手腕，在腰背上滑来滑去。

“道长……”楚璠哀求地叫了他一声。

“你不是想摸尾巴吗？”他浅笑着，眉梢勾起来，“现在不是让你摸个够？”

子微只着里衣，素净纯白。

“您还有伤呢……”她这个关头倒想起这个了。

“你上床的时候，不知道我有伤？”子微喘息着，抱住她往怀里按了按，“现在叫什么……”

楚璠想了想，从他身上爬下去，把床铺深处的小木箱刨出来，里面“叮当”晃着响。

静姝果然经验丰富，木匣里有一堆道具。

她虽然有所准备，但还是被这些东西直白到吓了一跳，特别是看到鞭子，整个人僵硬着，怔在了原地。

子微发现她身体在抖：“怎么了？”

待看清木箱子里的物件，微讶道：“我还以为你抱的是什么好东西，却……居然喜欢这些吗？”

长指在木匣里翻了翻，搅出清脆的音，楚璠抖着身子把他拦住了，声音发颤：

“道、道长，可以不用那个吗……”

她的手指向细鞭，指甲泛白，紧张到有些不正常。

子微下意识便将她捞进怀里，温声安抚：“怎么了？别怕。”

情潮一下子褪去，楚璠有些冒冷汗。她抱紧子微的腰，肩背缩起来，把额头贴在他的小腹上。

子微摸了摸她的头。

冷静了好一会儿，楚璠渐渐缓了过来，有些不好意思了。

子微的声音低哑到不正常，摩挲着她的后颈：“要继续吗？”

楚璠点点头，一只手贴向他的后背，摸到紧实的肌肉。

她看到那个鞭子，身上简直僵硬到前所未有的程度。

“怎么了……为什么不喜欢？”他温声安抚，轻笑着，“又不会真的打你。”

楚璠摇摇头，小声道：“道长……不要问。”

她的声音里含着难堪。

“不用这个，别怕，用别的东西。”子微轻咬着她的耳尖，“好不好？”

这个时候，只能说好。

楚璠感受到他扭过身子，从木匣里挑了个东西出来，有些紧张，脊背绷得很紧。

“舒服吗？”他温声问道。

楚璠想，他已经不像神仙了。

不是在云端，也没有高高在上的漠然，眉心红痕如跳动的火焰，每一次喘息都是欲望，每一次动作都在沉沦。

一起沉沦。

他像是落进了尘埃里，怎么能不让人蠢蠢欲动。

楚璠艰难地撑起身子，抱着他的脖颈，手往发上滑动，摸到头顶。

揉了一揉，上面鼓起一个小包，如雪般的软绒耳尖挣了出来，被她拢在手里，缓缓摩挲，丝滑极致，软嫩可口。

她发现自己的喘息可能比子微都要重一些。

“你就喜欢这个……”子微含住她的耳垂轻咬，顺从地露出耳尖，“摸这里，是要付出代价的。”

楚璠摇摇头：“您别这样。”

“那你别叫道长。”他低语。

“叫什么……”她呜咽了几声，这时候聪明得很，缓缓开了口，“子微。”

子微。

子微闷声笑着，很小声，胸腔的震动几乎没有：“嗯。”

也不知过了多久，月光逐渐稀薄。

他低下头，柔软的耳根蹭上楚璠的下巴，辗转之间，带有软骨的狐耳被蹭成不同的形状，子微低声说：“好了吗？”

“好舒服……”楚璠呢喃了声。

这是……

我抚仙人顶。

晨光渐起，透过窗棂，照在了楚璠薄薄的眼皮上。

她起床时，看到子微依然在床边打坐。

楚璠凑过身子，悄悄去看他腰腹上的伤口。其实她昨夜跑来房间，除了取悦他，也想以双修之法，替他疗伤。

效果不太好呢，估计和她精血不足有关。

楚璠自己倒是觉得精神了不少。

伤口处覆着一层淡淡的白霜，里面白骨的颜色有些特别，她想继续看，被子微拦了下来：“不要乱摸……”

子微清咳一声：“以后让你摸。”

“道长……”楚璠探头指了指，“骨头好像，有些不一样。”

子微想了想，沉吟道：“天魔一直觉得，我与他之间的区别，便是因为我身负仙骨，所以得天道眷顾。”

“他费尽心机，趁我施印维护龙脉时偷袭……”他系好衣衫环佩，喂了楚璠些水，“就是为了看看我的仙骨，到底有何厉害之处。”

楚璠小口饮着水，嘴角不时碰到他的指骨：“有吗？”

“没有。”子微失笑，“仙骨妖魄，互不相合，带来的仅是痛苦而已。”

楚璠有些明白了，可人修敬仰仙骨，妖修臣服妖魄。人妖两族的恩怨，起源良久，就算现在有所缓和，依然各有防备。

妖族以力量为尊，直白坦率，直接奉他为主。人族则怕他当真登上妖殿，便广为传颂子微道长的清正之举，一言一行皆被众人视察。

以敬仰之名，行枷锁之举。

楚璠隐隐明白，这大抵是因为，惧怕。

她仰着头，诚心说了句：“道长，您真的很强。”

子微忽而柔声笑笑，摸了摸她柔软的发丝：“若不强大，你怎会来找我呢？”

时间渐渐紧迫起来。

子微每日去替龙脉注灵，还要奔赴魔潮前线，总是很忙。楚璠在外围，也听闻了不少战场之事，让人心惊胆战。

她见过不少战乱，知道遍地残尸的乱象有多令人绝望。

江逢此人若不除去，天下难安。

很快就到了十五那日，月色满盈。

毕方本想和楚璠一同前去，但它为火属，南海水脉深厚，实在相克，便只能在对岸候着，静等消息。

月织和楚璠往南海岛屿的狭缝行走，入炽渊后直接破开水牢。子微会转移江逢目光，以身为饵，与他缠斗。

月织已经在前面探路了。

按理说，有子微和众多修士做后援，潜行至水牢救一个人而已，是很轻松的事情。

可他还是感到有些不安。

昆仑剑悬在子微腰际，白珠桂枝纹，隐隐泛光，恍若神器。

浪涛拍岸，海风愈大，吹动了如水般倾泻的银发，子微轻声道："昆仑想跟着你。"

楚璠远望前方的海雾，听及此，微微一顿。

她摇了摇头："子微道长，昆仑剑在我手中发挥不出十分之一能力，您应该更需要这把剑的。"

她怎敢在这种紧要时候收下昆仑剑？

子微握紧了她的手，声音清远："我曾说过，自己并非是传统的剑修。"

"我不能完全控制昆仑。"他低笑着，把楚璠的手攥紧，"是它想跟着你。"

而他本人也有私心。

楚璠稍愣，然后垂下眼："那您呢，道长，您真的可以……平安回来吗？"

她很害怕，楚璠其实不太怕自己出事，更怕旁人因她遭到不测。

子微俯身，把她的发丝绕至耳后，声音微哑："你并不是我出世的唯一理由。江逢终究会来找我，我也必跟他有一战。"

"所以，不用自责。"他将昆仑剑放进她手里，摸过柔软的手背，"无须担心我，你也说了，我很强大。"

他最后一句话，有微微笑意。

楚璠下意识反握住他的手，冰凉的剑身掺着子微身上的暖热。

会感觉很心安。

“子微道长，”楚璠踮起脚尖，嘴唇贴近他的下巴，亲了一口，“谢谢您……”

她亲完便转身跑掉，乘上海面等待的鲸鱼，往月织的方向追赶。

子微待在原地，怔了很久，才慢慢摸了摸自己微湿的下巴。

海风卷起千堆雪，子微合起双目，再次睁眼时，袖下生风，袍底撑开八条狐尾，皮毛铺满光晕，熠熠生辉。

他呼吸间，发出了浩荡的妖气，眉心红痕灼灼，鲜红如血。

以狐身为战的感觉，几乎都快要忘掉了。

炽渊在海底，山门开在龙脉中心处。她们暗中潜伏，越过了几个小岛，抵达时，巨浪滔天，红色烟云重重压低。

一个狭小的道口出现在眼前，上面贴满了符咒，被乱糟糟的藤萝掩盖，四周全是一堆破碎的珊瑚贝壳，月织快步上前，皱着眉拂了过去。

时辰也快到了。

皓月当空，与几颗星子交晖，连成一线，光柱斜影便落了下去，凤尾红蝶的纹路被照亮，下翅有黑色的圈纹，像活物一般闪烁着，惑人心智。

细颈小瓶里含着楚璠之前取的大半精血，依次倒进蝶纹中央，第一道门开启，有一段长而窄的通道，又黑又暗。

门共有三道，最后一处便是水牢所在，她们还要开两重门。

月织在前探路。

楚璠抱紧了昆仑剑，低着头跟她一起钻进了密道，手刚碰到门，便感觉到一股刺骨的寒意。

她总觉得心脏跳动得有些不正常。

“月织……”

“嘘。”月织化腿为鲛，在狭窄的路段伏行，耳朵贴近地面，轻声说，“天魔好大的手笔。”

话音刚落，她抬手向前游走，里面猛然蹿出条柔软巨大的长物。月织早有防备，与它缠斗在一起，用鲛绡钩住它的头部，冲楚璠喊道：“向前跑，把心头血抹在第二道门中央！”

那条魔蛇双目猩红，看起来毫无神智，楚璠拔剑的手几乎没有迟疑，重重斩向它还在攀绕的尾端。

一道血飙了出来，洒在楚璠的脸上。

月织翻身将魔蛇按在身下，用雪白鲛绡把它的尖牙勒住，转头强硬催促道："快去！"

楚璠抹掉脸上的血，眼前一片血红，黏腻浓稠似乎沾满睫毛。她竭尽全力向前冲去，找到了第二道门。

后面两道门，都要新鲜的心头血。

楚璠来不及再拿匕首了，直接用昆仑剑往胸口上刺了一下，血流下来，汇入阵眼之中，一道道光晕亮起。

她的心脏有一瞬间停止了跳动。

楚璠感受到了一股浓烈而又刺鼻的气息……

门里关着的到底是什么？

她屏住吐息，双眸骤然发紧，瞬间就往反方向跑去。月织解决完魔蛇，刚回头看她，心就猛然一沉。

楚璠身后居然跟着一条张口咆哮的黑色蛟龙！

巨蛟翻滚，浑身魔气缭绕，眼睛如灯笼一般怒张着，眼看就要一口咬下楚璠的头。

楚璠滚身而过，然后被月织拽了回去，与此同时，昆仑剑自主出鞘，剑锋凝霜结冰，挡住了蛟龙的牙齿，发出一道道刺耳的划擦声。

月织不可置信："魔蛟？"

前些日子还在前线的魔蛟，怎么就突然潜伏在水牢附近？这种魔物，实力极为强大，通体覆着黑鳞，难以斩杀。

楚璠满身血和泥，凌乱的发丝贴在额上，她微微仰头，紧紧盯着压制魔蛟的昆仑剑。

剑无主人，已经抵挡不了多久。

月织轻轻开口："我拦住它，你去开启第三道门，楚瑜就在里面。"

身边人毫无动静。

月织皱眉："时间来不及了，快去。"

一条藤蔓突然圈住月织腰身，如灵蛇出游，将她带往更深处。楚璠费力召出鸳花藤，把刚接的心头血甩给她："你去开门！"

"楚璠！你不想活了吗！"月织被甩了出去，惊呼道。

楚璠摇摇晃晃地站起来，她面色苍白，发丝沾着鲜血，黏在脸侧。

"那也不能让你死。"

昆仑应声而召，重新回到楚璠的手上，剑刃一立，湛光流转。

她抬起剑，薄刃分割了面孔，雪亮剑光勾勒，整个人一明一暗。

“还有，”她看着手中的剑刃，“除了道长，便只有我能使用昆仑剑。”

她踏出一步，剑势初起，上面桂枝光芒骤亮，湛冷的剑芒与破空而来的魔蛟交接，她手臂发抖，脚下直接陷入一层。

得相信道长，即便是十分之一的可能，对付一个上古魔蛟，应该也能拖住几息。

月织看着她浴血的模样，咽了咽喉咙，毅然转头，准备去开启第三道门。

楚璠咬牙往前一压，魔蛟张开巨口嘶吼怒号，无数森白尖牙立起，锐利无比，皮肉褶皱里流着黏腻的汁液。

剑身和尖牙碰撞，发出强烈刺耳的金属声。

到处都疼，胸口疼，粗糙冰冷的鳞片割破了她的皮肤，扎进背里，血越流越缓慢，越来越冷。

她握剑的手都快没有知觉了。

“昆仑……”楚璠勉强笑了笑，看着剑身，“对不起啊，太给你丢脸了。”

月织已经加速往里冲，但是离第三道门还有很长一段距离。

蛟龙的牙已经刺破了楚璠的脸，细腻的肌肤破开好多密密麻麻的红口。

眼见就要吞下她的脑袋。

“啪嚓！”

突然传来一声炸响，破碎的石块瓦片飞溅出来，一道白衣身影飞速凌空而至，翻飞如鹤，一剑刺入魔蛟的头颅正中。

血液刹那便溅满了他半身白衣。

白泽剑，破碎虚空之能。

“璠璠……”他明显带着微微的怒意，但更多的是心疼和自责，“你怎么能来这里！”

楚璠意识尽失之前，被拢入了一个温暖熟悉的怀抱，淡淡的书墨香，还有熟悉的青白剑光，安稳无比。

是阿兄。

楚璠本就因为失了大半精血导致身体不济，又剜了心头血，且强行驾驭昆仑剑，已经是虚脱濒死状态。

楚瑜直接把她抱在怀里，一点点帮她输入真气。

月织上前，想制止他：“你刚从水牢出来，如此灌输灵力，是不要命了吗？”

她声音恳切，是完完全全为他着想。

楚瑜反身看了她一眼，双眸狭长，目色极深，黑发遮去一半下颌，愈显清醒寒凉，折射不出一点色彩。

“鲛女，手里的东西——”他却只盯着月织手中的小瓶，声音寒成一线，“给我。”

“这是开启第三道门的……”月织怔了怔。

对，可她根本没来得及去开启阵眼。

月织讶然，微整神情：“你是怎么出来的？”

他用白泽窥到天魔的破绽，已经冲破枷锁，却没想到道侣之契发出危鸣声，他察觉楚璠在此，这才强行从里面冲了出来。

这种没什么必要回答的问题，楚瑜一向懒得开口。

楚瑜将月织手中的心头血拿了过来，然后又轻柔地拨开楚璠的额发，慢慢显露出一张苍白的小脸。

她这时候显得分外娇小，轻盈柔软，睫毛生颤，像不安抖动的蝶。

“别怕……”楚瑜心疼地触着她脸上被尖牙剐蹭出来的伤口，“阿兄回来了……”

他俯身下去，额头贴着楚璠的眉心，一股淡红的微光在二人之间晕开，楚璠的气色开始变得红润，脸上的伤口也慢慢结了痂。

月织愣了愣，这种治愈之法，需两人神魂互依才可以使用，她只在一本典籍里看过。

可她不敢多想……他们不是兄妹吗?

她顿了顿，又喊了一声：“楚瑜……”

楚瑜把怀里人抱起来，站起身深吸了口气，已经展出一副不耐烦之色：“我以为我们之间，只是互相利用的关系。”

“如今鲛人在龙脉地位高涨，而不老药却是个骗局，我并不觉得自己有丝毫欠你的地方。”楚瑜冷冷看了她一眼，“月织姑娘，再这般纠纠缠缠，就别怪我不客气了。”

“那你要跟谁纠纠缠缠！亲妹妹吗！”月织手指微缠，不敢相信道，“你疯了吗？”

“不要这么大声……”楚瑜小声警告她，然后轻轻捂住楚璠的耳朵。

这更证实了月织的猜想，她声音含着战栗：“楚瑜……你疯了。”

楚瑜抱着楚璠往前走："你最好安静一点。"

月织觉得难堪，厉声喊道："是我救了你！"

前面的人脚步一顿。

一剑诛来，月织连后退动作都没完成，剑光已经擦着鼻尖落下，停在她胸口。

"你救了我？"他声音淡漠，毫无起伏。

楚瑜冷笑了声："精血不是你的，心头血也不是你的，甚至连魔蛟，都不是你拦的。"

"你说你救了我？"楚瑜神色阴郁，双目隐有杀意，"用我妹妹丧蛟之口的命来救吗？"

"她是自愿的……"她看见楚瑜的目光，收了声。

任谁都不愿意听到这种话。

"我不在璠璠面前杀人。"楚瑜收剑入鞘，冷冷地留下一句，"最后一次了，鲛女。"

他转身，只给她留了个背影。

出了道口，外面却更为危机重重。

水牢阵眼已破，庞大的魔云压下来，轰隆炸响不绝，似巨龙咆哮。从魔蛟死亡的一刻起，江逢的阵法便已经开启了。

不论有没有人来救他，很显然，天魔都不会让他好过。

楚瑜紧皱着眉，向后退去，他现在怀里还有璠璠，不能再硬闯了。

楚璠在迷迷蒙蒙中，感受到一股微凉而腥甜的液体，慢慢从自己的唇舌中渡了过来，胸口的疼痛减轻不少。她喉间干渴，下意识探舌吮吸，尝到一点微甜的柔软……

她霎时便被惊醒了。

她睁开眼，只看见了一道轮廓优美的下颌，然后是楚瑜移下来的面庞，他低下头，温声道："璠璠，心口还疼吗？"

楚璠默默摇了摇头。

她环顾四周，发现他们在一个岛屿崖壁间的山洞里，身上一点都不觉湿冷，应该是已经换掉衣物了。

她轻声问："阿兄，月织姐姐呢？"

楚瑜不自然地咳了一声："为了转移天魔视线，我们已经分道行走了。"

他现在眉目清秀，眼梢一低，三月暖阳似的，丝毫没有刚才那副要杀人似的冰冷面孔。

楚璠点了点头，又问："阿兄是怎么出来的？第三道门，我们还没碰到呢。"

"你怎把阿兄想得那般无用，阵眼所献之血，我的你的都并无不同……"他捏了捏楚璠腮上的嫩肉，若有似无地摩挲了下。

"我灵气充沛也就罢了，你这样取血，对身体不好。"

楚璠侧过脸，他摸了个空，微顿，又低笑着，音色柔和："怎么一段时间不见而已，跟阿兄这么生分了？"

她没回话，仰头看了看他的肩膀，柔软的小手抚了过去，摸到伤口处："还疼吗？"

被穿透肩胛日日折磨，怎么不疼，他从不显现自己的脆弱，但是在楚璠的面前除外。

楚瑜双手撑住她背后的墙壁，将她困在身下，慢慢靠了过去，声音低柔脆弱："很疼，璠璠……"

他最擅长这样了。

白衫上的血清晰到刺眼，楚璠眼睛酸了酸，带了哭音："阿兄，以后不要去这么危险的地方了好不好？我不需要不老药啊……"

"瞎说什么呢。"楚瑜摸了摸她的头，"你不能修炼，以后怎么陪着阿兄呢？"

楚璠沉默了，两人对视着，只有呼吸声在缠绕。

她不自觉用袖子遮住了手腕的忍冬花纹，轻声问："是这样吗？"

真的不能修炼吗？

楚瑜低笑了一声，眸子犹如剔透的冰雪，盛满了一种破碎而又幽暗的浮光。

"璠璠，告诉我，你这些日子里，都去见谁了？"

"一个人很好的道长……"她说得很含糊。

楚瑜也只是笑了笑。

"不是很早就对你说过了吗？"楚瑜用手轻柔地滑过她的脸，"这世上哪有好人？除了我，谁的话都不要听。"

他一直这么教她。

楚璠抬手握住了他的指尖，悄悄把二人的距离拉远了一些，声音低到近无："阿兄……我有点累了。"

她垂下头，试图转移话题："我们什么时候可以出去呢……"

楚瑜静静看了她很久，没有问她为什么躲。

"来看看天。"他站起了身子。

楚璠跟了过去，和他一起在洞口处，眯着眼向远方看，外面红雾弥漫，浪涛重重，血雨倾盆。

凝神远望，看到几缕如刃的银光，拉出几条长长的线，闪烁其中，和红蝶聚成的雾纠缠在一起，难分上下。

他摸着剑柄，声音带着束手旁观的凉意："有人在和江逢作战，待天魔丧生，血雨褪去，我们就能出去了。"

风大，那些浓郁的血腥味扑面而来，让人有些窒息。

"只能等吗？"楚璠干涩地问。

"为什么关心这个，能出去不就好了？还是说……"楚瑜勾起一抹笑，眉睫显得很浅，"你知道和天魔作战的人是谁？"

"阿兄……"她拽了拽他的衣袖，"别这样。"

"你还是不想说。"他微微弓腰，鼻息喷在楚璠颈侧，摸上了她发抖的手腕。

"你在害怕什么？"他顺着薄软的衣袖滑了下去，指了指她的腰间，"还有，我早就想问了，这是谁的剑？"

"你之前在蜀山时，看到我回去了，恨不得一下子扑过来呢。"

他语气显得很悲伤："如今连一句实话都不肯说了吗……"

楚璠的心一下子就软了。

她实话实说，还忍不住微微啜泣："是昆仑的子微道长，以前镇压天魔的那位，是他一路在帮我的。"

"哦……"楚瑜毫不意外，替她擦了擦眼泪，忽然道，"那他年纪还挺大的。"

"活了多少岁了？是个老怪物吧。"

他的语气诡异又暗含妒忌。

"阿兄！"楚璠顿了一下，她摇摇头，连忙拦住他，"怎么可以这么说呢，你明明……"

明明见过子微道长的。

为什么不能说？楚瑜垂眼，拉着她回到石壁下，指尖弹出一缕火苗，枝梢尖锐明亮，眨眼就覆盖上了整个山洞。

他从乾坤袋中拿了些衣物，垫在下面让她躺着，音调沉郁："你先睡一夜。"

"我睡不着……"她被拉得踉跄。

"那阿兄陪你睡？"楚瑜扭头看她。

楚璠明显不敢说话了。

她看见阿兄去打坐，默默把脑袋埋进衣袍之中，睡不着，明明四处都是葳蕤火光，可怀中的昆仑剑却冰凉无比。

捂不热。

外面开始电闪雷鸣，血雨拍击海浪的声音几乎要击溃她，楚璠辗转反侧，盯着火光摇曳的倒影，心下惶惶然。

想再去外面看看……她细细聆听，然后撑起了身子。

楚瑜突然睁眼，迅速攥住了她的手腕，昆仑剑掉落在地，敲出了清脆的响声，他问：“你要干什么？”

“阿兄……”楚璠眼眶微红，“我想去看看，战况如何。”

楚瑜慢慢贴近她，她一点点往后挪，直至退无可退。

“你为什么这么在意他……”他更想问多点，譬如你们都做了什么，为什么要告诉子微乳名，现在已经是什么关系，发展到哪一步了？

“你为什么开始躲我？”

楚瑜知道自己不应该嫉妒，要细水长流，像以前那样，一步一步地慢慢来。

可现在理智已经完全控制不住他的躯壳。

怎么只有他一个人在烈火中被焚烧？

他低叹一声：“璠璠，没有人比我更疼你了。”

也没有人比我更爱你了。

“阿兄……”

楚璠怔了怔，然后说：“那我想去看看，想把昆仑剑还给他。”

“不许去。”他训斥道，“外面血雨连天，你怎么有自保之力？”

楚璠双眼微红，带着哭腔，“我只是有些担心……昆仑剑被我拿了过来，道长手上没有武器的。”

“那你担心他，是因为感激吗……”他靠过去，摸上那片图纹，鸳花藤绕在上面，淡色通透，似条精致的手链。

要不是璠璠需要这个东西，他很早就想把它划烂了。

楚瑜攥得更紧，逐渐用力，把那细瘦的腕掐出一道红痕。他努力轻言细语，可手背上绷起的青筋，依然有压迫感。

他又问：“只是感激而已吗？”

楚璠安静了下来。

她抬起另一只手，慢慢拢住了他的肩膀，指尖贴着白袍：“阿兄……你是被天魔影响了吗？”

火光的阴影洒下来，他半边脸洒着跳跃的光焰，眼珠含着赤色的光芒。

她声音温柔，好似在缓缓规劝："道长心系天下，现在魔潮来袭，形势严峻，他又救了我，我不过是有些担心道长罢了。"

楚璠很单纯地问："我对他有感激之心，难道不对吗？"

男人站直了身子。

"也对……确实不该欠他。"楚瑜垂着眼皮，目光落在她嫣红的唇上，忽而一笑。

"璠璠，你以前可从来都不曾骗过我。"他轻揉她的唇角，指腹掠过细腻的肌肤。

"我希望以后也是。"

楚璠从未怀疑过他们兄妹之间的关系——陪伴与亲缘。

即便这充满了畸形，是掌控、禁止，是包裹了糖霜的刀尖，尝进去的每一口都含着血。

只是她甘之如饴，也不觉得疼，更没想过要改变。她可以永远当阿兄天真无邪、柔弱无忧、什么都不懂的好妹妹。

也可以做一只永远被折断翅膀，掐在他手里的雀鸟。

因为她是愿意的。

那为什么现在，心腔里的某个东西，会开始疼呢？

"阿兄……"她仰头看着楚瑜，忽然想问问他。

我可以再养一只小狗吗？

属于自己的那种。

第七章 幻境

“我会带你出去。”楚瑜擦拭剑刃，时不时望向远方的血色天幕，“可江逢早已布下幻境阵法，要破也没那般轻易，阿兄只能尽量。”

他握住楚璠的手，几乎是把她整个人捞起来，掰过脸左看右看，检查得仔仔细细，又给她贴上了十个刚画的防御灵符。

楚璠接受着这明晃晃的目光，歪开头，没忍住说了一句：“阿兄，我今日不会成为你的拖累的。”

楚瑜的手停滞了片刻。

不过他很快反应过来，下意识捏了捏楚璠的脸，淡淡道：“是，你都能和魔蛟一较高下了，长进确实不小。”

楚璠像是听不出这话暗含的嘲意似的，把头垂到一边：“我只是想，自己也可以帮你了。”

她不再是手无缚鸡之力、忍受不了漫漫长途、连上个灵山都要耗去半条命的人了。

楚璠眼眸半合，显得眼下那一团阴影足够清晰。

楚瑜握剑的手紧了紧，他终是叹了口气，把头垂到楚璠的肩膀，声音轻轻的：“璠璠，我从未把你当成拖累。”

楚璠没有抬头：“我知道。”

休整片刻之后，楚瑜给白泽灌满灵力，剑身又变得清亮夺目，他们随着剑灵指引，一同踏入夹杂着雷声的浓雾之中。

楚璠的袖子被楚瑜紧紧系了结，绑在一块儿。她跟在兄长身后，只觉得眼前的色彩渐渐模糊，鼻端的血腥味也没了。

有一瞬间，她甚至忘了自己身在何处。

强烈的失重感导致她的脑海一片昏沉。

尖锐刺耳的狼嚎声紧接着攫取了她的耳朵，楚璠抬头，在朦胧中看到了许多荧绿的灯火，密密麻麻点缀在山林边际。

不，这不是灯火，是狼的眼睛。

数十头野狼仰头向夜幕嘶吼，声音震耳欲聋。

“狼群又来了……快追上去，能杀一个是一个！”

“一群畜生，不知道踩了我多少粮食，真是造孽啊……”

人群混乱，声音嘈杂，拥挤至极。

尽管知道这些都是幻境，可现在接触到的依然是真切的实体，楚璠被推搡着前进，人潮将她挤到山下。

此处四面环山，像个村落，目前看不到什么危险。但她不敢掉以轻心，江逢的幻境怎么会这么简单。

况且……

楚璠心中越发焦急，在人群里挤来挤去，怎么也找不到兄长的影子。

楚瑜不见了。

有村民拿了农具和火把吓退狼群，狼的数量过多，双方相斗，村民稍显不敌。但狼的攻击没有章法，有人在后面拉弓起箭，铁器贯进皮肉里的声音格外清晰。

狼群怒极，疯狂反扑。前面的人不慎被狼咬了一口，空气中渐渐弥漫开一股血腥味，耳边的狼鸣更加气势汹汹。

这群狼没有首领，被驱赶只是时间问题。

楚璠在混乱的人群中穿行，一路上从狼口救下不少妇孺孩童，却始终没看到楚瑜的影子。到最后无可奈何，她只能反手拉住一个人，连声问道：“方才有没有见到陌生男子？狼群为何会袭击村落？还有……这里所处何地？”

那人是个带着幼童的母亲，她被骇了一跳，面上全是惊慌：“我不知道，我不知道，我什么都不知道……”

楚璠冷着脸拔剑，横在她的脖颈处，声音不带温度：“说。”

女人把孩子护在身后，双手张开举起，一动不敢动：“我们都是氐族之人，可从未见过什么陌生男人，我真的什么都不知道……”

楚璠皱眉，还没把剑收起来，女人身后的幼童就像牛犊一样撞了过来，一边叫嚷着：“都是妖怪，妖怪该死！不许欺负我娘！”

“妖怪？”

楚璠按住“小牛犊”的肩，恶狠狠地问：“哪里有妖怪？什么妖怪？”

她挟持母子二人往村落深处走去，狼群和人的搏斗已经停歇，这一路上，楚璠看到不少条躺在地上的狼尸，她低头问小男孩：“是狼妖？”

小男孩把她当作歹徒，低着头一言不发。

楚璠没在意，她其实已经感受到了一股外溢的妖气。

但在她认识的妖中，从未感受到这么死气沉沉的气息。

路上有人看见他们的行走路线，不约而同地瞧了过来。

“哪里来的外地人？”

“不清楚，这女子手里提着剑，看着像个道士。”

楚璠挺直背，眼神淡淡扫过去，看到几个人正在处理狼的皮毛骨肉，甚至抽离了肌腱，台阶上血迹斑斑，红得刺眼。

楚璠扭头问被她挟持的女子：“狼群是践踏你们的作物和牲畜了吗？”

女子僵硬地点了点头。

忽然，前方传来一阵异声，一行人把刚剖好的狼骨摆成图腾，对着它焚香跪拜，嘴里嘀嘀咕咕，念念有词。

楚璠猛然想到，这里是江逢的幻境，这场景到底代表什么？是真是幻，是否有迹可循？

她突然想到静姝说的话，江逢从小被弃，他是被母狼养大的。

这些狼难道和江逢有关？

楚璠看到那些祭祀的人围成一圈跪拜还在渗血的狼骨，脊背有些发寒。她开始觉得不对劲了，努力镇定道：“你们村子到底发生了什么？”

那些围着祭台的村民齐齐回头，盯着楚璠看，他们肤色黝黑，衬得眼白颜色突出，格外瘆人。

他们异口同声，整齐划一到让人觉得诡异的程度，不停说：“诛妖！诛妖！”

手上骤然一痛，楚璠低头，看见小男孩一口咬住她的虎口，力道非常惊人，虎牙紧紧扎进她的肉里不放。

楚璠没有第一时间甩开他，反而掰开小男孩的眼皮，果然看到了空洞的眼球。

楚璠顿时汗毛直竖。

楚璠迅速甩开男孩，血液顺着伤口流出，从指尖滴落，她敏捷地往前跑，用鸳藤甩开拦路的人，朝着妖气最浓的地方去。

村民已经不是人了，他们早在楚璠来之前就被炼成了半人半魔的活尸，这里早已是个死村。

她要找到这个幻境里的江逢。

楚璠一面躲一面跑，在前面看到一个巨大的沙盘，丁字形木架顶端悬空，架子稳稳插在沙盘中，高高指向夜幕的星月。

原来他们在祭祀。

楚璠踢倒木架，从沙堆中翻出很多骨架，表面上堆的都是狼尸，还很新鲜。她继续往下刨，果然发现了许多年代已久的人形头骨。

人牲祭祀并不稀奇，在这种偏远村落，有不少人还保留着愚昧荒诞的传统。

楚璠深吸一口气，回头大喊道："江逢，你快出来！"

一道闪电撕开天幕，巨大的声响震住了所有人，随之而来的就是一片寂静。

叮叮叮——

铃响之后，漫天妖雾弥漫，一道声音传了过来："你是谁？"

能听出来是个少年，嗓音青涩，但咬字极重，显得异常凶狠。

楚璠反问："你是江逢？"

"你为何知我名姓？"

楚璠并不回答，继续问："村里活尸都是你炼的？"

那声音沉寂了一瞬，随即恶狠狠道："他们该死！"

楚璠还想追问，没料到浓雾中突然伸出一只手，直直掏向她的心窝，江逢的声音传过来："你话很多，你也该死！"

他指尖弯曲，触到楚璠的衣服上却被一道刺目白光弹开，嗞嗞作响，有一种皮肤烧焦的煳味儿。

"修道者？"江逢收回手，冷笑一声，再度扑过来，"修道者更该死！"

楚瑜给她贴的防御符已经破了，不能再硬接第二道攻击，楚璠往后一个翻滚躲开，又从袖中飞出数根花藤，死死捆住江逢的一只手臂。

她把江逢硬生生从浓雾中拉了出来，却看到他隐藏在雾气中另一边手臂，上面已经没了手掌。

怪不得在现实中，他的另一只手掌是钢爪，原来别有隐情。

楚璠抓紧时间问他："你如此恨修道者，是不是因为恨子微？你又为什么恨子微，就仅仅因为他是被昆仑剑承认的人？"

江逢愣了片刻，怒气冲冲道："你怎么知道他？那些道士个个大义凛然、义正词严，实则虚伪至极、愚昧至极！"

"你如此忘恩负义，竟还要责怪他虚伪？"楚璠不理解，"你恶事做尽，现在屠人满村，百年后屠仙门千余人。你做这些事毫无理由，分明是本来就心有劣根！"

“心有劣根？好一个心有劣根！”

江逢不怒反笑，他用仅剩的手指向密林，眼睛紧盯楚璠：“狼王久居深山，那些人凭什么对狼群喊打喊杀？我去剑道求学不过几年，这些人就杀了我的母亲，我屠他满村有错？”

他的母亲？那头母狼？

那祭祀沙土下的尸骨？

江逢眼睛通红，红色蝶纹在脸上若隐若现，挟着一股狂怒：“人类皆是愚蠢无知、贪生怕死、恃强凌弱之徒。天灾降世，他们却只懂杀人祭祀，连狼群也不放过。他们能杀万物，为何我不能杀他们？”

楚璠往后退了一步，无话可说。

“还有那个子微！”他唾了一口。

江逢逼近，他身骨瘦弱，神色阴森，黑发下一张冷白的脸：“我不过是杀了那些欺我辱我的人，他非说罪不至此，硬要砍我一根手指。那好啊，我直接把手掌砍下给他，以后我是生是死，杀了何人，都和他没有任何干系！”

他杀了那些人，抽骨剥皮，制成人面鼓，笑嘻嘻地拿去给子微看，是为了炫耀自己的强大，却没想到遭来子微严肃的目光。

“江逢，你太过偏激。”

“真巧，那个子微道长也是这么说我的。”江逢冷笑，“他说后悔救了我，那我想要杀了他，也算不上恩将仇报了。”

楚璠攥紧手指，想要后退。

江逢陡然一偏头，看向楚璠手上的昆仑剑，神情一凝：“你也别想出去。”

凶尸一股脑扑了上来，楚璠往后躲闪，还要去抵挡江逢的攻击，很是艰难。幸好江逢现在远没有现实里修为高深，所以她能频频躲过攻击。

昆仑剑在幻境中威力也大打折扣，楚璠灵气不算深厚，手臂渐渐使不上劲儿。恰在此时，一道白影从天而降，手执澄绿光剑，正刺入江逢腹中。

楚璠神情一松，小声惊呼：“阿兄！”

楚瑜之所以耽误这么久，是因为在深山中被江逢的幻境化作了一头狼。

天魔的妖身本相是蝴蝶，更善于摄魂布幻，只是他向来精修近战攻势，阵法造诣反而不算高深。

但楚瑜和江逢交手数次，知道他的幻境诡谲多变，不能小瞧。

他飞奔到山下，刚从祭祀图腾那边挖到狼人尸骨，重新化人，这才赶来帮助楚璠。

楚瑜用剑震开幻境中的江逢，逼得他节节败退，抽空又问楚璠："这个幻境的难度不对，你身上是不是带了江逢的东西，快扔出来。"

楚璠退在后面，心中一惊，急急忙忙在乾坤袋掏了一会儿，把之前给子微看过的香囊扔给楚瑜，高声喊道："是不是这个？"

香囊针脚粗糙，上面绣着蝴蝶最喜欢汲的桂花蜜，是小江逢一针一线缝出来，想要送给当时尚还敬仰的子微的。

那香囊被楚瑜用剑尖拎起来，在江逢难以置信的视线下，顺着剑势送进了他的掌心。

霎时间天旋地转，清亮的银光如烟火一般刺破天幕，化成扭曲的细线，像玻璃裂纹一般逐步碎开。楚瑜用身体遮挡住楚璠，顺势捂住她的眼睛，安慰道："别怕，出去了。"

却不料楚璠把自己的手也覆盖上去，轻声道："阿兄，你不必再捂住我的眼睛了。"

楚瑜身体一怔。

与此同时，南海的另一边。

子微擦了唇边的血迹，曼声道："百年前我封印你时就说过，你有重来的机会。"

江逢半身已经化蝶，红色鳞翅，庞大而妖冶，根部渗出一些绿色的汁液，他弓着身子，面色惨白。

已有摇摇欲坠之势。

碧水滔天之上，是一片血红的海雾，漂浮着不知道多少尸骨。

有修士，更多的是魔尸，这场大战，显然已经分出了输赢。

"这次要关我多少年？"江逢咳了一口血，高声冷笑道，"百年？千年？还是一辈子？"

子微低叹道："天道轮回，世有因果。"

他直视江逢带有恨意的眸子，语气既不怜悯，也不慈悲："这道路，不过是你自己走出来的罢了。"

子微就在最前方，广袖猎猎风浪扬起，八条白尾飞舞四散，线条流畅，闪着雪色的寒芒，每一下甩动都极具爆发力。

银发飞舞，如月光流泻。

即便他衣袍破碎，面上沾血，也依然是高贵而优雅的。

便显得高不可攀，恍如神祇所化。

凭什么?

凭什么他永远都要输在子微手里!

明明都是一样的遭遇，凭什么就只有子微得了天道眷顾!

他双目猩红，纵身而来："子微，这一次——"

"我要跟你同归于尽！"

赤红的蝶群从他的宽袖中涌了出来，血雨倾盆，江逢竟以神魂驱使邪术，聚集天下间的怨念。

愚蠢至极。

子微摇摇头，似有怜悯，但并不是怜悯他极端，而是怜悯他浅薄。

"你现在，没有机会了。"

楚瑜带着璠璠一路绕着山脉小径直行，他拿出灵车，把她塞了进去，先是唤出白泽，又试图驱使昆仑剑。

楚瑜曾在挑选本命剑的那一刻，受万剑朝拜，他无须剑诀，便能使无数剑影齐齐朝下。

但这把不行。

他只能召唤出微弱剑光，昆仑剑悬于半空，逐月影而动，没有寻常剑的锋锐之感，说是凶器，其实更似礼器。

不是楚瑜的风格。

他拍了拍车窗，楚璠立马探出一张小脸来，面色紧张，也不知道是在紧张谁。

楚瑜把血雨挡在外面："璠璠，手给我。"

细腻的手臂被戳开一个小口，他取了一滴血，抹在昆仑的剑柄上，果然能暂时驱使这把剑了。

他简直是强压要骂人的念头。

层云之中，双剑闪过，白泽和昆仑两道剑光交错，拧成蓝青色的线，直直划破夜空，一往无前，霸气凌人。

天魔布下的阵破了。

很不想承认，但事实是，昆仑剑确实锋利无比。

楚瑜捏紧拳头。

他抬头看，远空中两道身影缠斗在一起，速度之快，只能看见雪白长尾拉出来的残光，寒芒几许，沾了血迹。

楚播拨开车帘，惊呼道："为何天魔看起来这么强……"

"天魔在燃烧神魂……"

楚瑜想了想，收剑归鞘，扭身驾车而去："我们不能管，天魔聚十万怨灵，已经没人是他的对手了。"

这战过去，不论是输是赢，天魔都会死。

说不定两人都会死……楚瑜有些自暴自弃的暗喜。

最好全都死了。

没过多久，他忽然感受车内重量一轻——

楚璠跃下车，召唤昆仑御剑而去，速度之快，几乎要掠出残影。

少女衣袖微振，楚瑜只摸到了冰凉的袍角。

"楚璠！"他怒喊，"你给我回来！"

楚璠是第一次违背阿兄的命令。

她没有灵气罩，血雨滴在身上，像是腐蚀生命的毒水，楚璠觉得自己的皮肤已经烂掉了，疼到骨子里。

"没事的。"楚璠告诉自己，也告诉身下的昆仑剑，"昆仑，我相信你。"

"还可以再快一些！"

昆仑前所未有地快，风吹破面颊，撕开衣袖，她浑身破破烂烂，被血雨噬穿，冒出了嗞响。

她强忍着剧痛，眯眼指路："向左，再往右……"

她看到了子微的雪白狐尾，像是亮着银光的流星，泛着光。二人相持不下，江逢蝶刃弯曲，眼看就要趁他手无兵刃，砍向狐尾。

"昆仑，去！"

一剑飞来，万古湮灭。

清寒剑光无限放大，眨眼间顶上江逢的右翅，戳中正心，划出无比刺耳的巨大响声。

她一下子松了口气。

子微收剑，往回看了一眼，讶然道："璠璠。"

楚璠正在往下掉，她看见子微还欲飞过来救她，连忙大喊："背后！别管我！"

剑势迎上天魔的攻势，两种力量猛然交错，天地迸发一声巨响，红雾摇摇欲散。江逢被剑光震得一晃，重新调整，朝子微袭去。

楚瑜疾飞过去，堪堪接住快落在海里的楚璠。

他气得额上青筋直跳："璠璠！"

他握剑的手在抖。

楚璠反握住他的手，轻声说："阿兄，我们不能欠他的，不是吗？"

"好……好。"他一连说了几个好，只清晰地听到自己的心跳声，竭力维持冷静，浑身直冒冷汗。

"你不要命了吗？"他摸着她身上大大小小的伤口，声音颤抖，"你的胆子什么时候这么大了。"

"我现在还活着。"楚璠点了点他的心脏，艰难道，"因为昆仑剑，我们也还活着。"

"得谢谢他。"

楚瑜低垂着头，将她放置在巨石之下，白衫衣摆沾满鲜血，黑发凌乱，像极了潦倒谪仙。

他身影闪逝，扬起手中之剑。

剑光与人影化作一体，呈游鹿之态，在乱象一片的红雾之中，几乎要落成一道惊雷。

天生剑骨，人剑合一。

他给了天魔最后一击。

楚瑜曾被封为蜀山第一剑修，并非是因为他灵力深厚，而是他潜力之高。

他当年浩浩荡荡抢夺灵宝，暗袭各族宗中弟子，几乎将大半个仙门都席卷得支离破碎。仇敌没日没夜追杀他，没一个得手过。

修仙之人，求的是泽被苍生，惠及千秋。至少看起来，要像子微那样。

而楚瑜恰恰相反。

这是外人对他的看法——蜀山楚瑜，冷血无情，反复善变，不似正道，虽得剑道真传，却不可与之深交。

他自私自利。

所以当楚瑜透支全身力量，一剑贯穿天魔腰腹，又被天魔最后一击反手打入海中的时候，他自己也觉得自己疯了。

天魔燃烧神魂，实力暴涨两倍，即便子微重新拿到昆仑剑，也并非能全身而退。

明明想着让他们两败俱伤的。

怎么就变成这样了呢？

他在深海中睁开眼睛。

万丈海渊，深邃而幽远，周围魔气越来越浓厚，漂着几具浮尸，咸腥的海水淹没口鼻，恶心而又黏腻。

海水扬起他的袖袍，被旋成斑斓的光影。他提气之前，越过自己在水中的衣袂，看见一道人影。

轮廓柔和，身影轻盈，像灵动的游鱼，月色笼罩在她肩头，被海水碎成了粼粼波光。

很柔和的光。

他在海流纠缠中抬起手，竭力探出指尖，抓了过去。

楚璠托着楚瑜游到岸上，她拧干二人衣摆袖袍的水，吸吸鼻子，使了很大的力气，才将楚瑜揽在怀中。

“阿兄……你还好吗……”带着泣音，还有紧张和害怕。

楚瑜眼睫微颤，握住了她的手，一点点攥紧，想开口说话，却只能发出几声囫囵的咳嗽。

于是他又感受到楚璠换了个姿势，托着他的脑袋，让他一点点咳出瘀血。

他这些天过得惊心动魄，也就只有在这时候才能得到一点安心，紧绷着的弦终于断了。

楚璠看到他晕倒，一动不动，几乎都要吓傻，颤颤巍巍摸到了他的心口，察觉到心脏还在跳动，才深深缓了口气。

海风逐渐变大，吹得她有些睁不开眼。

四周全是魔人的浮尸，海面被染得血红一片。她眯着眼，往更远的地方看，血雨停了，天边遥遥升起一丝曙光。

楚璠放缓了呼吸。

她还要等最后一个人。

竭尽全力保持清醒，朝海面的尽头望去。

只见一道斜光煌煌而来。

那人身材颀长，手持长剑，眉眼被曙光勾勒出恰到好处的暖意，银发清冷，和身后的八条狐尾一齐飞舞，如鹤扬羽。

楚璠仰头望他，眉梢微弯：“道长……”

子微其实很生气——她居然还在笑。

楚璠几乎半身是伤。

她恍惚又像刚上昆仑山的那天，弱不胜衣，瘦小单薄，身上漫着丝丝缕缕的血迹，安安静静，如初枝般纤细。

看着让人心酸。

子微将她拢进了怀里，手臂环着肩头，都不敢握实。

她身上全都是伤，睫上沾血，半边脸都被血雨滴过，血肉模糊，更别说身子了，虽有衣物遮挡，却也惨不忍睹。

子微都不敢发出声音，怕吓着她。

楚璠见此，又抿出一个笑。

她突然感到背后一暖，子微用尾巴贴住她，并没有直接触碰，而是用长尾绕了几个圈，小心翼翼地，把她环在最中间。

子微咽了下喉咙，声音有些发抖，手指找了找，摸上她还算平滑的腮边："疼不疼？"

楚璠摇了摇头。

她轻轻开口："道长，丑吗？"

"怎么会？"他低声道，笑了笑，"璠璠是我见过最好看的小姑娘。"

也是最坚强的小姑娘。

子微低头吻了吻她的眼睫，舔到了点血腥气，他不敢多碰别的地方，尾巴游了过去，又拢着她，贴近了一点。

明明有很多事情需要他去处理，可他现在不想离开。

"道长……"楚璠用指尖拈上了他垂落的银发。

"嗯？"

她的身形有些摇晃，眼前也发黑，却强忍着清醒，想了想："尾巴没有断呢。"

"没有，一根都没有。"一条长尾弯着尾尖，凑到她的手心处。

楚璠推拒掉："现在就不摸了，我身上很脏……"

她疼得说话有些哑，人越来越热，有些昏昏沉沉的。最后她翘着唇角，用很认真的语气和他谈判。

"先欠着了，以后要摸回来的。"

她刚说完，眼前一黑，人就倒下了。

子微接住落下来的绵软瘦小的身子，心疼不已，嘴角勾起了一丝苦笑："你怎么……都这个时候了，还这么会算账呢。"

天魔已逝，龙脉转眼从层雾中完全显露出来，走势巍峨壮观，天地灵气在上面流转交织，令人望而生畏。

百年前交战时，子微身受重伤，又被天魔断去一尾，消耗颇大。这次没那么严重，他反而有些隐隐不安。

他低下头，摸了摸楚璠的脑袋，然后把她交给了赶来的毕方。

毕方看到楚璠的样子，先是一怔，而后吓得毛都奓了：“她、她怎么又变成了只血猴子？”

楚璠到底还要给他多少“惊喜”！

“她们不是只去救了个人吗……”毕方小声骂着脏话，把她接了过去。

子微看着他大咧咧的样子，轻斥道：“小心点……”

毕方很委屈，他已经非常小心翼翼地用自己最柔软的翎毛拥着她了。

他忍不住道：“您还要去哪呢？”

子微叹了口气，顺着海边的一线天看过去。

“小心为上，龙脉已经受不了第三次侵蚀了。还有，事情结束之后，让龙族首领带着鲛族来见我。”

两族纷争，他本不想参与，但是若危害到了天下苍生和水之灵脉，便不能不管了。

毕方躬身应是，顿了会儿，突然问：“先生，那这个人呢……”

他指了指躺在礁石下的白衣男子。

青眉长睫，高鼻棱唇，面容清朗，面色微微泛白，几缕黑发黏在脸侧，透着股苍凉。

他腰间的剑，毕方曾在楚璠手里看到过。青白剑身，通体光透，绘有游鹿灵纹，是白泽神兽的图腾。

毕方隐隐察觉到这个人是谁，他带着显而易见的敌意，浑身写满了拒绝。

子微沉默了会儿。

他将昆仑剑悬于日影之下，笼袖抬首，面无表情看向远方，微垂双目，蕴含着一股矜傲清寒。

“把他也带回去。”说罢，他又加了一句，“别让他们碰面。”

若是只有楚璠一人，毕方直接化鹏就把她带回去了，可又加了一个男人，他想了想，决定不难为自己，召唤出飞舫。

他特意把两个人放在离彼此最远的房间里。

楚璠身上的伤口很棘手，毕方拿了一大堆绑带白纱，斟酌了好久，都不知道怎么下手。

难不成要缠成个大粽子吗？

他喂了点丹药给她，决定还是等先生回来再计议。

刚推开门，一道剑光便悬在他脸上。

毕方吓了一跳。

楚瑜面目沉郁，颀长的身躯直接挡住阳光，他扫了毕方一眼，冷声道：“你是什么东西……对璠璠干了什么？”

不是，这人腰都快被天魔给抓穿了，血成股地流，伤成这样，不过半个时辰而已，这便醒了？

他身上的阴冷气质太过强盛，毕方本嘴硬不开口，眼看着剑光无限放大，最后停在面前，才闷声道：“轩辕毕方鸟，我是楚璠的朋友！”

毕方还年幼，化为人形时不过稚气少年模样，只是红发赤瞳，眉眼生有翎羽，一看就是个妖。

“朋友？”他似觉得可笑，“璠璠可从未说自己有过朋友。”

“小妖怪。”楚瑜轻嗤了声，弯着腰，剑已经靠在毕方的脖颈处，“把门打开，让我进去。”

这个人，凤眼狭长，黑发白衣，气质阴郁，分明比他更像妖。

毕方梗着脖子，喷了口游蛇般的离火，火触到薄刃寒芒，转瞬即灭，楚瑜又往前一压，把他逼在角落。

“你有病吧！”毕方大叫一声，“我救了你们啊。”

楚瑜已经把他撂到一旁，打开房门：“我知道，不然你已经死了。”

毕方决定很多天都不要理他们了。

他在外面悄悄探进个脑袋，透过帘帐的倒影，看见男人俯着身子，轻贴少女的额头，以神魂相融蕴养，灵气呈现出细腻的淡粉色。

这是道侣间疗伤的法子，他鸡皮疙瘩都要起来了。

联想到他们的身份，毕方捏紧拳头，控制不住暗骂了一句。

变态。

他在外面如坐针毡，里面却称得上平和安定。

楚瑜其实已经很累了，他强撑着身子渡给楚璠灵气，时不时还要打坐一会儿，等到丹田稍微不那么干涸，再继续渡灵气。

他想快点带楚璠走，这并不难猜。

可她确实伤得太重了……精气不足，灵脉虚浮，比以前更甚。楚瑜不敢想璠璠为了他抽掉多少精血。

“璠璠……”楚瑜伏在地上，把她额上的绒发拨到一旁，用指尖触着她吐出来的呼吸，很细，又很轻柔。

楚瑜就这么一直看着她，满头青丝垂落，眉目狭长，眼神敛着，却像钩子似的，黏在她身上。

他忽而歪头，站在窗前，窗户开了一条细缝，外面流云轻缓，曙光明亮，桅杆长而细直，通到天上。

青年御剑而来，蓝衫环佩，月白剑穗撞出一声轻鸣。

剑光掠过窗棂，子微袖底扬风，直接加速落在了内屋门口。

毕方知道先生回来了，可怜巴巴蹲在原地，小声：“我打不过他……”

子微摇摇头，越过他走了进去。

门刚开，便迎来一道凶狠剑光，子微横扫而对，青蓝两道剑光交错，昨夜还一起奋战的两柄剑，瞬间就开启了交锋。

楚瑜静静看着他。

子微也凝眸回望。

两道剑法相接，刺耳的金属碰撞声一直抵到刀柄，铮鸣不断。

帐帘深处忽传来微弱的轻哼声。

二人顿了片刻，不约而同停下了交锋。子微敛息而定，看了他一眼，收剑入鞘，将剑悬于腰间。

月白剑穗晃在蓝袍之下，摇曳着，泛出点点雪光。

楚瑜眼神愈暗。

他低声道：“无耻。”

无耻。

子微把这两个字含在舌尖滚了一圈。

他隔空关上屋门，没有发出一点声响，又把毕方支走，这才开始好好地打量楚瑜。

他们身量相似，所以平视时正好能看到对方的眼睛。子微视线冷凝，仿若审视，他只是低声问：“你在说——”

“你自己吗？”

楚瑜笑了一下，目光沉郁无比：“抢别人的东西，你不觉得自己无耻？”

子微微合双目，重复了几个字：“抢，东西。”

他长睫垂落，投下了荫翳的倒影，语气平淡：“我不承认。”

“我管你承不承认！”楚瑜压低声音，强忍着怒气，“待璠璠醒了，我自会带她走。她在你这里用了什么东西，费了什么物什——我都会一一还给你！”

“要是她不想走呢？”子微问道。

“楚瑜。”他念了他的名字，像是不解，一字一句，“你当真从未觉得自己不对，也从没有问过她愿不愿意？”

正常人听到这一番话，要么否认，要么思索。

而子微只在他的脸上看到了自信。

他在笑。

他还穿着一身白色道袍，袖底袍角染了不少血迹，他笑到发抖，弯下腰，那些晃眼的血便如寒风中簌簌抖动的红梅。

阴郁到令人发冷。

楚瑜的笑声充满嘲讽，也傲慢到毫无遮掩，淋漓尽致：“你为什么会怀疑我们之间的关系呢？”

“道侣之契，要两心相融，共誓命盟。”他把语气放得很慢，似乎从这里得到了满足，“我和她一起相伴十几年，你呢？十天，二十天？”

他讥讽道：“靠着那九重鸳花之主的预言？你们天山狐都这般随便，只凭着一个虚无缥缈的缘分、命中注定的传说？”

楚瑜握紧了剑柄，嗤笑一声：“你们的爱也未免太廉价了些！”

他对自己很有自信，所以才随便评判他人的感情是否廉价。

“你似乎懂得很多。”子微笑了一声，只是双眸冷淡，显得非常晦暗。

“但全是错的。”

“你们的关系，只是你单方面的臆想，璠璠知道那是道侣之契吗？你敢告诉她吗？”子微步步紧逼，一下下敲碎他言语中的壁垒，“她当你是相依相偎的亲人，是全部的依赖。”

“那只因为你是她的兄长。”

仅此而已。

“并且……”子微叹了一口气，“谁告诉你们，天山狐的伴侣，只选鸳花之主？”

他还是第一次被骂感情廉价。

但子微又有些庆幸，外人对他们的了解太过片面。

“九重鸳花之主，与我有缘。”

子微失笑道：“而缘分却分很多种，人与人之间的联系也有很多种。”

“我曾经的父亲，他在战争中捡到一个小男孩，那位便是他的鸳花之主，他们是师徒。”

他微顿，才继续道：“而我的母亲，是位女子。”

楚瑜的神色瞬间冷了下去。

世人总是喜欢把一切情缘都看作是男女之情，却忘了“缘分”二字，本代表着人与人、人与事物之间，发生联系的可能性。

子微都有些不忍告诉他真相了：“璠璠得鸳花是几岁？肯定不过十岁吧。”

“你若当时便把她送往昆仑，我自会视她如晚辈，慢慢教导，又怎会对她生出男女之爱？”

子微摇了摇头，既是叹息也是无奈。他对楚瑜道：“一步错，步步错。偏偏是在那时候……”

“是你自己把她送到我的面前。”

他的语气暗含怜悯。

楚瑜直视他，压抑着暴怒，根本顾不得什么，高喊着：“你究竟懂什么！”

“你到底懂不懂什么叫道侣之契！璠璠心里最重要的人是我……若非这样，契约怎能结成！”

他声音沙哑，大口喘着气，甚至有些歇斯底里。

子微原本想说，对，以前最重要的确实是你。

只是没机会开口。

因为舫内的门从里面打开，露出一个小脑袋，她略有些茫然，血痕一条条横在雪白的脸上，像破碎的细瓷，显得既狰狞又脆弱。

小姑娘似乎也觉得这样不太好看，连忙用白纱笨拙地蒙上脸，只露出一双清灵明眸的眼睛，睫毛扑闪。

她声音隔着纱布，闷闷的，很沙哑，第一句说的是：

“你们在吵架吗？”

两个男人显然还未缓过来，面色都不太好看，楚瑜更是阴沉到极致，眉梢还带着股未褪去的狠厉。

他们没回话。

然后楚璠皱了皱眉毛，语气迟疑很多，又问了一句：

“阿兄，你刚刚在说……什么契？”

一阵大风吹过，吹动旗帜，将三人的头发扬起。而楚瑜纹丝不动，漆发半垂，遮住了一半苍白面孔。

于是她又问了一遍：“阿兄？”

楚璠清晰感受到一股寒气吹开她的额发。

她从舱内走了出来，顿住步子，下意识地看向阿兄。

他握剑的手已经勒出了红痕，指根泛白，越收越紧，如一张拉满的弓，绷到了极致，一触即发。

她轻仰着头，缓声开口："那年阿兄去秘境，伤重而归，曾跟我说过，这世间有种疗愈法术，需二人生死与共，两心相融，因为结契之难，所以效果极佳。"

她摸了摸身上已经结痂的伤口，肩背和胳膊上最多，触感有些粗糙，微疼。楚璠侧头，压下了莫名的心悸，问："你们刚刚在说的，是这个契吗？"

她突然转身，默默往左移了一下，垂头看见子微飘动的衣角，手有些发痒，很想这么拉上去。

竟有些习惯这么做了。

子微看到她的视线，却退了一步，沉着面容，将手藏在袖中，眉目多了一丝疏淡。

他声音清寂，垂下视线，眼底渺然，不见一丝情绪："你真的想知道吗？你要听我讲，还是听他说？"

楚璠心下猛然一跳。

她甚至还没来得及开口，就被一只手强硬地拉了回去。

"是……"楚瑜直接攥住了她的手，看着她的眼睛，"是这样的。"

楚璠想去看道长的脸，又被他拦住，白衣身躯遮住最后一线光，他声音沉沉："生死相依，两心相融。"

"管他什么契约，可这说的不就是我们吗？"

楚璠犹豫了，她低声念了一遍："的确是我们……生死相依。"

两心相融……两心相融。

楚璠把这四个字在脑海里翻来覆去地思索，像是灵光一现，她不敢相信自己明白了什么，又怔在原地很久。

子微又问了一句："你需要我告诉你吗？"

她有些不敢看道长的脸……

子微冷冷说道："璠璠，你究竟是不明白，还是不想知道？"

他不敢相信，都到了这个程度，她依然自欺欺人，对楚瑜的心思视而不见。这是什么意思？她之前对他的依赖是假，温柔是假，连诺言也是假的吗？

"你究竟在想些什么……"

楚璠依旧垂头不语，面目呆滞，神情黯淡。

子微深吸了口气，几乎要被她这副模样击溃，他鲜少情绪外露，如今也隐隐能看出怒意。

还有伤心。

楚瑜又站在她前面，挡住了楚璠的身子，与子微平视，剑拔弩张的气氛在周遭蔓延开来。

这倒显得，只有他一人孤单寂寥罢了。

忽然听到了一声轻嗤，很清冷，又带着寒意的笑。

远方吹来一道飓风，飞舫两边的锁链剧烈颤动，传来一阵一阵的密集荡响。

移转乾坤，一念千里，这种法术动静极大，落地时尘土飞扬，气势浩大，会让人有些眩晕恍惚。

不过眨眼的工夫，龙脉岛屿瞬间便到了。

这船上只有三人，是谁的动作，显而易见。

楚璠指尖微紧，从楚瑜胳膊之间的缝隙中，看到子微迎面走来。

沉默在这一刻变得很漫长。

二人擦肩而过，银发冰凉地拂过面颊，有种微微凝滞的钝感。

那些银发丝丝缕缕的，浮着微弱的松雪香，此刻在她脸上，却像是某种尖利的锐气，把她从里到外都割了一道。

鲜血淋漓。

龙脉海岛已经等待了很多修士，一见他们回程，问候声不绝，却慢慢地，声音都淡了下去。

因为子微恍若未闻，大步越过他们，面上毫无波动，含威不露，让人心生敬畏。

只余剩下的人面面相觑。

楚瑜原本想带楚璠回蜀山，可她显得异常执拗，怎么劝也劝不动，只说还要再多待几天，并且紧闭房门，谁都不见。

她身上伤重，楚瑜只能暂时答应。

到了夜晚，清理战场狼藉的修士们都回来了。

静姝刚回族就听到旁人上报消息，说“妖主发怒”，吓了一跳，连忙赶到客房，刚进院，就被结界的庞大剑意刺伤了手臂。

这又是多了哪个邪星？

却看见楚瑜冷冷立在门口，微合着眼：“谁？”

静姝皱眉，毕竟夹杂着新仇旧怨，她语气非常不善：“这是龙族的地盘，不欢迎你。”

"你们的地盘，不是差点都被旁人占领完了吗？"楚瑜嗤笑了一声，"妖族以强者为尊，你便是这么跟我讲话的吗？手下败将。"

静姝现在非常想把他那张清逸的脸给戳烂。

她只好从别处下手："你不觉得自己恶心吗？对一起长大的妹妹有非分之想……"

他的气息倏然变冷："住嘴。"

"她要是知道事实，会有多厌恶你？你这个变态、疯子，根本就不配当兄长！"静姝气到发抖，继续火上浇油。

她等着这个男人的怒气冲冲、歇斯底里，却没想到楚瑜只是勾起了嘴角，轻声一笑，笑得有些古怪。

"你当真觉得她什么都不懂吗？"他的眸子漆亮，浓到发凉。

"你们这些外人……"他前面那句话咬字很重，声音有些嘲弄，"不要再掺和我们之间的事情了。"

楚瑜直接转身进了屋内，只留静姝一个人在原地。

静姝深吸了口气，缓了缓心中的震惊，去敲子微的房门，发现空无一人。

连茶都是凉的。

楚璠把自己缩在被子里。

门从外面打开，她被抱了起来，楚瑜轻轻拍着她的背，待她平复下来，才轻声问："想好了吗，要不要跟阿兄回家？"

"蜀山已经没了……"楚璠的声音有些哽咽，"阿兄，我们没地方可以去了。"

"阿兄现在已经很强……不像以前了。"楚瑜挑开她的额发，声线温柔，"若蜀山不能重建，我们就去别的地方。"

楚璠一直在哭。

他给她渡灵气，轻言细语地哄着她，等到月上中天，楚璠哭得累了，眼睛像桃子似的肿着，整个人都半睡半醒，才慢慢抽泣着睡了过去。

楚瑜在思考他们要去哪儿，毕竟他从不缺机会。

世上有无数人惦记他，但楚瑜知道这并不代表什么，他们只是忌惮剑骨的成长，惧怕那锋芒毕露剑光下的别样力量。

又垂涎，又害怕。这就是人性。

那想拥有，要独占，这便也是人性。

楚瑜拥着她的手渐渐滑到了腰间，慢慢游移，他的头也低了下去，嗅到少女的清香，也看见了那一截白颈。

想咬下去，咬出红痕，再轻舔。

或许早就应该这么做了。

凭什么不能呢？她的第一选择本来就是他啊。

禁忌肮脏的想法早早便生了根，如今只是刚破了个口子，以往一直折磨着他的阴郁念头，刹那间就狂涌而出。

他捧着她脸的手在颤抖，先是吻了吻还在泛泪的眼睫，然后再继续往下，用鼻尖轻触下巴，嘴唇触碰到软嫩细滑的颈肉。

从雪白无瑕的肌肤，到皮肤下流动的淡青色血管，然后是弯月一般的纤巧锁骨。

薄衫被剥开，从肩头落下，露出如栀子花般软嫩的皮肤，他近乎虔诚地，正准备在上面落下一吻，却听到身下的人轻轻叫了一声。

“道长……”

轻柔细弱的，仿佛下意识的迎合，又叫了一声：“道长……”

这声音几乎要扎破他的心。

经历过多少次，才会有这种下意识的呼喊？这究竟代表什么，他一个男人怎么可能不明白。

简直要嫉妒得疯掉。

楚瑜深吸一口气，眼角戾气横生，不小心错了力道，直接将她的肩膀捏出一道红印。

楚璠被捏痛，低低呻吟了一声，艰难地睁开眼，被这场景吓到直接惊慌失声。

“阿兄！”她敛起衣物，惊声尖叫道，“你在干什么！”

楚瑜的脸色越来越不对劲。

“你们连这些都做过了？”楚瑜渐渐逼近她，又问，“什么时候开始的，他还亲哪儿了，到了哪种程度……”

楚璠开始往后退，颤了颤身子：“阿兄，你别再这样说了……”

“他都可以，我便不可以吗？”

这种话是纯粹的，男人对女人的审视，像物件一样的取用，带着毫不掩饰的古怪意味，楚璠只在天魔的嘴里听到过。

她没想到还会在自己阿兄的嘴里听到。

屋内并未点灯，什么也看不见，只有沉郁的黑，还有楚瑜不容忽视的视线，让人有些难以承受的窒息感。

窒息感。

会让她想起不太好的东西。

会想起宫人讥讽的嘲笑，生母的鞭打，还有老皇帝落在她身上黏腻而令人发寒的目光。

或者是流亡路上，腐烂发臭的尸体，和趴在尸体上面，挑挑拣拣的活人。

刚死掉就被炖煮的话，人肉其实闻着很香……

楚璠闻过很多次，知道小孩的最香，特别是像她这么大的。

那她为什么活了下来呢？

每次醒来，阿兄都笑着对她讲，昨夜来了位仙长，赐下圣水，所以璠璠才不会饿。

她那时候年纪很小，非常好骗。

现在总不能再相信了。

她分明懂的。那年没有仙人，能吃的只有人肉。

那个从锦绣堆里出来的小皇子，每天晚上都像狗一样去跟旁人抢夺尸肉，囫囵咽进肚子里，然后再喂给她自己腥香的血。

血液是什么味道，楚璠再了解不过。

她被抽过无数次血，鲜艳的，浓稠暗红的，知道它们闻起来腥甜，尝进嘴里，会有一丝丝咸。

那些死里逃生的日子，她是靠着这些东西活了下来。

所以她根本就没有理由抛下他。

也根本没有理由拒绝他的任何事情。

可为什么心会这么痛呢。为什么她脑子里总有一段白光，银亮的，像是某个人的发，或者是昆仑山的雪。

楚璠觉得心脏像是被攥住，窒息感扑面而来，她好像喘不上气了，胸口起伏剧烈，一阵阵绞痛。

她听到自己的声音干哑到极点。

“阿兄，求求你了，把那个契约给解掉吧……”

我们之间，已经做不到两心相融了。

第八章 选择

楚瑜眼瞳紧了紧，怔在原地，他蓦地松开一声笑，先是低低地轻哼，忽而又大笑起来。又潦倒，又寂寞，那姿态堪称狼狈。

“璠璠，我们在一起了多少个年头啊……”他慢慢道，“而他呢？那个老妖怪……和你不过相处几天？”

“你怎么能因为旁人背叛我……”他语调缓慢，但这平静之下似有暗流汹涌。

楚璠摇摇头，隐有不忍：“阿兄，这不是背叛。”

这怎么能是背叛呢？

她哑着嗓音，快速说：“我们可以继续当兄妹的，像普通人那样，感情深厚，但是有各自的生活，过着正常——”

“嘘——”冰凉的手指对准了楚璠的唇。

“别说了。”

“你就是想逃开我对不对？”楚瑜在黑暗中摸着她发抖的脸，指尖染上呼吸的温度，“你接受不了阿兄，要去别人那里了……”

楚璠缩紧肩膀，继续摇头，她哽咽着：“我们这样，是不对的……”

她像是被雄鹰抓在掌心的兔子，在战栗，颤抖。

这让楚瑜感到心悸。

“你说我们之间是错的……”他声音凝成一线，眼里像含着一团化不开的浓墨，直直盯着她，好像下一秒，就要把她拆吃入腹。

“那你和子微就对了吗？他可是个妖，人妖殊途啊……”

提起这个名字，他越加嫉恨：“璠璠，我告诉你，这个世上没有对和错。”

他一字一句，每个字都用了极大的力道：“只有愿不愿意。”

“明白吗？”

“不是的。”楚璠抱紧自己，她被周围的寒气激得打了个哆嗦，颤抖不止，“阿兄，可是你逼我接受，这是、是不对的啊。”

窒息感，又是这种窒息感，让她无所适从，被他冰冷的视线烧得痛不欲生。

一切都乱了套。

楚瑜怔了一怔，似在感叹：“你从前，是不会拒绝我的……”

楚璠大口地喘着气，她猛然爆发，突然冲了出去，想要往外跑。

光裸的足踩在冰凉地板上，发出清脆的声响，不过两息，便渐渐寂静了下去。

清透闪亮的剑身，反射着青白的剑光，落在她一下子黯淡了的瞳孔里。

她一步步往后退：“白泽，别这样……”

熟悉的剑变成了能割伤她的利刃，楚璠的脸色越来越苍白。

白泽剑仿佛黯淡了一下，像是她的错觉。楚璠不停后退，一下撞到了桌角，重重地往下跌去。

她落入了带着寒意的怀抱，修长有力的手指顺着胳膊捏住她的手腕，把它抬了起来，鸳花图腾被盯到发热。

楚瑜笑了一声，眼睫微垂，黑缎般的长发垂在她单薄的肩膀上，像是蜘蛛的节肢拢入落网的小虫。

“乖，璠璠，我帮你把这个花给拔了……你以后就不会再想着他了。”

毕方沿着海岸飞了很久，越过耸立陡峭的山脉，在龙脉的最高处，天与海相接的地方，找到了他。

高崖之上，星河的细碎清光微亮，立着一道高大的身影。他冠带严整，腰间悬剑，眉骨匀着薄光，眼神清湛，似有暗星浮尘。

毕方落地，轻声道：“先生，龙女欲要求见。”

“嗯，过些日子。”子微皱了皱眉，合着眼，“他们太过敏感，我不是那个意思。”

“罢了，这些妖族琐事，留着以后再讲吧。”

他的声音有些疲惫。

毕方强忍着疑惑，忍了忍，没忍住，问道：“先生，楚璠到底是什么意思？”

他这话说完，紧接着就是一片寂静。

子微慢慢仰起头，如瀑般银发倾泻而下，似在腰间层层流淌。

“我不明白。”他低笑了一声，凤目流光，“或许我早该清楚，自己是他们兄妹之间的过客。”

“你不知道，她下意识追寻兄长身影的样子，让人寒心极了。”

毕方觉得不甘心，又开始像以前一样愣头愣脑地顶撞起来：“我也不明白！先生，若她那个阿兄和善也罢，可明明不过是个自私自利的歹徒罢了……”

“依我看，您就该直接把楚璠逮回去，把她关在昆仑山里，结界一开，谁能带她走呢？他那个阿兄，修行五百年再来吧！”

“毕方！”子微的声音暗含训斥。

毕方瞬间清醒下来，挠挠头，嘟囔着：“我说错了还不行嘛……”

他转过身子，低叹道：“毕方，我们是妖。”

我们是妖。

妖类天性直截，爱恨分明，却也极易失控。

妖族，千年前是以残暴恐怖闻名，历代妖主，皆行事乖张无度，荒诞难言。

因这是妖之本性。

只有子微这代不同。

仙妖大战结束之后，子微在百年间快速崛起，稳固人妖两族关系，出世，救世，获得了前所未有的声望和荣誉。

三界之中，除了毫无理智的魔族，每个人见到他，都会尊称他为先生、妖主，这不仅是一种实力的象征，还代表着敬畏。

世人崇拜他，自也尊重他，以他的行为来当苛己的标准。

他不能出错。

毕方隐隐懂了，却不太赞同，突然问：“那您要放弃她吗？”

子微不语。

悬崖之巅，深空之上，遥遥缀了几颗疏星，混合着凉薄的一撇月影，寒冷巍峨，幽深而孤寂。

毕方听到子微开口了。

他轻声说：“我不能再见她，我会控制不住自己，会想要把她带回昆仑山里，锁住她，然后藏起来。”

“我不能这么做，我不能再见她。”

云雾聚顶，那几颗黯淡的星子也被遮住了，有雨水落在毕方的额上，他下意识接住。

他想问，您真的可以做到吗？

一时间静立无话。

子微素来重视行事庄重，也许对他而言，情爱不过是仙途中的磨砺，不能算作大道寻觅的止境。

只是心劫而已，也不过一个女子而已。

毕方蹙着眉：“那我可怎么办啊，我薅了好多羽毛攒着给她做羽衣呢。”

子微转身，语气稍有些严厉：“你怎么能把自己的羽毛给旁的姑娘家做衣裳？”

这语气还怪他不懂分寸了吗？

毕方苦恼，气鼓鼓道：“是她先说的！我只是看她可怜……”

子微突然弯下腰，捂着胸口，传来几声隐忍的微哼。

毕方吓了一跳，着急忙慌开口：“先生别气了，我不给了不给了！”

“他到底在干什么……”子微擦了擦唇角的血，整个人荡出了厚重的妖气，威压扑面而来。

他露了妖相。

“别，先生！我真的不给她薅羽毛了！您停一下啊……”

这种千年大妖的妖力，足以让毕方眼前发黑，几欲跪拜。

子微还勉强维持着人形，衣袍下伸出八条狐尾，目如霜雪一般晕开，连睫毛都成了白色，只有眉心的红痕愈加鲜艳，像是在燃烧跳动。

毕方听到了骨骼生长的声音。

还有子微凝滞的嗓音——

“鸳花出事。”

眨眼之间，一道雪光划破天际，伴随着雷声轰鸣，只在空中留了道白色的流星曳影，瞬息不见。

毕方缓了片刻，飞快跟上去。

休憩客院被楚瑜布下剑阵，紧闭的房屋之中传来浓烈的血腥气，几乎让人心中发颤。

子微拔出昆仑剑，手腕一压，桂枝灵珠爆发锋芒，拉出一道缝隙，他穿阵而过，不顾反噬之伤，直冲结界而去。

楚瑜此人，若再让他修炼百年，或许便分不清谁高谁下了。

屋内。

有女子微弱的叫声。

楚璠倒在地上，发出了痛苦哭泣呻吟，断花之痛几乎要深入骨髓，她已经浑噩到看不清身上人的脸。

“阿兄……好疼啊，我会死掉的。”

楚瑜用手指刺进了自己的心腔里，把一个跳动的活物拿出来，他们两个人的血混在一起，鲜艳无比。

他低下头，扯开楚璠身上蔓生的鸳花藤，用嘶哑的声音，在她耳边低语："我怎么会让你死呢？还记得被天魔抢去的不老药吗……璠璠……我把它给你好不好？"

那个不老药，从天魔去世之时就传递到了他的心脉里，这是龙族至宝，也是罪恶之源。

是半块心脏。

"吃了它，璠璠……你就和我永永远远融为一体了。你想拥有力量，我便把一半剑骨给你好不好？"

那东西堵住了她的唇。

"你疯……"她刚开口，唇缝就被撬开，冰凉的手指划过她的舌尖上颚，本能的反胃让她几欲干呕。

她真的很害怕。

楚璠的脸上混着不知道谁的血，被眼泪冲开一道道狼藉苍白的痕迹，她强力咬紧牙关，一直不肯开口。

吃了这东西，一辈子便都躲不过了。

楚瑜感受到她的抗拒，神色一凝，掐住了她的下巴，慢慢掰开牙关，声音如鬼魅："璠璠，别躲。"

她觉得这个血块甚至混着江逢身上的魔气，阴冷森然，冰凉抵入她的舌根，凝着黏腻的血，还有楚瑜身上的书墨香。

阿兄，你是不是快入魔了啊？

她的手指抠在地面上，力道极大，指甲被掀起，满手是血。

她摇头，泪水顺着下巴滑落，呜呜咽咽地扭动，徒劳抵御身上男人的力量。

要不便算了吧。过着以前的日子，也没什么不好的，只要他不越雷池，楚璠就还能依旧这么骗着自己。

要不算了吧。

他们命运相连，是共犯，两个人都以一种畸变的形态生存着，她本来就应该跟着楚瑜一起堕进深渊里。

偏偏她现在想逃离。

"阿兄……阿兄。"她在哭。

她声音突然拔高，一边哭，一边含混地喊着："我不要，不要这样……道长，救救我，道长！”

“嗒”。

她好像听见了门被破开的声音。

艰难睁开眼，高高的屏风后，有一个颀长高大的身影。

楚璠的心像是要跳出来。

下一刻再看，子微已经掠身而来，把她身上的楚瑜提了起来，再狠狠扔下，他的身骨重重敲击在地面，发出铿锵的响声。

雪白巨尾从子微身下窜出，数道寒芒掠过楚瑜脸前，楚瑜下意识以剑抵挡，狐尾上的绒毛翻卷成钢刺，卷起他的腰身。

绞住，脱开，然后甩出去，一气呵成。

不老药的输送秘术被打断，楚瑜遭到了剧烈反噬，他强忍痛楚拿起剑，长剑没能刺中，居然还遭到了剑灵的阻隔。

他不可置信，看着薄刃上泛起的灵纹，咬牙切齿：“白泽……”

灵剑传来低语：“主，您曾说过，璠璠是我的第二个主人。”

剑光在他手中暗了下去，灵剑反主，楚瑜头痛欲裂，彻底晕倒。

短暂又漫长的寂静中，呼吸声清晰无比。

楚璠就这么看着道长。

好似又回到了初遇的那一天，子微御剑而来，满身清寂似荡开万千风霜，冰容雪貌，高洁出尘，似神佛归来。

他半撑着地面，银发逶迤垂地，大多落在了她的脸上，和血混在一起，变成丝丝缕缕的血线。

他把落在地上的细小鸳花捡了起来，它被丢在地上，蜷缩着细嫩的枝，感受到了子微的灵气，极可怜地用叶片勾住了他的小指。

他抵住了楚璠的额，声音有些颤抖：“你是要丢下鸳花吗？”

楚璠说不出话，摇了摇头，眼角渗出泪水。

“璠璠……”他的手在暗中攥紧，又慢慢松开，最后摸上了她的唇角。

然后他俯身，干燥柔软的唇落在了她的面颊上：“那我再问你一遍，最后一遍，要不要跟我走？”

便是她说不愿意，子微也不会再放过她了。

他已经控制不住自己的情绪了。

幸好，幸好。

子微感觉到楚璠微弱地点点头，呜咽了一声，然后又侧过脸，和他鼻尖相触，嘴唇贴在一起。

细腻柔软的唇，伴随着稍浅而又轻微的呼吸，还有这个人，都被他用力拢在了怀中。

鸳花的同源之力在昆仑，若要重续，必须得深入昆仑灵山，重寻水脉之力。

而昆仑是西镇神山，离南海有万里，御剑和舫舟都太慢，乾坤千里以楚璠如今的身体状况更是承受不住，思来想去，竟没什么好法子。

他都多少日子没启用观星勘命之术了。

也真是昏了头，连自己是妖都忘了。

子微仰头，眉间红痕越发艳丽，神念微动，天边黑雾消散，星光莹润。

地动山摇。

毕方刚落地面，四周就开始震动，他被巨力掀飞，扑着翅膀滚了两圈，深吸口气才歪头循声望去。

难以用言语表达他此刻的震惊。

只见天地间，立了一个庞然大物。

全身雪白，脊背肩胛的线条流畅优美，修长有力。爪、齿、眸，皆熠熠耀眼，八条长尾似冰凌挂刀，除了眉心红痕一点，全身皆像是霜雪砌成，辽阔又圣洁。

连开口的声音都变得悠远许多。

"轩辕毕方听令。龙脉魔气仍在，我要你通知龙族，倾全族之力看管楚瑜，待一月过后，再送往昆仑。"

"是。"

说罢，他便用长尾轻柔地卷起身下女子，飞跃苍天之上，须臾之间，便已经看不清身影了。

毕方半跪着，低头沉声："恭送妖主。"

他进了屋子，看到倒在地上的男人，身影萧瑟，发如泼墨垂地，露出半张苍白辽阔的眉目，他伸长手臂，欲要抓向地板上的剑。

毕方把剑拿开了。

他低声道，甚至有些怜悯："楚剑修啊，你这次，真的要没机会了。"

楚璠刚醒来的时候，仿佛看到了白茫茫的一片雪，她还以为自己到了昆仑，定睛一看，才发现不是。

"道长？"她探头望向前方，轻轻唤道。

远方天际交接之处，隐有一线天光，四周漫开流云雾层，有条长尾捆住了她的腰身，将她固定着，楚璠伸出手，轻轻抚摸上面的绒毛。

她好像躺在一片绵软的云里，若不是手腕上还传来剧痛，她甚至以为自己已经灵魂出窍，来到了仙境。

狐尾顺势收紧，尾尖轻轻扫动，软绒绒的毛贴在她的面颊之上，像是在轻贴依偎。

“道长，原来您是这么大一只的白狐狸吗……”楚璠吸了凉气，说完就开始咳嗽。

“你少开些口……”子微有些无奈，“你总是不会照顾自己。”

楚璠把下巴缩进蓬松的尾巴毛里，看着快要枯萎的鸳花蜷缩在自己的小指上，喉间回忆起了那种腥甜冰凉的感觉。

她咽了咽喉咙：“道长，我想问……”

“不要问。”子微冷冷道。

楚璠沉默了会儿，继续说：“阿兄身上虽有一丝魔气，但他定然不是故意……”

“别说了。”子微挑了个位置落下去，他的身躯渐渐缩小，楚璠甚至听到了骨骼压迫的清脆响声。

他化为半妖之形，身躯比日常时候高大不少，拖着长长的尾巴，狐耳警惕地立起，将楚璠抱在怀里。

太可惜了，她还想再躺一会儿呢。

她揪了揪子微的袍袖，解释道：“我没有要为他辩解什么，只是若他定要受什么关押，我希望自己还能再去见见他。”

他一身黑青衣袍，几乎要与昏沉的天地融为一体。

“见？”子微生气地用袍袖盖住了她的脸，冷笑一声，“别想了，不许见。”

他用手掌挡住了楚璠的脸。

那双手骨节分明又青筋凸起，随意一掩就遮住了她整张脸，楚璠歪了歪头，用舌头轻轻舔了一下他的掌心。

子微怔了怔，手臂竟有些发软。

他声音发涩：“还没有到昆仑，你现在不要惹我。”

然后楚璠伸长颈子，舌尖轻轻沿着略微粗粝的掌纹划过，又舔了一口，尝到一点道长独有的味道。

子微恍若被电了一下，手刚收起来，就又听到她说：“道长，我死不了的。”

她好像吃下了那半块不老药。

子微蹙着眉，心乱如麻。一是听及“死”这一字，二是他已经不想从她的嘴里再听到任何关于别的男人的事情。

只会让他感到阵阵心悸。

“你莫要再说这种话了……”

楚璠扭过头，贴近子微的胸膛，感应到了传递出来的温热，还有搏动的心跳声。

“咚咚”。

“那我说说别的好吗？”她的声音有些虚弱。

“什么？”

楚璠伸长脖颈，叼住了子微的指尖，含上去，然后再退出来：“谢谢您来救我……”

“我真的真的，很喜欢昆仑山，喜欢鸳花……”她顿了顿，好似鼓起了很大的勇气。

“也喜欢您。”

子微的半个身子都要麻了。

楚璠多过分啊。她总是装作不懂，分明晓得对方情意，却不肯轻易开口，如今终于说了实话，也是在这个时候。

子微都要怀疑自己是否又是被利用。

“你怎么能这样……”他叹着气，摸了摸她的脸，“怎么总是，拿这种办法来对付我？”

偏偏，甘之如饴。

“但是，我不会再让你跑开了。”子微攥紧了她的手臂，眼中有幽焰燃烧，“你要好好想想，此事过去之后，你便永远，只能留在我身边。”

“您不信吗……”楚璠吸了吸鼻子，有些苦恼，“我是真心诚意的。”

是真的喜欢您。

子微突然转移官道，换了方向往密林里钻，找到一个溶洞，布下灵罩之后，就把楚璠放了进去。

这洞里不算大，因为道长刚进来，八条长尾便布满了周遭，她只能背靠着尾巴，被挤在中间，艰难地喘息。

子微贴近了些，抬手把她小指上的鸳花轻柔勾了下来，它恹恹的，躺在他宽厚的手心里。

“你还想要它吗？”子微问得很突然。

楚璠也用指尖戳了戳蜷缩起来的鸳花，神色哀愁：“对不起……我没保护好它。”

子微指尖轻颤，心都要化了，上前亲了亲她的鼻尖：“我没有怨你。”

“但是它离主体太久，已经快灵气枯竭了。”

楚璠用食指勾住了他的手指，肌肤相触之间，有种别样的暧昧在流淌。

“那该怎么办呢？”她有些紧张地问。

“你还不懂吗？”子微缓了缓动作，然后上前含住了她的耳垂，“不是教过你别的东西吗？”

“把你的那个契约解掉，然后抱住我，再吻我，求我给你。”

楚璠这一路来见过的妖族，皆恣意张扬，情绪锋芒外露，直白到不可思议。

有时候她想，道长并非与他们不同。

只是他一个人走过漫漫长夜，每时每刻严苛守己，从不做逾矩之事，冷静淡然已成了习惯。

却并不代表着他就没有妖类本性。

薄茧覆盖的指腹蹭在她的唇角上，依旧轻柔。耳垂上被唇齿细细舐咬的黏湿感，让人心中发热。

楚璠的嗓子发紧，开口的第一句竟是：“我不知道怎么解……”

男人顿了顿，嗓音微沉：“有别的办法的。”

“那您为何不说？”楚璠小声问，歪头看他。

话音突然止住，她又听到了那种骨骼生长的错落声。四周的狐尾好像又长大一圈，光线几乎全被挡住，满眼皆是漆黑一片。

一条长尾盘了过来，从脚踝开始，尾尖绕着双腿缠绕，然后往上蔓延，绒毛显得并不柔软，有一种冷硬的针刺感。

“我怕你拒绝。”冰凉的银发垂落在她的额头上，然后子微抬手拂了过去，“但是你不许拒绝。”

楚璠呼吸稍滞。

子微弹指掠出一线冷焰蓝火，飘浮在洞顶，楚璠眯了眯眼，视线重聚，看到了他现在的样子。

这是妖身吗？

幽幽暗火，恍若融化了他半张面容，银发垂落在地，散漫地铺在衣袍之上，楚璠凭着这一丝光线，瞥到了一双极为妖异的竖瞳。

似玉石般透亮。

子微看到小姑娘深吸了一口气，似乎有些震惊。

他的筋肉肌骨更加偾张，妖躯庞大，身上的衣袍已经快被撑碎，手足皆覆盖了一层银霜色的皮毛，上面似有晕光流转。

视线再次上移，一闪而过的魅惑狐眼，她还欲再看，却被子微挡住。

他随意扯了一条薄纱，覆住了楚璠的眼睛，绕过脑袋打了个结："不能看。"

又是骨骼生长的脆响，从他的身体中传来。

楚璠扭着身子，发出呜咽短促的叫声，耳垂上微微刺痛，像是被利齿给剐到。子微缓了动作，侧过头去舔她的下巴，手捏住了她的后脖颈。

她在身体的交织触碰之间，仿佛揉到了两只蓬松微尖的耳朵。

比前几次摸到的都要大一些。

"我想看……"楚璠吸气。

"不能看。"子微再次冷硬拒绝，顺势去轻咬她的锁骨。

于是楚璠用手去捂住脸，有些委屈道："我的脸上还有……伤口。"

她都让他看了，为什么自己不能看？

子微低声笑了笑，在她的耳尖上落下一吻，胸腔的震动似乎随着身体的变化加大了，沙哑好听，让人全身发麻。

"解除契约……你一个人做不到。"子微轻声开口，"我可以帮你。"

于是他低下头，从她的耳尖绕到颈侧，呼吸熨烫之间，轻咬下去。

这个地方触感很软，声音传递得也极为清晰。

齿尖抵在喉管处，血液在里面缓慢流动，纤细脆弱的颈骨，热而温暖，是泛着香的皮肉，让人想品尝。

舌头划过青蓝色的血管舔下去，留下很多瘀痕，是兽类的本能，好像要把她全部染成自己的味道。

黏湿的水声，压抑而又剧烈的呼吸，还有足以烫化人的热意。

"就当是为了鸳花，不要拒绝。"

"不要觉得我是怪物。"

子微声音沙哑。

楚璠身上还是有伤痕的，像是揉皱了的花瓣，皮肤上印出一些破损的痕迹，子微一一吻上去，用湿热的舌尖裹住。

他的手已经不是长而优雅的指节了，变成厚重的爪，指甲尖锐，只有很小心，才不会将她抓伤。

粗粝的爪垫，磨过一节节脊椎，后背的蝴蝶骨，还有单薄的肩胛，掌下细腻的肌肤软嫩至极。

子微倾身上去，张口咬住了她的后颈，一爪固定在她肩头，吮吸舔咬，留下许多瘀色的痕迹。

子微揽住她的腰："快了，别哭……"

楚璠感觉到自己的背部贴着狐身的软腹。

两心相融，阴阳相合。

过了很久，子微重新化为人形，把她揽到怀里，勾了勾精巧的鼻尖。

楚璠脑子里"嗡嗡"的，羞怯得要命，不肯扭头，把自己缩在一旁。

子微抬指，如水流般的灵气涌过。

"道长！"

他清了清嗓子，抿唇笑了一下："你要是叫我一声子微……说不定就不闹你了。"

楚璠不愿意，最后随手拢过一条狐尾，用了力气掐住尾尖，子微"咝"了一声，捏了捏她的屁股。

"有脾气了。"他笑道。

楚璠凑了过去，靠着他的肩膀，抬手碰到他的发顶，从发丝滑过，摸到了那只雪绒透粉的耳尖。

她非常用力地揉了一揉，揉到子微指尖颤了颤，又听到她说："您为何非要蒙着我的眼睛？"

子微沉默了会儿，没有回答。

直到楚璠扒住他的身子，几乎快要把狐耳上的绒毛揪乱，子微才失笑着把她扯下去："我怕你不喜欢。"

不喜欢凶异非人的样貌。

楚璠听后微愣，绞着手指道："我没有不喜欢。"

子微笑着揉了揉她的脑袋。

他给楚璠穿好衣物后，吸饱天山狐本源妖灵的鸳花显得稍活泛了些，顺着她白皙的腕绕了一圈，只是叶片依旧略微萎靡。

或许是这点灵力流转在体内，她甚至觉得后背有些痒，脊椎像是在生长，有些痛。

她好似有些明白了。

南海至宝其实不算神药，它更像渡灵的工具，传递心脉的一种方式，阿兄难道会不知道吗……

他说，把一半剑骨给你。

难道他一开始便是起了这个念头……楚璠心中越发沉重。

子微亲了亲楚璠的眉心，轻声道："还是先回昆仑吧。"

她点了点头，但是脸色不太好，子微怔了一下，用手指错开了她的鬓发："怎么了？"

楚璠摸了摸脊背，回道："没什么……"

子微便不语了。

雪峰就在不远处，他全速御剑而行，楚璠抱着他的腰，双臂收紧了些，问了句："道长，我和阿兄的契约……还在吗？"

她的脊骨越发痒了。

子微握住了她圈在自己腰间的手："我之所以……用妖身和你双修，是因为妖族结契，只能以原身施术，和人修略微不同。"

"我们既已结了妖族之契，你和他的自然也快不在了。"

楚璠把这句话放在心里品了品，翻来覆去的，最后挤出一个字："快？"

临近昆仑，迎面而来的寒风，吹得她额间微凉。

子微收剑归鞘，然后转身看她。通透的雪反射着初晨的一抹冷光，落在他银霜发丝上，空明剔透。

他弯下腰，离她很近，眸中暗色渐深："璠璠，你若不在乎他了，那才是道契真正解除之时。"

楚璠微怔，纤细的睫上落了一片雪，融化成冰凉的水，神情空茫。

子微吻上了她的眼睫，舔去水珠："你分得清吗？"

分得清依赖喜爱，分得清纠葛深情吗？

过了很久，她视线重聚，楚璠点了点头："道长，我可以的。"

昆仑山全年覆雪，往深处走更甚，霜棱几乎无处不在，四周都裹挟着令人难以忽视的寒气。

楚璠缩了缩脖子："鸳花居然生在这么冷的地方？"

她揉了揉腕上的叶芽，花藤便又收紧了点，颇有灵气地绕着她指尖缠绕，纤细轻柔，憨态可爱。

子微想了想，还是从袍下伸出根狐尾，盘在她肩颈上，遮住迎面寒风："快到了，再忍一下。"

楚璠把下巴塞进绒毛中，呵出的热气全都喷在尾尖上，痒而温热，子微又显得有些后悔了。

实在不该总是想着要作弄她。

子微带她去了后山，空寂的山脊处，独立一座破败庙宇，为一片白茫茫所覆盖，端庄深邃。

内里也很朴素无华，只布置了香炉、净水瓶，还有微光轻燃的长明灯。

“这是……”楚璠步履轻慢，似怕惊扰了这一方寂静。

“我幼时的住所，现在是昆仑的诫厅。”子微不用法术，上前点了一枝松烟。

香炉在燃，四处却更暗。

这里似寺宇庙堂，却并没有观像石刻，楚璠悄声问：“这是拜哪座大士？”

“不拜先祖。”子微摇头，缓声直叙，“拜自己。”

楚璠一怔。

他拉着楚璠踏进侧室卧房，里面陈设更是简单，一榻一几，墙柜册籍林立，窗棂掉了漆，里外都结一层寒霜。

鸳花离体，楚璠的凡人之身越来越虚弱，额上渐渐冒出些汗，四肢僵硬，唯有背部是热的，显出一种灼烧感，冷热交替，疼痛难忍。

这是秘术被打断出现的排异反应，随着剑骨的生长更为严重。何为不老，以命脉相连，只要楚瑜不死，她便也不死，这便是不老。

世上有一种植物，名为列子，寄生在其他大树的根茎之中，依存不休，汲取营养而活。

多像她现在。

楚瑜便想让她做列子。

没了鸳花，没了剑骨，她一个废灵根，早早就死了，性命都是从旁人那里讨来的，又何谈其他呢。

楚璠呼出一口气：“道长，我有些累。”

子微将她手中的鸳花解下，二十四轮崆峒印灵纹显现，缓缓推入地层，鸳花落地，自觉沉睡生长。

“累了便睡吧。”子微轻叹，“你是该休息了，其他事，不必多想。”

楚璠蹲在地上，垂着脑袋：“它为什么会认我为主？”

她那么没用。

楚璠把手靠在膝盖上，撑着腮，去抚弄它的花苞：“小花，你眼神不太好呢。”

鸳花用叶片抱住了她的小指，淡白花苞蹭着指甲盖，像黏人的猫，撅着尾巴缠绕挽留她。

她瞬间就不想休息了。

子微站着等了会儿，最后实在看不过去，拨走鸳花，弯腰把她横抱起来，塞进床榻里："不要强撑。"

而后双方便都沉默了。

子微撑在她上方，呼吸温热，银发成缕般贴在她脸上，楚璠无端觉得烫。

以往也有很多次睡在一起，这次却有些不同，楚璠就这么看着他，一直看到子微遮住了她的眼。

他摸着楚璠的脸，沉声道："你别这么直勾勾地盯着我……"

"您总是不许我摸……"楚璠有些不满，小声开口，"现在连看都不让看了。"

以前怎么不知道她这么伶牙俐齿。

楚璠突感腰身一紧，一条狐尾缠上去，她猝不及防闷哼出声，发出轻弱的低吟。

子微将她拉至身边，指尖不忙不慌摸上她的唇角，抚弄过去。

"你要摸什么，还要看什么？"他低声问。

覆在眼上的手掌下滑，楚璠偷偷去瞥他雪绒的耳朵尖尖："耳……"

她刚开口，长指就顺势滑入口腔，楚璠雪白的颈子不安扭动，他放下手，低头与她相吻。

又问："你要摸什么？"

"嗯？你就只记着摸耳朵……"他带着训斥一般，轻咬一口她的鼻尖。

楚璠吃痛，眼眸溢出水光。

呼吸交缠之间，热意逐渐攀升。

子微强压心里的绮念，手逐渐下滑侧入，摸上了她的脊骨："还疼吗？"

楚璠把脸埋进道长的胸口，轻声问："原来您知道……"

子微不动声色地看着她。

天山狐生来便有记忆。他记得父亲最后临别的话——不要轻易喜欢上人修，她们最会权衡，最会评判爱得值不值。

人和妖不同。

子微看着她通红的鼻尖，问了一句："我若不知道呢？"

楚璠有些无措，又听到他继续问："我若一直不知道，你打算什么时候告诉我？"

“你要一直瞒着我……等你那个兄长到昆仑山了，再和他好好互诉共生剑骨的衷肠吗？”

子微给她输送灵力缓解痛楚，却哑着声音，如警告一般训斥道：“你想都不要想。”

他一个千年大妖，便是再温柔和善，这般说话时，也是很能唬人的。

楚璠被这严苛的声音吓了一跳，不知不觉就坦白了：“我只是，不知道该怎么讲……”

她下意识回避关于阿兄所有疯狂的举动，因为楚璠根本不知道如何面对。

要怎么解决，该怎么办？这十几年来，从没有人教过她拒绝，她只知道接受。

她这小半生，是被推着走的。

直到遇到子微。

楚璠做过的最出格的事情，大概便是孤身一人，越过无数重大山，差点死在昆仑的大雪里，然后遇到子微道长。

“都说了，你不必多想。”子微心下稍软，略带怜惜道，“你可以相信我，什么都不用管，交给我就好。”

于是楚璠又一次学会了拒绝。

她摇了摇头，语气微凝：“我要，自己和阿兄讲清楚。”

她也要拜自己。

子微叹了口气。

他把时间定到一月，一是鸳花汲山灵耗时不短，而更大的原因，便是他想等楚璠半块剑骨稳定之后，能安全取出，再完完整整还给楚瑜。

这种强留的东西，没什么存在的必要。

可算来算去，这确实含着他的私心。

楚璠困倦地缩在他肩头，黑发柔顺，长睫浓而翘，衬得脸庞莹润：“道长，睡了吧。”

子微侧目看着，觉得心软。她身子初熟，眉眼还匀着股稚嫩，懂得喜欢，也不过是想要与人亲近、依偎。

摸摸绒毛，蹭蹭耳朵，还和小姑娘似的。

但是子微不同。

他看着她无意蹭开的衣襟，就会想到白皙清透的锁骨，再离谱些，还有细微轻弱的哭吟……

不能再多想了。

可是怎么能不多想。

他轻咬了咬她的耳尖，手握着轻盈的腰身，指尖渐渐往下面滑，惹得楚璠低吟一声："不要了……"

"是你要的。"子微拉着她的手。

他的声音贴着楚璠的耳朵，轻到微不可闻："来……"

楚璠恍若被烫了一下，脸瞬间红透，浑身发热。

楚璠咽了咽喉咙，想说话，刚开口，就不经意触碰到了子微滚动凸起的喉结。

幽香扑鼻。

她悄悄舔了一下，湿润舌尖滑过，什么都没尝到。

除了第一次道长妖相失控之时，疼到全身战栗，这以外，楚璠就没有见过他流汗。他身上除了一点点清香，剩下就什么都没了。

像是无边无际的雪，让人忍不住……忍不住心旌摇动，把他弄乱、融化。

楚璠心跳得很快。

子微在她耳边轻叹。

热气扑进耳郭，楚璠身子酥了半边，颤颤巍巍地伸手抱住了他的腰。

子微低声一笑，下巴蹭着她的颈窝，头顶的狐耳正巧歪在她的腮边，随着动作刮挠，软软的，很勾人。

楚璠浑身哆嗦，被狐耳蹭着痒，直到子微停下。

楚璠"唔"了一声，盈盈望着他，"为、为什么……"

子微吻了她一下，只回道："你累了。"

她觉得自己好像也没那么累……

楚璠用下巴蹭了蹭他狐耳下的那一圈绒毛，心绪稍乱。

楚璠伸腿，脚背勾在他的腰身上，小腿从紧实的肌肉线条滑过，然后又碰到了软韧毛绒尾巴根。

楚璠紧紧攀着他的肩膀，在他头顶的狐耳上咬了一口。

他伏在楚璠的肩膀上呼气，过了很久，才渐渐平复。

楚璠眸间湿润，小嘴里还含着一簇雪绒似的毛。

子微闷声一笑，幻化身形，又给二人收拾了一通，只留下一根狐尾卷过她的肩背，和她面对面相拥躺下："睡吧。"

楚璠愣住了。

楚璠没想到他真的闭上了眼睛。

月光斜斜落在他的肩头，漫开在眉眼鼻梁上，反射着流光，更衬容颜清朗，静谧空明。

楚璠屏息，伸手滑过他的眉间红痕，只浅浅一触，指尖就发热发烫。

她小心翼翼呼了口气，把圈在肩背上的尾巴轻轻扯动，翻身下床。白生生的裸足踩在地板上，没发出一点声音。

凉意从足底涌进脑中，楚璠清醒了点。

她披了件外衫，掌灯出去，手指拢着跳动的烛火，在案台上点燃松烟。

昏暗的红焰光点，升腾起了袅袅浮烟，幽暗冷清，含着淡香。

她或许知道道长身上的味道来自哪儿了。

这是子微幼时的住所。

幼时。

昆仑起始于高原天，荒无人烟，陡峭耸立，对外界来说十分神秘。又因子微久居于此，更让它添了分高深莫测。

道长是在这里长大的啊。

楚璠愈觉得好奇了。

烛灯滑过，又上靠了几分，不经意照亮深处，有段壁画一闪而过。楚璠没想到还有这种东西，正踌躇着要不要看下去。

不太有礼数。

罢了，等道长醒后再问他吧。

楚璠正准备吹熄掌灯，蓦然低头看见一道人影，她喉咙只发出了一个音节，就被子微从身后抱住："不好好休息，在看什么……"

"唔，我睡不着。"

秘银一般的发丝，冰凉地滑到她的颈窝里，楚璠缩了缩脖子，动作之间，烛火更亮了些。

楚璠看到了壁画的全貌，轻叹了一声："是小狐狸啊……"

她把手上的灯贴近，果然看到了壁画上的雪色稚狐，竖着尖尖的耳朵，趴在树洞上，从叶子缝隙里垂下茸茸尾巴。

楚璠探着脑袋，想数数到底有几根。

只可惜壁画抽象，有些地方早已斑驳脱落，更深处就模糊不清了。

子微放在她腰间的手臂一僵。

楚璠浑然不觉，瞪大眼睛去寻，腰越弯越低，身子都要贴上去。

"看不到了……"她觉得有些可惜。

男人沉默了会儿。

子微挑眉，俯身下去，唇贴着她的耳根摩挲，声音低沉：“真的那么想知道？”

楚璠点点头，子微将她的头扶正，鬓间玲珑玉亮起疏淡光华，把她拉入一段记忆之中。

楚璠乖乖仰头贴在他的眉心处。

她先是听见了轰隆的雷声，然后睁开眼，看到一只小雪狐奔跑在山脉间，尾根处还汩汩冒血。

四处全是残尸，有人用了献祭之术，这显然是千年前的仙妖之战。只一夜之间，便什么都不剩下了。

小狐狸当了很长一段时间的野狐。

被饿狼追捕，猛兽夺食，直到他懂得如何吸收灵气之后，才脱离了茹毛饮血的生活。不过这种日子一成不变，他很快就厌倦了。

他要下山，即便不知道山下等着他的到底是什么。

还很稚嫩的狐妖，纤细柔弱，银发蓝眼，耳朵和尾巴都还未化成人形，在大道招摇行走，很快就惹来了觊觎的目光。

毕竟那时候，妖丹可是好物啊。

小狐狸身上无银两，睡在破庙的草堆里，被捉妖术士抓住时，嘴上还含着街上老奶奶送的糖葫芦，甜的。

他们不仅要妖丹，还要那一身珍贵的上好皮毛。

“小兔崽子，耳朵都还露在外面，居然敢在城镇出现。天山狐的幼崽，这次赚翻了哈哈哈哈哈。”

有人略显忐忑：“天狐深不可测，他父母若是追来怎么办？要不算了……恐怕遭来祸患。”

为首之人怒瞪：“你没看到只有八条尾巴吗？妖主已死，仙门也没了，乱世生财啊，你个窝囊东西，懂不懂？”

他的铜钱剑一下就刺入腹中，深深划了一刀，鲜血喷涌，小狐狸痛不欲生，化为妖型，嚎叫声几乎快刺破天幕。

楚璠已经不敢再看，她闭上眼睛，可是那些记忆还是源源不断涌入脑中。

尖叫，嘶鸣，还有痴狂邪佞的笑。

一段银铃声渐渐逼近。

一个年近古稀的老者，手执玉麈拂尘，柄杆上系铃铛一对，穿着素色道袍，每踏一步，那些捉妖师便弯一截腰。

他走到之时，施暴者早已满身肿胀地倒在地上了。

道士抱起鲜血淋漓的狐身，叹了口气："不好好待在山里，怎么到这来了？"

小狐狸身形颤抖，胸腔中的妖丹隐隐泛出红光，若没人相助，怕是要自爆，和他们两败俱伤。

"还挺有骨气。"道士笑道。

他重新把小狐狸带进昆仑山里，建了一座破庙，成日煮雪喝茶，焚香下棋，偶尔画些书画，大多都是小狐狸扑蝶逗趣的日常。

道士也偶尔教他勘星破阵，大道法术，不知过了多少年，他头发越加花白，面上褶皱更深，连沏茶的手都会抖了。

那天夜里他们在观星，道士颤着手指："看，西南朱天，那是你母亲出生时的星象。"

小狐狸伏在他膝头，不语。

昆仑的鹅雪，在那夜仿佛格外大一些，呼啸山风吹动了道士的袍角："不要怨她，是我们的错啊……"

他眼中带着泪花，摸了摸小狐狸的头："叫我一声外公……"

过了不知多久。

"外公。"小狐狸出了人言，"给我个名字吧。"

"洞玄知微，却也要叹人之渺小也。"道士满意地笑了笑，闭眼之前，曼声轻叹。

"你便叫子微吧。"

楚璠回神时，早已眼泪汪汪，难受地比画着："那么那么小的一只，小狐狸，被欺负得好惨呜呜呜……"

"唉，你非要看的，怎么又哭了。"子微揉她的鼻尖，"不许哭。"

"那个糖葫芦……还掉了。"楚璠已经语序错乱，哭得更厉害了。

子微低声闷笑："你怎么总是注意到这些……边边角角的地方。"

楚璠抹眼泪，抱住他的腰身不放，脑袋在他的胸膛上乱蹭："不一样的，呜呜呜，那是您……"

她顿了一下，后一句声音很小："尝到的第一口甜啊……"

就和她第一次吃到的那个金丝糕一样。

子微不太在意，千年都过去，记忆也模糊不清，若不是因为楚璠好奇，他自己都快把这些东西给忘了。

"好了，能休息了吗？"子微把她抱回卧房，让她靠在里侧，又叮嘱一番，

“不许偷跑。”

楚璠抱着他，摸到肩胛处紧实流畅的肌肉，又想想刚看到的小狐狸，总觉得恍然大梦一场似的，都要怀疑那些的真实性。

“小狐狸……”她小声低语，手滑入子微的腰腹，摸上隆起的肌肉，轻轻一滑，“疼不疼？”

子微抓住她的手，喉结滚动：“不记得了。”

“子微……”她又叫了一声。

男人抬起她的下巴，轻咬一口，楚璠吃痛地低吟一声，又听到他沉着嗓音说：“再叫……再叫就让你生一个小狐狸。”

楚璠下意识摸了摸小腹，然后羞红着脸：“还没有。”

“你还要让我等多久？”子微掐住她的腰，在小腹上按了一按，“也长了不少肉……怎么脑袋里面就不见长呢。”

楚璠觉得自己被小小羞辱了一下，她摸摸自己烫红的脸：“这也不能是我一人的问题吧！”

子微被气笑了：“你觉得是我有问题？”

她总觉得气氛有些微妙，不敢开口，嗫嚅着道：“不该是，我们一半一半……吗？”

子微拿狐尾盖住了她的脸，已经不想再跟她唠叨天山狐的习性了，只言简意赅两个字。

“快睡。”

楚璠觉得委屈，好没道理，这更不可能是只睡觉就能怀上的吧。

她贴着子微的肩膀，学着他一般在耳郭旁吐热气：“我想摸摸小狐狸……”

子微扶额皱眉。

他很正色地拒绝，显得无奈极了：“你竟还想让我变小……再给你摸吗？”

楚璠咬了咬嘴唇：“不是那个意思。”

她视线飘忽，心虚到低头，可不就是这个意思。

“你敢不敢再过分一点？”子微警告她，“别想了，再想明天就让你怀小狐狸。”

还挺凶的。

楚璠扭捏身子，翻来覆去，最后都快熬到天明，悄悄抬头，凑着他的耳朵说了句：“可是道长，你幼时……”

真的太可怜可爱了。

子微闭着眼，被念叨到羞耻的热意蔓延，耳根发红，最后忍无可忍，翻身压住她，把她囫囵破碎的嗓音，全都堵住。

将将清净。

又一个清晨，外面雪停了。

她坐在窗边的桌案上，一只手勾着鸳花细枝，另一只用来翻动典籍书页。

她近日很好学。

身体养得不错，剑骨好像逐渐稳定，有时候看到雪地上的树枝，她都隐隐有一种想要握在手心的感觉。

这就是得天独厚的剑心吗？

但是和之前能控制鸳花时的筑基不一样，她心中只有剑招，并无剑念，刀光剑影仿佛只是在脑子里放映，隔了一层雾似的。

更像是，在看着旁人练剑。

而且那个身形剑影，越来越近，也越来越熟悉。

熟悉中却又透出一股陌生。

她下意识不去想这些。

她晨起练法术，下午会骑着雪鹿绕山脉散步，勘测昆仑起峰走势，偶尔下山收些村妇的谷种，在后山上辟了一块儿小地。

她想种些东西。

子微大多时候都会陪着她，在她看不见的地方，挡住左侧风雪。

竹楼与木屋相接的沿路上，她插了些零星的嫩枝。被风雪刮得东歪西倒，看起来真是瘦弱可怜。

“昆仑的雪不会化。”子微拈了一枝树种，沉吟道，“你这样种……可能活不了。要我帮你设阵吗？”

他说的是典籍中的高深阵法，能颠倒四季，轮换阴阳，阵方之内，永远温暖如春。

楚璠摇摇头，她摸摸鹿角，喂给雪鹿一口草粮：“那样虽然省力，却没了很多意思，我准备自己动手，替它们输法传灵，就当是锻炼了。”

她修为不足，天分也不高，只能用这种法子日积月累，虽然艰难，却是最稳固的。

子微却觉得有些不妥。

“每日都要做这些？你这些日子，晨起给自己制了早课，午休去陪鸳花，现在还要为草木输灵？”

他沉下脸，语气稍顿：“需要这么累吗？”

反倒是楚璠很吃惊地问道：“会累吗？”

她掰着手指头，一下下数：“当年……阿兄上蜀山时，一日挥万次剑，只睡一个时辰，月末还要出山历练，还有……”

子微直接将她掰起的手指圈住了：“你要劝我，倒不必用这种方式。”

他掌心温热，轻擦着手指一掠而过。

楚璠顿了两秒才反应过来。

她从白鹿上跃下去，牵住子微袍角，有些心虚：“我、我并没有想要故意惹您生气。”

子微淡淡应了一声。

“只是觉得……虽然我不能达到你们那种程度，但也不该总是拖后腿。”楚璠丧气地摇了摇他的衣袖。

子微觉得，她要是再任性些，说不定还好点。

至少让他有生气的借口。

“我又没有怪你。”子微垂睫，拉过了她的手腕，温声劝道，“可以慢慢来，修仙岁月长久，这条路，我会陪你一起走下去。”

“况且，”他尽量语气平淡，“你近日白天忙忙碌碌也就罢了，晚上居然还要挑灯夜读，毕方来昆仑这么多年，都没有你这般刻苦。”

子微说着说着，在她脑门上敲了一记：“小狐狸呢？”

还是不上心。

“你再这样学下去，不要指望能有小狐狸了。”

楚璠其实觉得现在不是时候。

她这些天，尽量去忽视身体里的变化，却没想到，无形中受到的影响更加大了。

桌案上摆放的剑谱越来越多，睡觉时，总是梦见一个人在舞剑，隔着朦胧的雾，白衣翻飞，如鹤影落羽。

今晚又是如此，可不得不叹，他使剑是一直很好看的。

启剑、合式，每一招都恰到好处，从悄然寂静到光透不息，剑意浮沉锋锐，擦出道道亮痕。

突然，人影晃动，剑光倏然回转，直指她窥探之地，锋芒好似融为一体，惊鸿剑意扑面而来。

剑尖猛然对准她的眼瞳，冰凉却轻柔，向上一滑。

一片睫毛扫落。

雪亮剑身之上，倒映出了两张相像的脸。

对镜，照影。

楚璠猛然惊醒，坐起身来。她大口呼吸，浑身冒着冷汗，有几滴顺下巴滴入锁骨，伸手拭了下脸，摸到一片滑腻。

非要这般纠缠不休吗?

楚璠把手伸进背后，从腰间凹下去的窝，探到中间的脊柱沟，指甲冰凉刮擦过去，印出了一条条红痕。

疼但清醒。

她长吐出一口气，放松僵硬的身子，悄悄往下瞥了一眼。

对上一双清冽幽邃的眼睛。

被抓了个正着。

“不要伤自己。”子微起身，把楚璠的双手握住，靠拢在她肩头，嗓音低沉柔和，“很快……再忍一忍。你刚刚梦到了什么？”

楚璠略有些难言。

她磕巴了几下，还是没说出声。子微叹了口气，将她拢进胸膛里：“罢了，你不说我也知道。”

她圆润了点，但是子微还是觉得太瘦了。

或许女子都是这般，骨骼纤细，连带着肉脂都是轻嫩的，从后颈摸到腰窝，像是摸了一手滑润的绸缎。

子微知道，这般触碰，她从不会觉得有什么。

情欲，初始为情，而又融于欲。

楚璠向来如此，不论是阿兄的窒息爱意，还是子微的包容宽解，习惯止乎于情，不生欲望，也无贪念。

她这种人，才是天生适合大道的。

而孕育生命，于天山狐一族来说，情与爱欲，缺一不可。

子微稍显烦躁。

他慢慢合起双眼，下巴抵在她的头顶上轻蹭，抱紧之时，手臂力量逐渐加大，让人有些透不过气。

“道长……”她发出声音。

他似是被这声音一惊，下一刻便松了力气，楚璠在他怀里缩着，呼吸重新均匀起来。

二人都缓了缓。

子微低头吻过她的耳垂，音色喑哑："抱歉……"

"没、没事。"楚璠摇摇头，跟他坦白直述，脸色有些红，"我最近受剑骨影响太多了。"

"好像和他变成了一体，对镜自照一般……"她在子微的注视之下，声音越来越轻，"有时候，明明是他在舞剑。"

"却像是，"楚璠摸了摸心脏，"我本人，自己在动。"

子微眼神幽暗，清寒之色愈深。

"我或许错了，他实在不该来昆仑。"

子微低头，咬了咬楚璠的颈窝，舔过那截淡青的血管，音色冷淡无比，"昆仑结界或许会忍不住。"

他或许会忍不住。

"真的，有点想杀……"

"道长，"楚璠打断了他，声音轻柔，却清晰有力，"不要多想。"

子微一怔。

他低下头，高挺鼻尖滑过了她耳鬓，神色冷漠，像是被什么东西压下了眉眼，阴郁的，让他始终不能疏朗开怀。

"子微道长，给我捏捏尾巴吧。"楚璠拍了拍他圈在她腰间的手背，"想揉揉尾巴。"

楚璠又唤了一声："子微。"

暴怒、杀意，终究化成一声长叹，子微沉沉"嗯"了一声，雪白长尾从身下散出来，随意卷起，有些搭在床沿上。

楚璠把最大的一条捞过来，抓在手里。

她从枕头下掏出个小梳，从尖端开始梳起，把本就软滑光亮的尾巴梳顺，八条尾巴挨个弄了一遍之后，齿尖上有几簇绒毛。

雪白丝绒，不染纤尘，手感极好。

子微被梳到尾端发痒，长尾卷起又摔下，缠着腰收紧，他脖颈逐渐泛起红意，在冷白的肌肤上很明显。

终究是忍不住了，子微把她拽至胸膛前，喘息稍重："你若是想要，直接剪就好。"

有哪只妖能这样惯着她？

“怎么能剪掉呢？”楚璠皱眉，很认真道，“一块儿都不许缺的！”

楚璠从他怀里钻出去，“噔噔”跑下床，把之前梳下攒起的毛都拿了出来，摆在桌子上，不知道在捣鼓些什么。

这简直，子微捏着眉心，拿起衣衫走过去：“先穿衣——”

待看清以后，话语戛然而止，又另起一头：“你这是在干什么……”

子微站在她身旁看了会儿。

蓬松柔软的雪白绒毛，在她指尖勾扯，被裹成了绒球，缀着一段细小珠玉，是一种类似于剑穗的条链，但更可爱精致。

像首饰。

果然，她把毛绒长链圈在耳上，有三个小球，随着动作晃晃悠悠地轻动，仰起脸，绒球便顺着白皙肌肤贴至锁骨。

“道长……”她左扭右扭，链条也荡来荡去，直晃到人心里去，“好看吗？”

子微指尖微顿，久未答话。

耳郭脖颈被绒毛摩擦，有点痒，楚璠想把它取下来。

“别取。”子微抓住她的手腕，“很好看，不要取。”

楚璠就不动了。

她眼瞳清亮明润，会因为被刮挠而不自觉眯起，嘴角微微上翘，面颊新月生晕，和耳饰更加相称了。

还记得她刚来的时候，柔弱单薄。

哪像现在，是一颗被浇润的、逐渐舒展的花苞。

掌心越来越热，下面的肌肤比脂玉都要柔软，也更清润，带着薄茧的指腹下意识摩挲，又攥紧。

冒尖的喉结上下滚动，子微垂眼，声音干涩：“你怎么总是这么……”

“这么什么？”楚璠稍愣。

还未等到回话，腰身突然一紧，雪白长尾卷住，将她直接抬起来，挂在子微的腰胯上。

她下意识回应接下来的吻，黏热呼吸中，耳边萦绕着缱绻的体温，只听到他喃喃。

“这么会哄男人……”

楚璠被他说到脸色泛红，轻声反驳：“我没有哄您。”

“嗯，好。”子微把吻落在她的颈窝，顺着肌肤一寸寸吻过去，扯落衣衫，喘息很热，“你不是在哄我……”

楚璠又小声说了句没有，被子微以唇堵住。

很多长发垂在她的腰腹处，冰凉柔滑，在肚脐旁蜿蜒。

楚璠扭了扭腰，觉得很痒。

“别动。”子微把她抵在靠窗的墙根上，俯腰低头。

皎洁月色，混着银发，丝丝缕缕的。她仰着头，面颊通红，手臂抵在他的肩膀上，摇摇欲坠。

楚璠绷紧手臂，抓紧他的肩膀：“道长……”

“别抖……”他嗓音有些发黏，像在笑。

“道、道长……您起来，起来好不好？”楚璠呻吟，浑身发热。

男人不听。

宽大的袍子下，谁能想到是这副光景。

他微仰下巴，露出一截长而优美的脖颈，喉结滚动。

狐尾攀附缠绕而上，凌空卷起女子的腰身。

“道长……道长。”她哭得可怜。

偏偏这时候，他抽身而退了。

真的很狡猾。

子微唇色光泽红润，牵出一道晶亮的丝线，他抱着乱颤的楚璠回到床上，倾身覆了过去。

湿热的唇，擦在她的脸上，子微温柔低笑：“你求求我。”

楚璠要哭，委屈难言：“您怎么、怎么变成这样了？”

“你怎么还跟小孩子一样……”子微咽了喉咙，“别动，乖，听话。”

单薄的里衣在蹭动中早已落下，楚璠直勾勾地盯着他，从硬朗的胸膛滑落至腰间，那紧实的肌肉，会因为不经意的绷紧而展露几条深沟。

楚璠不敢再看，把头埋在他的颈窝：“您是不是在勾引我……”

子微频频喘息，强忍快意，声音沙哑：“你怎么还在叫‘您’？”

他分明欲火燃身，眉目却是空明的。

他垂着眼，两排睫毛浓密，似凤尾一般缓慢张开，露出清澈的蓝眸，惊心动魄，惑人心智。

伸出一根手指，抵在楚璠的额心上，依次滑过鼻尖、唇珠，停靠在她的心口。

指尖凉而清透。

“你看看……”子微忽而一笑，唇角勾起，“这里乱了吗？”

心跳恍惚因此停滞。

楚璠似乎懂得了什么叫祸国妖姬。

他低下头，埋伏在她胸口，银发柔顺垂落，倾泻而下。

听见了鼓鼓错动，一声接着一声，更为响亮的心跳。于是子微低声轻笑，声音肯定餍足，模糊又沙哑。

“璠娘，你乱掉了。”

楚璠撑起身子，往下滑了些，凑到他的胸膛处，小兽一样，用力咬了一口。

子微闷哼一声，把她的小脑袋扯下来：“故意的？”

楚璠点点头，凑过去又咬了一口。

“学坏了……”子微掰正她的头，吻过去，“别咬。”

楚璠摸到了他的背，轻声道：“您……最近一直这样。”

“为什么？”她有点委屈，“要这样要给不给的。”

子微抱紧她，伸手从她的脊骨摸下去：“或许因为……”

他低笑道：“有些急切了……”

子微额上隐隐透出青筋：“你的喜欢，我不想要。”

楚璠愣了愣。

宽厚的手掌绕过肩背，子微把她圈了起来，音调模糊：“那不够，楚璠，只有喜欢不够。”

“我居然在害怕，你还会不会在乎他。”

“我这一生，不曾触碰因果，从未放纵，不知情爱居然这般折磨。”

他贴近楚璠耳边，热意晕开：“嫉妒，怒火，会变成放纵自己的理由，变成甘甜扭曲的欲望，让人丑陋不堪。”

“我想杀了他，你知道吗？”

楚璠抱紧子微，学着他一般吻了上去：“不要……”

他身下的雪白狐尾四散摊开，将她拢作一团，紧紧缠住她的腰，而后又攀附至脖颈，在她下颌轻扫。

“不要离开我。”他声音沙哑肃穆，“不要让昆仑子微，变成不像自己的怪物，好不好？”

楚璠伸手将他抱住，腰肢被勒得发紧，她声音干涩：“不会的。”

“即便是我走了，您也不会的。”

子微抿唇，周身气氛凝固，清冷似雪，他把楚璠转了个身，在她臀上拍了一记：“非要这样说？”

楚璠羞耻，面色通红，被这一掌拍到全身泛粉，她把头埋入枕间，泣声明显：“我只是说了实话。”

“您不许再打我。”楚璠把身子缩紧，委屈极了，“不要这样。”

子微漠然不言。

“我会。”长发遮目，他神情不清，只是愈显压迫，眼眸泄不出一丝光彩，“你是把我想得太好了……”

楚璠嘴上仍说：“您就是这么好。”

“你比我还懂？”子微声音低沉。

楚璠身子一缩，还未开口，就看他低着头，在她颈上啃咬不断：“璠娘……你不能走。”

楚璠低声：“我从未说过自己要走的……”

“那你……非要说那些话来……”他俯身去亲吻她的肩背，手臂绕过去，把她抱满。

楚璠喘息更重，头脑发胀，她小声道：“我只希望，您能永远是，旁人遥不可及的，昆仑子微。”

他动作顿住。

良久之后，子微低笑一声：“那要看你了。”

轻缓，温柔，却让人觉得不太满足。

“您别动了……”楚璠咬唇，把勾在身上的尾巴拽落，翻起身子，动作剧烈，把子微撞到往后仰了一下。

她一边生气，一边呜咽喘息，咬着男人的耳垂：“不许动！”

像乖张生气的小猫。

子微掐着她的腰，狐尾顺着腰肢盘旋而上，把她层层裹住：“我不动……”

楚璠忍不住，嘴唇动了动，像在叫什么。

离得近了，才听到，她一直在叫。

子微，子微。

过了很久。

楚璠勉强抽出神志，睁眼凝望他。

视线模糊中，只看到那低垂的眉目，错落的睫，恍如凌霜傲雪，不染尘埃。

她仰头吻住了他的唇，牙尖使力，将他唇上咬出血来：“子微道长。”

一颗血滴滚过。

现在有尘埃了。

这些天过得很快，大抵充实安稳的日子，总是不长久的。

子微在南海以狐身发令，已经把妖主之位做实，特别是最近几日，各方灵符纷至沓来，他也显得有些忙碌。

人妖到底并非一族，要想和谐共处，还得多做功夫。

楚璠也没闲着。

她为了练习法术，已经将偏峰的小半块山脉都种上灵植，只冬树适应最好，虬木枝高，有苍劲之风。

楚璠折了枝梅花，准备送予子微。

昆仑太过寒凉，天空遥远苍白，一望无际。

还好，最近也算有了花香。

她拈下两朵梅花别在发间，哼着歌转身，却看见雪鹿在和另一头灵兽问好。

它不知何时而来，通体雪白无瑕，似鹿非鹿，额上有角，这两具角形态优美，侧枝外伸，玉白剔透。

楚璠轻笑了一声，它轻轻踏蹄，行至少女身旁，以角触碰她的手心。

没有实体，是虚幻的灵身。

楚璠叹息一声："白泽啊……连你也丢下他了吗？"

上古神兽，有自己的骄傲。

一把长剑显露，在她胸口前方，不足两寸前停滞。

青白长剑，全身清湛，上覆有游鹿灵纹，剑鞘银花折枝，含着圣洁之气，得万物之灵，是祥瑞圣剑。

其实很不像楚瑜该有的剑。

白泽半跪前蹄，以鹿角轻靠少女腰间，幻化成了一位男子。

他头生双角，衣冠华丽繁复，长袍曳地，眼瞳泛着金色："我现在是无主之剑……"

楚璠吓了一跳，摁住他的额角："别跪……白泽，我可不算你的主人。"

"可他已经不配。"白泽歪头，没有什么表情，"他选择我时，是护心之剑。现在，剑意倒戈，剑心覆灭。"

"他虽未化魔，却也相差不远了。"

楚璠将长剑取下，如往常般抱在怀里，呼了一口气："你想看到他化魔吗？"

剑灵没有回答这个问题。

"灵剑追随强者。"

白泽笼袖跟在她身后："当年他握住鞘身之时，我便知道，他会变成仙道第一剑修。"

"是啊……"楚璠仰头，鬓上梅花滑落，"我也一直这么认为。"

楚璠又问："南海如何了？"

"妖主给了龙族机会，不过两位皇女相争，鲛族与大皇女联合，静姝终究略输一筹。"

"百足之虫，死而不僵。"楚璠思索一会儿，叹道，"腐朽难除，静姝姐姐还有很长的路要走。"

良久，楚璠又问："那阿兄……"

"妖主留下了毕方。"白泽解释道，"轩辕族接过了妖首之责，毕方携轩辕三位长老，押他前来。"

他垂着眸，声音渐沉："他们在路上。"

"璠璠，他已经不像人了。"

不像人了。

楚璠遥望远方山脉，雪光刺目，折射到脸上，让人睁不开眼，她眉头轻皱，竟不知如何回话。

那位初遇时的小皇子，清癯瘦弱，最重礼法，书卷气极浓，浑身的墨香，握住她的手，一笔一画。

赐她名姓，教她识字、知礼。

是她视为恩人、亲缘，最重要的阿兄。

楚璠抚过手中的红梅，叹了一声，无奈笑道："不能这样啊。"

"吱呀"一声门响，薄透天光从缝隙中透出来，流泻至书案上。

子微嗅到了一缕梅香，他未抬头，只是先笑："你种的花开了吗？"

"今日开了梅，我还种了芙蓉、桂草、木兰……等它们都发了花，我每日给您折一枝。"楚璠将花枝放在他手旁。

"这些花可受不住昆仑的凉气。"子微向来不会打击她，把梅枝妥帖插入长颈瓶中，"好好修炼，以灵气催之，可长存不灭。"

直到他想把楚璠搂进怀里，看见了她腰间的那柄剑。

折枝银花，身绘灵纹。

子微笑意消退，眉目微敛："四方白泽，这破碎虚空的能力，倒是进来得无声无息。"

楚璠轻轻抱住他："子微道长。"

子微皱眉，长指抵住她的额："你答应过我，不会离开。"

"我没有要离开。"她嗅着子微胸膛间的淡香，努力清明，"但是我得去见见他。"

子微看她，仿佛一眼看透："多久？"

他继续道："你若跟我讲，要去陪他，等他执念消退，乱心渐死……"

子微轻呵了一声："我便知道，你在床上只会骗我。"

"道长……"

"想都不要想。"子微冷着脸，斩钉截铁似的，"任何事情都可以，只有他，我不许。"

"哦……"

楚璠侧耳，靠在他怀里，听到很沉重的心跳，她小声说："道长，您只是嘴硬心软罢了。"

"那我体内的剑骨怎么办呢？"她问，"您一开始就不打算让我见他吗？"

长指在她后背处轻滑，他缓声道："我帮你取出来，还给他。"

"皮开肉绽的那种？痛不痛啊。"楚璠故意笑着讲。

"妖族道契，有种替身之法，我施术，你不会疼。"

"然后道长替我疼吗？"楚璠摇头，"我不要的。"

子微搂住她的肩膀，声音有些艰涩："听话……"

"道长，您让我见见他吧。"楚璠笑了笑，"我怎么会离开您呢？"

"昆仑这么冷，我还想给您造个春天出来呢。"

"我跑不掉的。"

为保安全，轩辕族走的是阴间道，不见日光，天如泼墨。

阴风吹动，草浪翻涌，一行人渐渐显露。

前方数只鸾鸟赤凰开路，四方皆有人镇守，每人执一条金色锁链，锁链与黑色巨笼连接，牢牢缠捆住那人。

正是楚瑜。

毕方化为红鹤，落在黑牢上的檐沟处，看着他，不免感慨。

一个剑修，没了剑，居然也这般骇人。

他就坐在中央，撑着头似假寐一般，长发垂地，绣玉白袍落成了一个圆满的弧。偏偏唇色艳红，肤色苍白无比，轮廓深邃，眼梢垂着一股愁意，有种诡谲糜烂的郁态。

颇觉瘆人。

察觉有人看他，楚瑜勾唇，拉出一个笑："小雀儿……再看，把你眼珠子抠下来。"

毕方当真就不敢再看了。

他怎么说也是轩辕族的少主，强忍着心悸，夙而嚣张："你、你连剑都没了！还敢这么跟我说话……"

楚瑜侧首，瞳色漆黑无光，凌空折下枯枝，翻手射出，剑意多了分奇诡肃杀，沿着毕方的侧翼凌空而过。

一枚红色赤羽，牢牢钉在远方巨木之上。

他实在自找苦吃。

雷霆之气从锁链处狂涌而入，灵力反噬，金光不停闪烁，以迅雷不及掩耳之势席卷进他的经脉里，痛苦无比。

毕方转过头，爆了句粗口，又说："我不看就是，你何必如此。"

妖族敬畏强者，实力代表一切，毕方心情复杂无比。

轩辕长老摸着胡子，也叹："可惜。"

"非要跟先生争。"毕方缩了缩羽毛，在心里又给楚璠记上一仇。

"不说天山狐多得天独厚了，先生自通天之后，根本未曾有过败绩。"毕方觉得他也算可怜，还想着劝他，"楚剑修，他们两情相悦的，你又何必非要当那恶人。"

"等到魔气执念入脑，你和江逢成了一个样子，楚璠说不定连阿兄都不会认了。"

"凭什么……"楚瑜用指腹抹掉唇上血渍，目下藏光，声音如沙砾滚过，"明明是我先来。"

毕方"呦"了一声，还欲再言，刚开口，忽闻一道铃声。

铃声清脆，似玉石敲击，一道人影立在前方，浑身罩在黑袍里，身上散发着昆仑的灵气。

鸾鸟赤凰皆在前方停滞，他们静了一瞬，忽然躬身，高呼道：

"恭迎妖主。"

黑袍人顿了顿，连忙也弯下腰，她声音模糊，在深夜显得越发空灵："我只是妖主使者，担不起这声名号。"

她伸手，白皙指尖上，那块玲珑玉微晃："让我一人见他。"

毕方听到这声音，歪了歪头："楚璠你个大笨蛋！"

被轩辕长老踹了一脚："住嘴，不得无礼。"

浅风扫过，女子体态清瘦，她仰起头，黑袍兜帽滑落，黑发如瀑般倾泻而下，被风吹得飘荡起来。

她抱剑而来，这般映照下，脸上也镀了一层绒光似的，浅笑道："我来还他几样东西。"

鸾鸟赤凰都退下去了，毕方上前，鼓起腮帮子把钥匙塞给她："你……一个人来的？"

他又开始叽喳："你问了先生吗？先生同意你来了吗？他要是突然又发疯你能不能行啊……"

楚璠接过钥匙，有些无奈，两指一夹，捏住鸟嘴："嘘——"

毕方把尖喙抽出来，朝她重重喷了口气，才扑扇着翅膀离开。

四下皆静。

楚瑜一直很安静，看着她让旁人退下，然后打开巨锁，倾身而来，拽落了他身上的链条，拉起他的手臂。

层叠衣袖下，这双满是剑茧的手，骨节凸起，苍白无比，薄薄的皮肤下，青色血管异常明晰。

楚璠将白泽剑，放在他的掌心。

"阿兄，我还等着你，成为天道第一剑修。"

"我手……"楚瑜笑了笑，目光低垂，"我手所执之剑，是为了身后人。"

他声音空寂，目光不知落在何处："你知道吗，我本有机会离开，鲛人送来圣水，让我依附他们。"

"可璠璠，我现在并无身后之人……"

楚璠开口，嗓音微哑，试了好几次才发出声音："阿兄……"

楚瑜伸手，指尖微颤，抚在她的额心处："璠璠，回到我身边吧。"

她摇了摇头，又叫了一声，声音扬起，尾梢平稳："阿兄。"

楚璠显得很平静："我不再需要，再做任何人的身后之人了。"

白皙纤细的手指轻轻抬起，挑落了他的手臂。

四周很寂静，连尘埃落地的声音都变得清晰。

楚璠轻笑："我这些天，一直在思考，属于我自己的道究竟是什么。"

"世间强大者，好似都要身负罕见灵脉，高绝体质，才能走到大道之巅，像是子微，也像是你。"楚璠沉吟许久，"我得走出自己的道。"

“弱小者也要独自行走，尽管前路险峻。”楚璠眯了眯眼，“我不求强大，不求叱咤风云，但我得为自己活着。”

“如果我未上蜀中灵山，或许只是一个普通人。”

楚璠认真思考，点了点头：“那样也很好。普通很好，平稳很好。为生活劳累很好，为一日三餐所愁也很好。便是死了，也曾经生机勃勃地活过，那也很好。”

她跟楚瑜说：“我不会要鸳花，也不需要你的剑骨，灵山不留我，我便去凡间。”

“当个卖花的姑娘也很好。”

楚璠望着他，像是在他的眼瞳里看见了重重落影，她把头凑过去，贴在楚瑜微抬的掌心处：“阿兄，把你的半块心脏，还有剑骨，都拿去吧。”

“那不是我的东西。”

楚瑜说不清自己是什么感受，但是当那个温柔的额头贴在他掌心之时，像是有种恍惚感。

不如带她一起去死吧。

一手能抓住的头，指尖可以插进去，不用使多大的力气，骨头会碎裂，鲜血会迸发，他们可以一起去地狱。

眼角一滴泪滑过。

他抵着她的额，掌心微拢，恍若摩挲，流连许久。

当青白的光芒笼罩，那光流映在人脸上，灵气由涓涓细流变成山河大川，从楚璠的身体里，回到了他身上。

他输掉了。

楚璠轻笑，这次的笑，带着释然与轻松。

她低着头，由心祝愿。

“阿兄，让我看到，你成为天道第一剑修的那天吧。”

楚璠步伐踉跄，人有些晕。

没了剑骨，她自阴间道离开之后，灵气渗入经脉里，还是会隐隐作痛。

还好，或许是她已经得了天道一丝垂怜，至少不会觉得难以忍受。

或许很多东西都已经结束，但是对她来说，一切才刚刚开始。

楚璠一路走到城镇，黑袍装束太过阴郁显眼，她特意换了一身嫩绿衣裳，给自己别了个松垮的发髻，融入人群里。

阳光和煦，风也温柔。

楚璠逛着街市，买了一大把零嘴，嘴上吃着，手里拿着。

她缓了一阵。

先是在摊子旁吃了碗馄饨，又啃了根糖葫芦，老奶奶很实在，浇的是枫叶糖。她把剩下的打包好，看着地图，准备抄近路回昆仑。

来时靠着白泽的虚空之能，倒是很轻松，自己走的话，就没那么容易了。

还好，最多也就一两天，应该来得及去哄道长。

楚璠把黑袍上的金线抠下来，用这钱买了匹马，刚坐上去没走多久，就听到不远处传来了一阵打骂声。

巷角偏僻处，人迹罕至，男人眼神浑浊，满身酒气，拿着棍子殴打，脏话一股脑往外喷。

一个瘦弱幼女，估摸还不过八岁，手肘的骨头都是凸出来的，捧着一把被揉碎了的花枝，连声哀求："我没有钱、没有钱的……别打了，呜呜。"

楚璠听了会儿，才知道那个拿棍子揍人的是她父亲。

别的倒也就罢了，这她可不能不管。

那人又要落下一棍，楚璠找不到称手之器，直接将怀里的糖葫芦扔过去，这一下结结实实，把他后脑都戳了几个小洞。

男人怒吼一声，转头看见是个瘦弱姑娘，更加凶悍："臭娘儿们，多管闲事！"

"给爷下来！"他拿了个菜刀就要往马腿上砍。

楚璠用力拉住缰绳，侧身转了一下，她可没钱再买一匹马，躲过这一击，她立刻跳下马背。

落地时颇有些狼狈，她就地翻滚，在地上摸了根竹棍，和菜刀拼了没几下，竹棍不堪一击，碎成一截一截。

小女孩在旁边瑟瑟发抖，吓得话都说不出来。

怕是要见血，楚璠神情微凝，她有意泄了力道，慢下几分，那刀刃便直逼她肩膀砍去。

楚璠猛然一跳，接了这一招，在那男人震惊的眼光中，直冲上去，先将棍尖捅入了他的胸腹处。

热血溅了她一身。

肩膀上的痛楚却迟迟没有传来。

天地之间，仿佛停滞了一瞬。

万物似乎凝结，竹棍上覆着一层霜晶，好像是幻境，又仿佛不是。

下雪了。

远方的云层里，出现了一点淡蓝色。

楚璠蓦然松了一口气，她抹掉脸上的血，又觉得有些紧张，小声开口："道长。"

子微御剑而来，周身笼着淡淡薄光，银发如霜雪，眉心红痕微亮，只淡淡"嗯"了一声，并未多话。

楚璠挠挠头，下意识往胸口掏，没翻到东西，才突然想起来糖葫芦都被扔掉了。

这可怎么办？

子微见不得她这副可怜样子，给她施了清洁术，清风拂面，楚璠打了个喷嚏，这才敢去牵他的袍角。

子微依然冷着脸："明明有我的玲珑玉，为何不用？为何不唤我？"

楚璠继续挠头："我是真忘了……"

她忽然想到什么，用脚踢了踢地上男人："这人还没死，我不知道该不该杀……"

"他要是还找那女孩麻烦怎么办？"楚璠"唑"了一声，"到底该不该杀啊……"

子微算了一卦，音色淡淡："逃兵，杖一百，可继续充军。"

楚璠没心思送官府，直接把他绑在柱子上，脸上贴张白纸，黑墨显眼，写着"逃兵"二字。

子微就站在原地看她忙活。

这还不算。

楚璠把草垛里吓晕的小女孩儿抱起来，又伸了一只手去揪子微的袖子："道长……给点银子吧。"

子微继续冷着脸，给她掏了银两。

楚璠说："道长啊，你这样子太显眼了，您先别动，就两炷香吧，我马上就回来找你！"

子微盯了她一眼。

楚璠毫无所觉，抱着小女孩儿转身离去。

真的跑了，拿了银子就跑掉了。

子微笼起袖子，垂眸微叹，他背靠光亮处，影子斜而细长，剑柄的白穗随着轻风微晃，撞出一阵一阵清鸣。

其实也没过多久。

绿色衫子的小姑娘，喘气飞奔而来，裙袂荡着，手臂扬得高高的，一下子就蹦进了他怀里。

"我把她托付给西街的老奶奶了。"

楚璠用胳膊圈住他的脖子，凑近，一双眸子滴溜溜地转：“您是不是一直跟着我啊……”

她扭扭捏捏：“不是不让您跟……是怕你们打起来。”

子微圈住她的腰，抱紧了些：“嗯。”

他将头靠在楚璠的肩窝上，摩挲许久，嗅到点清香，轻声道：“可你说你不要鸳花……不上灵山……”

楚璠突然低头：“我刚刚吃了糖葫芦。”

“什么？”子微稍愣一下。

楚璠绕着他的脖颈，指尖滑过喉结，然后碰在唇心处，吻了上去。

子微知道她在说什么了。

枫糖的甜，在她齿尖流转，他倾身吻得深了些，舌尖探进去，勾住她的舌头轻吮，又吸到了山楂的果酸。

甜酸交织，从喉间沁入心肺。

直到楚璠呼不上气，用拳头捶了捶他的肩膀，子微才放开，唇齿交缠间，拉了一道长丝。

楚璠用手帕给两人擦干净。

然后她变法术一般，顺势从衣袖里掏出了一束花。

一簇簇白花，不是什么名贵花种，也毫无灵气，甚至快要破碎，渗着淡绿汁液，花朵萎靡，枝叶蜷缩。是那个小女孩儿手里抓着的。

但是依然很香。

“今天是小野花！”

“不要鸳花，不上灵山。”楚璠亲了亲他眉心的红痕。

“但是我要您呀。我要您啊子微道长。”

楚璠的要子微，就只是字面意思的要子微。

她在昆仑山下租了间小屋，山底远没有高峰寒冷，白天排得满满当当，练习法术、侍弄花草、通读典籍，只有晚上才会和子微亲近腻歪。

楚瑜已经被送往蓬莱岛，在静心池里待个五年便可以出来。白泽是祥瑞圣兽，他的彼端也应该是大道。

恩怨消散，众人共同追逐的终点，也不过长生久视、全性葆真而已。

毕方这些天来了一趟，偷偷把攒起来的羽毛给了她，还小声说不要让先生知道。

楚璠哪懂得这些弯弯绕绕，当天就编了好些个红穗子挂在房间里，子微看到之后，倒是也没说什么。

只是晚上不停歇，她三天下不来床罢了。楚璠当晚就把那些羽毛全都扔掉了。

一年岁月过去，她重新回到筑基之境，才搬回昆仑灵山。

山上也有了春意。

雪山竹楼不再单调，悬藤萝，缠薜荔，绿意盎然，独立于风雪中，每天都会开不同的花，也是一抹奇观。

有人坐在木椅之上，持一把小剪，正在修剪鸳花的斜枝，他一袭蓝袍，狐耳长尾，银发长了许多，拖曳及地，和落下的花枝混在一起。

眉眼静谧，没有一丝神情。

直到一位少女踏门而来，她说今日后山刮了暴雪，水云昙这几日快开了，却全淹在雪中，实在可惜。

木椅上的男人，渐渐露出一个浅笑。

他把少女拢在怀里，语气宠溺极了："你不是非要养些娇贵的吗？"

楚璠把脑袋缩进他的胸膛里，小声道："仙品灵草耗灵太多了，以后我不可以再养了。"

"累了吗？"子微把她的头往下压了压，抱紧了点，"那便不养了。"

楚璠揉着他的狐狸耳根，又揉了揉尾巴尖，嗫嚅道："也不是累……"

她扭扭捏捏，不肯说出原因。

"璠娘……别闹。"子微吻住她的唇，声音含混，"怎么了？受委屈了吗？"

"哎呀……"楚璠脸红到滴血，强撑着薄面皮，把他的手放在柔软的小腹上，"你听听，是、是不是有呼吸声？"

子微有些失神。

小狐狸这件事，他从一开始的满心期待，到后来从容放之，早不知道在心尖上过了个多少遍。

此时突然一听，还是会有失控般的喜意。

"你现在倒是终于肯给了……"他指尖微颤，将耳朵贴在她的小腹处。

楚璠"哎"了一声，满面通红："怎么说……也应该把他生在昆仑里的。"

她还是个小姑娘呢，不太懂这些，偏偏子微也是头一遭。

仿佛控制不住自己，本源力量在呼唤他。

楚璠觉得不太对劲。

子微最近总是喜欢化为兽形，把她压在身下，用柔软的肚腹紧紧护着，恨不得一丝风都不能吹。

天狐之态，绒毛便更加蓬松厚重，舌上倒刺尖硬，楚璠每次都觉得自己是一个被缠着的茧，后颈被他舔了又舔，又热又痒，全身发麻。

那几月几乎是瘫在床上度过的。

子微说这是标记。

八条雪色长尾，以最好的形态紧紧交缠环绕着她，从脚腕到腰身，裹得密不透风，绒毛柔软纤长，几乎要把她融在里面。

楚璠会发出一些呜咽声，令人面红耳赤。

这种近乎疯狂的姿态，终于在孩子出生之后有了缓解。

过程还好，只是产后有些虚弱。

楚璠清醒之后，看到子微候在她床边，满含愧疚："抱歉……我不知道孕期的兽类行为竟会不受控制，璠娘……"

"小、小狐狸呢？"她问。

子微一怔，把怀里的小幼崽拿给她看。

天山狐生来便干干净净，白银色一小团卧着，巴掌大小，九条尾巴又短又茸，时不时勾动一下，胖乎乎的，尤为可爱。

他还闭着眼睛，呼出一声声奶音，小尖耳耷拉着，没到竖起来的时候。

楚璠把小狐狸抱在怀里，亲亲他的小脑门，摸摸他绒绒的尾巴，还有粉嫩小肉垫，心肝都要酥软了。

子微便看着小姑娘翻身到床的另一边，只给他留下背影，头次知道失宠是什么滋味。

他宽了衣，给屋内重新熏好香，狐尾慢慢攀过去，极滑顺地搭在楚璠肩头，尾尖勾了勾她的面颊。

子微躺下，把楚璠和宝宝都揽在怀里："睡吧。"

远方朔风吹去，昆仑雪重。

而他怀中，是人间烟火，远阔春色。

★

"爹爹，初初要吃糖。"

"没有。"

"阿娘要吃呢？"

"阿娘可以吃，你没有。"

番外章 含春

十四州内传了消息，昆仑再次封山。这让不少准备去拜见求学的人都望而却步。

万年雪山，本就含水之灵脉，终年清冷，更何况还是传闻中子微道人久居之所，众人虽讶然，但也很快接受。

毕竟天魔已逝，像子微这般强者，隐世不出，才符合他的身份。

楚璠怀孕的消息，被很好掩盖了下去，连毕方也只是一知半解，有些摸不着头脑。

这其实是天山狐妖性中的占有欲，这个时段，配偶的一切都要被保护起来。

毕方被加强后的结界挡在外面，差点被削掉了一截羽翅，他挠挠头，有几分委屈，左右踱着步子，好一会儿才振翅飞走。

直到在族中发现了昆仑新送来的信笺，上面有楚璠的字迹，还有一株新鲜花束，他才算消了气。

毕方把银花插入瓷瓶，气呼呼道："楚璠也太没义气，生宝宝都不让我看。"

他撑着额，想了会儿狐狸幼崽，竟觉得有几分激动，毫无睡意。

不远的轩辕西门处，一道黑隼般的身影掠过重重阵火，降落在高塔之上，慢慢靠正中移动。

毕方忽然从余光中，瞥见了一道黑影。

他站在屏风后，身形颀长清瘦，手持长剑，在墙壁上映出点点清光。

毕方心中猛然一沉，刚欲退开，便被一道剑光拦截。

"不要叫嚷。"他从屏风后走出来，镏金黑袍，袍角纹着流云碧海，面无表情，"我不会伤你，白泽作保。"

毕方皱眉，沉声道："楚瑜，你在蓬莱刚被解禁，来这边干什么？"

楚瑜放下兜帽，发丝滑腻散下：“我只想问问你，她如何了？”

昆仑雪厚，连绵不绝的山峦之上，有几盏长明灯，火光沿着皑皑白雪排列，艰难照亮了不灭的暗色。

有一人静立良久。

他以手接雪，细小雪粒贴着肌肤，一下便化开，楚瑜轻笑了一声：“好凉，她其实不喜欢的。”

明明四下寂静无人，他却知道有人在听。

有脚步声传开，沉稳有力。楚瑜抬眸看去，微垂着眼帘，虽早有准备，可神情依然凝重了几分。

是子微。

他从昏暗的狭路雪径深处走来，灯火迷蒙，手里捧了件雪白的长袍，如霜雪浸身，只有眉心一点颜色。

这位妖主大人，素来清冷，昆仑山确实与他相合。

“昆仑不见客。”子微平视他，开了口。

楚瑜只道：“这里风景甚好，却有些太冷了。”

子微垂了眼睫，袍子在风中被吹起一角，他轻声开口，话语浅淡得很，只答了前一句话：“确实很好。”

直到纷纷大雪从浩茫天际飘洒下来，落满了肩头，楚瑜才又回了一声：“昆仑子微。”

子微并没有回话。

“我输给的不是你。”楚瑜戴上兜帽，将面容遮掩在黑袍之下，和他擦身而过，道，“要对她更好些。”

子微稍愣了一下，驻足回首，终于认真看了他一眼，这人已御剑而行，身影化作光点，渐渐模糊。

他当然知道，要对楚璠更好些。

★

遥遥天际之上，红鹤振翅飞来，落地在昆仑玉阶旁，化为一道红衣少年。他眉梢锋锐，眼瞳呈赤色，含着几分妖相。

毕方已经能控制离火，去昆仑的次数也越来越少了。

几乎都快忘记原先的雪山是什么样了。

毕方抬头看去，半壁仙云风雪浩荡，半壁藤萝花雀春深，仿佛是阴阳两色，连空中的气息都带着些暖意。

这只能是，楚璠的修为愈加精深了。

令人叹绝。

毕方又看了看山顶，这才乘风上去。

竹楼正好嵌在两壁正中，门前缠着鸳花薜荔，枝叶中露出些许细长淡白小粒花朵，幽香阵阵，却不显甜腻。

毕方从藤萝中，看到一个颀长高大的人影。

他弯着腰，银发从肩膀上淌下去，那姿态让人很熟悉，是在规劝训斥什么。

毕方隐隐听到一个哼唧哭泣的幼音。

他心底“咯噔”一下，甚至来不及停步，刚站直，便看见子微拎着一只不及小腿的雪白狐狸团子，神情冷漠，抓着他的尾巴往下抖。

“扑嗒扑嗒”，抖出了好些颗饴糖块儿，全滚落在地上。

毕方觉得乾坤袋里的糖葫芦有些烫人了……

他清咳了两声，问候道：“先生，轩辕族托我来拜访。”

“不必多礼。”子微并未转身，显然是早知道他在这儿看了会儿，“先坐着吧。”

毕方十分了然，自去正堂沏茶摆棋。

子微把蔫头蔫脑的小狐狸放在右臂上，抓着他的后颈，不理会那些哼哼唧唧的泣音，严厉极了：“你也算一个仙狐，为何如此贪恋口腹之欲！”

初初用两条小尾巴遮住眼睛，不去看父亲，十分伤心：“阿娘都同意我一天吃三块的！”

子微明显迟疑停顿了片刻。

须臾，他又敛了神色，告诫道：“一天一次，不能再多。你若还不知收敛，那便一次都没有了。”

子微捞过初初的几条尾巴，柔顺捋开，才把他放至地上。

小狐狸眉心有一朵莲芯，红得耀眼。

他落地化人，身量还很小，狐耳一只没有立起，银发蜷曲柔软，蓝眸通透，九条尾巴落在地上，有一搭没一搭地拍来拍去。

子微看到就有些头疼。

“罢了，去找你母亲吧。”子微终于松了口，“在后山芙蓉池，别找错了地方。”

初初摇着几条大尾巴就跑掉了，临别前还高喊了一句：“毕方哥哥！你包里的东西记得给我！”

毕方惨遭败露，倒茶的手一抖，差点坏了一壶上好雪芽。

他干笑，看着子微在面前坐下："先生……"

子微不慌不忙把棋阵理好，雪白玉石凝在两指之间，轻轻落下。

蓝眸掩在长睫之下，像是浸了层润光。他忍不住轻笑一声，神情稍缓："也不知道到底是像谁……"

毕方把袖中灵符恭恭敬敬奉上："妖族近日大小事宜，皆在纸令中。"

"另……"毕方想了很多，最终还是准备告诉他。

"先生，"他忍不住道，"楚瑜出关后，蓬莱收他入宾，如今怕已经是炼虚之境了。"

很快，比他们预想的都要快些。

子微淡淡应声，却不先去看符令，只道："先喝茶吧。"

这茶，一喝便过了小半天。

毕方临别之前，还是有些踌躇："真的不必派人监视……"

子微笑了笑，他抬手在毕方额上比了一指："别这么想。"

毕方自觉失言，又拜了一礼。

"若还有空，来看看昆仑如今是什么样子吧。"子微喟叹道。

毕方点点头。

他跟在子微身后走过山间小路，这里沿路多了盏盏灯笼，虽不见日影，却可以看到许多暖色红光。

毕方幼时常来后山诫厅挨鞭子。

因此在记忆中，这里除了漫天席卷的风雪，晦暗的星空，也不剩下什么了。

现在……多了连绵不绝的花丛，绕满山野的鸳花，更远处，藤条从最高处垂下，织成一架秋千。

少女悠悠荡下来，足尖落地，裙摆飘浮成花。

她抱着初初一起玩，小狐狸的尾巴甩来甩去，偶尔不察拍在脸上，也只是换了阵阵清脆笑声。

"初初，少吃点啊，你可越来越胖了。"楚璠捏着软嘟嘟的耳根，试图把它立起来。

小狐狸立马把脑袋塞进她的怀里，鼻音浓重地撒着娇："初初不胖！"

"哎哟……可不能掩耳盗铃哦。"楚璠继续给他揉毛。

毕方有些想笑，漏了一丝气息。

她有所觉，扭头朝着这边招手："道长，还有……毕方也在啊。"

楚璠抽出袖中花枝，让初初衔在嘴里，他拖着比身体还长的尾巴扑过去，抓着子微的袍子往上爬，满意地缩进父亲怀中。

他很神气地摇了摇嘴里的花，奶声奶气道："阿娘说，今日是芙蓉枝。"

子微拿过花枝。

他一身折竹墨蓝衫，眉眼清朗，轮廓柔和，拈花略微勾唇一笑，须臾之间，也少了几分清冷之色。

子微低声道："看在阿娘的面子上，原谅你了。"

毕方下山之时还在思考，先生到底要让他看什么。

他并不忌惮楚瑜，非自傲于修为之深，那是什么呢？

直到毕方越过山海关，回轩辕之后，在霜风中摸到了脸上的雪。

原来现在已是阴月立冬。

而昆仑永远含春。